Christiane Lind

Ich warte auf dich, jeden Tag

Roman

Das Buch

Berkeley 1999. Erin steht vor den Scherben ihres Lebens: Ihr Mann hat sie nach zwanzig Jahren Ehe verlassen, und ihr Job als Buchhändlerin ist gefährdet. Da findet sie auf dem Speicher ihres Elternhauses unter den Hinterlassenschaften ihres Großvaters ein Flugticket nach Deutschland und einen Liebesbrief aus dem Jahr 1993, unterschrieben von einer Lily. Erin kann es nicht glauben, denn sie hat ihren Großvater als kalten und unnahbaren Menschen kennengelernt. Und ausgerechnet er soll eine heimliche Liebe gehabt haben?

Auf der Spur des Geheimnisses reist Erin nach Deutschland und begibt sich auf die Suche nach der mutigen Lily, die in den dreißiger Jahren eine leidenschaftliche Gegnerin der Nazis war …

Eine emotionale Geschichte über die große Liebe und das Schicksal, das sich ihr in den Weg stellt.

Die Autorin

Christiane Lind hat sich immer schon Geschichten ausgedacht, die sie ihren Freundinnen erzählte. Erst zur Jahrtausendwende brachte sie ihre Ideen zu Papier und ist seitdem dem Schreibvirus verfallen.

In ihren Romanen begibt sich Christiane am liebsten auf die Spur von Familien und deren Geheimnissen. Sie lebt in Ahnatal bei Kassel mit unzähligen und ungezählten Büchern, einem Ehemann, drei Katern und einer schüchternen Katze.

CHRISTIANE LIND

Ich warte auf dich, *jeden Tag*

ROMAN

Impressum

Überarbeitete Neuveröffentlichung
Mai 2022

Erstveröffentlichung unter dem Titel Ich warte auf dich, jeden Tag

Covergestaltung: VercoDesign, Unna
Buchsatz: Grit Bomhauer, Berlin
Unter Verwendung von
© Adobe Stock – Scisetti Alfio | Artnizu
© VectorStock – fleurdesign

Lektorat 2015: Julia von Natzmer
Lektorat 2022: Maike Kleihauer
Korrektorat: Regina Merkel und Heike Freistühler

ISBN: 978-3-98595-016-4

Herstellung und Druck:
Mazowieckie Centrum Poligrafii
Mikołaja Ciurlionisa Strasse 4
05-270 Marki, Polen

Für meine Großmütter Ida und Berta und Großtante Erna,
die ihre Erinnerungen mit mir teilten

Kapitel 1

Frankfurt am Main, 30. Januar 1933

Die Straßenbahn war überfüllt, so dass Lily zwei Stationen vor ihrer Haltestelle ausstieg, um dem Stimmenwirrwarr und den unsäglichen Gerüchen zu entkommen. Von der Mischung aus Mottenkugeln, gekochtem Kohl und feuchter Wolle war ihr übel geworden. Außerdem konnte sie das belanglose Gerede nicht mehr ertragen. Die Frankfurter beschwerten sich über das Wetter, klagten über die Verspätung der Straßenbahn oder jammerten über die ansteigenden Preise. Noch weniger auszuhalten waren die hoffnungsvollen Worte, mit denen die Menschen Hitlers Ernennung zum Reichskanzler kommentierten. Waren ihre Mitbürger denn blind? Konnten oder wollten die Frankfurter nicht sehen, was es für Deutschland bedeutete, dass die Nationalsozialisten an Macht gewannen?

Lily stolperte aus der Bahn, rang nach Luft, die winterkalt ihre Lungen traf. Noch immer konnte sie nicht glauben, was geschehen war. Nicht einmal ihre Partei, die SPD, hatte Hitler aufhalten können. Vor Verzweiflung kamen Lily die Tränen. Sie senkte den Kopf und stapfte nach Hause. Was für ein furchtbarer Tag! Dabei hatte er so wunderbar angefangen. Doktor Elias, ihr Dozent, der hochgeschätzte Assistent von Professor Mannheim, hatte Lily zum ersten Mal in seine Diskussionsrunde eingeladen. Zwar hatte sie kaum ein Wort herausgebracht, aber aufmerksam zugehört.

Auch an anderen Tischen saßen Studenten und diskutierten. Der Duft der frischgebackenen Torten und Kuchen ließ Lily das Wasser im Mund zusammenlaufen, aber sie konnte sich gerade mal ein Glas Wasser leisten, an dem sie sich festhielt und nur ab und zu einen Schluck trank. Sie spürte die Wärme der Menschen um sich herum, fühlte sich erstmals als Teil der Studenten zugehörig. Und dann platzte die Nachricht von Hitlers Ernennung in die Runde. Wie alle anderen in dem Café sprang Lily auf und rannte nach draußen.

Sie wurde von der Menge mitgerissen und folgte dem Strom der Studenten in die Innenstadt. Hier versammelten sich die Menschen auf Straßen und Plätzen, um ihren Gefühlen freien Lauf zu lassen. Oder – wie Lily mit eigenen Augen sehen musste – um gegeneinander zu kämpfen. Vor ihr schlug sich ein Braunhemd mit einem Mann, dessen Worte ihn als Kommunisten ausgewiesen hatten. Man konnte die Aggression, die in der Luft lag, förmlich mit den Händen greifen. Daher hatte Lily beschlossen, nach Hause zu gehen, anstatt sich in eine Auseinandersetzung zu begeben, bei der sie nur verlieren würde. Allein könnte sie nichts gegen die Nationalsozialisten ausrichten, so gerne sie das auch würde.

Mit gesenktem Kopf stapfte sie gegen den Wind an, der sich an ihr Gesicht schmiegte, als wollte er sie liebkosen. Missmutig zog Lily den Schal etwas höher, aber das Gefühl von Kälte blieb. Kälte, die sie von der Verwirrung ablenkte, die sie schon seit Stunden beschäftigte. Seitdem Alexander Kirchner, ihr Kommilitone, sie im *Café Laumer* nach ihrer Meinung zu Hitlers Ernennung gefragt hatte, als gehörte sie zu denjenigen, mit denen er sich umgab. Wie kam er dazu, ausgerechnet *sie* zu fragen? Lily war so überrascht gewesen, dass ihr keine Antwort eingefallen war. Und bevor sie ihre Gedanken geordnet hatte, hatte Alexanders blonder Freund ihn am Arm gegriffen und von Lily weggezogen, an einen anderen Tisch. Sie hatte den beiden Männern nachgestarrt und sich gefragt, warum ihr ausgerechnet heute nichts einfallen wollte.

Er musste sie für dumm halten. Für dumm und einfältig, für eine der Studentinnen, die ihr Studium der Großzügigkeit der Akademie der Arbeit verdankten. Oder, schlimmer noch, für eine der Frauen, die nur deshalb an der Goethe-Universität eingeschrieben waren, um einen passenden Ehemann zu finden. Sonst war sie nie um eine Antwort verlegen, diskutierte gerne mit den Kommilitonen über wissenschaftliche Fragestellungen oder die aktuelle politische Situation. Warum also war sie stumm wie ein Fisch geblieben, als Alexander Kirchner sie gefragt hatte? Sollte sie ihn morgen ansprechen und ihm sagen, was sie dachte, oder wäre das nur noch peinlicher?

Sicher saßen er und die anderen Studenten immer noch im *Café Laumer*, redeten sich die Köpfe bis spät in die Nacht heiß, um am nächsten Morgen gähnend und mit dunklen Ringen unter den Augen in der Vorlesung zu sitzen. Lily beneidete ihn und seine Freunde um diese Freiheit, die sie sich nicht leisten konnte. Wenn sie nicht lernte, arbeitete sie, um Geld zu verdienen, oder stürzte sich mit Elan in die Parteiarbeit.

»Lily! Lily!«

Erst meinte sie, sich verhört zu haben, und ging zielstrebig weiter. Doch als die Lily-Rufe nicht endeten, blieb sie stehen und wandte sich um. Ein Lächeln glitt über ihr Gesicht, als sie ihre Mutter Ida erkannte, dick eingehüllt in den schweren braunen Mantel und den selbst gestickten tiefroten Schal.

»Ich war im Konsum und hatte Glück.« Ida stellte zwei gefüllte Einkaufstaschen zu Boden und strich sich eine Haarsträhne aus der Stirn, die ihr der Januarwind immer wieder ins Gesicht wehte. »Sie hatten noch Schwarzbrot von gestern. Für den halben Preis. Nur neunzehn Pfennig. Da konnte ich gleich noch zwei Kilo Kartoffeln kaufen. Und Öl.«

»Wie schön. Dann haben wir in den nächsten Tagen gut zu essen«, antwortete Lily und ging ihrer Mutter entgegen. Sie fühlte einen Stich des schlechten Gewissens, weil sie studierte und nur wenig zum Einkommen ihrer Familie beitragen konnte. Daher war ihre Mutter gezwungen, altes Brot zu kaufen und jeden Pfennig umzudrehen. Wie so viele Menschen in Frankfurt. Bei einem Stundenlohn von zweiundfünfzig Reichspfennig, den sie als Näherin erhielt, konnte man eben keine großen Sprünge machen.

»Es tut mir leid, ich sehe, wie schwer es für dich ist. Vielleicht kann ich noch eine Stelle als Kellnerin finden.«

»Nein, Lily.« Ihre Mutter schüttelte vehement den Kopf. »Das kommt gar nicht in Frage. Du sollst studieren und ein gutes Examen machen. Das wünschen dein Vater und ich uns für dich.«

»Das weiß ich und ich bin euch dankbar, aber¨ …« Lily wollte die Diskussion nicht wieder führen. »Soll ich dir etwas abnehmen?«

»Ja, trag das Brot.« Flüchtig strich Lilys Mutter ihr mit der Hand über die Wange. »Du siehst erschöpft aus, Kind. Mir scheint, du arbeitest zu viel. Geht es dir gut?«

»Ja, alles in Ordnung, Mutter. Ich bin nur ein bisschen müde. Aber was ist mit dir? Du wirkst aufgewühlt, als hättest du eine unerfreuliche Begegnung gehabt.«

»Ach, das Übliche. Sie werden immer mehr. Immer mehr und immer dreister.« Ida machte eine wegwerfende Bewegung, als wollte sie die düsteren Gedanken verdrängen. »Bertha und Willy kommen gleich vorbei. Wir wollen darüber reden, was …«

Lilys Kehle fühlte sich an wie zugeschnürt. Zu stark war das Gefühl von Bedrohung. »Ist etwas passiert?«

»Lass uns gleich darüber reden.«

Lily war es nur recht, dass ihre Mutter gerade nicht über Politik reden wollte. Zu sehr hatte die heutige Nachricht sie getroffen. All ihre Zukunftspläne standen nun zur Disposition und waren auf einmal keinen Pfennig mehr wert.

»Ich bin froh, dass ich Glück beim Einkauf hatte«, sagte ihre Mutter. »Obwohl die Lebensmittelpreise stabil sein sollen, kommt es mir vor, als würde von Woche zu Woche alles teurer. Wo soll das noch hinführen?«

Lily antwortete nicht, weil ihre Mutter es wohl nicht mehr erwartete. Schon oft hatten sie einander diese Frage gestellt und keine Hoffnung gesehen. In vertrautem Schweigen legten sie den Weg nach Hause zurück, gaben vor, die Gruppe von Männern vor ihnen nicht zu sehen, die sich aufspielten, als gehörte die Straße ihnen. Kerle in braunen Hemden und mit roter Armbinde, auf der das schwarze Hakenkreuz in weißem Rund hervorstach. Mit zu Fäusten geballten Händen drängte Lily sich an ihnen vorbei. Zu zweit konnten ihre Mutter und sie nichts gegen die Braunhemden ausrichten. Wahrscheinlich wollten sie sich dem Mob anschließen, der zum Römerberg zog und »Sieg Heil! Sieg Heil!« brüllte, als gehörte ihm die Stadt.

Ohnmächtig vor Zorn folgte Lily ihrer Mutter, die mit großen Schritten auf das Haus zuging und die Treppe in den zweiten Stock hinaufeilte. Als sie das Mehrfamilienhaus betraten, schlug Lily der vertraute Geruch von Bohnerwachs und Kohl entgegen. Mit der linken Hand hielt sie sich am Handlauf fest, dessen Holz sich glatt und kühl anfühlte. Als Ida die Tür öffnete, ächzte das Holz und die Angel quietschte. Lilys Vater Gottfried wollte die Scharniere ölen, aber Ida mochte das Geräusch.

Während Ida in die Küche ging, blieb Lily noch einen Augenblick im Flur stehen, bis ihre Augen sich an das

Halbdunkel gewöhnt hatten. Sorgsam zog sie den dicken Mantel aus, den sie von Oma Bertha geerbt hatte, und hängte ihn auf. Die schweren Stiefel stellte sie auf einen Wischlappen, damit Eis und Schnee nicht auf den Linoleumboden tropften. Nachdem sie einmal tief Luft geholt hatte, stieß Lily die Tür zur großen Wohnküche auf. Wie sie erwartet hatte, war die ganze Familie zusammengekommen. Kaffeeduft zog durch den Raum und schaffte eine heimelige Atmosphäre. Auch wenn es nur Muckefuck war, nicht der teure Bohnenkaffee, den sich die Familie nur zu Geburtstagen und großen Feiertagen wie dem 1. Mai gönnte.

Links an der Wand stand die Eckbank, die ihr Opa Willy gedrechselt hatte, ebenso wie den alten Holztisch, der bereits für den Familienkaffee gedeckt war. Durch die schmalen Fenster fiel das graue Licht des Tages, erreichte die Spüle aus Stein und die Holzschränke, in denen sich ihr Geschirr befand. Die Küche bot Platz für die ganze Familie – und sogar noch ein paar Genossen, denn die Familie erhielt oft Besuch. Auch wenn man wenig hatte, teilte man gern.

Vor drei Jahren hatte ein Parteigenosse von Lilys Vater ihnen eine bessere Wohnung angeboten, eine der May-Wohnungen, die im Rahmen des Frankfurter Wohnungsbauprogramms erbaut worden waren. Doch Lilys Mutter Ida und deren Mutter Alwine hatten nur einen prüfenden Blick in die Küche geworfen, um schließlich dankend abzulehnen. Selbst die Wiener Architektin Margarete Schütte-Lihotzky, der ihre funktionale Küche eine Herzensangelegenheit war und die mit den Mietern gesprochen hatte, konnte Ida und Alwine nicht überzeugen. Obwohl sich beide Frauen übereinstimmend sehr beeindruckt von der jungen Architektin gezeigt hatten. »Eine Küche ist dazu da, dass die Familie sich dort trifft. Punkt!«, hatte Alwine verkündet. »Aber das Wiener Mädchen ist ein kluger Kopf. Schade, dass sie Kommunistin ist.«

Damit war die Entscheidung getroffen und die Familie blieb weiter in der Kölnischen Straße im Gallusviertel, in »Kamerun«, wie der Stadtteil in Frankfurt genannt wurde, wohnen. Eigentlich war die Wohnung mit den drei Zimmern viel zu klein für Lily, ihre Eltern, Lilys Bruder Karl und Oma Alwine, die vor zwei Jahren bei ihnen eingezogen war. Aber die Wohnung war noch bezahlbar, selbst jetzt, wo Lilys Vater Gottfried, wie so viele andere auch, seine Arbeit verloren hatte, und nur ab und zu Aushilfstätigkeiten auf dem Bau fand, für die er eigentlich zu alt war. Gottfried war Buchbinder gewesen und vermisste den Geruch von Leim und das Gefühl von Papier. Dank Oma Alwine, die eine kleine Rente bekam, musste Lily nur einen geringen Teil zum Familieneinkommen beitragen und konnte sich im Großen und Ganzen ihrem Studium widmen, obwohl sie sich inzwischen fragte, wie lange sie noch an der Universität bleiben könnte.

»Lily.« Ihr Vater erhob sich von der Eckbank, um sie zu begrüßen. In den letzten Monaten war er abgemagert, so dass seine kräftige Nase scharf hervorsprang und die Falten um seine braunen Augen sich tief in die Haut eingegraben hatten. »Wie war es an der Universität?«

»Heute hat mich Doktor Elias, der Assistent von Professor Mannheim, eingeladen. Ins *Café Laumer.*« Ob ihre Familie begreifen würde, was für eine Ehre das für Lily gewesen war? Nur wenigen Studenten gewährte der Dozent dieses Privileg.

»In Cafés verbringen die vornehmen Herrschaften an der Universität also ihre Zeit, während unsereins sich an Brot und Muckefuck halten muss. Als gäbe es nichts Wichtigeres.« Obwohl ihr Bruder vorgab, einen Scherz gemacht zu haben, wusste Lily nur zu gut, dass er jedes Wort ernst meinte. Karl hielt Lily für eine Klassenverräterin, weil sie unbedingt studieren wollte. Ihr hatte er das einmal vorgeworfen, den Eltern und Oma Alwine gegenüber hielt er klugerweise den Mund.

Karl begleitete seine Worte mit einem bissigen Grinsen, und nicht zum ersten Mal fragte sich Lily, wie zwei so unterschiedliche Menschen Geschwister sein konnten. Ihr Bruder war groß und kräftig mit vollem schwarzem Haar, das ihm in die Stirn fiel, und den dunklen Augen ihres Vaters. Lily reichte ihrem Bruder nicht einmal bis zur Schulter. Ihr Haar war von einem hellen Braun, das Karl als »Straßenköterblond« bezeichnete, ihre Augen waren hellgrau wie sonst bei niemandem aus der Familie. Oma Alwine allerdings behauptete steif und fest, dass ihr verstorbener Mann Friedrich ebensolche Augen gehabt hatte. »Meerschaumaugen«, wie Alwine zu Lilys Verwunderung gesagt hatte. So ein romantisches Wort passte gar nicht zu ihrer bodenständigen Großmutter.

Aber nicht nur im Äußeren unterschieden sich die Geschwister. Wo Karl aufbrausend und laut war, blieb Lily ruhig und sprach leise. Nur in einem waren sich beide einig – ihr politisches Herz schlug links. Das jedoch hinderte Karl nicht daran, seiner Schwester ihr Studium vorzuhalten und zu behaupten, sie würde sich für etwas Besseres halten.

Bevor Lily sich eine Antwort auf Karls Angriff überlegen konnte, mischte sich Oma Alwine ein. »Der Karl hat nicht Unrecht. Wir müssen überlegen, wie es weitergehen soll.« Alwine, eine vom Alter gebeugte Frau, fuhr sich mit der Hand durch die kurzgeschnittenen weißen Haare, die wild vom Kopf abstanden. »Ich will nicht in einem Land leben, in dem Hitler regiert. Du etwa, Clara?«

Alwine deutete mit dem Zeigefinger auf Lily. Eine Geste, die Lily als Kind schreckliche Angst eingejagt hatte, weil sie gnadenlos wirkte. Überhaupt hatte sie sich vor ihrer polternden, ruhelosen Großmutter gefürchtet, bis sie alt genug war, hinter die ruppige Fassade zu blicken.

»Mutter, du sollst sie nicht Clara nennen«, sagte Ida und seufzte. Sie führte den Kampf um Lilys Namen seit mehr als achtzehn Jahren mit ihrer Mutter. Oma Alwine wollte sich einfach nicht damit abfinden, dass ihr Namensvorschlag nach Lilys Geburt überstimmt worden war, und nannte Lily daher bei jeder Gelegenheit Clara, nach Clara Zetkin.

Denn von Lily Braun, der Namenspatin für Lily, hielt Oma Alwine überhaupt nichts. »Kriegstreiberin, die«, pflegte Alwine zu sagen, sobald die Sprache auf sie kam. »Muss man sich schämen, dass das Kind danach heißt.«

Obwohl Lily ihrer Großmutter zustimmte, was die politischen Verfehlungen ihrer Namenspatin anging, war sie dennoch froh, dass sich weder ihr Vater durchgesetzt hatte, der sie nach Rosa Luxemburg hatte nennen wollen, noch Oma Bertha, die für Ottilie plädiert hatte. Mit Emma hingegen, dem Vorschlag von Opa Willy, hätte Lily leben können – diesen Namen mochte sie. Manchmal fragte sie sich, ob ihr Leben ein anderes wäre, wenn sie eine Emma oder Clara geworden wäre.

»Aber Oma, wo sollten wir denn leben?«, erwiderte Lily schließlich auf Alwines Frage. Sie konnte sich nicht vorstellen, Frankfurt zu verlassen. Sie wollte sich nicht vorstellen, das Studium aufzugeben. »Alle unsere Freunde und Genossen leben hier. Gemeinsam werden wir siegen.«

Bevor jemand etwas erwidern konnte, klopfte es an der Wohnungstür. Lily ging in den Flur und öffnete. Vor ihr standen Willy und Bertha, die Eltern ihres Vaters, beide mit sorgenvollen Mienen.

»Blass bist du«, sagte Oma Bertha, die oft das Reden für sich und ihren Ehemann übernahm. »Du studierst zu viel.«

»Kommt rein.« Lily deutete Richtung Küche. »Mutter schmiert gerade Brote für uns alle.«

Sie hängte die Mäntel ihrer Großeltern auf und folgte ihnen in die Küche, wo Karl, Gottfried und Alwine zusammenrückten, damit alle Platz am Esstisch fanden. Lily stellte sich neben ihre Mutter, die dicke Scheiben von dem dunklen Brot abschnitt und diese auf einen großen Teller legte.

»Stell bitte Margarine und Rübensirup auf den Tisch«, bat Ida, während sie Teller und Tassen aus dem Hängeschrank nahm. Lily drückte sie deren Lieblingstasse in die Hand – die weiße mit dem Rosenmuster. Nachdem sie sich auf die Eckbank und Stühle verteilt hatten, goss Ida Kaffee ein und stellte das Brot auf den Tisch. Oma Bertha und Opa Willy rückten ein Stück zur Seite, so dass Lily sich setzen konnte. Lily goss etwas Milch in den Kaffee, verzichtete aus Sparsamkeit auf Zucker und trank einen Schluck. Die Wärme des Getränks tat ihr gut und der bittere Geschmack belebte sie.

»Wie konnten sie den Hitler nur zum Reichskanzler ernennen?« Oma Berthas Stimme zitterte etwas, als könnte sie selbst nicht glauben, was sie da sagte. Für Lily war Oma Bertha immer die »echte Oma« gewesen – eine große, kräftige Frau, die stets ein freundliches Wort für ihre Enkelin hatte und eine breite Schulter zum Ausweinen. Mit den Jahren war Bertha etwas kleiner und schmaler geworden, aber sie überragte ihren Ehemann Willy immer noch um einen halben Kopf.

»Es war nur eine Frage der Zeit, bis Hindenburg einknickt.« Lilys Mutter schüttelte den Kopf, und die braunen Locken fielen ihr ins Gesicht. Seitdem ihr Mann seine Arbeit verloren hatte, hatten sich mehr und mehr graue Strähnen in Idas Haar eingeschlichen. Kurzsichtig blinzelte sie in die Runde. Ihre Augen verschlechterten sich zunehmend durch die Näharbeiten bei schlechtem Licht.

»Und wir haben uns alle lustig gemacht über den Giftzwerg Goebbels«, sagte Opa Willy mit tonloser Stimme.

»Als der letztes Jahr verkündete, dass Hitler Reichstagspräsident werden will.«

»Na, das konnte man doch damals nicht ernst nehmen«, antwortete Bertha. Sie und ihr Mann waren sich häufig uneinig, welche Richtung die Sozialdemokratie einschlagen sollte, aber sobald es um die Nationalsozialisten ging, waren sie einer Meinung. »Wir konnten die Hoffnung nicht aufgeben, dass das Parlament zur Vernunft kommt.«

»Da kommt einiges auf uns zu.« Lilys Opa wog bedächtig den Kopf von einer Seite zur anderen. Der zähe kleine Mann, der im Krieg 1917 einen Unterschenkel eingebüßt hatte, sagte selten etwas in den familiären Debatten. Wenn er einmal sprach, hörten ihm alle zu. Willy hatte in seinem Leben mehr erlebt, als die meisten von ihnen sich vorstellen konnten, dachte Lily oft. Sie mochte ihren Opa mit dem ovalen Gesicht, das tiefe Falten aufwies. Als Kind hatte sie sich vor ihm gefürchtet, weil er eine tiefbraune Haut hatte und riesige Ohren, die mit jedem Jahr größer zu werden schienen. Das markanteste Merkmal von Willy jedoch war die filterlose Zigarette, die er stets in der Hand hielt und mit der er auch jetzt die Luft verpestete.

»Kind, wenn du je rauchst, dann ohne Filter«, hatte der Opa zu Lily gesagt, als sie vierzehn Jahre alt geworden war. »Im Filter sammelt sich der ganze Dreck. Filterlos ist viel gesünder, allerdings auch ein Problem.« Lächelnd hatte er Lily seine Fingerkuppen gezeigt, die eine intensiv gelbbraune Färbung angenommen hatten.

»Was meinst du, Vater?«, fragte Gottfried. »Können wir das Steuer noch herumreißen?«

Bevor Willy antworten konnte, schellte es. Karl sprang auf und ging zur Tür. Die Familienmitglieder wechselten einen schnellen Blick – in letzter Zeit hatten Besuche nicht viel Gutes zu bedeuten gehabt. Kurz darauf stand ein junger Mann, der verlegen seine Mütze zwischen den Händen drehte, in der Küchentür und wünschte ihnen einen guten Abend.

Ehe er ein weiteres Wort sagen konnte, tauchte der hochgewachsene Karl hinter ihm auf. »Es ist nur Georg.«

Nur Georg. Nicht sehr freundlich, aber zutreffend. Lily kannte Georg, solange sie denken konnte. Er hatte mit seinen Eltern und sieben Geschwistern zwei Häuser weiter gewohnt, bevor die Familie ihre Chance genutzt hatte und in eine der modernen Wohnungen gezogen war. Als Kinder hatten Lily und Karl häufig mit Georg und dessen Geschwistern gespielt. Georgs großer Bruder Richard hatte Lily das Fahrradfahren beigebracht und ihr gegen Kinder beigestanden, die sie als Streberin beschimpft hatten. Ihn vermisste sie von der Familie am meisten, da er inzwischen nicht mehr in Frankfurt wohnte, sondern sein Glück im Ruhrgebiet suchte.

Zu Lilys Überraschung war sie Georg vor drei Jahren auf einer Parteiveranstaltung wieder begegnet, und seitdem war er ein gerngesehener Gast bei ihnen. Oma Alwine pflegte ab und zu mit einem schelmischen Lächeln zu fragen, warum der Junge wohl ständig bei ihnen vorbeischaute, aber Lily wehrte diese Anspielungen stets ab. Georg und sie verband der gemeinsame Kampf um bessere Lebens- und Arbeitsbedingungen für alle Menschen sowie die Organisation des Widerstands gegen die immer mächtiger werdende NSDAP und deren Anhänger.

»Im Ostend gab's wieder Schmierereien. ›Juden raus‹ und noch mehr übles Zeug«, sagte Georg. Als sein Blick dem von Lily begegnete, färbte Röte seinen Hals und er schaute schnell weg. »Wir wollen von der Eisernen Front eine Kundgebung abhalten. Seid ihr dabei?«

»Auf jeden Fall müssen wir auf die Straßen gehen.« Alwine schlug mit der Faust auf den Tisch. Georg zuckte zusammen, obwohl er das Temperament von Lilys Großmutter inzwischen kennen sollte, so oft, wie er zu Besuch kam. »In einem Land, wo der Hitler regiert, will ich nicht leben.«

»Wo willst du denn hin?« Willy schüttelte den Kopf. »Uns alte Bäume sollte man besser nicht mehr verpflanzen.«

»Nach Prag oder ins Saarland.« Alwine gab nicht nach. »Oder nach Schweden, so wie Katharina.«

»Wir müssen uns besser organisieren. Straffer. Bereit sein, in den Untergrund zu gehen.« Karl sprang auf. Lilys Bruder liebäugelte schon länger mit den Kommunisten, deren Organisation viel strikter war als die der Sozialdemokratie. »Jetzt können wir nicht weiter den Kopf in den Sand stecken und hoffen, dass alles gut wird.«

»Die Kommunisten werden auch nichts allein retten können«, wandte Gottfried ein. »Nur gemeinsam sind wir stark.«

»Gemeinsam! Gemeinsam!« Karl sprang auf. »Wer verweigert den Kommunisten denn die Unterstützung und Hilfe? Das sind eure feinen Freunde von der Sozialdemokratie.«

Mit großen Schritten stürmte er aus der Küche und in den Flur. Kurz danach hörten sie, wie er die Wohnungstür zuknallte. Wenn nicht einmal ihre Familie zusammenhalten konnte, wie sollte das im Parlament funktionieren, fragte sich Lily mit einem Schaudern.

Eine Gruppe von Männern jagt ein großes Säugetier, das den Spieß umdreht. Nur der Erzähler überlebt.

Kapitel 2

Berkeley, September 1999

»Es tut mir leid, Erin. Du weißt, ich wünsche dir alles Gute …«

Bevor er sagen kann »Lass uns Freunde bleiben«, lege ich auf. Unter Tränen. Tränen der Wut. Tränen der Trauer.

Wie oft habe ich mir geschworen, Jeffrey nie wieder anzurufen, ihn endgültig aus meinem Leben zu streichen? Aber vor drei Tagen wäre unser Hochzeitstag gewesen. Drei Tage habe ich durchgehalten, bis mich die Einsamkeit überfallen hat wie ein wildes Tier. Es hat mich gepackt und an mir gezerrt, bis ich es nicht mehr aushalten konnte. In dunklen Stunden wie diesen muss ich Jeffrey anrufen. Niemand sonst kennt mich so gut wie er. Niemand sonst kann verstehen, was ich empfinde. Niemand sonst ist mir je so nah gewesen und nun so unerreichbar.

Ruf ihn nicht an, ruf ihn nicht an, habe ich wie ein Mantra wiederholt, während ich ein zweites Glas Rotwein trank, aber dann habe ich doch die Nummer gewählt, habe atemlos gelauscht, bis ich endlich seine Stimme hörte. Seine angenehme, so vertraute Stimme, die so oft »Ich liebe dich« gesagt hat.

Die nie wieder »Ich liebe dich« zu mir sagen wird.

Mit zitternden Händen gieße ich mir ein drittes Glas Rotwein ein. Nicht, weil er mir besonders schmeckt, sondern weil ich hoffe, dass er mir hilft zu vergessen. Aber wie soll ich Jeffrey vergessen können, hier im gemeinsamen Haus, das ich in zwanzig Ehejahren zu einem Heim gemacht habe, wie ich es mir vorstelle. Ein Zuhause, warm und behaglich, ein Ort, an dem wir zusammen alt werden wollten. »In guten wie in schlechten Tagen, in Krankheit und Gesundheit«, das haben wir uns geschworen. Nun sitze ich hier und sehe nur Einsamkeit vor mir. An manchen Tagen gewöhne ich mich daran, an anderen Tagen, so wie heute Abend, fühlt sich die Einsamkeit besonders drückend an. Deshalb habe ich Jeffrey angerufen, obwohl ich es besser wissen sollte. Nach jedem Telefonat mit ihm beginnt meine Trauer erneut – ich– gehe nicht über Los, ziehe keine zweitausend Dollar ein. Seine neutrale Freundlichkeit schmerzt mehr, als wenn er mich anschreien würde.

Es kommt mir nicht vor, als ob bereits zehn Monate vergangen sind, seitdem er mich verlassen hat. Heißt es nicht, man trauert halb so lange um eine Ehe, wie sie gedauert hat?

Meine Hand greift erneut nach dem Telefon.

Nein.

Einmal ist genug.

Mehr als eine Demütigung am Tag kann ich nicht ertragen.

Ich muss mich ablenken.

Ich könnte fernsehen. Besser nicht. Womöglich bleibe ich an einem dieser Liebesfilme hängen, die, natürlich, mit dem großen Glück für alle Ewigkeit enden. Alles Lügen. Seitdem ich das vor drei Tagen zu meiner Freundin Charlotte gesagt habe, bin ich ihr neues Projekt. Wo sie nur die Energie hernimmt, sich um all die Streuner und Verlorenen zu kümmern? Dreibeinige Katzen, halbblinde Hunde und jetzt ich.

Charlotte habe ich vor zehn Jahren kennengelernt, als ich einen neuen Job suchte. Ich wollte meine langweilige Verwaltungsstelle an der Uni aufgeben und stellte mich in einer Buchhandlung vor. Charlotte war die Inhaberin und mir sofort sympathisch, auch meine Kolleginnen mochte ich auf Anhieb.

Charlotte ging es mit mir wohl ebenso, denn sie hat mir die Stelle gegeben.

Und ich habe noch mehr bekommen – eine beste Freundin, die sich um mich kümmert. Auch wenn wir uns wunderbar über Literatur streiten können. »Wenn du bei mir arbeitest, musst du dich auskennen. Nicht nur mit deinen heißgeliebten Europäern, sondern mit unseren amerikanischen Autoren ...« So beginnen unsere Geplänkel, seit wir uns kennen. Ich liebe vor allem die russischen und französischen Autoren. Charlotte behauptet, ich lasse die Propheten im eigenen Land nicht gelten. »Ich habe brav ein paar deiner geliebten Amerikaner gelesen«, erwidere ich dann. »Das reicht nicht«, entgegnet sie beharrlich. »Du musst den Kunden helfen können, die nicht wissen, wie das Buch heißt, das sie lesen wollen, wer der Autor ist oder worum es überhaupt geht.«

Bei jedem anderen wäre ich zornig geworden, aber Charlotte lasse ich alles durchgehen. Ohne sie wäre ich vollkommen zusammengebrochen, als Jeffrey mich im letzten November verließ. Neun Monate lebe ich nun schon allein – und es kommt mir vor, als wäre er erst vor neun Tagen gegangen.

Als ich vor drei Tagen zusammengebrochen bin, weil ich an unserem Hochzeitstag allein war, zog mich Charlotte in ihre Arme. »Ich habe eine Aufgabe für dich. Versprich mir, dass du jede Woche einen amerikanischen Roman liest.«

Glaubt Charlotte wirklich daran, dass amerikanische Literatur mir helfen könnte, über meinen Schmerz hinwegzukommen? Aber sie kennt mich zu gut. »Du wirst keinen der alten Schinken lesen«, sagte sie und grinste mich an. »Sondern Romane, die ich dir aussuche. Jede Woche bekommst du einen Hinweis und musst das Buch erraten und lesen. Innerhalb einer Woche. Wenn du früher fertig bist, umso besser.«

Mit Charlotte streitet man nicht, wenn sie so entschieden wirkt. Also habe ich mich seufzend dazu bereit erklärt, ein Buch pro Woche zu lesen. Vor drei Tagen gab sie mir den ersten Hinweis. Die Notiz kam in einem Briefumschlag. *Eine Gruppe von Männern jagt ein großes Säugetier, das den Spieß umdreht. Nur der Erzähler über-*

lebt. Glaubte sie wirklich, sie könnte mich damit hereinlegen? Natürlich wusste ich sofort, dass die Männer einen Wal jagen, der Hinweis war einfach zu deuten. »Lies es. Es hat viel mit dir zu tun«, sagte Charlotte, nachdem ich ihr die Lösung präsentiert hatte. »Und lies es bis zum Schluss.«

Moby Dick zu lesen ist gar nicht so einfach. Ich kenne den Film mit Gregory Peck, den ich gruselig und spannend finde, aber diese Spannung entdecke ich im Roman nicht wieder. Seitenweise lässt sich der Autor Herman Melville über Walfang aus. In viel zu vielen Details. In den letzten Tagen war ich schon ein paar Mal versucht, das Buch zur Seite zu legen und Charlotte gegenüber zu behaupten, dass ich es gelesen habe. Schließlich weiß ich dank Hollywood bereits, wie die Geschichte ausgeht.

Dennoch nehme ich das Buch widerstrebend in die Hand. Ich kuschele mich auf dem Sessel ein, den Jeffrey mir zu unserem fünfzehnten Hochzeitstag geschenkt hat, und lese an der Stelle weiter, an der ich gestern mit müden Augen aufgehört habe. Schon nach wenigen Seiten beginne ich zu gähnen.

Das Telefon klingelt.

Jeffrey! Ich springe sofort auf, um in den Flur zu laufen.

Vor Aufregung lasse ich das Buch fallen, verheddere mich in der Decke und stoße mir das Knie am Esstisch, als ich mich endlich von allem befreit habe. Bitte, bitte, lass ihn nicht auflegen, flehe ich. Bitte.

»Hier sind Erin und Jeffrey. Wir sind nicht zu Hause. Ihr wisst ja, wie das geht.«

Zu spät. Ein letzter Schritt, ich zerre den Telefonhörer von der Ladestation.

»Jeffrey?«, frage ich atemlos.

»Erin?«, antwortet die Stimme meiner Mutter.

Oh nein, *sie* hat mir gerade noch gefehlt.

»Hallo Mom«, sage ich und sende ein stummes Stoßgebet, dass sie nicht nachfragt, warum ich sie Jeffrey genannt habe. »Ist etwas passiert?«

Konsterniertes Schweigen am anderen Ende der Telefonleitung.

»Kann ich nicht bei dir anrufen, ohne dass etwas Schlimmes geschehen sein muss?«

»Es tut mir leid.« Wirklich. Mit der linken Hand reibe ich das schmerzende Knie, während ich nach einer passenden Entschuldigung suche. »Es war ein harter Tag.«

»Geht es dir besser?«

»Ja. So langsam. Es war … ziemlich überraschend.«

Die Untertreibung des Jahrhunderts. Aber ich möchte nicht mit meiner Mutter über meinen Exmann reden. Sie war von Anfang an der Auffassung, dass etwas mit Jeffrey nicht stimmte. Statt meine zwanzig guten Ehejahre mit ihm in die Waagschale zu werfen, denkt sie wahrscheinlich nur daran, dass ihre Prognose sich als richtig erwiesen hat.

»Wie geht es Kyle?« Gleich wird sie mit der üblichen Tirade beginnen, die auf die zunächst harmlose Frage folgt. »Ich finde es nicht richtig, dass dein Sohn allein durch Europa reist.«

»Ach, Mom.« Ich verkneife mir ein Seufzen. Zu oft haben wir diese Diskussion geführt. Meine Mutter ist der Überzeugung, dass es ein großer Fehler war, Kyle zu erlauben, in Spanien zu studieren. Beinahe so groß wie mein Fehler, Jeffrey geheiratet zu haben. »Kyle ist glücklich mit seinem Architekturstudium und seine Noten sind traumhaft.«

Und in Barcelona bekommt er nur am Rande mit, was sich hier in Berkeley abspielt. Wie sehr ich unter der Trennung leide. Wie einsam ich trotz Charlottes Bemühungen bin. Wie sehr ich mich aufgegeben habe. Wenn ich mit meinem Sohn telefoniere, bemühe ich mich darum, gelassen und zufrieden zu wirken. Kyle hat Jeffreys und meine Trennung besser aufgenommen, als ich erwartet habe.

Wahrscheinlich, weil er sein eigenes Leben lebt. Ein Leben, das sich um Architektur, neue Freunde und bestimmt auch Mädchen dreht, auch wenn er mir davon nie etwas erzählt. Ein Leben, in dem ich nur eine Nebenrolle spiele. Ich muss meinem Sohn zugutehalten, dass er nach Berkeley zurückkehren wollte, als er erfuhr, dass sein Vater mich verlassen hat. Aber ich habe abgelehnt. Ich wollte keine dieser Frauen werden, die ihr Kind als Waffe in dem Trennungskrieg benutzt.

»Erin?« Meine Mutter klingt irritiert. Wahrscheinlich hat sie mir etwas Wichtiges sagen wollen und meine Gedanken waren ganz woanders. »Erin. Hörst du mir zu?«

»Entschuldige, Mom.« Wenn ich nicht aufpasse, kommt sie noch auf die Idee, mich zu besuchen, um mir zur Seite zu stehen. Nicht, weil es ihr ein wirkliches Bedürfnis ist, sondern weil es sich so gehört. Mütter haben für ihre Kinder da zu sein, vor allem in Krisensituationen. »Ich habe an Kyle gedacht. Was hast du gesagt?«

»Dein Vater und ich wollen das Haus verkaufen.«

»Nein!«, platze ich heraus. Nicht das auch noch. Mein Sohn studiert in Spanien, mein Mann lebt mit seiner großen Liebe zusammen, und nun wird das Haus meiner Kindheit verkauft. »Das könnt ihr nicht machen!«

»Es ist viel zu groß für uns beide.« Bestimmt war es ihre Idee, das Haus aufzugeben, um sich in einer Seniorenresidenz einzuquartieren. Dad würde niemals unser Heim verkaufen. »Seit dem Herzinfarkt kann dein Vater kaum noch im Garten arbeiten.«

»Ihr könntet einen Gärtner einstellen«, schlage ich vor. Die Vorstellung, nie wieder in mein altes Zimmer zurückkehren zu können, bringt die Tränen zurück, die ich mühsam niedergerungen habe. »Ich zahle etwas dazu.«

»Ach, Erin.« Diesen Tonfall kenne ich nur zu gut. »Woher willst du das Geld nehmen?«

In dem Moment erkenne ich, was meine Mutter vor mir verbergen will.

»Ihr habt das Haus schon verkauft.«

Schweigen am anderen Ende. Schweigen, das mir ein Schuldgefühl vermitteln soll, obwohl meine Mutter sich schuldig fühlen müsste.

»Warum rufst du überhaupt an, wenn schon alles entschieden ist? Wann zieht ihr aus?« Wie gepresst kommen die Worte aus meinem Mund. Ich kann es nicht fassen, was sie getan haben.

»In zwei Wochen kommt eine Firma, die uns beim

Entrümpeln hilft. Dein Vater und ich dachten, dass du vorher gern deine Sachen aussortieren würdest.«

»In zwei Wochen?« Meine Kehle fühlt sich trocken an. Meine Augen brennen. »Ich … ich habe einen Job. Ich kann da nicht einfach weg.«

Meine Eltern wohnen immerhin in Oregon, ich kann nicht einfach mir nichts, dir nichts dorthin fahren. Charlotte setzt darauf, dass ich ihr im Buchladen helfe.

»Dann packen dein Vater und ich die wichtigsten Dinge für dich zusammen und schicken sie dir.«

Die Vorstellung, dass meine Eltern in meinen alten Sachen wühlen und entscheiden, was für mich wichtig ist, lässt mir die Haare zu Berge stehen. Auf gar keinen Fall will ich, dass Mom meine Tagebücher oder Liebesbriefe entdeckt.

»Nicht so eilig. Ich spreche morgen mit Charlotte und rufe dich dann an.«

»Grüß sie von uns.«

»Danke, Mom. Grüß Dad.«

»Bis morgen.«

Noch lange nachdem ich den Hörer wieder auf die Ladestation gelegt habe, verfolgt mich nur ein Gedanke: Kann es noch schlimmer kommen?

Ein armer Mann verliebt sich in ein reiches Mädchen und erfindet sich selbst als Millionär neu. Aber sie ist verheiratet. Kein Happy End für beide.

Kapitel 3

Berkeley, September 1999

Ich erwache mit schmerzendem Rücken und blinzele in die Sonne, die mir ins Gesicht scheint. Nachdem ich die Flasche Rotwein geleert hatte, bin ich über den letzten Seiten von *Moby Dick* im Sessel eingeschlafen. Mein Mund fühlt sich trocken und gleichzeitig pelzig an. Zum Glück habe ich den Wecker gestellt, sonst hätte ich die Mittagsschicht in der Buchhandling mit Sicherheit verschlafen. Charlotte wäre mir wahrscheinlich nicht böse, aber der sorgenvolle Blick, den ich von ihr bekäme, wäre mehr, als ich ertragen könnte.

Unter der Dusche schlägt mir der moralische Kater seine Krallen in die Seite. Einer der Gründe, warum ich mich selten betrinke. Nach ein paar Gläsern Wein geht es mir am nächsten Morgen körperlich schlecht, was noch zu verkraften wäre. Schlimmer noch fühlt sich das schlechte Gewissen an, das ich »moralischer Kater« getauft habe. Das Gefühl, etwas Dummes angestellt zu haben, so wie ein Anruf beim Exmann. Schnell drehe ich das warme Wasser auf, aber meine Gedanken bleiben bitter.

Ich werde nie wieder glücklich sein.

Mein Leben wird eine Aneinanderreihung trister Tage werden.

Ich bin selbst schuld daran, dass mein Mann mich verlassen hat.

Man sagt, die Trauer über das Ende einer Ehe dauert etwa halb so lange wie die Beziehung – da kommen noch schlimme Jahre auf mich zu.

Mit geschlossenen Augen lehne ich den Kopf an die Wand der Dusche, überlege, einfach hier stehen zu bleiben. Tagelang. Aber nein, dafür bin ich zu diszipliniert. Ich weiß, dass Charlotte auf mich wartet. Also stelle ich das Wasser ab, putze mir die Zähne und ziehe mich an. Wahllos greife ich in den Schrank, nehme das erstbeste Kleidungsstück, das mir in die Hände fällt.

Seitdem Jeffrey mich verlassen hat, habe ich etliche Kilogramm abgenommen. Etwas, das ich früher mit Freudentänzen gefeiert hätte. Heute ist es mir egal. Ich müsste mir neue Kleidung kaufen, mindestens eine Größe kleiner, aber allein die Vorstellung, etwas auswählen und mich entscheiden zu müssen, erschöpft mich. Lieber ziehe ich den Gürtel enger und akzeptiere, dass die Hose um meine Beine schlackert und tief unter meinem Hintern hängt. Es interessiert ohnehin niemanden, wie ich aussehe.

In düsterer Stimmung schmiere ich mir ein Frühstücksbrot – Erdnussbutter mit Johannisbeermarmelade, aber nicht einmal die würzige Süße kann meine Stimmung aufheitern. Einen Kaffee kaufe ich mir auf dem Weg zu Charlottes Buchladen. Meine Kaffeemaschine hat vor drei Wochen ihren Geist aufgegeben und bisher habe ich nicht die Kraft gefunden, eine neue anzuschaffen. Die Vorstellung, in einem Geschäft zwischen Dutzenden von Modellen wählen zu müssen, Entscheidungen darüber zu treffen, ob die Maschine auch Espresso und Cappuccino herstellen soll, ob sie selbstreinigend ist oder gewartet werden muss – all das ist mir zu viel. Da kaufe ich mir lieber jeden Morgen einen *Coffee to go* und unterstütze die lokale Wirtschaft.

An manchen Tagen genieße ich es, die Telegraph Avenue entlangzuschlendern, die grellen Farben an den Straßenständen in mich aufzunehmen, die Fröhlichkeit der Straßenhändler, das Gewimmel von Touristen und Studenten zu beobachten. An Tagen wie heute kann ich den Anblick der jungen Menschen, die ihr Leben noch vor sich haben, kaum ertragen, den von engumschlungenen Paaren schon gar nicht. »Noch glaubst du, dass er es ehrlich meint und für immer bei dir bleiben wird«, möchte ich dem hübschen Mädchen im Batikkleid am liebsten entgegenschleudern, das sich an ihren Freund schmiegt. »Aber er wird dich für jemand anderen verlassen. Und du wirst allein bleiben. Alt und einsam.«

Es ist kühl für Ende September. Ich ziehe meine viel zu dünne Jacke enger um mich, aber das Frösteln will nicht vergehen. Wer wird sich um mich kümmern, wenn ich einmal krank bin? In meinem Hinterkopf antwortet eine Stimme: »Charlotte oder Helen oder Amy«, aber ich will nicht auf sie hören, will mein Selbstmitleid zur Neige auskosten. Sosehr ich meine Freundinnen liebe, sosehr trauere ich meinem alten Leben nach. Meinem perfekten Leben.

Seitdem ich ein kleines Mädchen war, habe ich mir meine Zukunft in einer Zweiheit ausgemalt. Als meine Mutter mir Eisenbahnen und Autos schenkte, quengelte ich so lange, bis ich eine Barbie bekam. Doch bald war ich es satt, Barbie mit unterschiedlichen Kostümen auszustatten und sie zum Shopping zu schicken. Oder ins Büro – darauf bestand meine Mutter. Wieder quengelte ich, bis ich endlich das bekam, was Barbie in meinen Augen erst komplettierte – Ken. Stundenlang konnte ich mich damit beschäftigen, mir ein glückliches Leben für Barbie und Ken auszumalen. Von ihrem ersten Date über die Zeit der Verlobung bis hin zur rauschenden Hochzeitsfeier. Viele Kinder bekamen Barbie und Ken in meiner Phantasiewelt und lebten glücklich und zufrieden im Kreis ihrer wachsenden Familie.

Dieser Kindheitstraum hat mich nie losgelassen. Alles, was geschah – Schulabschluss, Studium, Job –, waren für mich nur Stationen auf dem Weg zum Glück, zu meiner Bestimmung, zu meinem Ken. Und das Leben meinte es gut mit mir. In meinem zweiten Semester an der Uni traf ich Jeffrey, dessen Idaho-geprägte Blondheit so gar nichts mit dem dunkelhaarigen Ken gemeinsam hatte. Bereits nach dem zweiten Date wusste ich, dass Jeffrey der Richtige, der Eine für mich war. Wir mochten dieselben Bücher, dieselben Filme, lachten über dieselben Komiker und engagierten uns politisch für dieselben Zwecke.

Jeffrey wünschte sich viele Kinder, ich mir auch. Jeffrey wollte nicht zurück nach Idaho, ich nicht zurück nach Oregon. Wir beide liebten die Sonne Kaliforniens, die bunten Farben Berkeleys und das Meer direkt vor der Haustür.

Nachdem Jeffrey mir einen Heiratsantrag gemacht hatte, glaubte ich mich am Ziel meiner Wünsche. Der erste Rückschlag kam, als die Ärzte mir nach Kyles Geburt mitteilten, dass ich keine weiteren Kinder bekommen könnte. Daher widmete ich unserem Sohn meine ganze Aufmerksamkeit, sorgte mich ständig, dass ihm etwas passierte. War das der Moment, in dem wir begannen, uns auseinanderzuleben? Waren wir da nicht mehr Erin und Jeffrey, sondern Erin und Kyle, Jeffrey und Kyle?

Nach außen hin lief alles glatt. Jeffrey bekam eine Festanstellung an der Universität, ich arbeitete halbtags dort, allerdings nicht im wissenschaftlichen Dienst, sondern in der Verwaltung. Doch sobald Charlotte mir die Chance bot, Bücher zu verkaufen, ließ ich die sichere Universitätsstelle sausen und arbeitete das, was mir Spaß machte, auch wenn es weniger Geld einbrachte. Aber das machte ja nichts. Mein Leben, mein Lebensstandard hing davon ab, was Jeffrey verdiente.

Ich muss aufhören, über diese Dinge nachzudenken. Ich muss aufhören, mich in meiner Einsamkeit zu suhlen. Wenn ich Katzen mögen würde, könnte ich mir eine anschaffen, aber Katzen erinnern mich an meinen Großvater, dem die Stubentiger wichtiger waren als wir Enkel.

Weil ich so tief in meinen Gedanken versunken bin, habe ich nicht aufgepasst und bin falsch abgebogen, bin den kurzen Weg gegangen und nicht den längeren, den ich bevorzuge. Ich versuche, dem kürzeren Weg durch die Telegraph Avenue auszuweichen, weil er mich an der Stelle vorbeiführt, wo früher das *Café Intermezzo* eine bunte Gesellschaft von Studenten, Professoren, Universitätsbeschäftigten und Touristen angezogen hat. Im November 1998 zerstörte ein Feuer das Gebäude und nahm Berkeley damit eines seiner traditionsreichsten Cafés. Mit vielen anderen zog ich einen Tag später zur Brandstätte, um mich mit eigenen Augen davon zu überzeugen, dass es das Restaurant nicht mehr gab. Dass das Café, in dem Jeffrey und ich so viel Zeit verbracht hatten, abgebrannt war, erschien mir als Ironie des Schicksals, hatte Jeffrey doch drei Tage zuvor verkündet, dass er mich verlassen wollte. Im November, mitten in den selbst in Kalifornien grauen Tagen. In der Vorweihnachtszeit. Dass er nicht bis zum neuen Jahr warten konnte, werfe ich ihm immer noch vor. »Ich konnte nicht mehr warten, Erin«, hatte er gesagt und mich dabei gequält angesehen. Mein Mitleid hielt sich in Grenzen. Schließlich hat er mich verlassen und nicht ich ihn.

Noch immer schmerzt es, wenn ich hier entlanggehe. Jedes Mal, wenn ich am Brandort vorbeikomme, werde ich an den verhängnisvollen Nachmittag erinnert. In meinen Augen verbindet sich das Ende des Cafés mit dem Ende unserer Ehe, so dass ich alle Bemühungen der Stadt Berkeley, das *Intermezzo* an anderer Stelle wiederaufzubauen, mit Argusaugen beobachte. Für mich ist das Café zu einem Omen geworden: Wenn es der Stadt oder den Eigentümern gelingt, das *Intermezzo* aufleben zu lassen, dann wird mein Leben wieder gut werden.

Endlich habe ich *Books Charlotte loves* erreicht. Schmal und unauffällig liegt die kleine Buchhandlung zwischen einem indischen Restaurant und einem Geschäft, das Tees und Kräuter verkauft, was in Charlottes Laden spürbar ist. Mal überwiegt der Duft indischer Gewürze, mal der von ökologisch angebauten Kräutern – das gibt *Books Charlotte loves* etwas Besonderes. Obwohl es dort an sich schon speziell ist. Klein, chaotisch, mit Büchern, die alle nur denkbaren Flächen belegen: Regale, Fensterbänke, selbst die linke Hälfte der Treppenstufen ist mit Büchern bedeckt. Nicht mit den gängigen Romanen und Bestsellern, wie man sie überall findet, sondern einer lebendigen Mischung aus unterschiedlichsten Genres und Zeiten, eben all den Büchern, die meine Freundin Charlotte liebt. Sie will niemanden missionieren, aber sie sagt, dass sie nur etwas verkaufen kann, das ihr am Herzen liegt. Das ist auch die wichtigste Voraussetzung, um bei ihr einen Job zu bekommen: Man muss Bücher lieben. Kein Wunder, dass ich dafür die Unistelle aufgab. Damals ahnte ich allerdings noch nicht, dass ich einmal von meinem Einkommen leben müsste.

Bevor mich düstere Gedanken nach unten ziehen, stoße ich die Tür weit auf und atme tief ein. Mittags gewinnt jeden Tag das indische Restaurant. Obwohl ich gefrühstückt habe, meldet sich mein Magen. Die Gerüche nach Curry, Masala und Vindalho sind einfach zu verführerisch.

Charlotte steht mit dem Rücken zum Eingang, den Kopf gesenkt, als würde sie lesen. Ihre Silhouette und ihre Farben sind unverkennbar. Selbst wenn es mir schlecht geht, sobald ich meine Freundin sehe, fühle ich mich besser. Sie hat diese Wirkung auf Menschen im Allgemeinen, nicht nur auf mich im Besonderen. Vielleicht, weil sie hochgewachsen und rundlich ist, weil sie an freundliche Kindergärtnerinnen erinnert, an die man sich ankuscheln konnte, wenn man sich das Knie angeschlagen hatte. Vielleicht, weil sie sich in leuchtende Farben kleidet, die an einen Sommertag voller Liebe erinnern. Vielleicht, weil sie für jeden ein Lächeln und ein freundliches Wort hat, selbst wenn die Kunden mit den seltsamsten Fragen kommen.

»Guten Morgen«, begrüße ich sie. »*Moby Dick* ordnungsgemäß beendet. Was das allerdings mit mir zu tun hat, ist mir schleierhaft.«

»Ahab war besessen von etwas, das ihn ins Unglück stürzen würde. Er hat dem weißen Wal alles geopfert. Seine Ehe, seine Lebensfreude, sein Boot, seine Mannschaft und schließlich sein Leben.«

»So also siehst du mich.« Ich beiße mir auf die Unterlippe, weil ich nicht weinen will. »In deinen Augen bin ich neurotisch und folge einem sinnlosen Ziel. «

Charlotte mustert mich schweigend. Ich starre zurück, wobei ich noch immer gegen Tränen ankämpfe.

»Ich halte dich nicht für neurotisch«, sagt Charlotte schließlich. Sanft und gelassen, als spräche sie zu einem ihrer Findeltiere, das beruhigt werden muss. »Du bist nur in der ersten Trauerphase steckengeblieben…«

»Komm mir jetzt bitte nicht damit«, unterbreche ich sie harsch. Du kannst nicht in Berkeley leben, ohne an jeder dritten Ecke über Flyer oder Werbezettel zu stolpern, die Seminare und Workshops zur Trauerbewältigung oder zum Umgang mit Trennungen anbieten. Aber so verzweifelt bin ich nicht, dass ich mich in eine dieser Gruppen begeben würde.

»Erin!« Ich schrecke auf. So schroff hat Charlotte noch nie mit mir gesprochen. »Erin. Seit Wochen und Monaten höre ich mir an, wie sehr du darauf hoffst, dass Jeffrey sich besinnt. Du verdrängst nur.«

»Und *Moby Dick* soll mir helfen«, entgegne ich, schärfer als geplant. Aber ich mag mir einfach keine guten Ratschläge mehr anhören. Vor allem nicht von meiner Freundin, deren Männerbeziehungen in der Regel eine Nacht nicht überlebten. »Was kommt als Nächstes? Jack London? Nathaniel Hawthorne? Oder Pearl S. Buck? Frauen, die zu sehr lieben?«

»Das hier.« Wieder drückt mir Charlotte einen Umschlag in die Hand. Dieses Mal ist er rosafarben, mit einem bunten Regenbogen, der sich quer über das Papier zieht. Hell und fröhlich – genau das Gegenteil von meiner Stimmung. »Finde heraus, was es ist, und lies es.«

»Charlotte!« Meine Stimme klingt so laut, dass die beiden Frauen, die in Büchern blättern und bestimmt keines davon kaufen werden, erschrocken aufschauen. Sofort mäßige ich mich. »Es ist ja nett, dass ich dein neues Projekt bin, aber ich habe verstanden, was du mir sagen wolltest. *Moby Dick* hat mir die Augen geöffnet.«

»Nimm es und lies es.« Immer noch hält sie den Umschlag in der Hand. Immer noch weigere ich mich, meine Hand auszustrecken. »Du bist kein Projekt für mich. Du bist meine beste Freundin und ich kann es nicht ertragen, dich leiden zu sehen.«

Schlagartig bricht mein Widerstand zusammen. Ich nehme den Briefumschlag und öffne ihn. Auch diesen Roman erkenne ich auf Anhieb.

»*Der große Gatsby.* Sag mal, willst du mich endgültig in eine Depression treiben?«, frage ich halb im Scherz.«

»Wer sagt, dass dich ein Buch glücklich machen soll?«, widerspricht Charlotte. »Im besten Fall hilft es dir, mehr über dich selbst zu erfahren oder dich an etwas zu erinnern, was du schon viel zu lange vergessen hast.«

»Warum Gatsby?«, frage ich. »Weil er unglücklich liebt?«

»Weil er die Vergangenheit zurückholen will, obwohl er es besser weiß. Niemand kann das so gut beschreiben wie F. Scott Fitzgerald.«

Das also denkt meine beste Freundin von mir. Warum nur fürchte ich, dass sie recht behalten könnte?

Nach außen hin wirkt sie erfolgreich und beneidenswert,
doch in ihrem Innern plagen sie Zweifel.
Die Protagonistin scheitert an ihrer Unfähigkeit,
eine Entscheidung zu treffen.

Kapitel 4

Berkeley und Salem, September 1999

Als ich eine Woche später zu *Books Charlotte loves* komme, um Tschüs zu sagen, bevor ich zu meinen Eltern fahre, herrscht gedrückte Stimmung. So niedergeschlagen habe ich meine Freundin noch nie gesehen: Charlotte wirkt düster, selbst das kräftige Grün ihres Pullovers, das sich mit dem leuchtenden Orange ihrer Hose beißt, wirkt blasser als sonst, beinahe ausgewaschen. Sarah, meine Lieblingskollegin, steht hinter der Kasse und hat rote Augen, als hätte sie geweint. Sie nickt mir zu und kämpft sichtlich mit den Tränen. Ist jemand gestorben, den wir alle kennen und der uns viel bedeutet?

Im Kopf gehe ich unsere Freunde durch – von einigen habe ich lange nichts mehr gehört, was nicht ihre Schuld ist, sondern meine, da ich mich nach Jeffreys Weggang in meinem Schneckenhaus versteckt habe. Schlagartig überfällt mich das schlechte Gewissen, verbunden mit dem festen Vorsatz, mich demnächst durch mein Adressbuch zu mailen oder zu telefonieren.

»Was ist passiert?«, frage ich, noch bevor ich die Jacke ausgezogen habe.

»Nicht hier«, antwortet Charlotte und zieht mich nach hinten in die winzige Kaffeeküche. Auch hier stapeln sich Bücher, die vorn im Laden keinen Platz mehr gefunden haben. Da wir Bücher lieben, kann Charlotte sich darauf verlassen, dass niemand von uns es wagen würde, Kaffee auf die Bücher zu gießen und sei es nur aus Versehen.

»Ist … ist jemand gestorben?« Aus Angst vor ihrer Antwort halte ich den Atem an. Lass es nicht Ben sein oder Karen, bete ich stumm. »Sag schon.«

»Nein. Noch nicht.« Charlotte sarkastisch zu erleben, ist eine Neuerung für mich – keine positive. »Ich war heute bei der Bank.«

Ja, ich weiß, *Books Charlotte loves* läuft nicht mehr so gut wie noch vor fünf Jahren. Die große Kette, die zwei Straßen weiter eine Filiale eröffnet hat, und das Internet haben uns viele Kunden geraubt. Aber wie schlimm es steht, war mir bis heute nicht klar.

»Kannst du den Buchladen nicht mehr halten?«, frage ich, kurz vor der Panik. Mein Job hier und meine Freundschaft zu Charlotte sind die einzigen Konstanten in meinem Leben. Nicht auszudenken, wenn ich mir eine neue Stelle suchen muss. Wer stellt eine über Vierzigjährige ein, die einen Abschluss in Literaturwissenschaft und einige Jahre Erfahrung im Buchhandel aufweist? »Kann ich dir irgendwie helfen?«

»Hast du zufällig zweihunderttausend Dollar zur Hand?« Charlotte wartet nicht auf meine Antwort, sondern wendet mir den Rücken zu, um Kaffee zu kochen. Aber den Klang ihres Weinens kann sie nicht verstecken.

Vorsichtig trete ich neben sie und nehme sie in den Arm, halte sie fest. Meine starke Charlotte, die sonst immer mich getröstet hat. Wie schlimm muss es um den Buchladen stehen, dass sie derart verzweifelt ist?

»Ich habe ein bisschen Geld von meinem Großvater geerbt«, sage ich. »Ungefähr dreißigtausend Dollar. Die gebe ich dir gern.«

Charlotte löst sich aus meinen Armen. »Danke. Aber das reicht nicht einmal, um die gröbsten Löcher zu stopfen.« Sie füllt den fertigen Cappuccino in zwei Tassen, reicht mir eine und trinkt selbst einen Schluck. »Ich hätte doch besser ein Café eröffnen sollen. So was läuft immer. Essen müssen alle, lesen viel zu wenige.«

»Ich bin eben am *Intermezzo* vorbeigekommen«, sage ich, um das Thema zu wechseln, weil ich mich hilflos fühle. »Es sieht nicht so aus, als ob sie in den nächsten Monaten aufmachen werden. Deine Chance.«

»Du weißt doch, wie gut ich koche.« Nun lächelt Charlotte wieder. Etwas schief und nicht hundertprozentig überzeugend, aber besser als eben ist es auf jeden Fall. »Außerdem bin ich nicht kreditwürdig, wie mir die Bank vorhin mitgeteilt hat.«

»Das kann nicht sein. Wie lange bist du schon Kundin dort?«

»Mein ganzes Leben. Aber das zählt heutzutage nichts mehr. Heute geht es nur um Zahlen und Ratings.«

»Was hältst du von einer Sammelaktion oder so was wie Aktien oder Rabatte oder ...?« Es muss doch irgendetwas geben, um *Books Charlotte loves* zu retten. Schnell gehe ich im Kopf Freunde und Familie durch, aber niemand, den ich kenne, hat so viel Geld, wie Charlotte benötigt. »Ich sage den Besuch bei meinen Eltern ab und bleibe hier.«

»Nein.« Charlotte schüttelt ihren Kopf so heftig, dass Cappuccino auf eins der Bücher tropft. Wir sehen uns erschrocken an, um dann gemeinsam in Lachen auszubrechen. »Nein. Fahr ruhig. So schnell gebe ich nicht auf.«

»Kann ich dich wirklich allein lassen?« Es würde mir nicht schwerfallen, den Besuch bei meinen Eltern zugunsten meiner Freundin aufzuschieben. »Bist du sicher?«

»Ja, natürlich. Ich bin nur tief enttäuscht von der Bank. Selber verschleudern sie Millionen, aber wenn ich Hilfe brauche ...«

»Also gut. Aber wenn etwas ist, ruf mich auf jeden Fall an. Du warst immer für mich da.« Ich umarme sie zum Abschied, sage schnell Tschüs zu Sarah und will mich auf den Weg zum Bahnhof machen, als Charlotte mich zurückruft. Dieses Mal ist der Briefumschlag schlichtweiß.

»Ich hab's nicht vergessen«, sagt sie.

»Ich hab's befürchtet«, antworte ich. Meine Kehle fühlt sich zugeschnürt an, als ich sehe, dass Charlotte mit den Tränen kämpft. »Ich bleibe.«

»Nein, verschwinde. Morgen Abend will ich die Lösung wissen.«

Nach langem Überlegen habe ich mich dazu entschlossen, die knapp sechshundert Meilen bis zu meiner Familie in Salem mit dem Zug zu fahren. Fliegen erscheint mir zu aufwändig und die Autofahrt ist mir zu lang. Ich fahre nicht gern Auto, und eine Fahrtzeit von fast neun Stunden bedeutet, dass ich für Tage erschöpft bin. Also lieber *Amtrak* nutzen, auch wenn die Zugfahrt sechzehn Stunden dauert und ich in Martinez umsteigen muss. Obwohl ich auf mein Geld achte, seitdem Jeffrey mich verlassen hat, habe ich mich für einen Schlafwagen entschieden. Ich fühle mich inzwischen zu alt, um auf dem Sitz zu schlafen, bei jeder Kurve in Gefahr, meinem Sitznachbarn näher zu kommen, als mir – und wohl auch ihm oder ihr – lieb ist.

Den Titel des neuen Buches, das Charlotte mir für die Reise zu meinen Eltern aufgegeben hat, habe ich sofort erkannt, worauf ich stolz bin. Schließlich gehörten Frauenstudien zu meinem Curriculum und da kam man nicht an Sylvia Plath vorbei. Will meine Freundin mir sagen, dass ich mich unter einer Glasglocke verkrochen habe? Oder soll der Roman eine Anspielung auf Fremdheit in der Familie sein? Wahrscheinlich will Charlotte nur, dass ich mir diese Fragen stelle und mich von Jeffrey ablenke. Damit hat sie Erfolg. Woher bekomme ich ein Exemplar des Romans? Ob noch eins in meinem alten Zimmer liegt, das bald nicht mehr meins sein wird?

Damit meine Gedanken schweigen, nehme ich eine Schlaftablette, die mich kurz darauf gähnen lässt. Ich stelle den Wecker, putze mir die Zähne und lege mich hin. Bald spüre ich die dumpfe Müdigkeit, die mit den Tabletten einhergeht, und umarme sie.

Der Zug ist pünktlich; ich fühle mich ausgeschlafen und bin bereit, dieses Wochenende bei und mit meinen Eltern durchzustehen. Sie erwarten mich am Bahnhof. Mein hochgewachsener Vater zieht mich in eine bärige Umarmung und drückt mich, meine Mutter steht daneben und nestelt verlegen an ihrer Handtasche. Wir beide umarmen uns so flüchtig, dass ich ihre Berührung kaum spüre. Auf der Fahrt erzähle ich ihnen von Charlottes Dilemma und sie mir von der Seniorenresidenz, in die sie sich eingekauft haben.

Nachdem wir angekommen sind, spüre ich Beklommenheit, wenn ich das Haus ansehe, das ich heute das letzte Mal betreten werde. Meine Kindheit und Jugend habe ich hier verbracht. Obwohl ich meine Eltern selten besuche, habe ich diesen Ort immer als mein Zuhause betrachtet.

»Kommst du?«, fragt Dad, der meine Stimmung spürt.

Ich kann nur nicken.

Als ich zur Haustür hereintrete, schießt ein graues Schemen hinter der Tür hervor, springt gegen mein Bein, schlägt Krallen in meinen Unterschenkel, stößt sich ab und galoppiert mit hochgerecktem Schwanz davon.

»Sie lebt also immer noch«, sage ich und versuche nicht einmal, Ärger und Abscheu in meiner Stimme zu verbergen. »Wie alt ist Beauty? Hundert? Hättet ihr sie nicht einsperren können, solange ich hier bin?«

»Es ist doch nur ein Tier«, antwortet meine Mutter, mit dem üblichen leichten Vorwurf in der Stimme. »Zwei Tage wirst du es mit ihr aushalten können, oder?«

Ich mag Tiere, alle, selbst Spinnen setze ich vorsichtig in die Freiheit, aber diese Katze und ich kommen einfach nicht miteinander aus. Von Anfang an nicht. Schon als sie noch bei meinem Großvater lebte, war es dem graugetigerten Biest ein Vergnügen, mich zu jagen und zu verletzen. Ihre Tochter Snow ist nicht viel besser.

»Snow hat gerade Junge bekommen. Wirklich niedliche Babys«, erzählt mein Vater. Warum meine Mom eine graugetigerte Katze Snow White nannte, habe ich nie verstanden. Genauso wenig wie ich begreifen konnte, dass Großvater Snows Mutter, das hässliche Katzenviech, Beauty taufte. Leicht drückt Dad meinen Arm, als wollte er mich beruhigen. »Wir können sie uns später ansehen. Jetzt komm erst einmal in Ruhe an.«

»In einer Stunde gibt es Essen«, ergänzt meine Mutter. »Vegetarisch. Oder isst du jetzt wieder normal?«

»Vegetarisch ist wunderbar, danke.«

Warum nur fühlt sich ihre Frage an wie ein Vorwurf, als müsste ich mich dafür entschuldigen, dass ich kein Fleisch esse? Bevor ich einen Streit anfange, flüchte ich in mein Zimmer, begleitet von dem Gefühl, beobachtet zu werden. Zu Recht. Auf dem Schrank im Flur sitzt Snow, die mich anfaucht, als ich an ihr vorbeigehe. Was für eine wundervolle Begrüßung.

Gerade habe ich die Tür meines Kinderzimmers hinter mir geschlossen, als sie sich wieder öffnet.

Meine Mutter. Es erstaunt mich immer wieder, wie ähnlich wir uns sehen und wie wenig wir ansonsten gemeinsam haben. Wir teilen das hellbraune, feine Haar, das viel zu dünn ist, um mehr als schulterlang getragen zu werden. Genau wie sie habe ich grünbraune Augen unter dunklen Brauen. Sie allerdings lässt ihre zu einer dünnen Linie zupfen, ich lasse meine wachsen. Seitdem ich abgenommen habe, ist meine Figur beinahe wie ihre. Vorher wirkte ich mehr wie mein Vater – stabil und durch nichts umzuwerfen. Meine Mutter hingegen gleicht in ihrer zierlichen Zartheit einer Elfe, die ein lautes Wort allein umpusten könnte. Nichts täuscht mehr als dieser Eindruck. Denn meine Mutter ist zäher und stärker als mein Vater und ich zusammen.

»Hier.« Sie reicht mir einen Stapel Kisten und einige Müllsäcke. »Bis zum Essen kannst du ja schon anfangen, etwas auszusortieren.«

»Danke«, stoße ich zwischen den Zähnen hervor. Warum nur muss sie immer so organisiert sein? Warum kann sie mir nicht einmal eine Stunde Pause gönnen, damit ich mich von meinem Zimmer und meinem Leben verabschieden kann? »Hat das nicht noch etwas …«

Als hätte er unseren aufkommenden Streit gespürt, tritt mein Vater neben meine Mutter.

»Erin«, unterbricht er mich. »Komm in die Garage, ich muss dir etwas zeigen, das ich dort gefunden habe.«

Obwohl ich weiß, dass er mich nur von dem Streit abhalten will, der sowieso kommen wird, weil meine Mutter und ich uns jedes Mal streiten, freue ich mich, dass ich entkommen kann.

»Hier, dein erstes Fahrrad.« Stolz lächelnd zeigt mein Vater auf das rote Teil, dessen Räder verbogen sind. »Weißt du noch, wie ich dir Radfahren beigebracht habe?«

»Ja, nur zu gut.« Nun muss ich lächeln. Wie man mit einem Fahrrad vorankommt, hatte ich schnell gelernt. Nur das Bremsen konnte ich lange Zeit nicht. Wie oft bin ich am Wochenende die Straße vor unserem Haus auf und ab gefahren, habe »Daddy, Daddy« gerufen, bis er mich endlich hörte und stoppte.

»Warum verkauft ihr das Haus?«

»Erin.« Seine hellblauen Augen weichen meinem Blick aus. »Es ist einfach zu groß für uns.«

»Was ist wirklich passiert?« Auf einmal bekomme ich es mit der Angst zu tun. Mein Vater ist immer noch kräftig, aber er hat deutlich abgenommen, was ich bereits bei der Begrüßungsumarmung gespürt habe. »Was verschweigst du mir?«

Er kramt geschäftig in seinem Werkzeugkasten, als ob dort jemals Unordnung herrschen könnte. Meine Angst wächst sich zu einer Panik aus.

»Dad?«

»Ich hatte einen zweiten Herzinfarkt«, flüstert er, holt einen Schraubendreher heraus, mustert ihn prüfend und legt ihn zurück in den Kasten. »Nichts Schlimmes, aber die Ärzte meinen, ich sollte kürzertreten.«

»Wann war das?«, bringe ich mit tränenerstickter Stimme hervor. Mein Vater ist erst achtundsechzig Jahre alt. Ich will ihn nicht verlieren. Nicht auch noch ihn.

»Vor sechs Wochen.« Nun schaut er auf, kommt zu

mir und nimmt mich in die Arme. »Erin. Es ist nicht so schlimm. Na ja, fast nicht.«

»Wieso?«

»Die Ärztin hat lange mit deiner Mutter gesprochen. Ich muss jetzt strenge Diät halten.« Er verzieht das Gesicht. »Pat nimmt das sehr ernst.«

»Zu Recht.« Erstmalig stehe ich voll und ganz auf der Seite meiner Mutter. Wie kann ein lebenskluger Mann wie mein Vater nur so naiv sein, wenn es um seine Gesundheit geht! »Musst du operiert werden?«

Operationen sind mir ein Graus, seitdem mein Großvater überraschend nach einem harmlosen Eingriff gestorben ist. Bei Krankenhäusern denke ich sofort an den Tod, an den Gesichtsausdruck meiner Mutter, als die Ärzte uns sagten, dass es zu Komplikationen, wie sie Großvaters Sterben umschrieben haben, gekommen war.

»Nein, nur kürzertreten und das essen, was mir nicht schmeckt.«

Am liebsten würde ich sofort zu seiner Ärztin fahren, sie zur Rede stellen, oder meine Mutter anschreien, weil sie mir den Herzinfarkt verheimlicht hat. Aber das würde Dad nicht zulassen. Egal, was sie tut, er steht zu meiner Mutter, etwas, das ich nie verstehen konnte. Vielleicht liegt darin das Geheimnis ihrer glücklichen Ehe, denke ich. Vielleicht leben meine Eltern deshalb noch zusammen, während ich von meinem Mann verlassen wurde. Ich war nicht gut genug als Ehefrau.

»Erin.« Jetzt klingt mein Vater sehr ernst. Erschrocken schaue ich ihn an. Was kann noch schlimmer sein als ein Herzinfarkt? »Erin, geht es dir gut? Besser?«

Nun lasse ich den Tränen freien Lauf, einfach weil es unglaublich ist. Mein Vater, dem Tod von der Schaufel gesprungen, macht sich mehr Sorgen um mich als um sich.

»Erin!«

»Nein, nein«, wiegele ich ab. »Es ist schon okay. Nur etwas viel auf einmal. Das Haus weg, dein Herzinfarkt, zu wenig Schlaf gestern …«

»Ich bin immer für dich da.«

»Ich weiß, Dad.«

»Das Essen ist fertig«, ruft meine Mutter, die ich immer im Verdacht habe, eifersüchtig auf das zu sein, was meinen Vater und mich verbindet. »Kommt, bevor es kalt wird.«

Nach langem Schweigen erzählt eine Mutter ihrer Tochter endlich die Geschichte ihres Lebens.
Trotz einer furchtbaren Ehe hat sie es geschafft, ihr Glück zu finden – mit Hilfe ihrer besten Freundin, die ihr nahe ist wie eine Schwester.

Kapitel 5

Salem, September 1999

Viel zu früh habe ich einen weiteren Roman von Charlotte geschickt bekommen, auf den Pager, den sie mir geschenkt hat, nachdem Jeffrey mich verlassen hat. Damit wir uns jederzeit erreichen können, hat sie gesagt. Passenderweise trifft die Nachricht beim Abendessen ein und meldet sich durch lautes Piepsen. Neugierig ziehe ich den Pager aus der Tasche und werfe einen kurzen Blick darauf, was mir einen bösen Blick von meiner Mutter einbringt. Als ich Charlottes Worte lese, beiße ich mir auf die Lippe, um mir das Lachen zu verkneifen. Neben meiner Wochenaufgabe hat sie geschrieben: »Dachte, das würde jetzt gut passen.« Dunkel erinnere ich mich an den Roman. Amy Tan ist auf jeden Fall die Autorin. Aber ich muss nachschauen, welches ihrer Bücher Charlotte meint. Schließlich schreibt Amy Tan fast immer über die Schwierigkeiten zwischen Müttern und Töchtern. Wahrscheinlich habe ich deshalb so viel von ihr gelesen.

Nach dem Essen verschwinde ich erneut in meinem Zimmer. Von meinen Umzügen weiß ich, die letzten Teile benötigen am längsten. Nun muss ich entscheiden, was bleibt, was geht. Zu meiner Überraschung ist mir meine Mutter gefolgt.

»Wenn du deine Sachen zusammengesucht hast, würdest du mir dann helfen?« Seitdem ich ohne Mann bin, weiß meine Mutter noch weniger, wie sie mit mir umgehen soll. In ihren Augen bin ich wohl zu alt, um in den Arm genommen und getröstet zu werden. Eine distanzierte Höflichkeit hat sich zwischen uns eingeschlichen, die uns beiden unangenehm ist, die wir aber nicht durchbrechen können. »Ich will den Dachboden ausräumen.«

»Gern. Es wird nicht lange dauern.«

Dann lässt sie mich allein. In meinem alten Zimmer, das meine Eltern kaum verändert haben, seitdem ich vor mehr als fünfundzwanzig Jahren ausgezogen bin. Meine Mutter hat ihre Nähmaschine hier aufgestellt und auch das Bügelbrett hat hier seine dauerhafte Heimat gefunden, aber dennoch bleibt es mein Zimmer. Die Tapeten – ich erinnere mich noch gut daran, wie stolz ich war, dass ich selbst entscheiden durfte, wie die Wände meines Zimmers aussehen werden. Weiße Tapeten mit blauen, roten und gelben Streifen, schmal wie flüchtige Pinselstriche, habe ich mir ausgesucht. Erstaunlich, dass sie mir auch heute noch gefallen. An den Wänden befinden sich Poster aus unterschiedlichen Lebensabschnitten. Die Pferdebilder aus der Zeit meiner Kindheit und beginnenden Pubertät hängen gleichberechtigt neben den Bildern von Bands, an deren Namen ich mich heute nicht einmal erinnern kann. Dazwischen zwei Poster aus meiner politischeren Phase, die sich sicher in Tausenden von Teenager-Zimmern fanden und finden: die Friedenstaube und »Erst wenn der letzte Baum gerodet …«, angeblich eine Weissagung der Cree. Auch wenn ich als Erwachsene höchstens sechsmal im Jahr hier war, wird mir das Zimmer fehlen. Hier bin ich aufgewachsen. Hier habe ich Briefe an mein zukünftiges Ich geschrieben, so wie wir alle. Vor einem Jahr habe ich sie verbrannt, um alle Erinnerungen an meine Naivität zu zerstören.

Nachdem Jeffrey und ich unser Haus gekauft hatten, habe ich die meisten meiner Sachen, vor allem die Bücher und – ich muss es zugeben – die Puppen und Stofftiere meiner Kindheit und Jugend nach Berkeley geholt. Bei meinen Eltern habe ich nur das gelassen, was mir nicht wichtig genug erschien, um es bei mir haben zu wollen, aber zu wertvoll, um es wegzuwerfen. Alte Sporttrophäen, die Siegerurkunde vom Buchstabierwettbewerb, Bilder und Gedichte, die ich als Vierzehn- oder Fünfzehnjährige geschrieben habe. All die Dinge, die ein Leben ausmachen und von denen man sich doch eines Tages trennen muss. Ich werfe einen letzten Blick in mein altes Zimmer, um es so, wie es immer war, in Erinnerung zu behalten. Dann beginne ich mit dem Aussortieren.

Nachdem ich Bügelbrett und Nähmaschine an die Wand gerückt habe, ziehe ich die Schubladen aus der Kommode und schütte ihren Inhalt auf das Bett. Kinderzeichnungen, Gedichte in meiner ordentlichen Handschrift, Briefmarken, Eintrittskarten für das Kino und zu Konzerten, Modeschmuck, Stifte – was sich so alles ansammelt.

Obwohl ich nichts davon in den letzten zwanzig Jahren gebraucht, ja nicht einmal vermisst habe, fällt es mir schwer, mich davon zu trennen. Jedes Teil nehme ich in die Hand und betrachte es von allen Seiten, bevor ich es in einen der Kartons lege, die ich mitnehmen werde, oder es in einem der Müllsäcke versenke.

Dann passiert das, wovor ich mich gefürchtet habe. Ich stoße auf ein Stück unserer gemeinsamen Vergangenheit – einen Liebesbrief von Jeffrey, obwohl »Brief« eine hochtrabende Bezeichnung ist für die wenigen Worte, die er mir geschrieben hat. Aber es genügt, um mich gedanklich zurückzuversetzen in die Zeit, in der er mir dieses Briefchen heimlich zugeschoben hat. An einem Freitag, als ich zu einer Familienfeier fahren musste und Jeffrey aufgrund seines Examens nicht mitkommen konnte. Er brachte mich zur Bahn, nahm mich in die Arme und drückte mir verlegen den Zettel in die Hand, für ihn eine starke Liebesäußerung. Warum ist es mir nicht gelungen, dieses Gefühl in ihm zu bewahren?

Ohne weiter nachzudenken, reiße ich den Zettel in kleine Fetzen, die ich in den Müllbeutel werfe. Zum ersten Mal seit langem fühle ich mich besser, beinahe frei. Mit neugewonnener Energie entrümpele ich Kommode und Schränke. Nur weniges kommt in den Karton, der mich nach Hause begleiten wird. Systematisch arbeite ich mich weiter durch die Schubladen, bis ich zwei Kartons und vier Müllsäcke gefüllt habe.

Nachdem ich die Müllbeutel in die Garage gebracht habe, suche ich meine Mutter.

»Ich bin fertig«, sage ich zu ihr. Wie erwartet sitzt sie im Wohnzimmer an ihrem Puzzle. Tausend Teile. Ein Bild von Monet mit sehr viel Wasser. »Sieht kompliziert aus. Das viele Blau.«

»Wenn ich erst einmal den Rand habe, geht es ganz schnell.« In ihrer Stimme klingt Erstaunen darüber auf, dass ich mich für Puzzles interessiere. »Wollen wir nun auf den Dachboden gehen?«

»Ja, gerne. Was ist dort zu tun?«

»Das meiste hat dein Vater bereits sortiert, aber …« Sie schaut auf ihr Puzzle, pickt mit sicherer Hand ein Teil heraus und passt es ein. »Großvaters Sachen … Ich müsste sie durchsehen, aber …«

Es bringt mich in Verlegenheit, wie wenig meine Mutter zu ihren Gefühlen stehen kann. Mit gespielter Fröhlichkeit ergänze ich: »Lass uns anfangen, bevor die riesigen Spinnen im Dunklen herauskommen.«

Obwohl ich ein wenig übertreibe, mag ich den Speicher nicht. Die Decken sind niedrig, das Licht der Glühbirne erreicht nicht alle Ecken – und meine Fantasie malt mir Bilder, was dort lauert. Spinnweben und Staub gibt es hier selbstverständlich nicht, meine Mutter säubert selbst hier oben regelmäßig. Trotzdem bin ich nicht sicher, ob nicht doch Spinnen durch das kleine Dachfenster gelangen können.

Hier oben befinden sich Umzugskisten, nach Größe sortiert in Regalen, Koffer und einige meiner Kinderbücher, die meine Mutter nicht weggegeben hat. Obwohl ich nicht groß bin, ducke ich mich automatisch.

»Das hier sind die beiden Koffer, die ich nach Großvaters Tod gepackt hatte«, sagt meine Mutter mit belegter Stimme. Erst jetzt bemerke ich, wie schwer es für sie sein muss, sich von dem Haus zu trennen, in dem sie so lange gelebt hat. Ich wünschte, ich könnte sie umarmen, aber auch heute gelingt es mir nicht, die Kluft zwischen uns zu überbrücken.

»Vielleicht möchtest du etwas zur Erinnerung behalten?«

Statt gleich zu antworten, gehe ich einer Erinnerung an meinen Großvater Alexander nach. Er ist vor sechs Jahren gestorben, für uns alle überraschend. Nach einer Operation, einem »harmlosen Eingriff«, wie es so schön heißt. Meine Großmutter Lilian, Gran, war am Boden zerstört und starb ein Jahr später. Solange ich mich erinnern kann, war mir Großvater wie ein Fels erschienen – stark, verlässlich, aber auch hart und unnahbar. Selbst als er kränkelte und seine Krankenhausaufenthalte häufiger wurden, hielt er die Distanz zu allen Menschen aufrecht. Ich habe nie begriffen, warum er sich von uns allen fernhielt und nicht einmal Gran ganz an sich heranließ.

Als Kind fürchtete ich mich vor meinem Großvater. Er sprach meinen Bruder und mich nur selten an und wenn, dann um uns Fragen zu stellen, zu examinieren, wie wir es nannten. Die einzigen Wesen, denen er spürbar Zuneigung entgegenbrachte, waren seine Katzen. Immer zwei: Mutter und Tochter, als hätte er Sorge, dass die Blutlinie ausstürbe. Dabei sind es keine kostbaren Rassekatzen, sondern schlichte Hauskatzen mit immens schlechtem Benehmen. Irgendwann einmal will ich nachrechnen, die wievielte Generation verwöhnter Katzen inzwischen bei meinen Eltern lebt.

»Erin?« Die Stimme meiner Mutter klingt irritiert. »Hast du mir zugehört?«

»Tut mir leid.« Ich bemühe mich um ein Lächeln. »Ich habe über Großvater nachgedacht. Er … er wirkte immer so stark.«

»Sag es ruhig«, antwortet sie mit einem Seufzen. »Mein Vater war kein warmherziger Mann. Das Einzige, was ihn interessierte, waren seine Katzen, seine Fotos und seine Bücher. Das hast du von ihm.«

»Na ja, Mom, nur die Bücher und ein wenig das Fotografieren. Mit Katzen werde ich nicht warm.« Darf ich ihr die Frage stellen, die mich schon so lange beschäftigt, oder vertiefe ich damit den Graben zwischen uns? Ich fasse mir ein Herz. »War er immer schon so?«

Meine Mutter schweigt, wie ich es befürchtet habe. Meine Frage ist zu persönlich und rührt möglicherweise an Themen, über die sie nicht reden möchte. Gerade als ich mich entschuldigen will, seufzt sie erneut.

»Ich kannte ihn nie anders. Er war viel unterwegs, arbeitete lang.« Sie hebt die Hände, als könnte Großvaters Arbeit alles erklären oder alles entschuldigen. »Oft habe ich Freundinnen um deren Väter beneidet. Väter, die ihre Töchter beim Softball anfeuerten, die jeden Freund kritisch musterten, die immer für ihre Töchter da waren.«

Mom schaut mich nicht an, worüber ich froh bin, weil ich nicht weiß, was ich sagen soll.

»Eine Zeit lang habe ich es mir damit zu erklären versucht, dass er Deutscher war. Die sind eben so. Kühl, diszipliniert und kalkulierend«, fährt sie fort. »Wir Amerikaner sind eher patent und offenherzig.«

Nun verstehe ich besser, was meine schöne, gebildete Mutter zu meinem eher durchschnittlich aussehenden, bodenständigen Vater hingezogen hat: Es waren seine Herzlichkeit und Wärme. Auch wenn Dad sich mehr für Football als für die Oper interessiert und höchstens Sachbücher liest, ist er auf jeden Fall der verlässlichste und liebevollste Mann, den ich kenne. Er hat es sich nicht nehmen lassen, mir bei jeder Sportveranstaltung zuzujubeln, und als ich damals den Buchstabierwettbewerb in einem knappen Stechen gewann, war er stolz, als hätte ich den Nobelpreis erhalten. Kein Wunder, dass ich immer eine Vater-Tochter war; selbst in der stürmischen Zeit der Pubertät habe ich mich bei Liebeskummer eher an Dad als an Mom gewandt. Heute denke ich, dass das nicht immer leicht gewesen ist für sie.

Bevor ich etwas erwidern kann, hebt Mom abwehrend die Hände. »Vergangen ist vergangen.« Mit einem Lächeln, das ihre Augen nicht erreicht, dreht sie sich um. »Ich räume den Schrank aus. Schau du dir Großvaters Sachen an.«

Hin- und hergerissen zwischen dem Wunsch, sie tröstend in die Arme zu nehmen, und der jahrelangen Routine, nicht zu viele Gefühle zu zeigen, halte ich kurz inne. Schließlich siegt die Feigheit, und ich wende ich mich den beiden Koffern zu. Zwei Koffer für achtzig Lebensjahre – nicht viel, was bleibt. Ohne dass ich es will, wandern meine Gedanken zu Jeffrey: Was außer Erinnerungen bleibt von uns übrig, nach mehr als zwanzig Jahren Ehe? Kyle natürlich, der inzwischen seine eigenen Wege geht. Briefe und Geschenke, die wir uns gemacht haben. Aber nach meinem Tod wird niemand erkennen, welches Buch mir Jeffrey geschenkt hat und welches ich mir selbst gekauft habe.

Ich schüttele mich, um die morbiden Gedanken loszuwerden. Kurzentschlossen öffne ich den ersten Koffer und rümpfe die Nase. Der Geruch von altem Papier, das lange nicht an der Luft war, steigt mir in die Nase, bis ich niesen muss. Vorsichtig nehme ich die erste Lage Papier aus dem Koffer. Briefe meiner Großmutter an meinen Großvater, wie ich nach einem flüchtigen Blick erkenne. Obwohl beide längst gestorben sind, fühle ich mich, als würde ich grabräubern, und lege sie zur Seite. Nach links – dort werde ich die Sachen deponieren, auf die meine Mutter noch einen Blick werfen soll. Auf die rechte Seite kommt das, was meiner Meinung nach weggeworfen werden kann, ohne dass ich Mom damit behelligen muss. Alles, was nach amtlichen Papieren aussieht. Ich muss schmunzeln. Als meine Eltern die Wohnung meiner Großeltern ausräumten, müssen sie sämtliche Unterlagen eingepackt haben, die ihnen in die Hände fielen: Steuererklärungen, Telefonrechnungen, Belege über die Bezahlung der Autoversicherung – alles Dinge für den rechten Stapel, der wächst und wächst.

Schneller als gedacht ist der erste Koffer leer. Links liegen zehn Briefe in der schönen, geschwungenen Handschrift meiner Großmutter, zusammengehalten von einem hellblauen Geschenkband. Ich glaube nicht, dass mein Großvater dieses Band aussuchte, aber ich wage es nicht, meine Mutter danach zu fragen.

Ich stelle den ersten Koffer zur Seite und öffne den zweiten. Wieder der Geruch von Papier und – ich schnuppere – Rauch. Hat Großvater Alexander geraucht? Ich erinnere mich nicht, ihn je mit einer Zigarette, Zigarre oder Pfeife gesehen zu haben. Vorsichtig nehme ich das erste Papier heraus und stocke. Überrascht, weil ich es erst auf den zweiten Blick verstehe. Der Text ist auf Deutsch, das ich begrenzt sprechen und lesen kann. In der Highschool und an der Universität habe ich Kurse belegt, nicht, weil mein Großvater ein Deutscher war, sondern weil ich Hermann Hesse, für den ich als Fünfzehnjährige schwärmte, im Original lesen wollte. Am *Steppenwolf* bin ich allerdings gescheitert – dafür hätte ich mehr Kurse belegen oder intensiver studieren müssen.

Nach dem vergeblichen Versuch, den Worten einen Sinn zu geben, lege ich das Papier in die Mitte der beiden Stapel rechts und links von mir, weil es offiziell aussieht und ich neugierig bin, was der Text bedeutet. Es folgen noch mehr Schreiben dieser Art auf Deutsch, das erste aus dem Jahr 1950, das letzte von 1975. Nun bin ich erst recht interessiert. Was hat mein Großvater in diesen fünfundzwanzig Jahren mit Deutschland zu tun gehabt? Soweit ich weiß, wollte er von seiner Heimat nichts wissen. Als ich ihn einmal für ein Geschichtsprojekt ansprach, wehrte er barsch ab: »Ich will nicht über das Land reden, das Hitler hervorbrachte.«

Nur noch wenige Blätter sind im Koffer – vielleicht

bietet mir eines von ihnen eine Erklärung. Aber nein, nur wieder Rechnungen, Steuererklärungen und Versicherungen. Überraschend ist für mich das fünfzigseitige Programm einer wissenschaftlichen Tagung am Reed College in Portland, die 1993 stattfand. In dem Jahr, als Großvater starb. Eine Tagung zum Thema »Widerstand gegen Diktaturen«. Neugierig geworden blättere ich durch das Programm, ob mir ein Name bekannt vorkommt. Nein, nur Wissenschaftler und Zeitzeugen aus aller Welt; die meisten von ihnen halten Vorträge über den Nationalsozialismus. Was mag meinen Großvater dazu bewogen haben, dieses Programm aufzuheben? Wenn er wenigstens etwas angekreuzt hätte, damit ich einen Anhaltspunkt habe. Dann entdecke ich einen Brief, zweimal gefaltet und tief zwischen die Seiten geschoben. Das typische hellblaue Papier eines Luftpostbriefs, eine Seltenheit im Zeitalter von E-Mails. Eine starke Handschrift in schwarzer Tinte, wieder auf Deutsch.

Es gelingt mir, die Handschrift zu entziffern. Dieses Deutsch ist einfacher zu verstehen als das der offiziellen Schreiben. Doch nach wenigen Worten höre ich auf zu lesen. Das ist ein Liebesbrief, eindeutig, ein Liebesbrief an meinen achtzigjährigen Großvater. Ebenso eindeutig nicht in Grans Handschrift, die außerdem kein Deutsch verstand. Ich weiß nicht, ob ich lachen oder weinen soll. Ein Liebesbrief an einen alten Mann? Einen Moment zögere ich, bevor ich den Brief umdrehe. Will ich wirklich wissen, wer ihn geschrieben hat? Sollte ich meinem Großvater nicht sein Leben lassen, ohne dass ich ihm sein Geheimnis entreiße? Aber die Neugier ist zu groß, denn die wenigen Sätze des Briefs, die ich gelesen habe, sind voller Gefühl und Wärme. Etwas, das ich überhaupt nicht mit meinen Erinnerungen an Großvater in Einklang bringen kann. Ich hole tief Luft und lese den letzten Satz:

Ich warte auf dich, jeden Tag.

Lily

Kapitel 6

Frankfurt am Main, 1. und 2. Februar 1933

Lily war sofort dabei, als Georg sie fragte, ob sie gemeinsam mit ihm zu der SPD-Versammlung in die Gaststätte *Schlereth* in der Mainzer Landstraße gehen wollte. Dort sollten die nächsten Schritte für eine große Kundgebung gegen Hitler besprochen werden. Sie sagte zu, obwohl Großmutter Alwine krank war und Lilys Aufmerksamkeit bedurfte und obwohl sie eigentlich eine Vorlesung nachbereiten musste.

Hin- und hergerissen zwischen Pflichtgefühl und Kampfeswillen verbrachte Lily den Sonntagabend im Hinterzimmer einer Gaststätte, eingezwängt zwischen Georg und ihrem Vater, nahezu überwältigt von Geräuschen und Gerüchen, die auf sie eindrangen.

Mehr als vierzig Genossinnen und Genossen hatten sich in einem Raum versammelt, der Platz für zwanzig bot, um lautstark darüber zu diskutieren, welcher Weg der richtige wäre. Abgesehen vom Lärm, der Lilys Ohren peinigte, brannten ihre Augen von dem Rauch, der aus vielen Zigaretten und wenigen Zigarren emporstieg und wie eine dunkle Wolke über den Köpfen der Streitenden hing. Zaghaft nahm sie einen Schluck von dem Apfelsaft, der vor ihr stand und viel zu sauer schmeckte. Aus dem Glas, das vor Georg auf dem Tisch stand, schwappte ein wenig Äppelwoi, als jemand zornig auf den Holztisch schlug. Der säuerliche Geruch des Weins mischte sich mit dem bitteren des Bieres, das ihr Vater trank.

»Wir müsse erfolgreich sein. Präsenz zeige!« Der Redner schlug erneut mit der Faust auf den Tisch. »Dem Fackelzug der Nationalsozialisten am Abend der Ernennung müsse mer etwas entgegensetze.«

»Des waren doch nur zweitausend Leut'«, widersprach ein anderer. »Da haben die Kommunisten einen Tag später ja mehr Leut' auf die Beine gebracht.«

»Genau«, bekräftigte ein Dritter. »Die Volksstimme hat's doch geschrieben. Die Nationalsozialisten mussten jeden aufbieten. Vom Hosenmatz bis zum wohlbeleibten Spießer.«

»Trotzdem«, widersprach der Mann neben Lilys Vater. »Wehret den Anfängen.«

Seit Stunden immer wieder die gleichen Argumente. Lily strich sich mit den Fingern über die Stirn und versuchte, die aufziehenden Kopfschmerzen zu bändigen.

»Ich muss an die frische Luft«, murmelte sie und drängelte sich an den Sitzenden vorbei. Endlich hatte sie die Tür des Hinterzimmers erreicht, die sich in dem Augenblick öffnete. Ihr Bruder stand vor ihr. Überrascht blieb

Lily stehen, erschrocken über Karls Gesichtsausdruck, einer Mischung aus Zorn und Verachtung angesichts der Versammlung.

»Dich suche ich. Mutter schickt mich«, sagte Karl zu Lily, ohne die anderen Anwesenden auch nur eines Grußes zu würdigen. »Oma geht es schlechter. Sie braucht dich.«

»Ich … Ich komme gleich.« Eilig drehte Lily sich um, um ihre Sachen zu holen, da stand Georg vor ihr und hielt ihr Jacke und Tasche entgegen.

»Ich bringe dich nach Hause. Es wird bald dunkel.«

»Danke.« Lily lächelte ihm zu, dankbar für seine Fürsorglichkeit. »Karl wird mich begleiten. Bleib du ruhig hier. Jemand sollte bei Vater sein.«

»Ich muss sowieso mit ihm reden«, mischte sich Karl in barschem Ton ein. »Geh mit Georg.«

Ohne ein Wort des Abschieds drängte Karl sich durch die Reihen der Sitzenden, nickte hin und wieder jemandem zu und wirkte dabei, als wäre er lieber an einem anderen Ort. Obwohl es Lily zu ihrer Großmutter zog, blieb sie noch einen Moment, um zu beobachten, wie Karl ihren Vater ansprach. Auf den Gesichtern beider Männer war abzulesen, wie unangenehm ihnen das Zusammentreffen war. Während Karl voller Wut schien, sah Lilys Vater traurig aus. So traurig, dass sie am liebsten zu ihm gegangen wäre und ihn umarmt hätte. Aber hier in der Versammlung war dafür nicht der passende Ort.

»Lily?«, hörte sie Georg fragen. »Kommst du?«

»Ja. Entschuldige.« Gemeinsam mit ihm trat sie vor die Tür und atmete tief ein, um die frische, kühle Abendluft zu schmecken. In Gedanken versunken, hakte Lily sich bei Georg unter und war froh darüber, dass sie mit ihm gemeinsam schweigen konnte. Immer wieder kam ihr Karl in den Sinn, der sich der Familie inzwischen ganz und gar entfremdet hatte. Zorn auf die Nationalsozialisten stieg bitter in ihr auf, Wut darüber, dass die Braunhemden nicht nur Angst und Schrecken verbreiteten, sondern auch ihre Familie auseinandergebracht hatten.

Kaum waren sie in die Frankenallee eingebogen, spürte sie, wie Georg eine straffe Haltung annahm.

»Dort, hinter uns. Schau«, zischte er ihr leise zu. Er beschleunigte seine Schritte und zog Lily hinter sich her. »Aber lass dir nichts anmerken.«

Sein Gesichtsausdruck war so ernst, dass Lily sich erschrocken umsah. Auf der Frankfurter Allee hinter ihnen kamen drei Braunhemden zielstrebig auf sie zu. Ihre genagelten Stiefel dröhnten auf dem Kopfsteinpflaster, als wäre eine Armee im Anmarsch. Vermutlich waren sie auf dem Weg zum SA-Heim in der Hohenstaufenstraße. Oder waren sie ihnen etwa seit der Veranstaltung gefolgt? Hatten sie ihnen etwa aufgelauert? Schon früher hatte es Zusammenstöße zwischen Nationalsozialisten und Sozialdemokraten gegeben. Seitdem die Braunhemden sich stärker fühlten, suchten sie bei jeder Gelegenheit Streit und Kampf. Sozialdemokraten, Kommunisten, jüdische Menschen – niemand war vor ihrem Terror sicher. Auf dem Campus, in der Stadt, überall wuchs die Bedrohung. Selbst im Hörsaal trommelten und pfiffen die Rechten, wenn jüdische Studenten den Raum betraten.

Lily hatte den Eindruck gewonnen, dass der Terror

der rechtsgerichteten Parteigänger im ersten Monat des neuen Jahres zugenommen hatte. Immer wieder hörte man von Morden, auch in der Umgebung von Frankfurt, die Braunhemden begangen hatten. Morde, für die sie selten zur Rechenschaft gezogen wurden. Über der Stadt kauerte eine Atmosphäre der Angst. Den Berichten von reisenden Genossen zufolge, war es im ganzen Land so. Lily und ihre Freunde waren nicht bereit, sich dem nationalsozialistischen Terror zu beugen, doch waren sie in den letzten Wochen vorsichtiger geworden. Flugblätter verteilten sie inzwischen nur noch zu zweit, damit sie einander Schutz gegen Übergriffe gewähren konnten. Aber hier und heute hatte Lily keinen Angriff erwartet. Sicher hatte sie sich bis jetzt gefühlt in ihrem Stadtviertel, versunken in Sorge um ihre Familie.

Die Braunhemden hinter ihnen hatten die Schwäche ihrer Beute offenbar gewittert und näherten sich nun rasch. Unerbittlich hallte das Echo ihrer Schritte in der Gasse wider.

»Was sollen wir machen?«, flüsterte Lily Georg zu, während sie versuchte, ihre Schritte den seinen anzupassen. »Wenn wir weglaufen, werden sie uns jagen wie Kaninchen.«

»Wir müssen irgendwohin, wo wir in Sicherheit sind.« Erneut beschleunigte Georg seine Schritte, wobei er sorgsam darauf zu achten schien, dass er nicht zu laufen begann. »In ein Haus oder eine Gaststätte.«

Lily, deren Kehle sich trocken anfühlte, sah sich suchend um. Wo konnten sie Schutz finden? Wer würde ihnen die Tür öffnen, wenn sie anklopften? Wäre jemand mutig genug, Georg und sie in sein Haus zu lassen, obwohl sie von Braunhemden verfolgt wurden? Ihr Herz schlug schneller, als sie ihre Optionen im Kopf durchspielte. Drei gegen zwei. Georg war kräftig und würde den Angreifern einen guten Kampf liefern können, aber sie? Lily war viel zu schmal, um etwas gegen einen brutalen Schläger ausrichten zu können. Aber ihr Kampfgeist ließ nicht zu, dass sie aufgeben würde. Falls sie keinen Schutz fanden, würde sie sich gemeinsam mit ihrem Freund den Nationalsozialisten stellen, auch wenn sie nicht gewinnen konnte.

Ich habe mich nicht einmal von meiner Familie verabschieden können, ging es ihr durch den Kopf, als aus einer Seitengasse laute Stimmen und noch lauteres Gelächter erschallten. Nur mit Mühe konnte Lily einen Schrei unterdrücken. Waren das weitere Braunhemden, die sie einkreisten und Georg und ihr jede Chance auf ein Entkommen nehmen würden?

Eine Gruppe von zehn Männern trat aus der dunklen Gasse ins Licht einer Straßenlaterne. Lily atmete auf, als sie zwei von ihnen erkannte. Die Schritte hinter Lily verstummten für einen Moment, bevor sie sich schnell entfernten.

»Guten Abend, Lily. Georg.« Werner und Paul Stunz, Zwillinge, die in der gleichen Straße wohnten wie Lily und seit langem versuchten, sie für den Internationalen Sozialistischen Kampfbund zu werben, nickten ihnen zu. »Da sind wir ja gerade noch zur rechten Zeit gekommen.«

»Danke«, brachte Lily hervor, deren Hände nach der überstandenen Gefahr zu zittern begannen. Sie stolperte und musste sich auf das Straßenpflaster setzen, weil ihre Beine sie nicht mehr tragen wollten. »Gut, dass ihr hier entlangkamt.«

»Wir hörten davon, dass die Faschisten heute Abend jagen wollen.« Paul kniff die Augen zusammen. »Wir müssen weiter. Passt auf euch auf.«

Genauso schnell, wie sie aufgetaucht waren, verschwanden die zehn Männer in der Richtung, aus der Lily und Georg gekommen waren. Inzwischen fühlte Lily sich etwas besser und stand auf.

»Bleib du morgen zu Hause«, sagte Georg. In seinen Augen nahm sie eine Wärme und Zärtlichkeit wahr, die sie seltsam berührte. »Nach diesem Schrecken …«

Lily bemühte sich um ein Lächeln, während sie versuchte, ihre Gedanken zu ordnen. Sie hatte in Georg immer einen Genossen, einen Mitkämpfer gesehen, der dasselbe dachte wie sie: dass im politischen Kampf kein Platz war für persönliche Gefühle. Sollte Lily sich getäuscht haben?

»Nein«, antwortete sie dann mit fester Stimme. »Ich lasse mir von den Braunhemden nicht den Schneid abkaufen. Morgen verteile ich Flugblätter an der Universität. So wie es geplant war.«

Georg blieb so abrupt stehen, dass Lily stolperte.

»Weißt du, wie wunderbar du bist? Ich …«, begann er, doch sie unterbrach ihn sofort.

»Ach komm, ich tue nur meine Pflicht, so wie wir alle es tun«, wiegelte sie ab, darum bemüht, ihn nicht weiter über sie reden zu lassen.

Zu ihrer Erleichterung bestand Georg nicht darauf,

weiter über sie oder ihn zu sprechen. Stattdessen gingen sie die Planung für den morgigen Tag durch und überlegten, woher sie Papier für die Flugblätter erhalten könnten. Lily hoffte, dass es ihnen gelänge, einige Studenten für die SPD zu begeistern.

Nur wenige Tage Zeit blieben ihnen, um die große Kundgebung auf die Beine zu stellen. Eine Veranstaltung des Bündnisses aus Gewerkschaften, Sozialdemokraten, Arbeitersportlern und Kommunisten, das sich »Eiserne Front« nannte, und den Frankfurter Bürgern, ja der ganzen Welt, zeigen wollte, dass nicht alle Deutschen mit Hitler einverstanden waren. Lily war zwar nur ein kleines Rädchen im Getriebe, aber sie nahm die ihr übertragenen Aufgaben ernst.

Fieberhaft arbeitete Lily alles ab, angetrieben von der verzweifelten Hoffnung, mit ihrem Engagement etwas bewirken zu können. Noch wollte sie den Glauben nicht aufgeben, dazu beitragen zu können, Frankfurt, ihr liberales, weltoffenes Frankfurt, aus dem braunen Sumpf zu ziehen.

In der Februarkälte des nächsten Morgens waren ihre Finger blaurot angelaufen, aber Lily wollte nicht eher gehen, bis sie das letzte Flugblatt verteilt hatte. Georg hatte sie bis vor die große Bibliothek gebracht und ihr gesagt, dass er in Rufweite bliebe. Bisher war alles gut gegangen. Niemand hatte Lily angepöbelt, allerdings hatte auch kaum jemand ein Flugblatt genommen. Sie seufzte leise.

»Da sind Sie ja wieder.« Ein großer, schlanker Mann in schwarzem Wollmantel blieb vor Lily stehen und nahm ihr ein Flugblatt aus der Hand. »Sie schulden mir noch eine Antwort.«

Sie hatte ihn schon von Weitem erkannt, als er auf sie zusteuerte. Einen Moment hatte sie überlegt, davonzulaufen, um der Begegnung aus dem Weg zu gehen, doch das erschien ihr zu albern. Schließlich war er nur ein Student wie sie – Alexander Kirchner, der stets mit einer Gruppe von Paradiesvogelfreunden in die Vorlesung kam. Alexander Kirchner, in dessen braunen Augen stets ein Funkeln glitzerte, als nähme er sich und die Universität nicht vollkommen ernst. Niemals hätte Lily erwartet, dass er sie bemerken, geschweige denn erneut ansprechen würde. Wieder traf er sie unvorbereitet an, wieder suchte sie nach Worten. Bevor sie antworten konnte, tauchte eine auffallend attraktive Frau neben ihm auf und hakte sich bei ihm mit einer Selbstverständlichkeit unter, um die Lily sie beneidete. Ebenso wie um ihr glattes schwarzes Haar, das zu einem perfekten Pagenkopf frisiert war. Alles an der Frau, von den ebenmäßigen Gesichtszügen über die perfekte Frisur bis hin zur teuren Kleidung, strahlte Selbstsicherheit aus. Sie erinnerte Lily an einen Filmstar – glamourös und elegant.

»Was machst du denn hier, mein Lieber? Hast du etwa dein Herz für die Politik entdeckt?«

»Wohl eher für die kleine Politikerin«, spottete der Mann, der inzwischen hinzugetreten war und sich in den anderen Arm von Alexander Kirchner unterhakte.

»Wofür oder wogegen ist sie denn? Oder ist sie nur zum Verteilen angestellt?«

Der Student war Lily schon in der Vorlesung aufgefallen, wegen seiner extravaganten Kleidung und weil er jedes Mal zu spät kam. Wohl damit er seinen großen Auftritt genießen konnte. Robert Hartmann hieß er, wenn sie sich richtig erinnerte. Normalerweise hätte Lily sich gegen so eine Unverschämtheit gewehrt und den Kerl in seine Schranken gewiesen. Aber in Gesellschaft dieser Menschen, die deutlich Wohlstand und Bildung ausstrahlten, fühlte Lily sich klein und unbedeutend. Plötzlich waren ihr die fadenscheinigen Stellen in ihrem Mantel allzu bewusst. Verlegen starrte sie auf ihre Schuhe, die auch schon bessere Tage gesehen hatten. Warum konnten Alexander Kirchner und seine Freunde nicht einfach weitergehen und sie in Frieden lassen? Manchmal hatte Lily es so satt, sich für Menschen einzusetzen, die sich überhaupt nicht für die politischen Entwicklungen interessierten, die sich am Horizont abzeichneten. Menschen wie Alexander in seinem eleganten dunklen Wollmantel, der sicher noch nicht einen Tag in seinem Leben gefroren hatte, der sich nicht vorstellen konnte, was es hieß, hungrig zu sein, und der richtigen Kaffee trinken konnte, wann immer er wollte. Und der sich nicht einen Deut für Politik interessierte, weil Menschen wie er unter jedem Regime leben konnten – unverwundbar und selbstbewusst.

»Lasst sie in Ruhe«, sagte Alexander, als hätte er Lilys Gedanken gelesen. »Ab und zu solltet ihr euch mal für etwas anderes als den neuesten Theaterklatsch interessieren.«

Sie hob den Blick und schaute in seine braunen Augen. Nein, braun mit einem grünen Schimmer, korrigierte sie sich, bevor sie den Blick senkte.

»Ach, du Spielverderber«, erwiderte Robert Hartmann. »Bald fängst du noch an, dein Studium ernsthaft zu verfolgen.« Er machte eine wegwerfende Bewegung der linken Hand. Mit der rechten strich er sich eine Locke aus der Stirn. Seine Haare waren blond. So strahlend, dass sie ihre Farbe sicher nicht der Natur zu verdanken hatten, dachte Lily mit einem Anflug von Boshaftigkeit.

»Vielleicht hat sein Vater ja damit gedroht, ihm den Geldhahn zuzudrehen«, meldete sich die Frau an Alexanders Seite zu Wort. Für ihren Namen hatte Lily sich nie interessiert, da sie Lily stets das Gefühl vermittelte, durch sie hindurchzusehen.

Die Schwarzhaarige gab Alexander einen Kuss auf die Wange. »Das würde uns allen missfallen, wenn es kein Geld mehr gibt. Komm, Liebster. Komm, Robert.« Sie warf Lily einen warnenden Blick zu, der besagte, sie solle besser nicht zu freundlich zu Alexander sein. Aber da war sie bei ihr an der falschen Adresse. Lilly hatte ihre Scheu inzwischen überwunden und erwiderte den Blick zornig und ohne mit der Wimper zu zucken.

»Oh, das sieht nach einem Kampf zweier Löwinnen aus.« Erst als der Mann namens Robert ein amüsiertes Lachen ausstieß, bemerkte Lily, was sie gerade veranstaltete. Zu ihrem Verdruss spürte sie ihre Wangen verräterisch heiß werden. Ihr Blick huschte zu Alexander, der sie mit deutlichem Interesse musterte.

»Ich muss weiter«, sagte sie barsch und wollte sich abwenden. Flinker als sie es ihm zugetraut hätte, griff der Blonde nach den Flugblättern. Erschrocken zuckte Lily zurück und die Papiere fielen ihr aus den kältesteifen Fingern und rieselten zu Boden wie Schneeflocken. Als hätte sie nur auf Lilys Fehler gewartet, ergriff eine Windbö die Flugblätter und wirbelte sie durch die Luft.

»Nein!«, rief Lily erschrocken aus. Was würden die Genossen von ihr halten, wenn sie entdeckten, dass sie die kostbaren Flugblätter verloren hatte! Die Flugblätter, die Lily und ihre Freunde drei lange Abende von Hand geschrieben hatten, weil sie sich keine Druckerpresse leisten konnten. Sie hatte sie nicht einmal verloren, sondern sie waren ihr aus den Händen gefallen, während sie mit Alexander und dessen Freunden sprach. Menschen, von denen Georg überhaupt nichts hielt.

»Oh nein!« Eilig lief sie den Flugblättern hinterher und bückte sich nach ihnen, doch der Wind spielte ihr Streiche, als wollte er über sie spotten. Sie bekam nur einen Bruchteil der Schriftstücke zu fassen, sosehr sie sich auch bemühte. Sie spürte Tränen aufsteigen und biss sich auf die Unterlippe, um nicht zu weinen. Das fehlte ihr gerade noch – dass sie sich vor Alexander und dessen Freunden endgültig der Lächerlichkeit preisgab. Erschöpft gab sie auf und beobachtete, wie der Wind die Flugblätter über den Campus der Universität trug, ohne dass ihnen die Studenten oder Professoren Aufmerksamkeit schenkten. All die Mühe und Arbeit umsonst.

»Hier, bitte.« Jemand tippte ihr auf die Schulter. Blitzschnell fuhr sie herum und fand sich nur wenige Zentimeter vor Alexander. Er hielt ihr eine Handvoll Flugblätter entgegen, die ebenso schlammbespritzt waren wie die, die Lily eingesammelt hatte. »Mehr konnte ich leider nicht fangen.«

»Glauben Sie bloß nicht, dass ich Ihnen jetzt dankbar bin«, fauchte sie ihn an. Nun, da sie die ganze Bescherung vor Augen hatte, konnte sie ihre Tränen nicht mehr zurückhalten. Hastig wandte sie sich ab, damit Alexander sie nicht in diesem Moment der Schwäche ertappte. »Ohne Sie und Ihre Freunde wäre das nie passiert. Ich hoffe, dass wir uns nie wiedersehen.«

Kapitel 7

Frankfurt am Main, 7. Februar 1933

Es dämmerte bereits, so dass Lily sich für die Abkürzung durch Bockenheim entschied, nachdem sie die Straßenbahn knapp verpasst hatte. Sie hatte ihrer Mutter versprochen, zum Abendessen zu Hause zu sein, und musste sich sputen, wenn sie nicht zu spät kommen wollte. Ein wenig unwohl fühlte sie sich schon. Eben erst hatte sie Braunhemden gesehen, die großspurig an der Universität vorbeigezogen waren. Lily spürte einen üblen Geschmack im Mund. Sicher auf dem Weg nach Bockenheim, dachte sie, dorthin, wo der Gauleiter von Hessen-Nassau-Süd, Jakob Sprenger, als Oberpostinspektor im Postamt 13 am Rohmerplatz arbeitete. Sie würde dort nicht mal mehr eine Briefmarke kaufen, hatte Lily sich geschworen. Und nun musste sie selbst durch Bockenheim laufen, damit sie rechtzeitig nach Hause kam.

Es war ein langer Tag an der Universität gewesen. Ihr Kopf schwirrte und wie so oft fürchtete Lily, dass sie einfach nicht klug genug wäre, um mit den anderen Studenten mithalten zu können. Vielleicht war Soziologie nicht das richtige Studium für sie, überlegte sie, während sie gegen die Tränen ankämpfte. Vielleicht war das Studium an sich nicht das Richtige für sie.

In dem Liberalismus-Seminar, das sie eben besucht hatte, hatte sie weder verstanden, was Professor Mannheim vermitteln wollte, noch was ihre Kommilitonen beigetragen hatten. Selten zuvor hatte Lily sich dermaßen unterlegen gefühlt, so fehl am Platz, so … ja, sie musste es sich eingestehen, so dumm. Nun gut, versuchte sie sich zu beruhigen. Das Seminar war schon etwas Besonderes, weil auch viele der Doktoranden, die Professor Mannheim aus Heidelberg nach Frankfurt gefolgt waren, daran teilnahmen. Auch etliche Frauen waren darunter, die Lily mit so viel Respekt betrachtete, dass sie es kaum wagte, eine von ihnen anzusprechen. Nicht, dass diese besonders daran interessiert schienen, sich mit Lily auszutauschen. Bis auf Margarethe Freudenthal, die Witwe des Strafrecht-Professors Berthold Freudenthal, die allein wegen ihres Alters von vierzig Jahren unter den Studenten hervorstach, hatte keine der anderen Frauen sie je angesprochen. Lily allerdings fühlte sich gegenüber Margarete Freudenthal immer etwas unbehaglich und kam sich stets beobachtet und ausgefragt vor, sobald die Frau mit ihr sprach.

Mit einigen Kommilitonen verband sie der politische Kampf, aber nachdem drei von ihnen mit Lily ausgehen und eine gemeinsame Zukunft planen wollen, hatte sie sich von ihnen zurückgezogen und sorgte dafür, dass sie einander nur trafen, wenn andere dabei waren. Dabei hätte sie etwas Unterstützung und Hilfe im Moment gut brauchen können, damit sie nicht den Anschluss verlor. Sie würde alles nachlesen müssen. Nur wann und wie? In der engen Wohnung, in der sich seit der Ernennung Hitlers die Parteifreunde ihrer Eltern trafen, blieb ihr keine Ruhe. Ständig fragte sie jemand um ihre Meinung oder wollte seine bestätigt haben. In die Universitätsbibliothek mochte sie auch nicht mehr gehen, seitdem sie dort zweimal Alexander Kirchner über den Weg gelaufen war. Lily hatte jede seiner Einladungen ins Café Laumer freundlich, aber bestimmt abgelehnt, weil sie sich sicher war, dass er sich nur einen Spaß mit ihr erlauben wollte. Warum sonst sollte ein gutaussehender Mann aus reichem Elternhaus sich für sie graue Maus interessieren, die so gut wie kein Geld für Kleidung oder Schönheitsmittelchen ausgeben konnte?

Ein hoher, spitzer Schrei riss Lily aus ihren Gedanken. Suchend blickte sie sich um – hatte jemand ein Kind unbeaufsichtigt gelassen, das jetzt nach seiner Mutter jammerte? Aber um diese Uhrzeit war kaum jemand auf den Straßen; die meisten Frankfurter saßen beim Abendessen. Ein Schauer lief Lilys Rücken hinab, als sie bemerkte, wie einsam die kleine Straße war, in der sie sich befand. Im Schatten der Bäume konnte sich jemand verstecken, ohne dass sie ihn bemerken würde.

Wieder erklang das Geräusch. Lauter. Schriller. Panischer. Schließlich fiel Lilys suchender Blick auf drei halbwüchsige Jungen, die in einer Hofeinfahrt eng nebeneinanderstanden und auf etwas in ihrer Mitte starrten. Vertreter der Hitlerjugend, wie Lily sofort an deren braunen Hemden und den schwarzen kurzen Hosen erkannte. Einfach albern sahen die Jungen darin aus. Nicht Fisch, nicht Fleisch, aber gefährlich, wenn sie im Rudel auftraten, und vor allem, wie Lily leider zu gut wusste, gerne bereit, sich mit Andersdenkenden zu prügeln. Kam es ihr nur so vor, oder bewegten sich immer mehr von ihnen auf den Straßen Frankfurts? Sie wollte ihrer Wege gehen, als etwas an der Art, wie die drei Jungen die Köpfe zueinander beugten, sie stutzig machte.

»Was macht ihr da?« Ohne zu zögern trat sie näher an die Gruppe heran. Mit lauter Stimme herrschte sie die Jungen an: »Macht Platz. Sofort.«

Ertappt wandten die Jungen sich ihr zu, wobei sie versuchten, das, was dort vor ihnen auf dem Boden lag, vor ihren Augen zu verbergen. Die drei schienen unsicher zu sein, ob sie Lily, die schließlich älter war, gehorchen sollten. Ein Glück für sie, dass die Hitlerjungen so stark auf Gehorsam gedrillt waren.

»Lasst. Mich. Durch«, forderte sie und legte alle Autorität, zu der sie fähig war, in ihre Stimme.

Es wirkte. Der Schmächtigste von den dreien trat zwei Schritte zur Seite, als Lily zielstrebig auf ihn zuging. Instinktiv hatte sie in ihm das schwächste Glied der Gruppe erkannt. Sie nutzte das Überraschungsmoment und schlüpfte an dem Jungen vorbei. Der Anblick, der sich ihr bot, nahm ihr den Atem und trieb ihr Tränen des Zorns in die Augen. Auf dem Boden lag ein Kätzchen, ein Jungtier, durch ein Messer auf die schmutzig braune Erde geheftet. Das Tier blutete aus zahlreichen kleinen

Wunden, so dass seine schwarz-graue Fellzeichnung nur undeutlich zu erkennen war. Auch sein Schwanz schien mehrfach gebrochen zu sein. Das Kätzchen hob den Kopf, als Lily sich neben es kniete. In Panik waren seine Augen weit aufgerissen und es fauchte sie an. Mit letzter Kraft, wie ihr schien.

»Was … Was seid ihr nur für Menschen?« Unerschrocken zog Lily das Messer aus der Wunde und dem Erdboden, bemüht, der Katze nicht weitere Schmerzen zuzufügen. Mit Schwung warf sie das Messer in den dunklen Hof hinein, was ihr einen zornigen Blick des größten Jungen einbrachte. Darauf bedacht, den drei Jugendlichen nicht den Rücken zuzukehren, hob Lily das Tier vorsichtig auf. In seiner Angst schlug es mit den Krallen nach ihr und verpasste ihr zwei tiefe Kratzer auf dem Handrücken, die gleich zu bluten begannen. »Vergreift euch an Schwächeren! Typisch!«

Schnell erhob sich Lily, um an den Jugendlichen vorbeizugehen. Diese hatten wohl beschlossen, sich nicht länger von ihr auf der Nase herumtanzen zu lassen, und bauten sich bedrohlich vor ihr auf. Langsam zogen sie den Kreis um sie enger. Sie schaute sich suchend um, aber außer ihr und den Jungen schien sich kein Mensch auf der Straße aufzuhalten. Und auf Hilfe der Menschen in den Häusern um sie herum zu hoffen, war nach ihren Erfahrungen vergeblich. Wenn sie die Katze, die immer noch grollte und kratzte, und sich retten wollte, dann musste sie sich Respekt verschaffen. Obwohl sie sich bedrängt fühlte, wich Lily nicht zurück.

»Was wollnse damit sagen?« Der Größte der drei, derjenige, der wahrscheinlich mit dem Messer nach dem Kätzchen geworfen hatte, baute sich drohend vor Lily auf. Obwohl er höchstens fünfzehn Jahre alt sein konnte, war er einen Kopf größer als sie. »Sind wohl auch eine von den Kommunarden.«

»Es heißt Kommunisten«, konnte Lily sich nicht verkneifen, obwohl sie wusste, dass dies keine kluge Idee war. Aber die Gemeinheit der Jungen, gepaart mit solcher Dummheit, empfand sie als unerträglich. »Und nein, ich bin keine Kommunistin, sondern Sozialdemokratin. Obwohl ihr den Unterschied sowieso nicht begreifen werdet.«

Stolz reckte sie sich, was leider nicht reichte, um mit ihrem Gegenüber auf Augenhöhe zu geraten. Nur unter Aufbietung aller Kraft und unterstützt durch das Fauchen des Kätzchens gelang es Lily, den Blick nicht abzuwenden.

»Auf jeden Fall eine Feindin des deutschen Volks«, ließ ihr Gegenüber eine weitere Parole vom Stapel, bevor er noch zwei Schritte auf sie zukam. Auch seine Freunde traten näher. Wäre die Situation nicht so bedrohlich gewesen, hätte Lily über das Bemühen der Jungen, politisch erfahren und weltgewandt zu klingen, nur gelacht. So jedoch musste sie äußerst vorsichtig handeln. Jugendliche, die ein hilfloses Kätzchen brutal quälten, würden sicher nicht davor zurückschrecken, auch ihr etwas anzutun.

»Lasst mich durch«, sagte sie mit ruhiger Stimme. Selbst die Katze fauchte nicht mehr, als spürte sie, wie gefährlich die Lage sich entwickelte. »Wenn ihr mich gehen lasst, werde ich euch nicht anzeigen.«

Kaum hatte sie die Worte ausgesprochen, erkannte Lily, dass sie einen großen Fehler gemacht hatte. Ihr Versuch, zu verhandeln, musste den Hitlerjungen wie eine Schwäche erscheinen. Eine Schwäche, die sofort bestraft werden würde.

»Hol mir das Messer. Los!«, herrschte der Große den Kleinsten an, dessen Blick unsicher zwischen Lily und seinem Anführer hin- und her wanderte. Gerade als sie zu hoffen begann, dass er sich dem Befehl widersetzen würde, lief der Junge los.

Sie nutzte die entstandene Lücke, schlug einen Haken um ihr Gegenüber und rannte, so schnell sie konnte. Doch der Große war schneller. Seine Finger bohrten sich in Lilys Haare und rissen sie zurück. Sie unterdrückte einen Schmerzensschrei. Die Katze fauchte erneut und krallte sich in Lilys Arm. Schmerz und Angst trieben ihr die Tränen in die Augen, so dass sie nur verschwommen sah, wie der Kleine zurückkehrte, das Messer von sich gestreckt. Vielleicht sollte sie die Katze zu Boden setzen, damit wenigstens das Tier die Chance hatte, davonzukommen.

»Hier entlang, Herr Wachtmeister. Dahinten gibt es Ärger«, ertönte plötzlich eine Stimme von der Straße. »Kommen Sie schnell.«

»Verflucht, die Polypen. Los, wir hauen ab.«

Die Hitlerjungen verschwanden so schnell, dass es Lily wie ein Traum vorkam. Ihre Beine begannen zu zittern, so stark, dass sie sich auf das graue Straßenpflaster setzen musste, die fauchende Katze immer noch auf dem Arm. Am ganzen Körper schlotternd schloss sie für einen Moment die Augen, um dann ihren Rettern entgegenzusehen. Auch wenn Lily und ihre Genossen bei den letzten Demonstrationen schlechte Erfahrungen mit der Polizei gemacht hatten, freute sie sich jetzt über die Wachtmeister, die jemand zu Hilfe geholt hatte. Sie blinzelte die Tränen weg, um die Männer erkennen zu können.

Männer?

Zu ihrer Überraschung sah sie nur einen. Einen, den sie außerdem lieber nicht gesehen hätte: Alexander Kirchner. Wie kam der denn hierher? Hatte er etwa die Polizei gerufen? Lily versuchte sich zu konzentrieren, aber die überstandene Gefahr und das Kreischen der Katze lenkten sie ab. Das Tier zappelte, als wollte es sich aus Lilys Griff befreien. Sie jedoch wollte die Katze nicht loslassen. Nicht hier. Nicht in dieser Gegend, wo Hitlerjungen mit Messern lauerten. Also hielt sie das Tierchen fest, selbst als dieses sie in den Arm biss.

»Geben Sie mir Ihre Hand.« Alexander Kirchner blickte zu Lily herab. Er wirkte besorgt. »Nun kommen Sie schon. Wir müssen hier weg, bevor die Hitlerburschen zurückkommen.«

»Die Polizei … Wo bleibt die Polizei?«, stammelte Lily, als er sie langsam hochzog. So viele Fragen gingen ihr durch den Kopf, aber das war erst einmal die wichtigste. »Haben Sie die Polizei gerufen?«

»Nein«, antwortete er, während er Lily hinter sich die Straße entlang zog. »Niemand außer uns beiden ist hier. Daher sollten Sie sich ein bisschen beeilen. Bitte.«

»Was?« Vor Schreck blieb sie stehen. »Keine Polizei?«

»Sprechen Sie noch lauter«, raunzte er sie an, was Lilys Denkvermögen mit einem Schlag wieder ankurbelte. »Wollen Sie wirklich noch mehr Aufmerksamkeit auf sich ziehen?«

»Entschuldigung«, flüsterte sie und setzte sich in Bewegung in Richtung der Emser Straße. Äußerst angespannt, die widerstrebende Katze an sich gepresst, eilte Lily neben Alexander Kirchner die Straße entlang und wagte es nur hin und wieder, einen schnellen Blick über die Schulter zu werfen.

Endlich erreichten Sie eine Straßenbahnhaltestelle, an der mehrere Menschen warteten. Erleichtert wollte Lily dorthin laufen, doch Alexander hielt sie auf.

»Warten Sie lieber.« Er reichte ihr ein blütenweißes Taschentuch, das mit Spitze versehen war. »Sie sollten sich das Blut etwas abwischen, bevor sie unter Menschen gehen.«

»Danke.« Lily streckte die Hand aus, was die Katze mit einem empörten Maunzen kommentierte. Unschlüssig hielt Lily in ihrer Bewegung inne. Alexander Kirchners forschender Blick tat ein Übriges, so dass sie sich auf einmal unwohl fühlte.

»Geben Sie mir die Katze.« Er streckte die Hand nach ihr aus. Als ihre Finger sich berührten, spürte Lily, wie ihr Gesicht sich rötete. »Was ist denn überhaupt passiert?«, fragte er.

»Danke«, wiederholte Lily, als sie ihm das Taschentuch aus der Hand nahm. Zu ihrer Überraschung schmiegte sich die Katze in Alexander Kirchners Arm und schnurrte leise. Lily, ihre Retterin, hatte nur Bisse, Kratzer und Fauchen von dem undankbaren Tierchen geerntet. »Die

Hitlerjungen haben das Kätzchen mit einem Messer malträtiert. Wenn ich nicht dazwischengegangen wäre …«

»Und wenn ich nicht vorbeigekommen wäre …«, lautete seine Antwort. »Denken Sie nie nach, bevor Sie handeln?«

Seine Frage empörte Lily. Um ihm nicht in die Augen sehen zu müssen, gab sie vor, noch immer mit dem Taschentuch beschäftigt zu sein. Doch noch mehr ärgerte es sie, dass er recht hatte. Ihr Herz für Schwache und Hilflose hatte sie wieder einmal in Schwierigkeiten gebracht. Nur ein glücklicher Umstand hatte sie gerettet. Glück und der Mann, dem sie so bemüht aus dem Weg ging. Warum musste nun gerade Alexander Kirchner es sein, der ihr geholfen hatte?

»Ich brauche keinen Ritter in strahlender Rüstung, der …«, begann Lily. Sofort schämte sie sich für ihre harschen Worte, die aus Angst und schlechtem Gewissen geboren waren. Stattdessen murmelte sie kaum hörbar. »Es tut mir leid.«

»Ich habe nie behauptet, dass Sie von einem Prinzen auf einem Schimmel gerettet werden müssten.« Täuschte Lily sich oder schwang wirklich Respekt in seiner Stimme mit? »Aber jeder Mensch braucht ab und zu einmal einen anderen.«

Zu ihrem Glück suchte die Katze sich genau diesen Moment aus, um sich lautstark maunzend zu beschweren. Vielleicht hatte sie Hunger. Oder Schmerzen.

»Was wird jetzt aus ihr?«, fragte Lily besorgt. Der Anblick der geschundenen Kreatur brach ihr das Herz. Noch schlimmer aber war das Wissen, dass sie der Katze nicht würde helfen können. »Ich kann sie leider nicht zu mir nehmen. Wenn sie hierbleibt, kommen die Hitlerjungen bestimmt wieder.«

Vorsichtig streichelte sie dem Tier, das sich auf Alexander Kirchners Arm einkuschelte, über den Kopf. Trotz ihrer Verletzungen begann die Katze leise zu schnurren, was Lilys Tränen zurückbrachte. Sie blinzelte. Vor diesem Mann wollte sie keine Gefühle zeigen, wollte nicht sanft und weich erscheinen.

»Erst einmal muss sie zum Tierarzt«, antwortete er entschieden, aber in seiner Stimme schwang etwas mit, das Lily erstaunt aufsehen ließ. Zu ihrer Überraschung schimmerten seine Augen feucht. Niemals hätte sie gedacht, dass der Salonlöwe zu derartigen Gefühlen fähig wäre. »Dann nehme ich sie oder ihn mit zu mir, aber …«

»Ja?« Lily wagte kaum zu fragen. »Was werden Sie mit ihr machen?«

»Wer ein Leben rettet, ist dafür verantwortlich. Eine chinesische Lebensweisheit.« Unter seinem Blick spürte Lily erneut, wie ihre Wangen heiß wurden. »Also ist es Ihre Katze und ich bestehe darauf …«

»Ja?«, flüsterte Lily.

»Ich muss darauf bestehen, dass Sie mich regelmäßig besuchen, um sich davon zu überzeugen, dass es Ihrer Katze gut geht.« Er griff nach Lilys Hand, drückte ihr eine Visitenkarte in die Hand und hielt ihre Finger viel länger fest, als nötig war. »Ich werde auf Sie warten.«

Kapitel 8

Frankfurt am Main, 8. Februar 1933

Bereits auf dem Weg zu Alexanders Kirchners Wohnung überfielen Lily Zweifel. Was hatte eine Frau wie sie, die ihr Leben im Gallusviertel verbracht hatte, im vornehmen Frankfurter Westend zu suchen? In dem Viertel, wo sich eine noble Villa an die andere reihte und Zäune, Mauern und hohe Bäume neugierige Blicke abwehrten. Zweimal überlegte sie, einfach umzukehren. Aber sie wollte wissen, ob das Kätzchen überlebt hatte. Jedenfalls sagte Lily sich das immer wieder. Niemals würde sie sich eingestehen, was für eine Anziehungskraft Alexander Kirchner auf sie ausübte, wie faszinierend sie seine braunen, stets amüsiert blickenden Augen fand.

»Was ist nur mit mir los?«, murmelte Lily vor sich hin, ungeachtet der Blicke, die ihr die beiden Frauen zuwarfen, an denen sie sich vorbeidrängte. Frauen, wie man sie im Westend erwarten konnte. Nach der neuesten Mode gekleidet, die Haare elegant frisiert, dezent geschminkt.

Auf den jungen Gesichtern ein blasierter Ausdruck, mit dem sie Lily musterten und ihren alten Mantel und die abgelaufenen Schuhe abschätzten. Wie einen Stich spürte Lily die Blicke, selbst dann noch, als sie längst an ihnen vorbeigegangen war. Deutlicher konnte man es kaum zum Ausdruck bringen, dass sie nicht in dieses Viertel gehörte, dass es ein großer Fehler war, die Vertrautheit ihrer kleinen elterlichen Wohnung zu verlassen.

Sicher wollte sich Alexander Kirchner nur einen Spaß mit ihr erlauben. Warum sollte er sich für eine Frau wie sie interessieren? Ein Mann wie er, der mit einem goldenen Löffel im Mund geboren wurde und der sicher noch nie in seinem Leben einen Gedanken an Politik oder das Leben der Menschen, die in Fabriken, Büros und Hotels arbeiteten, verschwendet hatte.

Wahrscheinlich wollte er sie verführen, in der Gewissheit, dass ein Mädchen wie sie einem Mann wie ihm ohne große Anstrengungen verfallen würde. Sie wäre nicht das erste Arbeitermädchen, das dem Zauber einer fremden Welt erlag. Einer Welt, in der es Champagner zu trinken und Kaviar zu essen gab – Delikatessen, von denen Lily nur träumen konnte, die sie mit großen Augen bei *Schade und Füllgrabe* bestaunt hatte, wohl wissend, dass sie sich diese Leckerbissen niemals würde leisten können. Nein, schwor sie sich, so oberflächlich war sie nicht, dass sie dem Glanz und schönen Schein erliegen würde. Zu wichtig war die Arbeit, die Georg und sie und ihre Familie leisteten. Niemals würde Lily zulassen, dass etwas sie von ihrem Weg abbrachte und sich ihren Zielen entgegenstellte, vor allem nicht jemand wie Alexander Kirchner.

Mittlerweile war sie an ihrem Ziel angelangt, in der Siesmayerstraße, in der Nähe des Palmengartens. Unschlüssig blieb Lily vor dem schmiedeeisernen Tor stehen, das in eine hohe Mauer eingelassen war und den einzigen Blick auf die elegante Villa gewährte, die sich am Ende einer schmalen Zufahrt erhob.

»Ich hoffe, er behandelt dich gut«, flüsterte Lily, spähte zwischen den Gitterranken hindurch in den großen Garten, der selbst im Februar prachtvoll wirkte, und hob die Schultern. »Tut mir leid, Katze, aber ich könnte dir sowieso kein Zuhause geben.«

Nach einem letzten sehnsuchtsvollen Blick zu der wunderschönen Villa mit ihren hohen Fenstern und Erkern drehte Lily sich um, senkte den Kopf, um dem Februarwind Paroli zu bieten, und eilte zurück. Zurück in ihre Welt, zurück in die Sicherheit ihres Zuhauses, ihrer Familie, ihres Lebens. Den Schauder des Bedauerns schüttelte sie ab wie den leichten Nieselregen, der begonnen hatte und sich in ihren Haaren und auf ihrem Gesicht niederschlug. Lily schlug den Kragen ihres Mantels hoch, schüttelte sich und beschleunigte ihre Schritte.

»Fräulein Ennenbach«, hörte sie jemanden hinter sich rufen. Ihr Herz schlug schneller, aber sie blieb nicht stehen. »Fräulein Ennenbach. Bitte warten Sie.«

Sollte sie vorgeben, die Stimme nicht zu erkennen? Nein, entschied sich Lily, das würde albern wirken. Also hielt sie an, um sich zu Alexander Kirchner umzudrehen, der ihr mit großen Schritten hinterhereilte. In der rechten Hand trug er einen Schirm, was Lily zum Lachen brachte, weil er nicht einmal einen Mantel trug.

»Ich habe Sie vor der Tür stehen sehen«, sagte er, etwas außer Atem, nachdem er sie erreicht hatte. Mit einer kleinen Verbeugung hielt er den Schirm über sie, so dass Regentropfen auf seine dunklen Haare fielen. »Bei dem grauen Wetter wollte ich Sie nicht unbeschirmt nach Hause gehen lassen.«

»Nein. Nein«, stotterte Lily und schob seinen Arm zurück, mit dem er den Schirm schützend über sie hielt. »Sie werden nass. Ganz ohne Mantel.«

»Ich hatte Sorge, dass Sie mir davonlaufen, wenn ich mir Zeit nehme, den Mantel anzuziehen«, sagte er mit einem Lächeln und hielt den Schirm wieder über sie. »Warum sind Sie nicht ins Haus gekommen?«

»Ich … Ich …« Noch nie in ihrem Leben hatte Lily sich derart unbeholfe gefühlt. Wie sollte sie erklären, dass sie im letzten Moment der Mut verlassen hatte? Ein Mann wie er würde ihre Zweifel niemals verstehen können. Also flüchtete Lily sich in eine Lüge. »Es erschien mir unhöflich, Sie unangemeldet zu besuchen. Bitte nehmen Sie den Schirm. Mich schützt mein Mantel.«

Inzwischen regnete es so stark, dass Alexander Kirchners Haare vor Nässe beinahe schwarz wirkten und kleine Bäche von seiner Stirn rannen. Die Schultern seines eleganten dunklen Anzugs waren ebenfalls dunkel durch die Feuchtigkeit.

»Ich schlage Ihnen vor, dass Sie das Ende des Wolkenbruchs bei mir abwarten.« Mit der linken Hand wischte er sich das Wasser von der Stirn. »Ich koche uns einen Kaffee. Was meinen Sie?«

»Echten Kaffee?«, fragte Lily ungläubig, was ihr sofort peinlich war.

»Selbstverständlich«, antwortete er lächelnd. »Ich habe auch Tee, wenn Ihnen das lieber ist. Earl Grey.«

»Kaffee wäre wunderbar.« Allein der Gedanke, seit Monaten wieder einmal den bitteren und unverwechselbaren Geschmack echten Kaffees zu spüren, ließ ihr das Wasser im Mund zusammenlaufen. »Danke.«

Wie selbstverständlich trat er etwas näher an sie heran, so dass sie beide durch den Schirm geschützt waren, während sie zum Haus gingen. Lily war sich seiner Nähe bewusst, was sie nicht so sehr irritierte wie das Gefühl, dass es richtig so war. Neben ihm durch den Regen zu gehen, fühlte sich seltsam angemessen an. Selbst das Schweigen zwischen ihnen erschien auf eine angenehme Weise vertraut.

»Bitte.« Höflich hielt Alexander Kirchner ihr die Gartentür auf, wobei er weiterhin darauf bedacht war, den Schirm über sie zu halten, als könnte der Regen sie erschlagen. »Ich freue mich, dass Sie hier sind.«

»Danke«, antwortete Lily, nun wieder eingeschüchtert angesichts der imposanten zweigeschossigen Villa mit den beiden Erkern und dem Garten, der eher einem Park ähnelte als den kleinen Grünflächen, die Lily aus dem Gallusviertel kannte.

Sie folgte ihm über zwei Treppenabsätze, bis sie vor der Haustür standen. Darin eingelassen war ein bunt verglastes Fenster mit Blumenranken in Rot und Grün. Lily blieb staunend vor der Pracht stehen. »Gehört das Haus Ihrer Familie?«

»Oh nein.« Alexander schloss die Haustür auf, die in einen breiten Flur mündete. An der Garderobe hingen zwei dunkle Wollmäntel und mehrere Schals in bunten Farben. »Ich wohne hier zur Miete. Wenn ich bei meinen Eltern lebte, müsste ich mir nur ständig anhören, wie mein Vater sich meine Zukunft vorstellt.«

Obwohl sein Ton leicht klingen sollte, spürte Lily die Anspannung, die sich hinter den Worten verbarg, aber sie kannte ihn zu wenig, um ihn danach fragen zu können.

»Kommen Sie herein.« Mit der linken Hand vollführte er eine weitausholende Geste, als wäre er ein Conférencier, der das Publikum für einen heiteren Abend voller Überraschungen begrüßte. »Oder fürchten Sie sich davor, mit mir allein zu sein?«

»Natürlich nicht«, stieß Lily hervor und hoffte, dass er nicht bemerkte, dass sie log. Sie hätte nicht sagen können, was genau ihr Angst machte, aber sie fürchtete sich deutlich mehr davor, mit Alexander Kirchner Kaffee zu trinken, als an der Universität Flugblätter zu verteilen.

»Geben Sie mir bitte Ihren Mantel.« Er führte sie in ein Zimmer, das beinahe so groß war wie die Wohnung, in der Lily mit ihrer Familie lebte. »Ich hole uns zwei Handtücher und dann zeige ich Ihnen unseren Schützling.« Lily reichte ihm ihren Mantel, von dem Regenwasser auf das edle Stabparkett tropfte.

Nachdem Alexander Kirchner den Raum verlassen hatte, schaute Lily sich eingeschüchtert um. Trotz des grauen Wetters flutete Helligkeit durch die großen Fenster und zeichnete ein Spiel aus Licht und Schatten in den großen Raum. Sie legte den Kopf in den Nacken und blickte zur Decke, die beinahe doppelt so hoch war, wie sie es gewohnt war. Weiße, verspielte Stuckverzierungen markierten die Ränder und Ecken. Nur wenige Möbel standen im Raum. Ein kleiner Tisch, ein Barwagen, auf dem mehrere Flaschen und drei Karaffen mit bernsteinfarbenen Flüssigkeiten sowie schwere Gläser standen. Ein bequem aussehender Sessel mit rotem Stoffbezug und zwei Stühle, die eher elegant als bequem wirkten, verteilten sich im Zimmer. Auf einem Sekretär lagen mehrere Unterlagen, als warteten sie darauf, bearbeitet zu werden.

Obwohl sie sich nicht damit auskannte, konnte sie erkennen, dass der Sekretär wie auch die anderen Möbelstücke in diesem Zimmer von erlesener Qualität waren. Lily schaute an sich herab. In dieser dezent vornehmen Umgebung wirkte selbst ihr bestes Kleid abgetragen und altmodisch. Ihre Schuhe sahen auf dem buntgemusterten Teppich noch ausgetretener aus als sonst. Wie es sich wohl anfühlte, hier zu leben?, fragte sie sich. Wenn man in derartigem Reichtum aufgewachsen war, nahm man dann überhaupt noch wahr, wie erlesen und edel das eigene Heim war?

Ihr Blick fiel auf das große Bild an der Wand und sie stieß einen Laut des Erstaunens aus.

»Was haben Sie?«, hörte sie Alexander Kirchner fragen, der hinter ihr ins Zimmer getreten sein musste.

»Ist … Ist das ein Rembrandt?« Ehrfürchtig näherte sich Lily dem dunklen Gemälde, das an der Wohnzimmerwand den Blick auf sich zog. »Ich kenne das Bild.«

»Wahrscheinlich aus dem Städel.« Alexander Kirchner

trat neben sie. Zu dicht für Lilys Geschmack. »Es ist eine Kopie, die die Eigentümer des Hauses in Auftrag gaben. Scheußlich, nicht wahr?«

»Ich mag das Gemälde.« Lily wandte sich zu ihm und zwang sich dazu, ihm in die Augen zu sehen. »Warum finden Sie es scheußlich?«

»Ach, das Bild … Wenn man es mag.« Er zuckte mit den Schultern. »Aber sich eine Kopie in die gute Stube zu hängen, nun, das zeugt wirklich von schlechtem Geschmack.«

»Nicht jeder kann sich Originale leisten«, antwortete Lily spitz, denn seine Arroganz und Selbstsicherheit riefen sofort den Widerspruchsgeist in ihr wach.

»Da haben Sie wohl recht. Bitte schön.« Alexander Kirchner, dessen Haare in alle Richtungen abstanden, reichte ihr ein flauschiges Handtuch. »Wenn Sie ein weiteres benötigen, geben Sie mir Bescheid.«

»Danke.« Sie spürte die Röte in ihrem Gesicht aufsteigen, als sie seinen Blick bemerkte. Mit dem Handtuch fuhr sie durch ihre Haare, die sich in wilden Locken kringelten, wie immer, wenn sie nass wurden.

»Wohnen Sie schon lange hier?«, fragte sie.

»Seit Beginn meines Studiums.« So nah, wie er bei ihr stand, nahm sie den leisen Hauch eines exotischen Rasierwassers wahr. »Warten Sie. Hier ist noch eine nasse Stelle.« Vorsichtig nahm er ihr das Handtuch aus der Hand, um ihren Nacken damit zu trocknen. Sie hielt den Atem an und war sich seiner Nähe, seiner warmen Hände, die so vorsichtig über ihren Hals strichen, nur zu deutlich bewusst. Schließlich hielt sie die Spannung nicht mehr aus und trat zwei Schritte nach vorn an den Sekretär heran.

Um ihre Unsicherheit zu überspielen, nahm Lily das Porträtfoto einer wunderschönen Frau in die Hand, das auf dem Sekretär stand. Ihre Finger zitterten so sehr, dass ihr der Rahmen beinahe aus der Hand gefallen wäre. Große, wie man so sagte, seelenvolle Augen blickten ihr entgegen. Das dunkle Haar war zu einer eleganten Frisur hochgesteckt, auf den Lippen lag ein leicht ironisches Lächeln, als wüsste die Frau, dass sie jeden Blick auf sich zog. »Wer ist das?« Sie wandte sich zu Alexander um. »Ihre Verlobte?«

»Meine Mutter. Sie war Schauspielerin.« Alexander Kirchner trat einen Schritt näher an Lily heran. Sie trat einen weiteren Schritt zurück und fühlte sich in einem Tanz gefangen, dessen Schrittfolge ihr unvertraut war. »Folgen Sie mir in die Küche. Ich habe Ihnen einen Kaffee und eine Katze versprochen.«

»Sie wohnen hier wirklich allein?«, konnte Lily nicht umhin zu fragen, denn in dieser Küche hätte gut und gern ihre gesamte Familie samt Oma Bertha und Opa Willy Platz gefunden.

»Jetzt nicht mehr«, antwortete er mit einem Lächeln und deutete mit dem Finger auf etwas. Dort, neben dem großen Herd, der eine angenehme, sanfte Wärme ausstrahlte, erkannte Lily einen halbrunden geflochtenen Korb, der mit Decken und Pullovern ausgepolstert war. Beinahe hätte sie die Katze übersehen, die sich tief in die Kleidungsstücke eingegraben hatte. Nur das grüne Funkeln der Augen verriet das Tier.

»Mein Kätzchen, wie geht es ihr? Oder ist es ein Kater?« Lily ging vor dem Korb auf die Knie, was die Katze dazu veranlasste, aus tiefer Kehle zu grollen. »Oh. Ich scheine nicht erwünscht zu sein.«

»Ja. Vorsicht.« Alexander Kirchner lächelte. »Es ist eine Sie und sie hat sehr klare Vorstellungen davon, was ihr gehört. Ach ja, Dankbarkeit ist nicht ihre stärkste Eigenschaft.«

»Das habe ich gestern schon zu spüren bekommen.« Lily rollte den Ärmel ihres Kleides etwas hoch, um ihm die Kratzspuren zu zeigen, die über Nacht verblasst, aber immer noch deutlich sichtbar waren. »Aber nach dem, was ihr geschehen ist, kann ich ihr Misstrauen gegenüber Menschen verstehen. Auch wenn wir – zum Glück – nicht alle Nationalsozialisten sind.«

»Ich kenne einen Weg, wie Sie ihre Freundschaft gewinnen können.« Unter Lilys aufmerksamem Blick ging Alexander Kirchner zum Kühlschrank und holte zwei Stückchen gekochten Schinken heraus, der so gut duftete, dass Lily das Wasser im Mund zusammenlief. Es ging nicht nur ihr so. Schon hatte sich die Katze aus ihrem Versteck gegraben und strich dem Mann um die Beine. Laut maunzend forderte sie den Schinken ein.

»Hier, bitte.« Alexander reichte Lily das Fleisch. Einen Augenblick war sie in Versuchung, davon zu kosten, doch mit einem Gefühl des Bedauerns hielt sie es der Katze hin, die schnell wie der Blitz danach schlug und sich mit ihrer Beute in den Korb zurückzog.

»Na, dir geht es besser als vielen Menschen«, konnte Lily sich nicht verkneifen zu sagen.

»Ich weiß.« Alexander Kirchner, der Kaffeebohnen in eine kleine Mühle füllte und Lily dabei den Rücken zugedreht hatte, wandte sich ihr zu. »Ich weiß, aber nach dem furchtbaren Erlebnis hat die Kleine es verdient, verwöhnt zu werden. Meinen Sie nicht?«

Lily konnte nur nicken.

»Wird sie wieder gesund?«

»Unsere Tierärztin, eine Freundin meiner Familie, sagt, dass die Kleine großes Glück hatte. Es wurden keine lebenswichtigen Organe verletzt.« Das Lächeln, das seine Worte begleitete, gab Lily ein warmes Gefühl, als hüllte er sie in eine kostbare Kaschmirdecke. »Sie wird überleben, wenn sie frisst. Und was das angeht, kann ich mich nicht beschweren.« Mit dem Kopf deutete er in Richtung des Korbes, aus dem erwartungsvolle Augen ihn aufmerksam anblickten.

»Sie hat noch keinen Namen?«, fragte Lily und beobachtete, wie seine eleganten Hände mit den schmalen Fingern den Kaffee mahlten. Hände wie ein Pianist, dachte sie. Hände, mit denen er nie einen Tag arbeiten musste.

»Ich fand, Sie sollten ihr einen Namen geben.« Er setzte Wasser in einem Topf auf. »Schließlich haben Sie ihr das Leben gerettet. Fällt Ihnen etwas ein?«

»Hmm.« Lily musterte die Katze, die ihr neues Herrchen anstarrte, als könnte sie ihn dadurch dazu bewegen, ihr ein weiteres Stück Schinken zu geben. »Auf jeden Fall ist sie eine Prinzessin. Wenn auch eine zerlumpte. Eine Prinzessin inkognito. Wie die Gänsemagd.«

»Gänsemagd wäre ein ungewöhnlicher Name.« Alexander lachte leise, während er das kochende Wasser auf das Kaffeepulver goss. Der Geruch frischgebrühten Kaffees schwebte bis zu Lily, die ihre Augen schloss, um sich ganz diesem wunderbaren Duft hinzugeben. »Aber Prinzessin gefällt mir. Nehmen Sie Milch oder Zucker?«

»Schwarz, bitte.« Lily bemühte sich, nicht zu gierig zu wirken, als sie nach der Kaffeetasse griff, die er ihr hinhielt. Wie lange war es her, dass sie echten Kaffee geschmeckt hatte? Genießerisch ließ sie den ersten Schluck über ihre Zunge rollen, auch wenn das Getränk beinahe kochend heiß war. »Vielen Dank. Was halten Sie von Prinzessin Mäusehaut?«

Erst schaute Alexander sie erstaunt an, als hätte sie etwas sehr Dummes gesagt. Dann lachte er auf. Sein Lachen und der Geschmack des Kaffees – mehr brauchte sie nicht zum Glück, dachte Lily und erschrak über diesen Gedanken.

»Prinzessin Mäusehaut – gibt es einen schöneren Namen für eine Katze?«, fragte er. Sein Lächeln wurde weicher, zärtlicher, beinahe wie ein Streicheln, als er zu Lily trat. Sanft nahm er ihr die Kaffeetasse aus der Hand, beugte sich vor und küsste sie. Zart, vorsichtig, wie eine Frage, spürte sie seine trockenen Lippen auf ihren. Ohne nachzudenken, schloss Lily die Augen und öffnete ihre Lippen dem Kuss, versank für einen Augenblick in dem Gefühl der Wärme, das damit einherging. Dann schreckte sie auf, blickte in seine braunen Augen mit dem grünen Schimmer, die so direkt vor ihr waren. Sie konnte den Ausdruck nicht lesen – war es Zärtlichkeit oder Ironie?

Egal! Sie wollte es gar nicht wissen, wollte sich nicht Hals über Kopf in etwas stürzen, das von vorneherein zum Scheitern verurteilt war und ihr nur die Kraft für ihren politischen Kampf nehmen würde. Lily riss sich aus seiner Umarmung.

»Ich … Ich … Meine Familie wartet auf mich.« Sie stolperte auf den Flur, wo ihr suchender Blick auf ihren Mantel fiel. Ihre Finger zitterten so sehr, dass sie den Mantel fallen ließ.

»Warten Sie.« Mit formvollendeter Geste hielt er ihr den Mantel entgegen, als wäre dieser aus edelstem Kaschmir und nicht aus schlichter Wolle. »Bitte.«

»Danke.« Suchend tastete Lilys Hand nach dem Mantelärmel, wobei sie seinen Oberkörper berührte. Erstarrt hielt sie inne und nahm kaum wahr, dass er ihr in den Mantel half. »Auf Wiedersehen.«

Ohne sich umzudrehen, verließ sie die Wohnung, lief sie die Stufen hinab, öffnete die Haustür und stürzte sich in den Tag, der immer noch grau, doch jetzt ohne Regen war. Ihr Herz pochte. Ob Alexander an dem großen Fenster stand und ihr nachsah? Obwohl alles in ihr sich dagegen wehrte, blieb Lily am Gartentor stehen und blickte zurück. Er stand am Fenster, die Hand zum Gruß erhoben, ein Lächeln im Gesicht, das sie nicht deuten konnte. Mit brennend heißen Wangen hob sie ebenfalls die Hand zum Gruß, schlug den Mantelkragen hoch und eilte nach Hause. Sie schwor sich, niemals wieder Zeit mit ihm zu verbringen.

Zwei Schwestern und eine Mutter suchen ihren Platz in einer Gesellschaft im Umbruch. Während die Mutter am Alten festhält, reist eine Tochter nach Paris, die andere kümmert sich um Stahlarbeiter.

Kapitel 9

Salem und Berkeley, September 1999

»Mom, hat Großvater je von einer Frau namens Lily gesprochen?« Ich versuche bewusst, die Frage beiläufig zu stellen, damit meine Mutter nicht misstrauisch wird. Denn sobald es um ihren Vater geht, verschließt sie sich noch mehr als sonst wie eine Auster, als hätte er selbst über den Tod hinaus noch die Macht, sie zu verletzen. »Sagt dir der Name etwas?«

»Nein«, antwortet sie, ebenso beiläufig wie ich, aber ich kenne sie gut genug um zu bemerken, dass meine Frage sie in Alarmbereitschaft versetzt hat. »Wieso fragst du? Hast du etwas auf dem Dachboden gefunden?«

Mist.

Ich habe nicht erwartet, dass sie mit einer Gegenfrage reagiert. Jetzt fühle ich mich unter Zugzwang, muss schnell überlegen, was ich ihr verrate. Kann ich *meiner Mutter* wirklich erzählen, dass ihr Vater einen Liebesbrief von einer deutschen Frau erhalten hat, als er bereits mehr als achtzig Jahre alt war? Kann überhaupt jemand seiner Mutter so etwas erzählen? Leider fällt mir auf die Schnelle keine Ausrede ein, die annähernd glaubwürdig klingen würde. Und obwohl Mom in vielen Bereichen der unmütterlichste Mensch ist, den ich mir vorstellen kann, über eins verfügt sie, genau wie ich auch: den Mütterradar für eine Lüge. Daher entscheide ich mich für eine Halbwahrheit, die sie hoffentlich nicht als solche erkennen wird.

»Ich habe einen Brief aus Deutschland gefunden. Von einer Lily.« Da sie nichts sagt, rede ich weiter, damit zwischen uns nicht das Schweigen wachsen kann, das uns beiden unangenehm ist, aber oft zwischen uns steht. »Da bin ich neugierig geworden, weil Großvater es ja mit Deutschland nicht so hatte.«

»Du weißt, dass seine Familie flüchten musste«, entgegnet sie. »Natürlich war es schwer für ihn, an Deutschland zu denken.«

Ihr harter Tonfall weckt sofort meinen Widerspruchsgeist, obwohl ich es besser wissen sollte. »Warum hat er dann ein Flugticket bei seinen Unterlagen?«

Meine Mutter erstarrt. Sofort bereue ich es, dass mein Temperament mit mir durchgegangen ist. Wie oft habe ich mir geschworen, entspannt und freundlich auf die spitzen Bemerkungen meiner Mutter zu reagieren. Aber jedes Mal läuft ein Programm bei mir ab, das ich nicht beherrsche, sondern das mich beherrscht. Hinterher tut es mir leid. Vielleicht geht es meiner Mutter mit ihren Spitzen ähnlich. Ich weiß es nicht, denn wir haben noch nie darüber gesprochen und werden es bestimmt auch niemals tun. Schweigend starrt sie mich an, bis ich den Blick abwende.

»Ein Flugticket?«, fragt sie schließlich. Ihre Stimme ist so dünn, dass ich sie am liebsten in den Arm nehmen, mich entschuldigen und meine Worte zurücknehmen möchte. Stattdessen nicke ich nur.

»Bist du sicher? Wirklich sicher?«

»Ja.« Ich räuspere mich, weil meine Kehle sich rau und trocken anfühlt. »Nur der Hinflug. Von Portland nach Frankfurt.«

»Aus dem Jahr 1993?« Sie zögert, als fürchte sie die Antwort. »Nur für ihn? Nicht auch für Gran?«

Was habe ich nur angerichtet? Wenn ich nur einen Augenblick darüber nachgedacht hätte, was dieses Ticket bedeutet, hätte ich meine Mutter niemals danach gefragt. Wie konnte ich nur vergessen, dass meine Großmutter 1993 noch lebte?

»Vielleicht … Nein, bestimmt gibt es eine einfache Erklärung«, versuche ich abzuwiegeln. »Wahrscheinlich ist das Ticket für Gran nur verloren gegangen, als ihr damals ihre Sachen gepackt habt. Tut mir leid, dass ich gefragt habe.«

»Das muss es nicht.« Meine Mutter sieht mich nicht an. »Ich verstehe, dass du mehr über deinen Großvater erfahren möchtest …«

»Erin! Pat!«, höre ich meinen Vater rufen. »Wollen wir in die Mall fahren? Mir ist nach einem Eis. So viel Zeit ist doch noch, bis dein Zug fährt?«

Mir fällt der sprichwörtliche Stein vom Herzen. Noch

nie habe ich mich so gefreut, dass er nach mir sucht, wie heute.

Dad betritt das Zimmer und erkennt mit einem Blick, dass wieder einmal dicke Luft zwischen Mom und mir herrscht. Meiner Mutter lächelt er zu, mir gegenüber deutet er mit einem leisen Kopfschütteln an, dass ich Frieden geben soll. Warum muss er immer auf ihrer Seite stehen? Warum bin ich mit mehr als vierzig Jahren immer noch nicht in der Lage, entspannt mit ihr umzugehen? Warum endet fast jedes Gespräch, das wir führen, mit Enttäuschung, Zorn oder Schmerzen? Ich hatte gehofft, dass es besser würde, wenn ich selbst erst Mutter wäre, aber leider hat Kyles Geburt nichts geändert. Noch immer habe ich das Gefühl, dass ich für Mom eine Enttäuschung bin und ihr nie etwas recht machen kann.

»Gern, lass uns gehen«, sage ich schnell zu meinem Vater. »Ein Eis haben wir uns nach dem Aufräumen verdient. Mein Zug fährt erst in zwei Stunden.«

Zu dritt verbringen wir einen beinahe familiären Nachmittag. Ausnahmsweise sehne ich die Zeit bis zu meiner Rückfahrt nicht herbei, sondern bedauere beinahe, dass sie schon gekommen ist.

Auf dem Weg zum Bahnhof hängen wir unseren Gedanken nach. Ich möchte etwas sagen, aber mir fällt einfach nichts ein. Meine Eltern lassen es sich nicht nehmen, mich bis zum Bahnsteig zu begleiten. Hier warten wir, und die Zeit dehnt sich aus.

»Wenn ihr Hilfe beim Umzug braucht …«, biete ich

an, aber meine Eltern wehren ab. Nicht umsonst haben sie eine Firma beauftragt, die alles erledigen soll.

»Unser Haus … Es wird mir fehlen.« Auf einmal steigt Traurigkeit in mir auf. Wie auf Stichwort, fährt in dem Moment der Zug ein.

»Wir werden es auch vermissen.« Mein Vater nimmt mich in die Arme. Täusche ich mich oder ist er wirklich kleiner und schmaler geworden? Es kommt mir vor, als wäre es erst ein paar Monate her, dass ich zu ihm aufschauen musste, weil er so ein Bär von einem Mann war. Heute kann ich ihm mühelos in die Augen sehen. Wenn ich mich strecke, bin ich ein paar Zentimeter größer als er. Aber warum soll es ihm besser ergehen als mir? Kyle überragt mich um mehr als einen Kopf. Als wir noch miteinander redeten, haben mein Exmann und ich oft gescherzt, dass unser Sohn im Krankenhaus vertauscht worden sein muss. Mit dem Kind einer Giraffe. Ich lächele, als ich daran denke. Immer noch lächelnd umarme ich Mom zum Abschied, was mir einen erstaunten Blick von ihr einbringt.

»Guten Einzug«, wünsche ich meinen Eltern zum Abschied, winke lange aus dem Zugfenster, während sie kleiner und kleiner werden, bis sie meinem Blick entschwinden, als der Zug eine Kurve fährt. Ich setze mich und nehme den Brief meines Großvaters hervor. Obwohl es ein Liebesbrief ist, werde ich ihn lesen, habe ich entschieden. Schließlich ist der Adressat seit sechs Jahren tot und wahrscheinlich lebt auch die Absenderin nicht mehr. Vorsichtig falte ich das Papier auf und lese die Anrede: *Geliebter Alexander* … Schnell falte ich den Brief wieder zusammen, weil ich mich wie eine Voyeurin fühle. Später, vielleicht.

Das Curry riecht verführerisch, aber ich konnte noch keinen Bissen zu mir nehmen, weil Charlotte mich über den Besuch bei meinen Eltern ausfragt. Sie redet so viel und so schnell, als stände uns nur eine zehnminütige Mittagspause zu.

»Du hast den Brief immer noch nicht gelesen?« Charlotte starrt mich ungläubig an. Sie ist so fasziniert von den Dokumenten und dem Schreiben, dass sie sogar das Gemüse-Curry stehen lässt. »Willst du nicht wissen, was die Deutsche deinem Großvater geschrieben hat?«

Bevor ich antworten kann, spricht sie weiter. »Wie romantisch. Liebesbriefe für einen Achtzigjährigen. Das gibt Hoffnung.«

»Nur zu deiner Information«, entgegne ich widerborstig. »Der romantische Achtzigjährige war damals noch verheiratet. Mit meiner Großmutter, die ich sehr geliebt habe.«

»Ach, Erin.« Sofort zeichnet sich ein schlechtes Gewissen auf Charlottes ausdrucksstarkem Gesicht ab. Sie nimmt meine Hand in ihre. »Tut mir leid, daran habe ich nicht gedacht.«

»Schon okay.« Ich zucke mit den Schultern. »Wird sich wahrscheinlich sowieso als etwas ganz Harmloses herausstellen. Irgendwie fällt es mir schwer zu glauben, dass meine Familie dramatische Geheimnisse verbirgt.«

»Ich liebe Familiengeheimnisse. Ich wünschte, meine hätte welche …«

Wir schauen einander an und lachen lauthals. Ausnahmsweise muss ich Charlotte zustimmen. Ihre Familie hat überhaupt keine Geheimnisse, weil Charlottes Mutter, die sich »Autumn Flowers« nennt und eine der letzten überlebenden Hippies ist, über alles – und wirklich alles – redet. Charlotte blieb gar nichts anderes übrig, als sich selbst ein Leben zu schaffen, in dem sie eher zuhört als spricht.

»Nein, im Ernst. Ein geheimnisvoller Brief. Eine Liebeserklärung …« Charlottes Augen leuchten, als wäre sie ein Jagdhund, der eine Fährte aufgenommen hat. »Du *musst* nach Deutschland fliegen und herausfinden, was es damit auf sich hat.«

Für meine Freundin ist alles immer einfach. Manchmal frage ich mich, ob sie je von Zweifeln geplagt wird, ob sie sich je damit abmüht, eine Entscheidung zu treffen. Ob sie, wie ich, verschiedene Optionen in ihrem Kopf hin und her wälzt, versucht, alle Konsequenzen ihres Handelns im Vorhinein abzuschätzen, damit sie auch ja die richtige Wahl trifft. Nein, natürlich nicht. So ist Charlotte nicht. Sie vertraut darauf, dass das Leben und die Menschen es gut mit ihr meinen und alles seinen richtigen Gang geht. Selbst jetzt, wo die Banken ihr den Kredit verweigern und *Books Charlotte loves* gefährdet ist, verliert meine Freundin nicht den Glauben daran, dass sich ein Ausweg finden wird, wenn sie nur fest genug darauf hofft. Wenn Charlotte einen geheimnisvollen Brief gefunden hätte, säße sie jetzt schon im

Flugzeug nach Deutschland. Nur mit dem Brief und einem Namen bewaffnet würde sie sich auf die Suche machen und bestimmt fündig werden.

Ich kann das nicht. Ich muss alles planen und organisieren und durchdenken und Notfallpläne für alle Eventualitäten schmieden, bevor ich mich auf den Weg mache. Und ich würde mich nur dann auf ein solches Abenteuer einlassen, wenn es Erfolgsaussichten hätte – und im Fall meines Großvaters sind die höchstens minimal.

»Aber wo soll ich suchen?« Ich zucke mit den Schultern. Gestern auf der Zugfahrt habe ich das alles im Kopf bereits durchgespielt. »Es wird sicher niemand mehr leben, der meinen Großvater kannte.«

»Warum nicht?« Charlotte, die sich für jedes Buch begeistern kann, das auch nur die Ahnung eines Geheimnisses vermittelt, scheint nicht bereit, so schnell aufzugeben. »Dein Großvater ist 1914 geboren. Gut, er wäre jetzt fünfundachtzig Jahre alt, aber …«

»Nur weil du das gern hättest, ist die Chance doch äußerst gering.« Natürlich bin auch ich neugierig, wer die geheimnisvolle Lily wohl sein mag, von der mein Großvater nie etwas erzählt hat, deren Brief er aber aufgehoben hat. Aber ich möchte nicht nach Deutschland reisen, um einem Phantom hinterherzujagen. »Willst du mir einen neuen weißen Wal geben?«

»Eine schöne Idee, aber ich bin einfach neugierig.« Charlotte reibt sich die Nase, wie immer, wenn sie nachdenkt. »Dein Großvater hat auf mich nie …«

»Sag es ruhig.« Ich muss lächeln, weil Charlotte kein Wort einfallen will, das meinen Großvater freundlich umschreibt. »Alexander war kein Mann, den man Opa nennen könnte oder der zu starken Gefühlen fähig schien. Wahrscheinlich gibt es eine ganz simple und furchtbar langweilige Erklärung für das alles.«

»Bist du überhaupt nicht neugierig?«

»Schon, aber ich wüsste nicht einmal, wo ich beginnen sollte. In Archiven etwa?« Ich schüttele den Kopf. Sosehr mich Geschichte interessiert, ich bin einfach kein Mensch, der Freude daran hat, in staubigen Akten zu graben, nur um eine winzige Information zu finden. »Außerdem habe ich weder Zeit noch Geld für so etwas«, füge ich hinzu.

»Also, ich finde ja, dass du das Geld, das dein Großvater dir hinterlassen hat, kaum besser ausgeben kannst.«

Ich hätte Charlotte nicht davon erzählen sollen. Aber ich war damals sehr überrascht, wie viel Geld mein Großvater zu verteilen hatte, wem er etwas davon gab und welche Bedingungen er damit verknüpfte. Kyle, der damals gerade zwölf Jahre alt war, am Beginn der Pubertät und ziemlich anstrengend, bekam einen Studienfond, was er total doof fand. Allerdings erhielt er das Geld nur unter der Bedingung, dass er mindestens zwei Semester in Barcelona studieren würde, was meinem Sohn wiederum sehr gefiel, mir allerdings deutlich weniger.

Meine Mutter bekam ihr Geld nur unter der Voraussetzung, dass sie sich um die Katze und deren Kinder kümmerte. Inzwischen lebte die dritte Generation der Biester bei meinen Eltern und ich gewinne den Eindruck, dass sie von Generation zu Generation undankbarer werden und all das Gute, was Mom ihnen schenkt, als selbstverständlich betrachten.

Und schließlich bekam ich ein – in meinen Augen – kleines Vermögen, das allerdings an die Klausel gebunden war, dass ich es nur für mich und nicht für meine Familie ausgeben durfte. Jeffrey war ziemlich sauer darüber, was ich gut verstand. Mir war nie bewusst gewesen, dass mein Großvater meinen Mann offensichtlich nicht sehr mochte, ich ihm hingegen mehr bedeutete, als er je zum Ausdruck gebracht hatte. Da mir bislang nichts eingefallen war, was ich allein unternehmen wollte, lag das Geld beinahe vergessen auf einem Konto. Charlotte hat recht. Gäbe es einen besseren Verwendungszweck für das Erbe, als das Geheimnis meines Großvaters zu entdecken? Andererseits …

»Wenn mein Großvater gewollt hätte, dass wir von Lily wüssten, dann hätte er uns von ihr erzählt«, formuliere ich meine Bedenken. Irgendwie erscheint es mir unrecht, jemandem nach seinem Tod, wenn er sich nicht mehr wehren kann, alle Geheimnisse zu entreißen. »Du würdest sicher auch nicht wollen, dass deine Erben hinter dir herschnüffeln.«

»Wenn ich tot bin, ist mir das bestimmt egal«, antwortet Charlotte in ihrem typischen Pragmatismus. »Und wenn es mir nicht egal ist, dann kehre ich als Geist zurück und spuke meinen Erben im Haus herum. Oder im Buchladen. Wie das Gespenst von Canterville.«

Die Vorstellung, wie Charlotte mit Ketten rasselt, um unliebsame Kunden zu verscheuchen, bringt mich zum Lachen. Sie stimmt mit ein. Gemeinsam lachen wir so laut, dass die anderen Gäste des Restaurants sich zu uns umdrehen, was unser Lachen nur noch stärker anheizt. Endlich beruhigen wir uns wieder. Ich wische mir Tränen aus den Augen und Charlotte schnaubt in ein großes Stofftaschentuch.

»Also gut«, gebe ich nach. Wie in so vielen Diskussionen mit meiner Freundin. »Ich denke drüber nach, ob ich nicht auf die Jagd nach der geheimnisvollen Briefschreiberin gehen werde. Auch wenn mein Großvater sie nie erwähnt hat.«

»Vielleicht war Lily deinem Großvater ja so wichtig, dass er nicht vor euch über sie reden konnte.«

»Bitte? Ich verstehe gerade nur Bahnhof.«

»Was wäre, wenn –«

»Oh nein«, unterbreche ich meine Freundin. »Manchmal denke ich, du solltest lieber Romane schreiben, als welche zu lesen.«

»Apropos. Hier ist dein Roman für die kommende Woche.« Charlottes Lächeln verrät mir, dass sie von Anfang an wusste, wie unsere Diskussion ausgehen würde. Als ich den Umschlag – quietschrosa mit einer *Hello Kitty*-Briefmarke – öffne, sagt sie: »Wahrscheinlich erkennst du es nicht, weil ich es sehr allgemein gehalten habe, damit du es nicht zu leicht hast. Und es hat nur wenig mit deinem Leben zu tun.«

Neugierig geworden lese ich den unvollständigen ersten Satz. Dann grinse ich breit. »Du unterschätzt mich, meine Liebe. Das ist ohne jeden Zweifel Louis Bromfields *Das Leben der Lily Shane*. Bisher waren deine Rätsel nicht sehr schwierig. Aber warum dieses Buch?«

Verblüfft schaut Charlotte mich an. Niemals werde ich ihr verraten, dass ich das Buch letzte Woche in der Buchhandlung verkauft und daraufhin neugierig in ein Exemplar hineingelesen habe.

»Wegen deiner Lily«, sagt sie.

»Sie ist nicht *meine* Lily«, antworte ich. »Wahrscheinlich war sie nicht einmal die Lily meines Großvaters.«

»Ich habe noch ein Exemplar bei *Books Charlotte loves*. Das kann ich dir geben, damit du es in den Koffer packen kannst.«

»So schnell packe ich nicht.« Ich schüttele den Kopf über den Enthusiasmus meiner Freundin. »Eine Reise über den großen Teich muss erst einmal organisiert werden.«

»Autsch«, stöhnt Charlotte, während sie theatralisch die Hand zur Stirn hebt wie eine Stummfilm-Diva. »Wie konnte ich nur auf die verrückte Idee kommen, dass du spontan verreisen würdest.«

»Nicht, wenn ich wirklich herausfinden will, wer Lily war.« Gemeinsam stehen wir auf, weil unsere Mittagspause viel zu schnell vorbeigegangen ist. »Du erfährst es als Erste, wenn ich den Flug gebucht habe. Falls ich einen Flug buche. Einverstanden?«

Sie lächelt nur. Wissend.

Ein kleines Mädchen landet durch Zufall in einem fremden Land. Hier muss sie den Einwohnern helfen, ihr Glück zu finden, und entdeckt das große Geheimnis des Oberhaupts.

Kapitel 10

Berkeley, Oktober 1999

Nach dem Mittagessen mit Charlotte begebe ich mich kurzentschlossen in ein Reisebüro und stelle überrascht fest, dass Flüge nach Europa gar nicht so teuer sind, wie ich immer dachte. Die Frau dort redet auf mich ein, wie günstig Reisen aufgrund des guten Dollarkurses derzeit sind und wie angenehm es für uns Amerikaner ist, dass ein großer Teil der Europäer Englisch spricht.

»Man muss sich nicht mit einem Reiseführer und einer fremden Sprache abplagen, verstehen Sie.« Sie zwinkert mir zu, als teilen wir ein großes Geheimnis.

»Ich überlege noch«, rette ich mich aus dem Verkaufsgespräch. »Brauche ich ein Visum für Deutschland?«

»Kein Visum. Keine Impfungen.« Ihr Lächeln ist so strahlend, als habe ich den Vertrag bereits unterschrieben. »Wenn Sie wollen, kann es morgen losgehen.«

Mit einem »Ich melde mich« flüchte ich vor ihrem Enthusiasmus und ihren Plattitüden. Auch, weil es mich erschreckt, wie nah mir die Möglichkeit gekommen ist, mehr über meinen Großvater herauszufinden. Vor der Tür des Reisebüros hole ich tief Luft und beschließe, das Leben für mich entscheiden zu lassen. Wenn Kyle Zeit für mich hat, werde ich reisen.

Mein Sohn ist überrascht, aber erfreut, dass ich ihn in Barcelona besuchen will. Also erfülle ich mein Versprechen mir gegenüber und buche den Flug, bevor ich es mir anders überlegen kann. Charlotte ist begeistert, ich selbst zweifele mehr und mehr, je näher mein Abreisetermin rückt, aber gebucht ist gebucht. Zurückzutreten wäre feige.

Nun packe ich meinen Koffer zum dritten Mal aus und wieder ein, weil ich mich nicht entscheiden kann, ob ich dem Wetterbericht vertrauen soll oder nicht. Der Herbst kann schöne Tage haben, aber auch die Andeutung des Winters mit sich bringen. Außerdem kann ich durch das Hin- und Herpacken den Anruf noch aufschieben, vor dem ich mich schon seit einigen Tagen drücke. Aber langsam wird es Zeit. Schließlich werde ich übermorgen nach Barcelona fliegen.

Noch immer ist der Koffer zu voll, also nehme ich das Buch heraus, das ich ohnehin bald beenden muss. Eines meiner Lieblingsbücher. Ich kann nicht sagen, wie oft ich *Der Zauberer von Oz* bereits gelesen habe, auch jetzt, da ich es für Charlotte lese, liebe ich den Roman von Frank L. Baum. Den Mut, den Dorothy aufbringt, die Freundschaft, die sie mit dem Löwen, der Vogelscheuche und dem Blechmann verbindet – wahrscheinlich will Charlotte mir damit sagen, dass ich keinen Rückzieher machen und mich in das Abenteuer Europa stürzen soll. Ich werde auf meine Freundin hören.

Mit einem Knall klappe ich den Koffer zu. Falls ich etwas vergessen habe, werde ich es in Europa kaufen. Jetzt kann ich dem Telefonat nicht länger ausweichen. Erst koche ich mir einen Tee, bevor ich zum Hörer greife.

»Erin! Ist etwas passiert?«

Na prima. Das fängt ja gut an. Warum muss ausgerechnet Mom ans Telefon gehen? Dad hätte ich alles einfacher und problemloser erklären können. Meine Mutter und ich hingegen haben gleich einen schlechten Start. Schon nach den ersten Worten fühle ich mich schuldig, weil ich – jedenfalls nach ihrer Ansicht – meine Eltern immer nur dann anrufe, wenn etwas geschehen ist. Bin ich wirklich eine derart schlechte Tochter?

»Nein, Mom, alles in Ordnung.« Nur knapp kann ich einen Seufzer unterdrücken, der unser Gespräch sicher nicht leichter machen würde. »Ich wollte mich verabschieden, weil ich nach Europa fliegen werde.«

Schweigen ihrerseits, was sofort Ärger in mir hochkochen lässt, weil ich darin hundert Vorwürfe lese.

»Das kommt überraschend«, sagt sie endlich. »Warum hast du uns bei deinem Besuch nichts davon erzählt?«

»Weil ich mich erst danach zu der Reise entschlossen habe.«

Noch bleibe ich ruhig, aber es fällt mir schwer. Wenn ich Mom jetzt bitte, dass sie Dad ans Telefon holt, ist sie ganz sicher beleidigt, was bei mir wieder zu Schuldgefühlen führt und so weiter und so fort. Inzwischen bin ich über vierzig und sollte in der Lage sein, aus diesem Kreislauf auszubrechen.

»Wann fliegst du?«

»Übermorgen.« Ich halte den Atem an, weil ich mir die Litanei, die jetzt folgen wird, bereits ausmale.

»So früh schon. Hättest du uns nicht vorher Bescheid geben können?« Sie sagt genau das, was ich erwartet und weshalb ich nicht früher angerufen habe. »Und wenn es deinem Vater schlechter geht?«

Ich kralle mir die Fingernägel in die Handfläche, damit ich sie nicht anschreie. Wie kann sie die Krankheit meines Vaters benutzen, um mich moralisch unter Druck zu setzen? Im Kopf zähle ich bis zehn, bevor ich antworte.

»Ich besuche Kyle in Barcelona«, sage ich leichthin. »Und damit sich der Aufwand lohnt, schaue ich mir Europa ein bisschen an.«

Meine Mutter schweigt, als wollte sie damit mehr Informationen aus mir herauskitzeln, so wie früher. Wenn ich etwas angestellt hatte und ihr das zu Ohren gekommen war, hat sie mich niemals direkt darauf angesprochen, sondern gesagt: »Was musste ich von dir hören?« Naiv, wie ich war, habe ich daraufhin alle Schandtaten der letzten Tage und Wochen gebeichtet, die mir einfielen. Jedenfalls, bis ich dreizehn Jahre alt wurde und das System meiner Mutter allmählich durchschaute. Sie hingegen beharrt noch heute darauf.

»Willst du mir keine gute Reise wünschen?«, frage ich betont munter. »Gib mir bitte mal Dad.«

»Pass auf dich auf. Sei auf der Hut vor Taschendieben und Terroristen.« Das ist alles, was sie sagt.

»Ich werde vorsichtig sein und melde mich, sobald ich in Barcelona angekommen bin.«

»Grüß Kyle von mir.«

Sie reicht den Hörer an meinen Vater weiter. »Erin fliegt übermorgen nach Barcelona«, höre ich sie sagen.

»Hallo Liebes. Ich freu mich für dich. Barcelona wollte ich auch immer besuchen. Du musst ganz viele Fotos für mich schießen.« Dad klingt munter, so wie immer, aber mir scheint, als verberge er etwas vor mir. Vielleicht ist das auch nur das schlechte Gewissen, weil ich verreise, obwohl er gerade erst zwei Herzinfarkte überstanden hat. Dabei hat er mir zugeredet, mehr an mich zu denken und zu machen, was gut für mich ist. Aber die Sorge um ihn bleibt.

»Komm doch mit«, biete ich ihm an und meine es ehrlich. »Wer weiß, wann sich die nächste Gelegenheit ergibt.«

»Ach, weißt du«, antwortet er gelassen, »manchmal ist es besser, wenn Träume Träume bleiben. Wahrscheinlich würde Europa mich furchtbar enttäuschen, weil es so gar nicht dem entspricht, was ich mir vorstelle.«

»Nur weil Mom Angst vorm Fliegen hat, musst du doch nicht auf das Reisen verzichten«, sage ich, obwohl ich es besser wissen sollte. Niemals würde mein Vater zugeben, dass er nur wegen ihr seinen Traum aufgegeben hat. »Ich würde deinen Flug bezahlen.«

»Danke.« Schon an der Art, wie er das sagt, erkenne ich, dass ich verloren habe. Mein Dad und ich werden nie gemeinsam nach Europa reisen. Er wird bei meiner Mutter bleiben, so wie er sich immer an ihre Seite gestellt hat. »Ich fürchte, jetzt bin ich zu alt«, fährt er fort. »Pat und ich planen eine Reise nach Nevada. Wir beide wollten schon immer den Grand Canyon sehen.«

»Na gut. Ich rufe an, wenn ich bei Kyle angekommen bin.« Ich versuche gar nicht erst, meine Enttäuschung zu verbergen. Ich weiß, mein Angebot kam sehr spontan, aber wie schön wäre es gewesen, wenn ich nicht allein nach Barcelona und nach Frankfurt reisen müsste!

»Genieße die Zeit«, unterbricht Dad meine Gedanken. Seine Stimme klingt nach Sehnsucht und dem Wunsch, mit mir zu reisen. »Lass dich durch Kleinigkeiten nicht davon abbringen.«

»Danke, Dad. Ich wünsche euch viel Spaß am Grand Canyon.« Das meine ich ernst. Wenn mein Vater schon nicht den Mut aufbringt, sich seine Wunschreise zu erfüllen, so gönne ich ihm eine wunderbare Zeit hier in den USA. Wer weiß, wie viel Zeit ihm noch bleibt. »Nimm deine Tabletten und halte deine Diät ein.«

»Manchmal hörst du dich an wie deine Mutter«, sagt er und lacht leise, weil er genau weiß, wie wenig mir dieser Vergleich gefällt. »Schreib mir viele bunte Karten. Ich hab dich lieb.«

»Ich dich auch. Grüße Mom von mir.«

Nachdem ich aufgelegt habe, fühle ich mich ein wenig verloren. Jeder Abschied nährt die Zweifel an der Reise, die sich immer wieder anschleichen. Jetzt bleibt mir noch ein Anruf, noch ein Abschied, noch eine letzte Chance, dass jemand sagt: »Bitte reise nicht. Bitte bleibe hier. Ich möchte nicht ohne dich sein.«

»Fuller.« Als ich die vertraute, dunkle Stimme höre,

wird mein Herz wieder schwer. Vielleicht war es keine so kluge Idee, ihn anzurufen, aber nun ist es zu spät.

»Erin. Bist du das?«

»Jeffrey. Hallo.« Meine Kehle fühlt sich so eng an, dass ich jedes Wort einzeln herauspressen muss. »Leg nicht auf, bitte.«

»Erin.« Er seufzt, was mich wütend werden lässt. Wenn, dann habe *ich* alles Recht der Welt zu seufzen. Schließlich hat er mich verlassen. Die Wut tut mir gut. Sie macht mich stark und gibt mir Kraft, ihm selbstbewusst zu antworten.

»Keine Sorge«, zische ich biestig. »Ich wollte mich nur verabschieden.«

Erst als ich den erschreckten Laut am anderen Ende des Telefons höre, erkenne ich, dass Jeffrey meine Worte falsch verstehen muss. Bevor ich meinen Fauxpas korrigieren kann, schreit er mich bereits an.

»Erin, das ist selbst für deine Verhältnisse furchtbar melodramatisch. Wie kannst du es wagen?«

Ich fürchte, dass er gleich auflegen wird und ich keine Möglichkeit mehr erhalte, das Missverständnis aus der Welt zu räumen.

»Jeff!«, brülle ich ebenso zornig zurück. »Jeff. Beruhige dich.«

Eisiges Schweigen am anderen Ende der Leitung.

»Jeff. Es tut mir leid. Es war dumm formuliert. Ich reise nach Barcelona.«

Wieder Schweigen.

»Tut mir auch leid«, sagt er nach einer gefühlten Ewigkeit. »Ich habe überreagiert.«

»Nein«, antworte ich bestimmt. »Ich habe mich blöd ausgedrückt. Ich hätte an Brian denken sollen.«

Brian, Jeffreys großer Bruder, Kapitän des Football-Teams, Traum aller Cheerleader, Überflieger, mit der Chance, an drei hochklassigen Universitäten ein Stipendium zu erhalten. Brian, der sich drei Tage vor dem Abschlussball ohne jede Vorwarnung umgebracht hat. Nur zu gut weiß ich, dass Jeffrey sich immer noch die Schuld daran gibt. Genau wie seine Eltern. Brians Selbstmord stand immer im Raum, obwohl niemals darüber gesprochen wurde. Nach Kyles Geburt bemerkte ich, wie aufmerksam Jeffrey ihn beobachtete, als suchte er nach Anzeichen für eine Depression.

»Schon gut.« Jeffrey klingt jetzt beherrscht. »Ich bin im Augenblick zu angespannt. Es ist alles … nicht einfach.«

Wieder schweigen wir beide.

Nach einer weiteren Schweigepause sagt er schließlich: »Wie lange bleibst du?«

»Ich weiß es noch nicht«, antworte ich wahrheitsgemäß. Noch habe ich mich nicht entschieden. Vielleicht bleibe ich nur zwei Tage in Frankfurt, um Charlotte zu beweisen, dass ich versucht habe, dem Geheimnis meines Großvaters auf die Spur zu kommen. Vielleicht bleibe ich auch länger, um das Rätsel wirklich zu lösen. »Ich fliege erst zu Kyle und dann nach Frankfurt. Auf den Spuren der Familie, sozusagen.«

Weil ich mich sehr anstrenge, gelingen uns sogar einige Minuten Smalltalk, bis ich dieses Spiels müde werde.

»Ich werde Kyle von dir grüßen«, sage ich, um dem ein

Ende zu bereiten. »Ich melde mich, wenn ich wieder in Berkeley bin.«

»Gute Reise«, antwortet Jeffrey. »Ich freue mich, dass du etwas allein unternimmst.«

»Ja. Tschüs«, sage ich kurzangebunden und lege auf, weil ich spüre, dass seine Abschiedsworte mich wieder zornig machen. In Momenten wie diesen frage ich mich, ob es wirklich so ein Unglück war, dass Jeffrey eine neue Liebe gefunden hat. Würde ich ihn wirklich zurücknehmen? Ich muss kichern, weil ich diesen Begriff so albern finde. Ihn »zurücknehmen«, als wäre er eine Ware, die in der Garantiezeit zum Hersteller gebracht werden kann, ohne dass es den Käufer etwas kostet. Aber die Frage bringt mich ins Grübeln.

Bisher habe ich immer gedacht, dass ich Jeffrey großherzig verzeihen würde, einfach weil ich mir unser Leben wieder zurückwünsche. Aber heute gerate ich ins Zweifeln. War meine Ehe wirklich und wahrhaftig so erhaltenswert? Egal, wie meine Antwort auf die Frage lautet, das hat Zeit bis nach meiner Reise.

Eine Frau verliebt sich und verlässt ihren Mann, einen Psychoanalytiker, um ihrem Liebsten zu folgen. Doch am Ende erkennt sie, dass der Neue nur ein Blender ist. Ein Tipp: Sex spielt eine große Rolle.

Kapitel 11

Flug nach Barcelona, Oktober 1999

Nachdem ich mein Handgepäck in der Ablage verstaut habe, schließe ich den Gurt, der zerbrechlich wirkt und dessen Schnalle sich öffnet, wenn man nur kurz dagegen stößt. Wie soll er mich schützen, wenn das Flugzeug abstürzt? Meine Kehle ist so trocken, wie meine Handflächen feucht sind. Um mich lauter unaufgeregte Menschen, die ihre Sitze aufsuchen. Menschen, die sich anscheinend überhaupt keine Gedanken über die Gefahr machen, in die sie sich begeben.

»Entschuldigung.« Ich schäle mich aus dem Sitz und dränge mich zwischen die Passagiere, die auf ihren Sitzplatz warten. Hektisch öffne ich die Ablage und hole mein Buch für diese Woche aus der Tasche, das mir während des Starts Ablenkung gewähren soll. Ich wische mir die Handflächen an meiner Hose ab, bevor ich den Roman aufschlage. Als ich spüre, dass mir das Schlucken schwerer fällt, konzentriere ich mich auf die Geschichte, die ich auf Charlottes Rat hin auf die Reise mitgenommen habe. Natürlich nicht auf ihren direkten Rat hin, sondern vermittelt durch eine kryptische Mitteilung, die sie mir auf purpurrotem Papier zugesteckt hat.

»Findest du nicht, dass ich durch die Reise beweise, dass ich mich ändere? Brauche ich deine Buchbetreuung wirklich noch?«, habe ich meine Freundin gefragt und mich bemüht, sie die Ambivalenz nicht spüren zu lassen, die ihre Aufmerksamkeit mir bringt. Einerseits freue ich mich, dass Charlotte sich so viel Mühe gibt und sich überlegt, welches Buch ihrer Ansicht nach passend ist, um mir in meiner aktuellen Lebenssituation zu helfen. Andererseits fühlt es sich unangenehm an, auf diesem Weg zu erfahren, was ihre Meinung zu meinem Leben und auch meinen Handlungen ist. Ich muss lächeln, als ich erkenne, wie sehr ich mit meiner Mutter gemeinsam habe, dass wir uns ungern in die Karten schauen lassen. Wir möchten nicht wissen, was andere Menschen über uns denken, weshalb wir eine Mauer aus Höflichkeit um uns ziehen, die die meisten Menschen aussperrt. Etwas, das Jeffrey mir jedes Mal vorgeworfen hat, wenn wir uns gestritten haben.

»Obwohl wir so lange verheiratet sind, weiß ich immer noch nicht, wer du wirklich bist.« Auch zum Abschied hat er das noch einmal gesagt. »Ich will mich damit nicht entschuldigen, aber …«

Nein, ich will nicht darüber nachdenken, was ich falsch gemacht habe. Lieber konzentriere ich mich auf den Roman. Wieder eine leichte Aufgabe. Obwohl Charlotte sich bemüht hat, die Zusammenfassung sehr allgemein zu halten, habe ich die Geschichte sofort erkannt. *Angst vorm Fliegen* habe ich als Studentin dreimal gelesen und seitdem bestimmt noch vier- oder fünfmal. Ich mag Erica Jongs trockenen Humor, mag die Chancen, die in dem Roman beschrieben werden, und natürlich das Happy End, auch wenn es ungewöhnlich ist. Ob Charlotte es deshalb ausgewählt hat? Oder weil meine beste Freundin weiß, wie ungerne ich fliege?

Schon vor dem Start überfallen mich die Ängste. Wie kann etwas so Großes wie ein Flugzeug am Himmel bleiben? Warum fällt es nicht von der Schwerkraft angezogen wie ein Stein zu Boden? Weiß der Pilot wirklich, was er tut? Hat die Wartungsmannschaft zuverlässig gearbeitet? Der Gedanke daran, fünfzehn Stunden in der Luft zu sein, ohne dass ich Einfluss habe, macht mich nervös. Um einer Panik vorzubeugen, habe ich vor dem Boarding Beruhigungstropfen und vor fünf Minuten eine Schlaftablette genommen.

Endlich heulen die Motoren auf. Sobald das Flugzeug Geschwindigkeit aufnimmt und von der Landebahn abhebt, bin ich bereit, mich in mein Schicksal zu finden. »Mothers Little Helpers«, höre ich die Rolling Stones singen. Die Mischung lässt mich selbst meinen Sitznachbarn, der ständig an seinem Gurt herumfummelt, den Sitz vor- und dann wieder zurückklappt und sich bereits dreimal an mir vorbeigedrängt hat, um auf die Toilette zu gehen oder etwas aus dem Ablagefach zu nehmen, entspannt betrachten.

»Ich werde gleich schlafen«, sage ich zu ihm und bemühe mich um ein freundliches Lächeln. Schließlich werden wir gezwungenermaßen knapp elf Stunden miteinander verbringen, bis wir in Paris landen, wo ich in ein weiteres Flugzeug umsteigen muss, das mich nach Barcelona bringen wird. »Falls Sie noch öfter rausmüssen, sollten wir die Plätze tauschen.«

»Ich habe den Fensterplatz extra gebucht«, antwortet er in einem Ton, als habe ich ihm ein unverschämtes Angebot unterbreitet. »Das lasse ich mir nicht nehmen.«

»Gute Nacht«, erwidere ich und ärgere mich nur einen Augenblick über seine Unhöflichkeit. Zu stark halten die Tabletten mich in ihrem Griff. Ich spüre, wie Müdigkeit nach mir greift und schließe die Augen.

Ich erwache, als jemand meinen Kopf berührt. Nein, nicht berührt, sondern mit Kraftanstrengung zur Seite schiebt. Ich fahre auf und benötige ein paar Sekunden, um mich zu orientieren, bevor ich meiner Entrüstung Ausdruck verleihen kann. Schließlich erkenne ich, wo ich bin und was geschehen ist.

»Entschuldigen Sie bitte«, sage ich zu meinem Nachbarn, dem ich im Schlaf näher gekommen bin, als es mir in wachem Zustand einfallen würde. »Das wollte ich nicht.«

»Schon gut. Darf ich mal durch, bitte?«

Im Halbschlaf erhebe ich mich, um meinen Nachbarn auf den Gang zu lassen. Da er ohnehin bald zurückkehren wird, bleibe ich stehen und sehe mich um. Der größte Teil der Passagiere schläft; nur einige blicken auf die Mini-Bildschirme in den Sitzen. Ein paar Unermüdliche haben Notebooks dabei, auf die sie eintippen. Was macht mein Sitznachbar nur so lange? Das »Besetzt«-Schild strahlt immer noch rot im gedämmten Licht des Flugzeugs. Langsam mildert sich die tablettenbedingte Müdigkeit, ohne dass ich wirklich wach werde. In dem Halbgefühl setze ich mich wieder auf den Sitz, um einen Blick nach draußen zu werfen. Vor dem Fenster zeichnen sich tiefgraue Wolken vor dem dunklen Nachthimmel ab. Kurz überlege ich, meine Kamera zu suchen, um ein Foto zu machen, aber ich möchte die schlafenden Passagiere nicht stören. Außerdem werden meiner Erfahrung nach Nachtbilder nie so beeindruckend wie die Wirklichkeit. Also schaue ich weiter hinaus, während meine Zunge gegen den pelzigen Geschmack in meinem Mund ankämpft. Eine Nebenwirkung der Tabletten, die ich nur zu gut kenne. Wenn mein Nachbar endlich zurückgekehrt ist, werde ich eine Stewardess suchen und sie um etwas Wasser bitten.

Wo wir wohl sind? Ich schalte den kleinen Bildschirm vor mir ein und suche den Informationskanal. Ah, da ist er. Die halbe Strecke nach Frankreich haben wir bereits bewältigt. Soll ich wachbleiben und auf das Essen warten oder lieber weiterschlafen? Soll ich Erica Jong eine Chance geben oder hoffen, dass die Tablette stark genug ist, mich wieder in eine wohlige, sich wie wattiert anfühlende Müdigkeit zurückzubringen?

»Darf ich?« Mein Nachbar steht vor unserem Sitz, seine Haltung strahlt Ungeduld und Entrüstung darüber aus, dass ich ihn nicht wahrgenommen habe und einfach so stehen lasse. »Danke.«

Während ich für ihn aufstehe, mustere ich ihn. Etwa zehn Jahre jünger als ich, in die Karriere-Uniform eines grauen Anzugs gekleidet, der überraschenderweise keine Knitterfalten aufweist. Kurzgeschnittene dunkelblonde Haare, solariumgebräunte Haut, Muskeln aus dem Fitnessstudio – alles an ihm entspricht meiner Klischeevorstellung eines erfolgreichen Geschäftsmanns so perfekt, dass ich mir ein Lächeln nicht verkneifen kann. Wie wirke ich wohl in seinen Augen? Eine mittelalte Frau, die weder Wert auf ihre Kleidung noch ihre Frisur legt und damit auf keinen Fall seinem Beuteschema entspricht. Das habe ich an dem flüchtigen Blick erkannt, mit dem er mich scannte, bevor er seinen Platz einnahm. Ein desinteressierter Blick, der mich verärgert hat. Vielleicht sollte ich wieder mehr Wert auf mein Äußeres legen.

Ich stehe auf, um mir von der Flugbegleiterin im Servicebereich etwas zu trinken geben zu lassen und mich ein wenig frisch zu machen.

In dem winzigen Toilettenraum putze ich mir die Zähne. In der künstlichen Beleuchtung, die es schafft, gleichzeitig grell und gedämpft zu wirken, sieht meine Haut grau aus. Die Falten um meine Augen wirken viel tiefer, als ich sie in Erinnerung habe, und die Linien um meine herabgezogenen Mundwinkel stechen scharf heraus. Meine Haarspitzen sind gespalten, der Schnitt herausgewachsen. Ich muss zugeben, dass mein Sitznachbar durchaus Gründe hatte, mich als unattraktiv einzuordnen. Ich sehe aus wie eine Frau, die sich selbst aufgegeben hat. Warum musste ich erst auf dreitausend Meilen Höhe steigen, damit mir das bewusst wird?

Mit dem Vorsatz, mich mehr um mein Äußeres zu kümmern, kehre ich auf meinen Platz zurück. Mein Nachbar hat den Kopf an die Nackenstütze gelehnt und schnarcht leise. Dass ein kleiner Speichelfaden in seinem linken Mundwinkel hängt, tröstet mich ein bisschen. Da die Wirkung meiner Schlaftablette beinahe vollkommen verschwunden ist, setze ich die Kopfhörer auf und schalte den Fernseher wieder ein. Die Spielfilmauswahl interessiert mich nicht; bei den Musikkanälen werde ich fündig. Die fliegertypische Mischung bekannter Klassikstücke begleitet meine Gedanken.

Nun, da ich etwas zur Ruhe komme, frage ich mich, warum ich die Tortur eines Fluges überhaupt auf mich nehme. Wenn meine Eltern nicht alles hinter sich gelassen hätten, wenn Charlotte nicht so auf mich eingeredet hätte, dann hätte ich mir die Zeit genommen. Dann hätte ich noch einmal gründlich über alles nachgedacht und mich bestimmt gegen die Reise entschieden. Zu jemandem wie Charlotte, die Abenteuer liebt und sich nichts Schöneres vorstellen kann, als Detektivin zu spielen, mag es passen, Tausende von Meilen zu fliegen mit der vagen Aussicht darauf, mehr über die eigene Familie zu erfahren. Für mich jedoch …

»Ist etwas?«, fragt mein Nachbar ungehalten und rüttelt an meinem Oberarm, damit ich ihm Aufmerksamkeit widme. »Schnarche ich oder was?«

»Nein, Entschuldigung«, stammele ich. Vor lauter Nachdenken habe ich ein Schnauben ausgestoßen, das mein Sitznachbar wohl für ein Anzeichen von Verärgerung gehalten hat. »Ich habe nur laut gedacht.«

Ich möchte meinen Gedanken weiter nachhängen. Was hat mich nur geritten? Je größer die Entfernung nach Berkeley wird, desto herrischer werden meine Zweifel an der Reise. Innerlich schüttele ich den Kopf über mich. Wenn es wenigstens um ein Geheimnis meiner Großmutter ginge oder um eines von Grandma und Grandpa, den Eltern meines Vaters, auf deren Farm ich wundervolle Ferien als Kind verbracht habe. Aber wenn ich ehrlich bin, mochte ich meinen Großvater Alexander nicht einmal gut leiden.

Großvater.

Niemals wäre ich auf die Idee gekommen, ihn Grandpa oder Gramps zu nennen oder mit einem anderen freundlichen Begriff zu belegen. Dafür war er viel zu distanziert, beinahe kalt. Selbst als Kind konnte ich nicht verstehen, was meine liebevolle, stets fröhliche und in allen Menschen nur das Beste sehende Großmutter mit diesem Mann verband, der am liebsten für sich allein blieb oder mit einer seiner vermaledeiten Katzen spielte. Obwohl es mir nie in den Sinn gekommen wäre, ein Tier zu quälen, fühlte ich mich bei jedem Besuch bei meinen Großeltern versucht, die Haustür zu öffnen und die Katzen auf die Straße zu jagen. Wahrscheinlich erhoffte ich mir, dass Großvater mir – und vor allem Gran – dann endlich die Zeit und die Aufmerksamkeit gewähren würde, die er nur seinen Stubentigern zugestand. Niemals hätte ich mir eingestanden, dass ich eifersüchtig auf die Katzen war.

Schließlich war ich das erste Enkelkind und hatte damit das Anrecht, verwöhnt und verhätschelt zu werden. So wie ich es von den Eltern meines Vaters kannte.

Über Gran konnte ich mich auch nicht beschweren. Sie kochte mir meine Lieblingsessen, überlegte sich für jeden Besuch etwas Besonderes, was wir gemeinsam unternehmen konnten und überraschte mich jedes Mal mit kleinen Geschenken. Aber unter dem mangelnden Interesse meines Großvaters litt ich, weil ich irgendwann zu glauben begann, dass es meine Schuld wäre.

Lange Zeit bemühte ich mich, wie ein gut dressiertes Hündchen seine Aufmerksamkeit durch Kunststückchen zu gewinnen. Nachdem ich bemerkt hatte, wie wichtig meinem Großvater seine Bücher waren, brachte ich mir als Fünfjährige das Lesen bei, in der Hoffnung, ein Lob von ihm zu erhalten.

»Schön, schön. Hauptsache, du liest etwas Vernünftiges«, war sein einziger Kommentar.

Glücklicherweise ist es mir trotzdem gelungen, eine tiefe Liebe zu Büchern zu entwickeln, unabhängig davon, ob mein Großvater mich dafür schätzte oder nicht. Später, als mir Großvaters Anerkennung nicht mehr so wichtig war, begann ich mich zu fragen, wie das Zusammenleben mit ihm für meine Großmutter und meine Mutter gewesen sein muss. Gran, die Liebe aus jeder ihrer Gesten ausstrahlte, war gefangen mit einem Mann, der nur seinen Büchern oder seinen Katzen gegenüber zu Gefühlen fähig schien. Kein Wunder, dass Mom zu der Frau wurde, die sie heute ist. Obwohl ich mir das oft sage, gelingt es mir nicht, den Graben zu überbrücken, der zwischen ihr und mir in all den Jahren gewachsen ist.

Vielleicht finde ich in Deutschland und in der Vergangenheit die Erklärung, warum mein Großvater der

Mann geworden ist, als den ich ihn kannte. Eine Erklärung, die mit einer Frau namens Lily und einer großen Liebe zusammenhängt. Doch, es ist richtig, dass ich mich auf die Spurensuche begeben habe. Vielleicht gelingt es mir dadurch, mit meiner Vergangenheit Frieden zu schließen, wenn ich die Vergangenheit meines Großvaters erst kenne.

Begleitet von dem tröstlichen Gedanken schlafe ich wieder ein.

Zwei junge Männer reisen durch die USA und nach Mexiko. Dort lässt der eine seinen Freund im Stich, als dieser ihn am meisten braucht.

Kapitel 12

Barcelona, Oktober 1999

Barcelona. Mein erster Eindruck der Hauptstadt Kataloniens ist der Flughafen und der wirkt wenig einladend. Das hat sicher mit der Müdigkeit zu tun, die mich dank des unterbrochenen Schlafs immer noch im Griff hat, und mit der Verspanntheit, die sich über Rücken und Nacken zieht. Außerdem lösen Flughäfen bei mir eine seltsame Mischung aus Sentimentalität und Frustration aus. All die Aufbrüche und Abschiede, all die Erwartungen und Enttäuschungen, die an Orten wie diesen zu spüren sind, vermitteln mir das unangenehme Gefühl, dass ich stillstehe und mich nicht weiterentwickle, während die Welt um mich herum in Bewegung ist.

Als ich die Gepäckausgabe verlasse und Kyle in der Menge der Wartenden fröhlich winken sehe, verfliegt meine düstere Stimmung. Erst jetzt bemerke ich, wie sehr ich ihn vermisst habe. Eingeschränkt durch einen

Rollkoffer, der die unerfreuliche Angewohnheit hat, das Gleichgewicht zu verlieren, eile ich Kyle entgegen.

»Mom!« Er schließt mich in seine Arme und hält mich fest. Tief atme ich seinen Geruch ein. Er muss erst vor kurzem geduscht haben, der Limonenduft des Duschgels liegt immer noch auf seiner Haut. »Wie schön, dass du da bist. Wie war der Flug? Wie lange bleibst du? Was willst du dir alles ansehen?«

»Immer langsam.« Mit einem Lächeln auf den Lippen löse ich mich aus seiner Umarmung und trete einen Schritt zurück. »Lass dich erst einmal ansehen. Ich möchte wissen, wie dir Barcelona bekommt.«

Mein Sohn grinst mich an und dreht eine Pirouette, damit ich ihn von allen Seiten betrachten kann. Vielleicht liegt es daran, dass ich ihn lange nicht mehr gesehen habe, aber Kyle kommt mir schmaler vor. Seine Schultern, bisher kräftig vom Schwimmen, wirken untrainiert. Mein Sohn ist nicht mehr der sportliche Junge, als den ich ihn in Erinnerung habe. In seinem Gesicht sind nur noch Reste der kalifornischen Bräune zu erkennen, seine Haare, die er schon in Berkeley länger trug, sind inzwischen schulterlang und nachgedunkelt. Mein Junge, der mich als Surferboy verlassen hat, hat sich in Europa zu einem Studenten entwickelt.

»Du bist dünn geworden.« Innerlich stöhne ich auf, dass ich etwas derart Abgedroschenes von mir gebe. »Isst du genug? Schläfst du genug?«

»Mom!« Kyle ächzt gequält auf, wie erschlagen von den typischen Mütterfragen. Er wirft einen schnellen Blick nach links, was mich irritiert, so dass ich ebenfalls dorthin sehe. Etwas abseits von uns steht ein auffallend hübsches Mädchen – sehr schlank, sehr zierlich, mit großen dunklen Augen und einem eleganten Pagenkopf. Sie lächelt mich an. Automatisch lächele ich zurück. Bevor ich noch etwas sagen kann, greift Kyle nach meinem Ellenbogen und schiebt mich näher an das Mädchen heran.

»Mom, das ist Laura.« Kyle wirkt unsicher. Er beobachtet mich, sichtbar gespannt, wie ich auf das Mädchen reagieren werde. »Laura, das ist meine Mom.«

»Ich freue mich, Sie kennenzulernen«, sagt Laura in Englisch, begleitet von einem charmanten Akzent »Kyle hat schon so viel von Ihnen erzählt.«

»Dafür hat er überhaupt noch nichts von Ihnen erzählt«, antworte ich und schäme mich sogleich. Nun ist es also passiert. Ich höre mich genauso an wie eine der Klischee-Mütter, die ich nie werden wollte. Eine der Frauen, die nichts Besseres zu tun haben, als die Freundin ihres Sohnes eifersüchtig zu beäugen. Ich versuche, es wieder wettzumachen. »Das gibt mir die Gelegenheit, Sie unvoreingenommen kennenzulernen«, sage ich. »Ich freue mich. Wollen wir nicht Du sagen?«

Hörbar erleichtert atmet Kyle aus. Mein Sohn sollte mich eigentlich gut genug kennen und mir nach einem fünfzehnstündigen Flug nicht gleich seine neue Freundin präsentieren. Aber vielleicht ist sie ihm so wichtig, dass er nicht warten konnte. Die Ungeduld hat Kyle von seinem Vater geerbt.

»Könnt ihr mich zu meinem Hotel bringen, bitte?«, wende ich mich ihm zu. »Ich brauche ein paar Stunden

Schlaf und eine Dusche. Heute Abend würde ich euch gerne zum Essen einladen.«

»Das ist nett. Danke«, antwortet Laura. »Aber Kyle und ich dachten, dass ihr beide den heutigen Abend allein verbringen solltet. Ohne mich. Weil …« Sie lächelt erst mich an, dann Kyle, wobei ihre Augen leuchten. Er scheint ihr viel zu bedeuten, was mich freut, aber auch eine Urangst in mir auslöst. Die Furcht, meinen Sohn zu verlieren.

Laura gefällt mir, weil sie klug genug ist zu wissen, wann sie stört. »Du willst uns Zeit für uns schenken?«

Sie nickt, sichtlich erleichtert, dass sie nicht mehr erklären muss.

»Danke«, sage ich und meine es ehrlich. Zu sehr habe ich mich darauf gefreut, meinen Sohn wiederzusehen, als dass ich ihn sofort teilen möchte.

Im Auto, in dem zu meiner Überraschung Laura das Steuer ergreift, plaudern wir über den Flug, das Wetter in Barcelona, den überbordenden Verkehr und meine Urlaubspläne. Bald haben wir das Hotel erreicht. Ich habe mir ein Hotelzimmer genommen, weil ich nicht in die Privatsphäre meines Sohns eindringen möchte. Außerdem fühle ich mich zu alt, um in einer Studentenbude auf der Couch zu schlafen. Und auf gar keinen Fall möchte ich in die Versuchung kommen, die Zimmer meines Sohnes zu putzen.

»Ich muss hier in zweiter Reihe stehen bleiben. Einen Parkplatz in Barcelona zu finden …« Laura wendet sich nach hinten und ergreift meine Hand zum Abschied. »Bis morgen. Willkommen in Barcelona.«

Kyle ist bereits ausgestiegen und hat meinen Koffer auf den Bürgersteig gestellt. »Ich bringe dich in dein Zimmer.«

»Danke«, antworte ich, »Das ist lieb von dir.«

»Ach Mom.« Er nimmt mich in die Arme, eine Geste, die mich überrascht, weil er sonst eher auf körperliche Nähe verzichtet. Ganz Mann eben. »Ich … ich hätte dir von Laura erzählen sollen, aber ich wollte unbedingt, dass du sie kennenlernst.«

Ich nicke, hin- und hergerissen zwischen wechselhaften Gefühlen. Was ist nur geschehen, dass mein Sohn mir eine Frau, die ihm so wichtig ist, dass er sie mit zum Flughafen nimmt, bisher verschwiegen hat? Dann schüttele ich den Kopf über mich selbst. Ich sollte mich darüber freuen, dass mein Sohn Laura dabeigehabt hat, zeigt das doch, wie wichtig ich ihm bin. Also streiche ich Kyle mit der Handfläche über die Wange und zwinkere ihm zu. Er zwinkert zurück und alles ist gut. Für den Moment auf jeden Fall.

Das Einchecken erledigt Kyle für mich. Über einen anonymen Flur, den der immer gleiche graue, strapazierfähige Teppichboden bedeckt und an dessen Wänden die klassischen Seerosenbilder hängen, begleitet er mich bis zur Zimmertür.

»Ich hole dich gegen acht Uhr ab, wenn du einverstanden bist.« Aufmerksam sieht er mich an, als suchte er in meinem Gesicht eine Antwort. Ich kenne Kyle gut genug, um zu wissen, wie sehr ihn mein vernachlässigtes Äußeres irritiert und dass er bemüht ist, sich das nicht anmerken zu lassen. Ich werde versuchen, einen Termin bei dem Hotelfriseur zu bekommen, bevor ich meinen Sohn zum Essen ausführe. Schließlich möchte ich nicht, dass er sich für mich schämt.

»Acht Uhr ist gut. Ich freue mich.« Wir stehen uns gegenüber, als wüssten wir beide nicht genau, was wir sagen oder tun sollten. Ich schiebe die Schlüsselkarte ins Schloss und öffne die Tür. »Grüß Laura von mir. Bis nachher.«

Im Zimmer angekommen packe ich den Koffer aus, hänge meine Kleidung in den Schrank, putze mir die Zähne und lege mich ins Bett. Obwohl die Müdigkeit bleischwer auf mir lastet, kann ich nicht in den Schlaf finden. Zu viele Gedanken kreisen in meinem Kopf, so dass ich es schließlich aufgebe, mich ausruhen zu wollen. Stattdessen buche ich einen Termin beim Hotelfriseur und lasse mir von einer glücklicherweise schweigsamen Friseurin die Haare schneiden. Anschließend gönne ich mir ein ausgiebiges Wannenbad und blättere in meinem Reiseführer, bis es endlich acht Uhr ist.

In der Vorbereitung meines Besuchs habe ich einiges angestrichen, was ich mir gerne ansehen möchte. Hoffentlich hat Kyle Interesse, mich zu begleiten, damit ich nicht zu den mittelalten Frauen gehören muss, die – ausgerüstet mit festem Schuhwerk und dem aktuellsten Reiseführer – allein von Sehenswürdigkeit zu Sehenswürdigkeit wandern. Jeffrey und ich haben uns über diese Sorte Frauen immer freundlich mokiert und nun gehöre ich selbst zu dieser Spezies.

Obwohl ich es nicht will, beginnt meine Unterlippe zu zittern. Meine Nase schwillt an und Wasser füllt meine

Augen. Mit tränenüberströmtem Gesicht öffne ich die Tür, nachdem Kyle bereits mehrfach geklopft und meinen Namen gerufen hat.

»Es … Es tut mir leid«, stammele ich, bevor ich mich in seine Arme werfe. »Du solltest mich so nicht sehen.«

Mein Sohn hält mich fest, während ich meine Trauer und meinen Zorn in sein T-Shirt schluchze. Das Weinen schüttelt mich, so wie ich es nur aus meiner Kindheit kenne. Als Erwachsene weint man anders – gesetzter und ruhiger. Selbst an dem Tag, an dem Jeffrey ausgezogen ist, habe ich nicht so viele Tränen vergossen.

»Komm.« Sanft löst sich mein Sohn aus meinen Armen und führt mich zum Bett, wo ich mich brav hinsetze. »Ich besorg dir jetzt erst einmal etwas zu trinken.«

»Keinen Alkohol«, schniefe ich. »Gib mir einen Moment. Es wird schon.«

Nachdem ich mir mit dem Handrücken die Nase abgewischt habe, gehe ich ins Bad. Der Spiegel ist wenig freundlich zu mir. Meine elegante neue Frisur wirkt wie ein Kontrapunkt über meinem rotgeweinten, angeschwollenen Gesicht, in dem die verschmierte Wimperntusche meine Augen mit einem dunklen Rand überzieht. Es sieht aus, als hätte ich Tinte geweint.

Mit Abschminkpads und viel Wasser säubere ich mein Gesicht, aber die geschwollene Nase und die geröteten Augen lassen mich immer noch unglücklich und verheult aussehen. Wie kann ich meinem Sohn so etwas nur zumuten? Nachdem ich tief Luft geholt habe, öffne ich die Badezimmertür. Kyle blickt mir aufmerksam entgegen.

»Es tut mir leid«, wispere ich, während ich gegen Tränen ankämpfe. »Aber seitdem ich hier bin, muss ich daran denken, dass dein Vater und ich …«

Mehr kann ich nicht sagen, weil ich sonst wieder anfangen würde zu weinen. Mein Sohn schüttelt den Kopf.

»Ach, Mom.« Den Blick, den Kyle mir zuwirft, kenne ich nur zu gut von seinem Vater. Jeffrey hat mich auch immer so angesehen, wenn ich während unserer Streits in Tränen ausgebrochen war.

»Ach, Mom«, wiederholt Kyle. Mein Sohn schüttelt den Kopf, als hätten wir die Rollen getauscht. Als sei ich ein rebellischer Teenager, der nicht bereit ist, auf die Ratschläge der Erwachsenen zu hören. »Dad wird nicht zu dir zurückkommen, egal, wie sehr du dir das wünschst.«

»Das weiß ich«, murmele ich und schwanke zwischen Weinen und Lachen, weil ich so verstockt klinge. »Das musst du mir nicht sagen.«

»Doch«, antwortet er mit harter Stimme, aber sein Gesicht ist weich. Der Blick, mit dem er mich mustert, liebevoll. »Mom, du musst Dad aufgeben. Es ist schon schwer genug für ihn.«

»Ja, das sagen mir alle«, entgegne ich bitter. Wie oft habe ich mir das schon anhören dürfen?

»Mom.« Kyle nimmt meine Hand und drückt sie. Leicht, aber fühlbar. »Ich kann verstehen, dass du traurig und verletzt bist, aber …«

Mit der anderen Hand streicht er sich durch die Haare, so wie er es schon als Kind getan hat, wenn er nicht die richtigen Worte finden konnte. Der Anblick schneidet mir ins Herz. Was bin ich nur für eine Mutter, dass ich meinen Sohn in so eine Situation gebracht habe?

»Entschuldige«, sage ich und meine es so. Ich wollte meinen Sohn nie in die Trennung hineinziehen. Ich wollte und will, dass es Kyle möglich bleibt, beide Eltern zu lieben. »Ich ... Das ist etwas, das ich allein klären muss.«

Wieder drückt er meine Hand. »Ich war auch wütend auf Dad, weil er alles zerstört hat. Aber seit ich Laura habe, weiß ich ...«

»Ja?«

»Ich weiß, wie wichtig es ist, jemanden zu lieben. Seiner Liebe zu folgen.« Ernst sieht er mich an. »Hast du Dad wirklich noch geliebt? So richtig?«

Erst will ich ihm mit einem erbosten Ja antworten, empört darüber, dass mein Sohn mir so eine Frage stellt. Dann beginne ich zu überlegen. Liebe ich Jeffrey noch? Was ist von unserer Liebe geblieben, nach all den Jahren? Kyle hat mir eine Frage gestellt, die sich so einfach anhört und so schwierig zu beantworten ist.

»Ich weiß es nicht«, antworte ich schließlich. »Darüber muss ich nachdenken. Was ist überhaupt Liebe?«, versuche ich einen Scherz, der sich selbst in meinen Ohren hohl anhört. Ich lächle Kyle an, der mein Lächeln erwidert und erleichtert wirkt.

»Studiert Laura auch Architektur?«, frage ich, um das Thema zu wechseln.

»Sie ist Historikerin.« Mein Sohn steht auf und sieht sich im Zimmer um. Sein Blick fällt auf den Roman *Unterwegs*, den ich mir am Flughafen gekauft habe, nachdem ich den regenbogenfarbigen Umschlag geöffnet habe, einen der vielen, die Charlotte mir mitgegeben hat. In ihrer kräftigen, klaren Schrift hat sie auf jeden das Datum geschrieben, an dem ich ihn spätestens öffnen soll. »Obwohl ich fest davon ausgehe, dass du im Urlaub mehr Zeit zum Lesen findest.«

»Was sind denn das für Umschläge?«, fragt Kyle erstaunt.

»Ach die«, antworte ich. Endlich kann ich wieder lächeln. »Die gehören zu einem Projekt, das mir Charlotte aufgegeben hat.«

Bei Traurigkeit hilft nur eines – sich Diamanten im Schaufenster anzuschauen. Wenn dir das nicht die Lösung verrät, verdienst du es nicht, bei mir zu arbeiten.

Kapitel 13

Barcelona, Oktober 1999

Nervös sehe ich auf die Uhr, beinahe als hätte ich ein Date. Dabei treffe ich mich nur mit der Freundin meines Sohnes. Das erste Mal, dass wir beide allein sein werden. In den vergangenen drei Tagen haben Kyle und ich, nur wir beide, so viele Bauwerke von Gaudi angesehen wie nur möglich. Immer wieder stehe ich staunend vor der Formen- und Farbenvielfalt, die dieser außergewöhnliche Architekt und Künstler entworfen hat. Das *Casa Milá* mit seinen ungewöhnlichen Balkonen und deren individuell gestalteten Eisengittern hat mich so beeindruckt, dass ich für einige Momente überlegte, Berkeley zu verlassen, um in Barcelona zu leben, umgeben von den Häusern, Parks und Gebäuden, die mein Lieblingsarchitekt erdacht hat.

So verführerisch die Überlegung auch sein mag, Berkeley und die Erinnerungen an meine Ehe hinter mir zu lassen, so wenig kann ich mir vorstellen, in Barcelona heimisch zu werden. Charlotte würde mir fehlen, meine Freundinnen und vor allem die Stadt, die ich so gut kenne und liebe. Also habe ich den Gedanken verworfen und stattdessen die Tage in dieser einzigartigen, vom *Modernisme* geprägten Stadt genossen.

Heute nun durchbrechen wir unser Schema. Erst sind Laura und ich verabredet, bevor wir gemeinsam mit Kyle den Höhepunkt meiner Barcelona-Reise aufsuchen werden. Der Gedanke daran versetzt mich in Aufregung, aber auch Angst davor, dass meine hohen Erwartungen enttäuscht werden könnten.

Wird es mir heute gelingen, die Kluft zwischen Laura und mir zu überwinden? Ich weiß nicht, wie es ihr geht, aber ich habe den Eindruck gewonnen, dass auch sie unsicher ist, wie sie mit mir umgehen soll. Das wirkt sich auch auf Kyles Beziehung zu mir aus. Anstatt dass mein Sohn und ich uns durch meinen Besuch nähergekommen sind, haben wir uns in der kurzen Zeit weit voneinander entfernt. Wir tanzen auf Zehenspitzen umeinander herum, wissen beide, dass wir uns auf dünnem Eis bewegen und jederzeit in den See aus Vorwürfen und Schuldzuweisungen einbrechen können. Ich habe mich bemüht, Laura zu mögen und zu akzeptieren, dass Kyle auf Jeffreys Seite steht.

Meine Bemühungen sind kläglich gescheitert. Seit meinem tränenreichen Ausbruch an unserem ersten gemeinsamen Tag ist die Spannung zwischen Kyle und mir beständig gewachsen. Deshalb vermeide ich jedes Thema, das zu einer Entladung der Spannung führen könnte. Mein Sohn hält es ebenso, so dass unsere Gespräche sich um das Wetter, Touristenmassen, Kunstwerke und Museen und meine weitere Reiseplanung drehen. Das macht mir das Herz schwer, und ich habe noch keinen Ausweg aus dieser Situation gefunden.

Kyle scheint es ebenso zu gehen. Jeden Tag teilt er seine Zeit gerecht zwischen Laura und mir auf. Das macht mich traurig, weil es so typisch für Scheidungskinder ist. Immer müssen sie jedem Elternteil das Gefühl vermitteln, wie wichtig Vater oder Mutter sind. So weit wollte ich es niemals kommen lassen. Und doch zwinge ich meinen Sohn nun in diese absurde Situation, fordere ihn ständig auf, Entscheidungen zu fällen, die er nicht treffen möchte. Dein Vater oder ich, gebe ich ihm implizit zu verstehen, deine Freundin oder ich, sagen meine Handlungen, während meine Worte vorgeben, dass ich Laura schätze.

Gestern habe ich beschlossen, dass es so nicht weitergehen kann.

»Was kann ich meiner Freundin Charlotte aus Barcelona mitbringen?«, fragte ich Laura, als sie Kyle und mich zum Miro-Museum fuhr. »Etwas Typisches, etwas Besonderes.«

»Ich hole dich morgen Nachmittag ab, so gegen eins«, antwortete sie. Ihr Lächeln ließ ihr Gesicht leuchten, so dass ich in dem Moment gut verstehen konnte, warum mein Sohn sie liebt. »Lass dich überraschen. Wenn du einverstanden bist.«

Ich mag keine Überraschungen, wollte ich antworten, aber besann mich eines Besseren. »Ich freue mich darauf.«

Pünktlich um ein Uhr klopft Laura an meine Tür. Gemeinsam gehen wir in die Carrer Petritxol, die Schokoladenstraße, wie Laura mir verraten hat. Mehr will sie nicht sagen.

Dort angelangt, staune ich mit großen Augen wie ein kleines Kind, das unvermutet dem Weihnachtsmann gegenübersteht. Das Wasser läuft mir im Mund zusammen, als ich mit Laura vor dem Schaufenster der *La Pallaresa* stehe und Torten, *Crema catalana* und dickflüssige Schokolade sehe, die ein Mann in einer weißen Jacke mit einer großen Kelle in Tassen füllt.

»Lass uns einen *suizo* trinken. Mit *Churros*, die sind hier am leckersten«, schlägt Laura vor, deren Augen ebenso leuchten wie meine. »Einen Schweizer. Eine Schokolade mit Sahne und dazu Gebäck.«

Ich nicke. Innen wirkt das kleine Café schlicht mit gelb-beigefarbenen Wänden, an denen bunte Gemälde mit Palmen, Stadtansichten oder Porträts hängen. Die Tische sind grau und eher praktisch als schön, aber ich vertraue Laura, dass es hier nicht auf das Äußere, sondern auf die inneren Werte ankommt. Bei einem Kellner, auch er in weißer Jacke und schwarzer Fliege, bestellen wir Schokolade mit Sahne und *Churros.*

Als mein *suizo* kommt, muss ich lächeln. Wenn man in Barcelona etwas mit Sahne bestellt, dann bekommt man es *mit* Sahne geliefert. Wie ein Pilzkopf sitzt die dicke Sahnehaube auf der weißen Tasse, die darunter verschwindet. Die nächste Überraschung ist die Schokolade. Kein dünner Kakao, wie ich es von zuhause kenne, sondern eine dickflüssige Masse, deren Kalorienzahl ich nicht einmal erahnen möchte. Aber hier und heute darf ich sündigen.

Laura und ich teilen uns die Portion *Churros*, das längliche Fettgebäck, das man auch in Berkeley kaufen kann. Aber in Barcelona schmeckt es mir besser, weil ich das frische Gebäck in die zähe Schokoladenmasse tauche. Der *suizo* ist weniger süß als erwartet, aber so mächtig, wie er aussieht. In einträchtigem Schweigen genießen wir die Leckerei. Viel zu schnell sind wir fertig und stehen auf, damit die Wartenden unseren Platz einnehmen können. Für Charlotte kaufe ich Schokoladenpulver, das ich ihr morgen per Post schicken werde, mit dem Tipp, die Schokolade mit *Churros* zu verzehren.

»Komm mit. Ein paar Häuser weiter gibt es ein Café mit wunderbaren Süßigkeiten, die deiner Freundin bestimmt schmecken werden.« Laura ist sichtlich erfreut, dass es mir im *La Pallaresa* so gut gefallen hat. Ich hake mich bei ihr unter und gemeinsam gehen wir ein paar Schritte zum *Café Petritxol*. Als ich dort ins Schaufenster blicke, bedauere ich, den *suizo* getrunken oder gegessen zu haben, weil die Pralinen und Kleingebäcke zu verführerisch aussehen. Für Charlotte kaufe ich Pralinen und Orangenstäbchen. Für Kyle, Laura und mich erwerbe ich Mandelbällchen und Schokoküsse, die wir essen können, nachdem wir endlich das Bauwerk gesehen haben, auf das ich mich wie ein Kind freue.

Wenig später stehe ich mit Kyle und Laura begeistert vor der *Basílica y Templo Expiatorio de la Sagrada Família*, der riesigen, immer noch unvollendeten Kirche, die

Gaudis Lebenswerk ist. Der unaussprechliche, überlange Name passt zu diesem unglaublichen Bauwerk.

Trotz meiner Höhenangst haben wir eine Stunde angestanden, um mit einem winzigen Fahrstuhl in einen der Türme zu fahren. Aber als ich an einem hohen Fenster vorbeikomme, das nur mit einem Kreuz aus Metallstäben gesichert ist, übermannt mich die Panik.

»Ich … Ich muss nach unten«, bringe ich gerade noch heraus und quäle mir ein Lächeln ab, um Laura und Kyle nicht zu ängstigen. »Es ist mir zu hoch.«

Im nächsten Moment dränge ich mich unhöflich an den anderen Touristen vorbei, um in die Sicherheit des Fahrstuhls und zurück auf den Boden zu gelangen. Unten angekommen schlägt mein Herz immer noch schneller.

Kurz darauf treten Kyle und Laura zu mir.

»Alles in Ordnung?« Kyles Blick sagt mir, dass er sich Sorgen um mich macht.

»Es geht schon.« Selbst in meinen Ohren klingt meine Stimme schwach und zittert. »Ich habe meinen Mut wohl überschätzt.«

»Mir ging's auch nicht besser.« Laura setzt sich neben mich und nimmt meine Hand. »Die *Sagrada Família* bewundere ich lieber vom Boden aus.«

»Ob wir wohl noch erleben werden, dass die Kirche fertiggestellt ist?«, wechsele ich das Thema, während ich Lauras Hand drücke, um ihr meine Dankbarkeit zu zeigen. »Oder wird die Kathedrale ewig unvollendet bleiben? Seit wann wird an ihr gebaut?«

»1882, im März, war die Grundsteinlegung«, antwortet Kyle so schnell, als hätte er nur auf meine Frage gewartet. »Gaudi starb ja leider 1926 bei einem Unfall, so dass er die Arbeiten nicht zu Ende führen konnte. Danach ging der Bau mehr oder weniger zögerlich weiter. Bis zum Bürgerkrieg, in dem die Baupläne verschwanden. Alles musste aus bereits Gebautem, Skizzen und Berichten mühsam rekonstruiert werden.«

Ich hätte wissen müssen, dass man einen Architekturstudenten nur dann nach Gebäuden fragt, wenn man sehr ausführliche Antworten erhalten will.

»Sag mir nur, wie die gewaltige Arbeit finanziert wird«, bitte ich ihn.

»Du ahnst gar nicht, wie besonders dieser Bau ist«, fährt Kyle fort. »Alles muss von Hand angefertigt werden. Jeder Stein muss eingepasst werden. Ganz große Baukunst.«

Bevor er weitere Ausführungen machen kann, unterbricht ihn Laura. »Spenden und Eintrittsgelder. So finanziert sich der Fortschritt an der *Sagrada Família*.«

»Kommt.« Inzwischen zittern meine Hände nicht mehr und mein Herz hat sich auch beruhigt. »Auf den Schrecken lade ich euch zu einem Kaffee ein. Und zu den Leckereien aus der Schokoladenstraße.«

Am nächsten Tag bereite ich die Abreise nach Frankfurt vor. Übermorgen erst geht es los, aber schon heute beginne ich, meinen Koffer zu packen, meine Kleidung zusammenzulegen und mich einem wehmütigen Gefühl hinzugeben, weil ich diese wunderschöne Stadt verlassen muss. Für heute habe ich eine Abschiedstour geplant – nur Barcelona und ich.

»Bevor ich abreise, möchte ich noch einmal in den *Park Güell*. Ihr braucht mich nicht begleiten.« Ich habe gelächelt, damit Kyle und Laura verstehen, dass ich es ernst meine. Sosehr ich mich freue, dass die beiden mir Gesellschaft leisten, so sehr fühle ich mich verpflichtet, ihnen nicht zu viel zuzumuten. Daher habe ich mich bemüht, mich ihnen anzupassen und nicht zu lange bei den Sehenswürdigkeiten zu verweilen. Vor allem, weil es an dem Tag geregnet hat, als wir uns den Park angesehen haben. »Zum Abschied will ich mir viel Zeit lassen.«

Kyle und Laura wechseln einen Blick, dann nicken sie, als hätten sie sich wortlos abgesprochen. So wie Jeffrey und ich früher. Dieser Gedanke schmerzt nicht mehr so sehr wie vor einem Jahr, aber durch das Glück meines Sohnes, das ich ihm von Herzen gönne, merke ich erneut, wie einsam ich bin.

»Wir fahren dich auf jeden Fall hin.« Laura nickt mir zu, als könnte sie meine Gedanken lesen. »Und holen dich ab.«

»Auf keinen Fall.« Abwehrend hebe ich die Hände. »Lasst mir mein Abenteuer.«

Nach einem kurzen Wortwechsel haben sie mir zugestimmt, so dass ich nun allein vor dem Eingang des Parks stehe, ohne dass ich mich einsam und verlassen fühle. Das Wetter meint es heute ausnehmend gut mit mir. In der Oktobersonne glitzert die Farbenpracht der Mosaiken, als wären sie erst vor kurzem erstellt worden und nicht vor beinahe einhundert Jahren. Was wird wohl aus unserer Zeit bleiben und so viel Staunen und Bewunderung hervorrufen wie die *Sagrada Família* oder dieser wunderschöne Park? Antonio Gaudi muss ein ganz besonderer Mensch gewesen sein, gesegnet mit einer Phantasie und Vorstellungskraft, die ihn dieses Wunder erschaffen ließ. Und mit Glück, dass er Eusebi Güell i Bacigalupi als Freund und Förderer fand, dessen Geld den *Park Güell* ermöglichte.

Von der großen Terrasse aus schaue ich auf die Stadt, die Kyle, Laura und ich übermorgen verlassen werden, um gemeinsam ein paar Tage in Frankfurt zu verbringen. Damit haben die beiden mich überrascht, was mich zu Tränen rührte. Was mich dort wohl erwartet? Frankfurt wird es schwer haben, gegen die Schönheit Barcelonas anzukommen.

Hinter mir ertönt eine wehmütige Weise, gespielt auf einer Geige. Ich drehe mich um. Obwohl die Sonne bald untergeht, hat sich eine junge Musikerin hier eingefunden. Mit geschlossenen Augen verliert sie sich in dem Stück, das ich erkenne, aber dessen Name mir nicht einfällt. Ich drehe mich um und werfe der jungen Frau einige Münzen in den Geigenkasten, den sie geöffnet zu ihren Füßen stehen hat.

»*Gràcies.*« Sie, öffnet die Augen und lächelt mich an.

»*Si us plau*«, antworte ich, wie ich es von Laura gelernt habe.

Die Musikerin nickt mir zu, bevor sie die Augen wieder schließt und eine weitere Melodie spielt.

Nachdem ich durch den Park gewandert bin, immer wieder stehengeblieben bin, um Fotos zu schießen, die es leider niemals schaffen, die Schönheit des Parks und der riesigen Treppe einzufangen, werde ich müde. Zum Abschied lege ich einem der Gaudi-Drachen eine Hand auf den Kopf und verspreche ihm, dass ich ihn bestimmt noch einmal besuchen werde.

Einen Besuch habe ich noch vor mir, bevor ich mich endgültig von Barcelona verabschieden kann. Ein letztes Mal führen meine Schritte mich zum *Casa Batlló*, das ich als das schönste Gebäude betrachte, das Gaudi entworfen hat. Die *Sagrada Família* ist imposanter, aber das *Casa Batlló* wirkt für mich lebendiger. Mich erinnert das Haus mit seinen Balkonen, die aussehen wie die Knochen gestrandeter Wale oder Urzeitfische, und seinen blau-grünen Mosaiken an einen Ozean einer fremden Welt. Die grünlichen Fenster mit ihren durchbrochenen Mustern in unterschiedlichen, leuchtenden Blau- und Grüntönen schimmern wie die Meeresoberfläche an einem Sommertag. Man ahnt, dass sich in ihren Tiefen Geheimnisse und auch Gefahren verbergen, aber man kann sich ihrer Schönheit nicht entziehen.

Ob mein Großvater hier auch gestanden hat? Ob er ebenso begeistert wie ich den geschwungenen Linien mit seinem Blick gefolgt ist? Oder hat er Gaudis Stil als zu verspielt und unpassend abgelehnt? Ich erinnere mich an Großvater Alexander als einen eher praktischen Mann, der wenig Wert auf schöne Dinge legte. Selbst seine Fotos, nein, vor allem seine Fotos zielten nicht auf Gefälligkeit ab, sondern – so hat er einmal gesagt – sollten die Wahrheit zeigen, die Welt, so wie sie ist, und nicht, wie wir sie uns wünschen.

Trotzdem glaube ich, dass er das *Casa Batlló* ebenso geschätzt hat, wie ich es tue. Vielleicht, weil ich es glauben will, weil ich ihm endlich nahekommen möchte, weil ich die weite Reise auch deshalb auf mich genommen habe, um ihn etwas besser kennenzulernen.

Während ich als Touristin durch die Straßen Barcelonas schlendere, erinnere ich mich an eine Reise mit Jeffrey und Kyle. Kyle war damals etwa fünf Jahre alt. Kaum zu glauben, dass dieser schlaksige Riese einmal ein Junge war, den ich auf den Armen tragen konnte. Nach Florida hat es uns gezogen, aber nicht ins *Walt Disney World Resort*, schließlich lag das *Magic Kingdom* nur sieben Fahrstunden entfernt und damit beinahe vor der Haustür.

Nein, Jeffrey wollte unserem Sohn das *Kennedy Space Center* auf Merritt Island zeigen, weil er hoffte, Kyle für eine Astronautenkarriere begeistern zu können. Ich habe mich zu der Reise nur unter der Bedingung überreden lassen, dass wir nach Miami fahren, damit ich mir die Art-déco-Häuser dort ansehen konnte.

Obwohl die Villen und Bauten Floridas für meinen Geschmack etwas zu bunt sind, was durch die grelle Sonne noch hervorgehoben wird, konnte ich mich an den geschwungenen Formen nicht sattsehen. Damals habe ich bereut, dass ich nicht Architektur studiert habe, aber später habe ich das vergessen.

Doch hier erinnere ich mich wieder an meinen alten Traum. Es muss unglaublich sein, in dieser Stadt zu leben. Mein Sohn hat eine kluge Wahl getroffen, als er sich für Barcelona entschied, so wie mein Großvater es für ihn vorgesehen hatte. Und ich habe eine kluge Wahl getroffen, als ich mich dafür entschied, ihn hier zu besuchen. Was mag meinen Großvater mit dieser Stadt verbinden?, frage ich mich zum hundertsten Mal und fürchte, dass ich nie eine Antwort erhalten werde.

»Drachen habe ich gesehen und grüne Papageien, die frei wie Tauben herumflattern«, schreibe ich auf die Postkarte, die ich Charlotte in ihr Schokoladenpaket legen werde. »In den Palmen der *Plaça Reial.* So viel Gaudi habe ich bewundert, dass mein alter Wunsch, Architektur zu studieren, wieder erwacht ist. Eine tolle Stadt. *Wish you were here.*«

Die Postkarte ist meine Antwort auf das Telegramm, das ich von Charlotte erhalten habe. »Du musst dieses Buch lesen. Stell die anderen zurück.«

Sie hätte mir auch eine Mail senden können, aber manchmal lebt meine Freundin ihren Hang zum Drama gern aus. Nach etwas Recherche habe ich das Buch zuordnen können – *Frühstück bei Tiffany.* Erst habe ich mich gefragt, was Charlotte mir damit sagen will, doch dann erkannte ich, wie viel in dem Roman zu mir, die ich Barcelona erst allmählich genießen kann, passt. Ohne es zu wollen, habe ich meiner Freundin in unseren kurzen Telefonaten wohl mehr von mir verraten, als mir lieb war. Brav, wie ich bin, bin ich gleich in einen Buchladen gegangen, um mir das Buch zu bestellen. Zu meiner Überraschung hatten sie es auf Lager, so dass es jetzt auf dem Schreibtisch in meinem Hotelzimmer liegt und mich vorwurfsvoll anstarrt. Mein personifiziertes schlechtes Gewissen in Romanform. Danke, Charlotte.

Ich fühle mich wie Holly Golightly verloren und wie Truman Capotes Heldin schöpfe ich langsam Hoffnung, dass sich alles zum Besseren wenden wird.

Abends holt Kyle mich ab. Laura und er haben ein winziges Restaurant entdeckt, in das sie mich führen wollen. Ich überlege, ob ich unsere Verabredung nicht auf morgen verschiebe, weil ich nach dem Tag des Herumlaufens müde bin und gern allein mit meinen Eindrücken der Stadt wäre.

»Mom?« Kyles Stimme klingt etwas genervt, als hätte er mich bereits mehrmals angesprochen. »Mom, hast du mir überhaupt zugehört?«

»Entschuldige. Ich bin in Gedanken wohl schon bei der Abreise. Du weißt ja, dass ich nicht gern fliege.«

»Dann bleib doch noch etwas. Laura und ich würden uns freuen, und Barcelona hat noch einiges zu bieten.« Sein Angebot freut mich, aber ich kann nicht aus meiner Haut. Noch bin ich nicht so weit, dass ich spontan einen gefassten Plan über den Haufen werfen kann.

»Das glaube ich, dass hier noch viel zu sehen ist.« Vielleicht sollte ich ihm erzählen, dass ich heute Nachmittag sogar überlegt habe, in Barcelona zu leben. »Aber Frankfurt ist bestimmt auch interessant. Auf den Spuren der Familie wandeln, verstehst du.«

»Wusstest du, dass Urgroßvater hier einige Monate gelebt hat?« Kyle sieht mich fragend an. »Wenn du schon die Familiengeschichte bemühst …«

Verneinend schüttele ich den Kopf. So vieles weiß ich über meinen Großvater nicht. Sosehr ich mich auch bemühe, ich kann mich nicht daran erinnern, dass er je etwas aus seinem Leben erzählt hat. Großmutter hingegen wurde nicht müde Geschichten zu erzählen, über das Leben auf der Farm, über den Umzug in die große Stadt, über ihre Erfahrungen als Sekretärin bei einer Tageszeitung. Darüber, wie sie Großvater kennengelernt und sofort gewusst hatte, dass dieser Mann der Richtige für sie war. Auch wenn er sie kaum eines Blickes gewürdigt hatte, weil er so sehr mit seinen Fotos und Reportagen beschäftigt war. Und über ihre Angst, als Großvater 1945 mit den amerikanischen Truppen nach Deutschland zog und sie allein mit ihrer dreijährigen Tochter zurückblieb.

Vielleicht ist es mir deshalb niemals aufgefallen, dass Großvater nichts über seine Vergangenheit preisgegeben hat. Dass er kein geborener Amerikaner war, verriet sein Akzent, auch wenn er sich stets bemühte, sein Englisch zu verbessern. Aber er schien es darauf anzulegen, ein besserer Amerikaner als die meisten Einheimischen zu werden. Niemals hätte er sich einem der deutschsprachigen Vereine in Oregon angeschlossen oder darauf bestanden, dass einer von uns die deutsche Sprache lernt.

»Woher weißt du, dass er hier gelebt hat?« Ich habe nicht erwartet, dass mein Sohn sich für seinen Urgroßvater interessiert, an den er nur wenige Erinnerungen haben kann. Sehr oft haben wir meine Großeltern nicht besucht, die beide starben, als Kyle zwölf Jahre alt war.

»An das Studiengeld war eine Bedingung geknüpft.« Kyle verzieht das Gesicht, als wäre es ihm peinlich, dass er mir das verschwiegen hat. »Ich sollte eine Familie in Barcelona ausfindig machen und mich bei ihnen in Großvaters Namen bedanken.«

»Hast du die Familie gefunden?« Meine Neugier ist geweckt. Mein Vorfahr scheint noch mehr Geheimnisse gehegt zu haben, als ich dachte. Vielleicht kann ich meine Suche schon hier beenden, und mein kluger Sohn hat die Antworten auf alle Fragen gefunden, bevor ich sie gestellt habe. »Heißt jemand von ihnen Lily?«

»Lily?« Kyle sieht mich überrascht an. »Nein, von einer Lily weiß ich nichts. Wer ist das?«

Schade, es wäre zu einfach gewesen. Außerdem hätte es Charlotte sicher unglaublich enttäuscht, wenn ich die Lösung so leicht gefunden hätte. Mit Sicherheit hat meine Freundin noch dreißig Bücher für mich in petto, mit denen sie mein Leben begleiten möchte.

»Ich weiß auch nicht, wer Lily ist.« Nur kurz überlege ich, ob ich ihm den Anlass meiner Reise gestehen soll, und entscheide mich dafür. »Ich habe einen Brief auf dem Dachboden gefunden. Unterschrieben von einer Lily, der dein Großvater sehr viel bedeutete. Das ist jetzt mein Projekt. Herauszufinden, wer sie ist.«

Obwohl ich mich bemühe, leichthin zu sprechen, als wäre mir Lily nicht so wichtig, kann ich in Kyles Gesicht lesen, wie sehr es ihn verwundert, dass ich mich auf so einen vagen Hinweis hin auf die Reise begeben habe.

»Ich habe die Familie gefunden, die Urgroßvater kannte«, sagt er. »Eigentlich hat Laura sie gefunden. Wir wollten dich damit überraschen.«

»Hast du mit ihnen gesprochen?«, frage ich. Meine Stimme zittert vor Aufregung und der Hoffnung, Lily vielleicht auf diesem Weg zu finden. Es muss mit ihr zu tun haben, wenn mein Großvater Kyle nach Barcelona schickte. »Wie habt ihr … Wie hat Laura sie gefunden?«

»Es ist nur noch eine Sie.« Gedankenverloren blättert Kyle in *Frühstück bei Tiffany*. »Eine Dame – eine *Senyora*, wie man in Katalonien sagt. Sie ist interessiert, uns kennenzulernen.«

Ich schlucke. Auf einmal kommt mir die Vergangenheit nah. Bisher war meine Suche nach der Lebensgeschichte meines Großvaters noch abstrakt. Sie sollte erst in Frankfurt beginnen, so dass mir immer noch die Möglichkeit blieb, kurzfristig die Reißleine zu ziehen und alles abzusagen. Nun hat sich die Suche scheinbar verselbstständigt und zwingt mich geradezu, mich mit ihr zu beschäftigen. Wenn ich jetzt Ja sage, kann ich nicht mehr zurück. Bin ich dafür wirklich bereit? Mein Blick fällt auf Charlottes Wochen-Roman, was meine Entscheidung erleichtert.

»Danke. Ich fände es spannend, mit ihr zu reden.« Jetzt, da die Worte ausgesprochen sind, da ich nicht mehr flüchten kann, verspüre ich Erleichterung. Ich habe eine Entscheidung getroffen und freue mich sogar ein wenig, mehr über meine Familie herauszufinden. Freue mich, dass Kyle sich für seine Familie interessiert und Nachforschungen anstellte. »Meinst du, wir können sie morgen besuchen?«

Zwei Schwestern streiten sich, versöhnen sich und können nicht ohne einander sein. Ein Loblied auf Familie, aber auch auf Freundschaften, erzählt von der Tochter der einen.

Kapitel 14

Barcelona, Oktober 1999

»Welcher der Heldinnen aus deiner Roman-Aufgabe bin ich deiner Ansicht nach? Wheeze oder Juts?«, frage ich Charlotte, die ich angerufen habe, weil ich so nervös bin und mich vor dem Treffen mit der Dame aus Barcelona fürchte, da ich Angst vor dem habe, was sie mir über meinen Großvater verraten könnte.

Als Charlotte mir die Zusammenfassung von Rita Mae Browns *Jacke wie Hose* zumailte, habe ich mich gefreut, weil ich das Buch sehr gern gelesen habe und mich freue, es wiederzuentdecken.

»Gute Frage.« Ein Augenblick des Schweigens, als müsste Charlotte intensiv nachdenken. »Ich glaube, du hast mehr von Wheeze in dir. Oder von Juts. Oder von beiden.«

»Entscheide dich!«

»Nein. Für mich geht es in der Geschichte vor allem um Familienzusammenhalt. Darum, Dinge miteinander zu teilen.«

»Oh«, antworte ich, wieder einmal überrascht davon, wie gut meine Freundin mich kennt. Könnte ich ihr ebenso kluge Tipps geben? »Danke.«

»Ich hoffe, du überraschst mich nicht mehr mit so großen Änderungen. Sonst habe ich mir die Mühe mit den vorbereiteten Umschlägen ganz umsonst gemacht.«

»Keine Sorge. Aber eigentlich musst du Kyle das vorwerfen. Schließlich hat er mir bisher Laura unterschlagen.«

»Grüß die beiden von mir. Genieß Barcelona. Ich möchte Tausende von Fotos von Gaudis Schaffen sehen. Bye.«

»Bye. Grüß Sarah und deine Menagerie von mir.«

Heimweh greift nach mir, nachdem ich den Hörer aufgelegt habe. Was mache ich hier eigentlich? Will ich wirklich nach Frankfurt weiterreisen, auf der Jagd nach einem Geheimnis, dessen Auflösung niemandem helfen wird? Ich fühle mich versucht, ins nächstgelegene Reisebüro zu gehen, um meinen Flug umzubuchen. Anstatt Zeit in Deutschland zu verplempern, könnte ich Charlotte in Berkeley helfen, ihren Laden zu retten.

Erst einmal warte ich auf Laura und Kyle, warte angespannt darauf, dass sie an die Tür zu meinem Zimmer klopfen.

Endlich.

»Vielen Dank.« Ich ziehe Laura in eine Umarmung. »Ich freue mich unglaublich, dass du jemanden gefunden hast, der mir von meiner Familie erzählen kann.«

»Ich hoffe, du denkst nicht, dass ich mich einmischen wollte …« Sie erwidert meine Umarmung etwas zögerlich. »Aber als Kyle mir sagte, dass sein Großvater hier lebte …«

»Deshalb bin ich auch nach Europa gekommen«, antworte ich, um ihr die Sorge zu nehmen, dass sie mich verärgert haben könnte. »Um mehr über meine Familie zu erfahren. Es ist wunderbar, dass ihr beide mir dabei helft.«

Ich strecke meine Hand nach Kyle aus, um ihn mit in unsere Umarmung zu ziehen. Sosehr ich es mir wünschte, ich kann meine Gefühle nicht in Worte fassen, weil ich so viel erklären und entschuldigen müsste. Wieder muss ich erkennen, dass ich meiner Mutter ähnlicher bin, als mir lieb ist. Auch sie spricht selten über Emotionen oder bittet um Verzeihung. Wenn sie sich entschuldigen will, was selten genug vorkommt, backt sie einen Kuchen oder kocht ein aufwändiges Essen. So wollte ich nie werden und muss ein weiteres Mal erkennen, dass ich auf dem besten Weg dorthin bin.

»Wir müssen los«, bricht Kyle schließlich das Schweigen. »So wie Laura Senyora Ribalta beschrieben hat, sollten wir besser pünktlich sein.«

»Warum?«, frage ich und schaue Laura an. »Wird sie sonst nicht mit uns reden?«

»Das vielleicht schon.« Lauras Lachen klingt nervös. »Aber … Na, du wirst es gleich sehen. Mir macht sie etwas Angst.«

Das macht mich neugierig auf unsere Gesprächspartnerin. Was ist das wohl für eine Frau, die einem klugen und mutigen Mädchen wie Laura Angst einjagt? Aber ich frage nicht weiter, sondern erkundige mich, wie

Laura überhaupt auf Senyora Ribalta gestoßen ist. Während der Autofahrt erzählt sie mir die Geschichte.

»Nachdem Kyle von seinem Urgroßvater und dessen Testament erzählte, haben wir erst im Telefonbuch nach der Familie gesucht und niemanden gefunden. Warum ist es niemals einfach?« Sie hebt die Hände in einer Geste gespielter Verzweiflung. »Da habe ich mich in Archiven auf die Suche gemacht. So bin ich eben. Wir Historiker können nicht aus unserer Haut.«

»Es ist mir peinlich, aber auf wessen Seite stand Spanien?« Mit Erschrecken erkenne ich, wie wenig ich über den Krieg und dessen Folgen weiß. In der Schule konzentrierten wir uns auf Pearl Harbor und die Folgen, hörten mit Grauen über den Holocaust, aber der Zweite Weltkrieg blieb stets etwas Abstraktes, etwas, das weit entfernt geschehen war und lange zurücklag. Für Laura hingegen ist die Zeit des Nationalsozialismus und seiner Folgen viel präsenter, in den Geschichten, die ihre Familie erzählt, und natürlich durch ihr Studium.

»Vorgeblich war Spanien neutral.« Laura stößt ein bitteres Lachen aus. »Aber da Hitler sich in den Spanischen Bürgerkrieg einmischte, unterstützte ihn Franco. Es ist kompliziert.«

»Ich sollte Hemingway lesen«, antworte ich. »Und mich mehr mit Geschichte beschäftigen. Ist Barcelona im Bürgerkrieg zerstört worden?«

Über den Spanischen Bürgerkrieg weiß ich nur, dass Hemingway beteiligt war. Keinem meiner Highschool-Lehrer ist es gelungen, in mir auch nur ansatzweise ein Interesse für Geschichte zu wecken. Doch jetzt, auf der

Suche nach der Vergangenheit meiner Familie, fange ich an, sie spannend zu finden.

»1938 gab es schlimme Kämpfe und schwere Luftangriffe. Auch von Deutschen. Der Legion Condor.« Laura wendet sich mir zu. »Davon hast du bestimmt gehört, weil sie Guernica zerstörten.«

»Ich erinnere mich an das Bild von Picasso.« Dann wechsele ich das Thema, weil mich ehrlich interessiert, wie Laura die Frau gefunden hat. »Gibt es viel Archivmaterial?«

»Nicht so viel, wie ich mir wünsche.« Erneut dreht sie sich kurz um zu mir, lächelt, bevor sie wieder auf die Straße blickt. »Einiges konnte gerettet werden, und seit den 1970er Jahren sammeln Wissenschaftler Zeitzeugenberichte, damit das Wissen nicht verloren geht. Das Projekt, an dem ich arbeite, gehört dazu.«

»Aha«, antworte ich, um dann in Gedanken zu versinken. Warum bin ich nie auf die Idee gekommen, meinen Großvater nach seinem Leben zu fragen? Nein, das stimmt nicht. Ich habe mehrfach versucht, mit ihm über Deutschland und seine Emigration zu reden. Jeden Versuch hat er abgewehrt. Nicht harsch oder böse, aber so bestimmt, dass ich Jahre brauchte, bis ich den Mut für einen erneuten Anlauf fand, nur um wieder an der Mauer seines Schweigens zu zerschellen. »Reden die Menschen in Spanien gern über diese Zeit?«

»Unterschiedlich.« Laura zuckt mit den Schultern, während sie sich auf das Fahren konzentriert. Mich macht der Verkehr in Barcelona nervös, aber sie wirkt gelassen und kompetent. »Viel hängt davon ab, was sie erlebt haben.

Je entsetzlicher die Erfahrungen sind, desto geduldiger muss man mit den Interviews sein. Wir bemühen uns, respektvoll und achtsam mit unseren Gesprächspartnern umzugehen.«

»Laura ist eine der besten Interviewerinnen«, sagt Kyle mit Stolz in der Stimme. Er beugt sich zu ihr, um ihr über die Wange zu streichen. »Weil sie geduldig und beharrlich ist. Und weil sie wirklich interessiert ist an dem, was die Menschen ihr sagen.«

»Ach hör auf«, wehrt sie ab, aber ich kann spüren, wie wichtig ihr das Lob meines Sohns ist. »Wir haben sehr viele gute Leute. Ich bin stolz, dabei zu sein.«

Laura erzählt so spannend und liebevoll von ihrem Projekt, dass ich überrascht bin, als sie abbremst. Das Haus, vor dem wir halten, erinnert an eine feine Dame, die im Alter verarmt ist. Noch kann man die Majestät erkennen, aber der Zahn der Zeit hat einige Breschen in seine Schönheit geschlagen. Dennoch bleibt der Eindruck von Grazie und Vornehmheit, die Fassade ist klassischer spanischer Jugendstil, der *Modernisme*, allerdings mit verblassten Farben und großen Stellen, an denen der Putz abbröckelt.

»Ich suche einen Parkplatz.« Kyle rutscht auf den Fahrersitz, nachdem Laura ausgestiegen ist. »Beeilt euch.«

Auch ich steige aus. Dann sind Laura und ich allein und beobachten, wie das Auto die Straße entlangfährt.

»Komm«, sagt sie. »Wir wollen Senyora Ribalta nicht warten lassen.«

Nachdem Laura geklingelt hat, öffnet uns eine alte Dame die Tür. Gekleidet in ein schlichtes dunkles Kleid, die blaugetönten Haare in sanfte Wellen gelegt, wirkt sie elegant, aber nicht so respekteinflößend, wie ich es nach Lauras Worten erwartet habe. Ein kritischer Blick mustert uns beide von oben bis unten, so dass ich froh bin, Bluse und Stoffhose zu tragen anstatt Jeans und T-Shirt wie sonst.

»Bitte folgen Sie mir in den Salon«, sagt die Frau. »Madame wird Sie gleich empfangen.«

Das kann auch nur mir passieren, die Haushälterin mit der Dame des Hauses zu verwechseln. Laura grinst. Wahrscheinlich hat sie mir angesehen, wie falsch ich mit meiner Einschätzung gelegen habe. Ohne etwas zu sagen, folgen wir der Frau, die eigentlich schon in Rente sein müsste, in ein großes Zimmer. Dort deutet sie auf ein zierliches, mit tiefblauem Stoff bespanntes Sofa.

»Bitte nehmen Sie Platz.« Wenn bereits die Haushälterin so seriös wirkt, wie muss ich mir dann die Hausherrin vorstellen? »Wünschen Sie Tee oder Kaffee?«

»Kaffee bitte«, antworten Laura und ich gleichzeitig und wir müssen lachen, was uns wiederum einen indignierten Blick der Haushälterin einbringt.

Während wir auf Kaffee oder die Hausherrin warten, sehe ich mich in dem Zimmer um. So habe ich mir einen Salon immer vorgestellt, wenn ich in französischen oder russischen Romanen davon gelesen habe. Hohe Wände mit hellen Stofftapeten, auf denen sich filigrane Muster ranken, die ich erst auf den zweiten Blick als Vögel und Blumen erkenne. Uns gegenüber steht ein zweites Sofa, ebenfalls mit Stoff bespannt, in einem hellen Taubenblau. Die Sofas und zwei Stühle, die so zierlich und zerbrechlich wirken, dass ich mich niemals auf einen davon setzen würde, gruppieren sich um einen niedrigen Tisch, auch er steht auf dünnen, gebogenen Beinen. Auf einem niedrigen Sideboard aus dunklem Holz stehen grüne Vasen mit prachtvoller Verzierung. Ich fühle mich wie in einem Museum und wage kaum zu atmen.

»Sehr beeindruckend«, flüstere ich Laura zu. »Man traut sich kaum, laut zu reden.«

Bevor sie antworten kann, öffnet sich die große Tür und eine kleine Gestalt kommt herein. Bereits nach dem ersten Eindruck erkenne ich, warum Laura und Kyle so auf Pünktlichkeit drängten. Obwohl die Frau zierlich und beinahe zerbrechlich aussieht, ist ihre Körperhaltung so gerade und energisch, dass sie keinen Zweifel daran lässt, dass diese Dame durchsetzungsstark ist. Automatisch erhebe ich mich, um ihr Respekt zu zollen. Aus dem Augenwinkel sehe ich, dass auch Laura aufgestanden ist. Wir wechseln einen schnellen Blick des Einverständnisses, bevor wir unserer Gastgeberin entgegengehen.

Von nahem erinnert sie mich an eine russische Ballerina. Auch die Kopfhaltung und der aufrechte Gang lassen vermuten, dass sie Tänzerin war. Nein, nicht nur eine Tänzerin, sondern die Primaballerina.

»*Bon dia*«, sagt sie, während sie sich leicht auf die Zehenspitzen stellt, um Laura zwei Küsschen neben die Wangen zu hauchen. »Erfreut, dich wiederzusehen, meine Liebe. Und Sie sind die Mutter von Lauras Amerikaner?«

Ihr Englisch ist nahezu perfekt, nur mit einem Hauch eines Akzents, der es exotisch wirken lässt.

»Ja. Ich freue mich, dass Sie Zeit für uns haben. Kyle sucht noch einen Parkplatz und freut sich sehr darauf, Sie kennenzulernen.«

Lächelnd hebt sie eine Augenbraue, die so stark zurecht gezupft ist, dass sie wie ein Strich wirkt, den jemand mit einem hauchfeinen Pinsel gezogen hat. Ich betrachte dies als Zeichen ihres Respekts und lächle. Sie antwortet mit einem Kopfnicken und deutet auf das Sofa. Ich setze mich wieder hin, während sie vor mir stehen bleibt. Dieses Spielchen amüsiert mich.

»Sie sind die Enkelin von Alexander?« Mit zwei Fingern greift sie mein Kinn, um meinen Kopf nach rechts und links zu drehen, als wäre ich eine Porzellanpuppe, die sie begutachtet. »Ja, Sie haben seine Augen und seine Nase. Er ist tot, hat Laura gesagt?«

Zu meiner Überraschung klingt ihre Stimme traurig. Irre ich mich oder hegte diese so unzugänglich wirkende Dame Gefühle für meinen Großvater? So wie Lily, die ihm einen sehnsuchtsvollen Liebesbrief schrieb. Ich schüttele den Kopf, weil es mir schwerfällt, sich meinen Großvater als Herzensbrecher vorzustellen. Andererseits – durch seine Distanziertheit hat er meiner Großmutter tatsächlich das Herz gebrochen.

»Sie kannten ihn, Senyora Ribalta?«, frage ich, was eine dumme Frage ist, weil wir sonst nicht hier wären, aber noch scheint es mir zu früh, nach Lily zu fragen. »Wann war das? Mein Großvater hat nie viel aus seinem Leben erzählt.«

»Nennen Sie mich Senyora Isabella.« Ihre Augen werden dunkler, als berge die Erinnerung immer noch

Schmerzen. »1933, nachdem Hitler die Macht an sich gerissen hat. Alexander und seine Eltern mussten fliehen. Die Nazis sahen seine Mutter als Halbjüdin an, was ihr Leben gefährdete.«

Meine Kehle fühlt sich wie zugeschnürt an. Selbst mit viel Phantasie kann ich mir nicht vorstellen, was es bedeutet haben muss, die Heimat von einem Tag auf den anderen verlassen zu müssen, nur weil ein Verrückter seine irrigen Vorstellungen durchsetzen will.

»Mein Vater und Alexanders Vater waren befreundet.« Sie lächelt, was sie jünger aussehen lässt und mir eine Ahnung vermittelt, wie schön sie früher gewesen sein muss. »Alexander. Er war so … Ich war jung. Fünfzehn Jahre. Nicht mehr Kind, noch nicht Frau und er war so attraktiv. Groß, dunkel, geheimnisvoll und leidend. Er und seine bissige Katze.«

»Leidend?«, fragen Laura und ich gleichzeitig. Wir sehen uns an und nicken uns zu. In dem Moment öffnet sich die Tür und die Haushälterin begleitet Kyle herein, der sich zu uns gesellt.

Nach einer kurzen Begrüßung erzählt die alte Dame ihre Geschichte weiter.

»Ja, Alexander litt sehr. Unter dem Verlust seiner großen Liebe.« Sie seufzt, als wäre alles vor kurzem geschehen und nicht vor mehr als sechzig Jahren. »Ich habe nie erfahren, ob sie in Deutschland zurückblieb oder ob seine Eltern ihn gezwungen haben, sie zu verlassen. Ich weiß nur, dass ich sie damals hasste. Aus tiefstem Herzen. Mit dem intensiven Gefühl, zu dem eine Fünfzehnjährige fähig ist, die von dem Mann, in den sie verliebt ist, zurückgewiesen wird.«

Gerade als ich nach der großen Liebe meines Großvaters fragen will, öffnet sich die Tür erneut. Die Haushälterin bringt Kaffee und Gebäck, was mir Zeit gibt nachzudenken. Ist es nicht unfair von mir, meinem Großvater seine Geheimnisse zu entreißen? Er hat nie von früher erzählt, sollte ich ihm das nicht lassen? Nein, ich möchte mehr über ihn erfahren – und bin einfach neugierig, wer Lily ist.

Endlich haben alle Kaffee eingeschenkt bekommen und sich Gebäck genommen. Kyle hat seinen Stuhl nahe ans Sofa gerückt, so dass er Lauras Hand halten kann, wie ich bemerke.

»Nicht, dass Alexander grausam gewesen wäre. Oder abweisend«, fährt Senyora Isabella mit ihrer Erzählung fort. »Eher im Gegenteil. Er schenkte mir viel Aufmerksamkeit, interessierte sich für meine Träume und Wünsche. Einer der wenigen Erwachsenen, der einer Fünfzehnjährigen zugestand, dass ihre Ziele nicht nur alberne Hirngespinste waren.«

Während sie spricht, wirkt sie auf einmal, als fiele die Last der Jahre von ihr. Hinter der starken, aufrechten Frau, als die sie sich uns vorgestellt hat, erkenne ich das unsichere Mädchen von damals, das jedes Wort meines Großvaters aufgesogen hat wie die Steppe den Regen nach einer langen Dürre. Nur zu gut verstehe ich sie. So wie jede Frau, die als Teenager unglücklich verliebt war.

»Dass er so freundlich zu mir war, machte alles viel, viel schwerer.« Sie seufzt, was sie mit einer kleinen

Handbewegung begleitet, die den Seufzer ironisiert. »Mit ihm zu reden und dabei zu wissen, dass es von seiner Seite nie mehr als eine Freundschaft werden würde. Wie habe ich sie gehasst, ohne dass ich sie überhaupt kannte. Lily.«

»Lily?«, wiederhole ich ungläubig. Sicherheitshalber frage ich nach: »Die große Liebe meines Großvaters hieß Lily?«

»Ja.« Geziert trinkt die alte Dame einen Schluck Kaffee, während ich auf mehr warte. »Er hat auf ein Zeichen von ihr gewartet. Jeden Tag. Ohne eine Nachricht von Lily wollte Alexander nicht aufbrechen, weigerte sich, die Reise nach Amerika anzutreten, sosehr seine Eltern auch darauf beharrten.«

Ich schweige, obwohl so viele Fragen in mir brennen, aber ich will Senyora Isabella nicht aus dem Fluss ihrer Erinnerungen reißen.

»Er muss Lily sehr geliebt haben«, sagt sie nun. Ich spüre immer noch das leise Bedauern in ihrer Stimme darüber, dass es ihr nicht gelungen ist, meinen Großvater für sich zu gewinnen. »Obwohl er nur wenig von ihr erzählt hat, war sie immer anwesend, immer in seinen Gedanken, in seinem Herzen.«

Nur eine katalanische Dame kann so etwas sagen, ohne dass es kitschig klingt.

»Warum ist Lily nicht mit ihm nach Barcelona gereist? Warum ist er nicht bei ihr geblieben?« Das sind die Fragen, die mich am meisten beschäftigen. Wenn ihre Liebe so groß war, warum haben sie sich getrennt? »Hat er eine Nachricht von ihr erhalten?«

»Alexander hat mir nie verraten, warum er Lily verlassen hat oder sie ihn. Aber er wartete bis zum Tag der Abreise darauf, dass sie sich meldet.« Sie runzelt die Stirn. »Ich habe mich schon damals gefragt, wie Lily ihn finden sollte. So viele Liebende haben einander in der dunklen Zeit verloren.«

»Wissen Sie, wie Lily mit Nachnamen hieß? Oder wo die beiden sich kennenlernten?«

»Ich kenne sie nur als Lily.« Sie überlegt einen Augenblick. »An der Universität. Denke ich.«

»Dann sollte es nicht so schwer sein, Lily ausfindig zu machen«, sagt Laura. »In den 1930er Jahren studierten nicht allzu viele Frauen.«

Meine Aufregung wächst von Minute zu Minute. »Ich danke Ihnen sehr für Ihre Offenheit, Senyora Isabella!«

»Das habe ich gern getan.« Ihr Blick wirkt versonnen, als lebte sie mehr in der Erinnerung als im Heute. »Ihr Großvater war ein besonderer Mann, wissen Sie das? Aber warum suchen Sie nach Lily? Schließlich hat sie ihm das Herz gebrochen.«

Kapitel 15

Frankfurt am Main, 11. April 1933

Noch lief Lilys Herz über voller Freude über den wunderbaren Nachmittag, den Alexander und sie in der Ausstellung im Städel-Museum verbracht hatten. Alexander hatte ihr sein Lieblingsbild gezeigt – *Das Nizza in Frankfurt am Main*. Auch wenn sie das Gemälde von Max Beckmann mochte, konnte Lily sich stundenlang den *Weißen Hund* von Franz Marc ansehen, der wiederum Alexander nicht ganz so gut gefiel. Die Diskussion, die sich zwischen ihnen entspann, beendete Alexander mit einem Kuss, was Lily erst verärgerte, dann jedoch glücklich machte. Selbst die Braunhemden, die vor dem Museum standen und etwas von entarteter Kunst schrien, hatten ihr den Nachmittag nicht verderben können.

»Um etwas als entartete Kunst bezeichnen zu können, müssten sie erst einmal verstehen, was Kunst überhaupt ist«, stellte ihr Geliebter sich dem schreienden Mob, was die Braunhemden so überraschte, dass sie Lily und Alexander ziehen ließen.

»Bitte, bring dich nie wieder so in Gefahr«, flüsterte Lily ihm zu, nachdem sie weit genug entfernt waren. »Ich habe Männer wie diese schon oft erlebt. Sie schrecken vor Gewalt nicht zurück.«

»Nein.« Alexander schüttelte den Kopf. Zorn verdunkelte seine ebenmäßigen Züge. »Wie können sie es nur wagen, Kunst als entartet zu bezeichnen?«

Was hätte Lily antworten können? Sie hasste die Nationalsozialisten aus vollem Herzen, aber nicht nur, weil sie Kunst diffamierten. Da sie fürchtete, Alexander würde das nicht verstehen, gab sie ihm keine Antwort, sondern sagte: »Ich muss nach Hause. Wir sehen uns morgen?

»Ich werde morgen früh vor der Bibliothek auf dich warten.« Alexander beugte sich vor, um Lily einen Kuss zu geben, was sie mit einer Hand abwehrte. Was würden ihre Kommilitonen denken, wenn sie sahen, dass Lily und Alexander sich küssten? Obwohl es bereits früher Abend war, fanden sich etliche Studenten und eine Handvoll Studentinnen, die auf dem Campus ihrer Wege gingen. »Versprich mir, dass du mich nicht sitzenlässt. Schlimm genug, dass du mich heute Abend allein lässt. Einsam.«

Das letzte Wort deklamierte er und zog es so dramatisch in die Länge, dass Lily lachen musste. Obwohl es ihr peinlich war, dass Alexander eine Szene machte, die so viel Aufmerksamkeit auf sich zog. Einige Studenten waren bereits stehen geblieben, um zu sehen, was sich hier abspielte.

»Du weißt, dass ich noch zu einem Treffen muss. Das habe ich versprochen.« Lily seufzte, als er vor ihr auf die Knie ging, die Hände wie im Gebet erhoben. Sie zog und zerrte an seinem Ellenbogen, aber Alexander blieb vor ihr knien, als wollte er ihr einen Antrag machen. »Steh auf. Bitte. Oder ich lasse dich hier stehen. Also gut, ich werde zur Bibliothek kommen. Um dort zu lernen.«

»Nicht zu spät«, sagte er, sprang auf und stahl sich einen Abschiedskuss, was die Umstehenden mit Applaus belegten. Obwohl alles in Lily sich gegen diese öffentliche Zurschaustellung ihrer Gefühle sträubte, konnte sie seinem Kuss nicht widerstehen. »Es ist kühl und du willst doch nicht, dass ich mir den Tod hole, während ich auf dich warte.«

»Geh!«, scheuchte Lily ihn davon. Sie sah seiner hochgewachsenen Gestalt nach, als er sich unter die Studierenden mischte. Unverkennbar war er – für sie. Unter Hunderten hätte sie ihn erspäht. Seine schlanke Silhouette, seine dunklen, ein wenig zu langen Haare, seine Art, sich zu bewegen. Wie ein Tänzer. Als spürte er ihren Blick, drehte Alexander sich elegant um, um ihr eine Kusshand zuzuwerfen. Ihr Herz tat einen Sprung. Noch immer konnte sie nicht glauben, dass dies wirklich und wahrhaftig geschah, dass sie und Alexander Kirchner seit zwei Monaten miteinander … Ja, was teilten sie? Hatten sie eine Affäre, eine Liebelei oder war es mehr? Was hatte damals begonnen, nachdem sie gemeinsam das Kätzchen gerettet hatten? Prinzessin Mäusehaut entwickelte sich zu einer verwöhnten Diva, die in Lily nicht ihre Retterin, sondern eine Konkurrentin um Alexanders Aufmerksamkeit sah. Erst gestern hatte die Katze versucht, auf Lilys Schuhe zu pinkeln, was Alexander im letzten Augenblick hatte verhindern können.

Alexander. Erneut winkte er ihr zu. Lily winkte zurück, unfähig, sich umzudrehen und zu gehen, bevor er für sie nicht mehr zu sehen war. Obwohl er sie erst vor wenigen Augenblicken verlassen hatte, fühlte Lily sich bereits einsam. Sie vermisste die Wärme seiner Stimme, das Glitzern seiner Augen, wenn er wieder etwas ausgeheckt hatte, mit dem er sie überraschen konnte. Was war nur los mit ihr? Wie war es ihm gelungen, sie derart zu verzaubern? Wo sollte das nur enden?

Noch immer war Lily überwältigt von der Tiefe der Gefühle, die sie mit Alexander verbanden, so dass sie es nicht wagte, ihre gemeinsame Zukunft zu planen. Als wäre ihre Zukunft planbar, nun, da die Nationalsozialisten die Macht an sich gerissen hatten und alle, die sie zu politischen Feinden erklärten, mit der geballten Staatsgewalt verfolgten. Anfang des Monats hatte die deutsche Studentenschaft zu einer vierwöchigen »Aktion wider den undeutschen Geist« aufgerufen, die morgen beginnen sollte.

Lily spürte einen schalen Geschmack im Mund, weil sie sich so entsetzlich hilflos dem allem gegenüber fühlte. Ihr Herz wurde schwer, als sie an die Freunde und Kampfgefährten dachte, die nachts aus ihren Betten gerissen und verschleppt worden waren, als gäbe es kein Recht und kein Gesetz mehr, das sie schützen konnte. Wie konnte sie sich Gedanken über eine Zukunft mit Alexander machen, wenn so viel mehr auf dem Spiel stand? Wie konnte sie auf ihrem kleinen Glück bestehen, wenn sie wusste, dass Freunde gefoltert wurden und ihnen der Tod drohte? Wie konnte sie an Liebe denken, wenn die Nationalsozialisten Frankfurt beherrschten?

Bereits jetzt fühlte Lily sich, als würde ihr jemand die Kehle zudrücken, wenn sie sich an den 23. Februar erinnerte. Der Tag, an dem Alexander sie das erste Mal geküsst hatte. Und der Tag, an dem Hitler in der Frankfurter Festhalle aufgetreten war. Nicht einmal die Erinnerung an den ersten Kuss konnte sie unbeschwert genießen. Lilys Hand fuhr an ihre Kehle, als spürte sie immer noch die Bedrohung, die sie an jenem Tag begleitet hatte.

Warum nur hatte sie den Weg an der Festhalle entlang gewählt? Nun gut, wenn sie ehrlich war, hatte die Neugier sie getrieben. Bis zuletzt hatte Lily Hoffnung gehabt, ihre Frankfurter Mitbürger würden zur Vernunft kommen und Adolf Hitler die kalte Schulter zeigen.

Doch was sie an jenem Tag im Februar und später noch erlebt hatte, offenbarte zu ihrem Schrecken ein anderes Bild. Je näher sie der Festhalle kam, desto mehr Menschen traf sie auf ihrem Weg, bis sie sich von den Braunhemden der SA umzingelt fühlte und nach Atem rang. Bereits am frühen Nachmittag hatten die Nationalsozialisten Massen ihrer Anhänger auffahren lassen, in Lastwagen, die immer noch auf die Festhalle zuströmten. Doch damit nicht genug, kamen nun Frankfurter Bürger, Männer, Frauen, selbst Kinder, auf die Festhalle zu gepilgert, als erwartete sie dort ihr Seelenheil. Das konnte sie nicht ertragen. Lily wandte sich um und rannte davon, nur weg von den Menschen, die gekommen waren, um Adolf Hitlers Rede zu hören. Sie hastete davon, ziellos, wie sie dachte, nur um sich vor Alexanders Haus wiederzufinden.

»Was ist mit dir?«, hatte er gefragt, nachdem er ihrem stürmischen Klingeln geöffnet hatte. »Brauchst du einen Kaffee? Einen Cognac?«

»Kaffee, bitte.«

Obwohl Alexander nicht begreifen konnte, was Lily derart in Angst und Rage versetzt hatte, fühlte sie sich geborgen, als er ihr Kaffee kochte, eine Stulle schmierte und einfach zuhörte, als die Worte aus ihr hervorbrachen. Schließlich hatte er sie in seine Arme gezogen, ihr Halt gegeben und dann geküsst, was Lily so folgerichtig erschienen war, dass sie überhaupt nicht zweifeln konnte. Doch bald sollten der Alltag und dessen Schrecken sie einholen, bald sollte die Politik sich zwischen sie schieben.

Am Tag der Reichstagswahl, dem 5. März, hatte Lily noch gehofft, dass der gesunde Menschenverstand siegen würde, dass die Menschen nicht weiterhin Adolf Hitler hinterherliefen, als wäre er der Rattenfänger mit einer magischen Flöte, die jeden Verstand ausschaltete. Georg hatte Lily davor gewarnt, in die Innenstadt zu gehen, weil dort SA und SS das Straßenbild beherrschten. Aber sie musste sich mit eigenen Augen davon überzeugen, dass ihre geliebte Heimatstadt verloren war, in die Hände derer gefallen, die Terror und Gewalt nutzten, um ihre Ziele durchzusetzen. Das Ergebnis der Wahl hatte sie zutiefst getroffen, hatte sie in eine Bitterkeit verfallen lassen, deren Mauern selbst Alexander kaum durchbrechen konnte. Den Rest des März hatte Lily sich ins Private geflüchtet, weil sie die Enttäuschung kaum ertragen konnte. Nur zögernd war sie wieder zu ihren Treffen gegangen, um dort auf Vorwürfe und Zorn zu stoßen.

»Seitdem du auf ihn hereingefallen bist, können wir nicht mehr auf dich zählen«, hatte Georg ihr vor ein paar Tagen vorgeworfen, als Lily zu spät zu einer geheimen Versammlung erschienen war. Verspätet, weil sie sich nicht aus Alexanders Armen lösen konnte. »Vielleicht sollten wir besser ganz auf dich verzichten. Wir haben uns Sorgen gemacht, dass sie dich geholt haben und du …« Fassungslos vor Wut hatte Georg nicht weitersprechen können.

Seine harschen Worte hatten Lily tief getroffen, weil sie in ihm einen ihrer besten Freunde sah, weil er ihre politischen Ziele teilte und sie sich bisher stets auf ihn verlassen konnte. Warum nur war Georg so wütend auf sie, hatte sie sich gefragt und diese Frage gleich selbst beantwortet. Georg war zu Recht verärgert. Niemals kam er zu spät zu einem ihrer Treffen, niemals ließ er zu, dass seine Gedanken sich von ihrem wichtigen politischen Ziel wegbewegten und auf etwas so Persönliches und – in Georgs Augen – Unwichtiges wie eine Liebe richteten. Nicht er hatte sich verändert, sie war es, die in den vergangenen zwei Monaten eine andere geworden war. Nach und nach hatte sie zugelassen, dass Alexander wichtiger und wichtiger wurde und andere Themen, an denen sie nie gezweifelt hatte, damit zurücktraten.

Es schmerzte Lily, zugeben zu müssen, dass in Georgs Vorwürfen ein wahrer Kern verborgen lag. Seitdem sie sich nicht mehr dagegen wehrte, dass Alexander in sie verliebt war und sie in ihn, teilte sie ihr Leben noch mehr auf als vorher. Auf der einen Seite forderten Familie, Freunde und der politische Kampf Lilys begrenzte Zeit. Auf der anderen Seite standen Alexander und ihre Liebe, die sich immer wieder in ihre Gedanken stahlen, wenn Lily bemüht war, sich ganz auf ihre politische Arbeit zu konzentrieren. Dazwischen gab es noch das Studium, für das Lily so hart gekämpft hatte und für das sie nun kaum noch Ruhe und Zeit aufwenden konnte.

An manchen Tagen fühlte Lily sich vollkommen zerrissen und wünschte sich nichts sehnlicher, als nicht ständig wählen zu müssen und mit jeder ihrer Entscheidungen jemanden zu enttäuschen, der ihr wichtig war. Jede gestohlene Minute, die sie mit Alexander verbrachte, erschien ihr wie ein Betrug an ihren politischen Zielen und ihrer Familie, ihren Freunden, die sie ihr Leben lang begleitet hatten. Jede Minute, die sie mit politischen Aktionen füllte, dachte sie an Alexander und vermisste seine Nähe. Warum nur konnte sie diese beiden Welten nicht miteinander verbinden? Wenn sie sich in einen Genossen verliebt hätte, wie einfach wäre ihr Leben gewesen! Gemeinsam wären sie zu Versammlungen gegangen, gemeinsam hätten sie Aktionen des Widerstands gegen das Unrechtsregime geplant, gemeinsam hätten sie Freunden geholfen, die von Verhaftung und Folter bedroht waren. Stattdessen fand sich Lily zwischen zwei Welten gefangen, zu keiner ganz zugehörig, aber auch nicht in der Lage, eine von beiden für immer zu verlassen.

Georg und Lilys Familie konnten nicht begreifen, warum ihr die Liebe auf einmal wichtig war, und dann noch die Liebe zu einem Bohemien wie Alexander Kirchner, den alle ihre alten Freunde voller Misstrauen und mit Argusaugen betrachteten. Auf der anderen Seite konnte Alexander nur begrenzt verstehen, wie wichtig Lily ihre politische Arbeit war, gerade jetzt, wo das Unrecht an jeder Ecke hervorblitzte und die meisten Menschen die Köpfe einzogen, damit sie nicht darunter leiden mussten.

»Wenn die Zeit wirklich so schlimm ist, wie du meinst, mein Liebes …«, pflegte Alexander zu sagen, wenn Lily mit ihm über Politik sprechen wollte. Manchmal wünschte Lily sich nichts mehr, als ihn zu schütteln, bis er endlich bereit war zu sehen, wie die Welt um ihn herum sich zum Düsteren veränderte. »Wenn die Zeiten dunkel sind, muss man das Leben erst recht zelebrieren.«

»Genieße jede Minute« – diesem Motto folgten Alexander und seine Freunde, die Lily inzwischen, wenn auch mit Augenrollen, als Alexanders Freundin akzeptiert hatten. Alexanders beste Freunde, die schwarzhaarige Louise und der blonde Robert, lächelten sie zwar an und waren stets freundlich, aber Lily meinte auf ihren Gesichtern lesen zu können, wie wenig sie von ihr hielten. Das galt auch umgekehrt. Sowenig Lilys Freunde verstehen konnten, warum sie sich auf Alexander Kirchner eingelassen hatte, sowenig verstanden Alexanders Freunde, was ihn mit Lily verband. Insbesondere Louise, deren Mutter – eine Stummfilm-Liebhaberin – sie nach Louise Brooks genannt hatte und die darauf bestand, dass man sie Lou nannte, ließ Lily bei jeder Gelegenheit spüren, dass sie nicht zu ihren Kreisen gehörte. Geschickt brachte Lou das Gespräch stets auf ein Theaterstück oder einen Film oder eine Ausstellung oder ein Buch, von dem sie sicher sein konnte, dass Lily es nicht gelesen oder gesehen hatte. Damit führte sie Lily vor, wie wenig diese wusste und wie wenig sie zu Alexander passte, der sich in der Theater- und Kunstszene auskannte wie kein Zweiter.

Jedes Mal, wenn sie einen Abend mit Alexanders Freunden verbrachten, fühlte Lily sich unwissend und dumm und schwor sich, Alexander zu verlassen, weil ihre Liebe keine Zukunft haben konnte. Doch sobald sie mit ihm allein war, sobald er ihr voller Begeisterung von einem Theaterstück erzählte, von dem sie nie zuvor gehört hatte, oder mit ihr gemeinsam in eine Kunstausstellung ging und ihr mit so viel Liebe die Bilder nahebringen wollte, dann konnte Lily ihn nicht mehr verlassen. Dann spürte sie wieder, wie stark ihr Herz für ihn schlug, wie er eine Saite in ihr zum Klingen brachte, von der sie bis vor Kurzem nicht einmal gewusst hatte, dass es sie in ihr gab. Wie sollte sie Georg oder ihren Eltern und Großeltern, geschweige denn ihrem Bruder, erklären können, was Alexander für sie bedeutete? Dass sie nur, wenn sie mit ihm zusammen war, das Gefühl hatte, ein ganzer Mensch zu sein? Dass alle Zweifel und Fragen von ihr abfielen und sie sein konnte, wer sie wirklich war. Dass die Liebe, die sie in Alexanders Augen sah, sie zu dem Menschen werden ließ, der seine Liebe verdiente. All dies spürte Lily, wenn sie mit Alexander allein war. Doch sobald seine Freunde hinzukamen, verlor sie die Sicherheit, die seine Liebe ihr gab. Genauso ging es ihr mit der Familie oder wenn sie ihre Freunde traf. Dann zogen die Bedenken auf wie Gewitterwolken, die einen Sonnentag zerstören wollten.

Ich werde mich von ihm trennen müssen, sagte Lily wieder zu sich selbst, während sie nach Hause eilte. Heute Morgen hatte sie ihrer Mutter versprochen, dass sie zum Abendessen zurück wäre, bevor sie gemeinsam mit Karl zur Versammlung gehen wollte. Ich muss ihn verlassen, redete sie sich ein, wie so oft in den letzten Tagen und Wochen. Und wie jedes Mal schmerzte der Gedanke sie so sehr, dass sie stehenbleiben musste und eine Hand an ihr Herz legte, das schneller schlug vor Angst, ein Leben ohne Alexander zu führen. Vielleicht, wenn sie ihnen Alexander so beschriebe, wie sie ihn sah, vielleicht würde es Lily dann gelingen, ihrer Familie und ihren Freunden zu erklären, warum sie weniger Zeit für sie hatte, warum es in ihrem Leben nun etwas gab, was für sie genauso wichtig war wie die Politik.

Ich habe es bisher noch nicht versucht, erkannte Lily. Es ist meine Schuld, dass alle in Alexander nur den oberflächlichen, verwöhnten Jungen aus gutem Haus sehen, der keinerlei Verständnis für unsere Werte und unsere Arbeit aufbringt. Wie sollen sie mich verstehen und meine Liebe begreifen können, wenn ich schweige, wenn ich Alexander nicht einmal erwähne, sobald ich unter meinen alten Freunden bin? Der Gedanke, dass es in ihrer Hand lag, die unterschiedlichen Welten, in die das Schicksal sie geführt hatte, zu verbinden, beflügelte Lily.

Zum ersten Mal seit langem sah sie ihre Zukunft in einem freundlicheren Licht, erhoffte sich Stärke daraus, ihre Liebe zu Alexander mit ihren Pflichten der Familie und den Freunden gegenüber zu verbinden. Ich werde nicht länger schweigen und vorgeben, dass Alexander zu einer anderen Lily gehört, einer Lily, die nicht politisch aktiv ist, sondern nur ihrem Gefühl folgt. Wenn sie es nicht verstehen wollen oder können, ist es ihre Schuld, ihr Versagen, aber ich habe dann wenigstens alles mir Mögliche versucht, sagte sie sich.

Gab es eine bessere Gelegenheit, ihre neue Erkenntnis in die Tat umzusetzen als den heutigen Abend?

»Nicht einmal die Museen sind vor ihnen sicher.« Damit schloss Lily ihre Geschichte, die sie begonnen hatte, nachdem sie ihrer Mutter geholfen hatte, das Essen – Pellkartoffeln mit Leinöl – auf den Tisch zu bringen. Erwartungsvoll schaute sie in die Gesichter ihrer Lieben, erhoffte sich Zustimmung für Alexander und dessen Mut, aber ihre Eltern und auch ihre Großmutter schwiegen.

Nur Karl, der das Gesicht voller Ekel verzog, öffnete den Mund. »Während wir arbeiten, verbringst du deine Zeit also im Museum. Vertrödelst deine Zeit wie eine vornehme Dame.«

»Nein.« Lilys Augen füllten sich mit Tränen, weil sie sich diesem unerwarteten Angriff gegenüber so hilflos und ausgeliefert fühlte. »So ist das nicht. Alexander sagt –«

»›Alexander sagt, Alexander sagt‹«, äffte ihr Bruder sie bösartig nach. »Was der Herr von sich gibt, ist dir wohl wichtiger als alles, was wir sagen. Wir sind ja nur hart arbeitende Menschen, nicht solche … solche Parasiten wie dein Alexander.«

»Karl«, mischte sich Lilys Vater ein. »Mäßige dich.«

»Ich wusste von Beginn an, dass du uns verraten wirst.« Der Bruder stand auf, sein Gesicht rot vor Zorn. Er schob sich dicht vor Lilys Gesicht, so dass sie die unbeherrschte Wut in seinen Augen erkennen konnte. »Unsere Eltern hätten nie erlauben sollen, dass du studierst.«

»Karl!« Nun sprang auch Gottfried auf. »Du entschuldigst dich bei Lily.«

»Eher friert die Hölle zu.« Ohne ein freundliches Wort stieß Karl den Stuhl so heftig zur Seite, dass dieser umfiel. »Wartet auf der Versammlung nicht auf mich.«

»Ich … Es tut mir leid«, stammelte Lily, nachdem ihr Bruder türenschlagend die Wohnung verlassen hatte. »Das wollte ich nicht. Ich … Ich wollte doch nur, dass ihr wisst, wie wichtig Alexander mir ist.«

»Komm, hilf mir«, sagte ihre Mutter, die aufstand, um den Tisch abzuräumen.

Lilys Vater und Oma Alwine nutzten die Gelegenheit, um vor der Tür eine Zigarette zu rauchen. Lily blieb allein mit ihrer Mutter.

»Was habe ich falsch gemacht?«, fragte Lily kleinlaut und kämpfte gegen die Tränen an. »Ich will mich nicht zwischen euch entscheiden müssen.«

»Kind, wenn du ihn liebst, dann halte dich daran fest«, sagte ihre Mutter. »Es gibt so wenig Gutes in dieser Zeit. Lass es dir nicht nehmen.«

»Danke.« Lily umarmte Ida, dankbar dafür, dass wenigstens ein Mensch, den sie liebte, sie zu verstehen schien.

Doch etwas wollte ihr nicht aus dem Kopf gehen. Etwas, das Georg vor wenigen Tagen zu ihr gesagt hatte. »Es gibt kein Recht auf persönliches Glück, Lily. Nicht jetzt. Nicht in dieser dunklen Zeit. Und wenn du nur ein bisschen die Frau bist, die ich zu kennen meinte, wirst das auch du einsehen.«

Kapitel 16

Frankfurt am Main, 5. Mai 1933

Als Lily sich am frühen Nachmittag zu Alexander aufmachen wollte, lief sie Paul Stunz und Georg in die Arme, die vor der Tür standen und zu ihr wollten.

»Lily, wir brauchen dich.« Paul, der immer eingefallener und düsterer wirkte, seitdem die Nationalsozialisten seinen Zwillingsbruder verhaftet hatten, blickte Lily drängend an. Seine Augen glänzten fiebrig. Dunkle Schatten umrahmten sie und ließen ihn um Jahre gealtert aussehen. »Oder kann mer nicht mehr uff dich zähle, seitdem du diesen vornehmen Freund hast?«

»Paul!« Georgs Stimme klang scharf. Er trat neben Lily, als wollte er sie gegen jeden Angriff beschützen. Einerseits freute sich Lily darüber, weil er trotz seiner Vorbehalte gegen Alexander noch auf ihrer Seite stand. Andererseits spürte sie eine Aufwallung von Ärger, weil Georg meinte, dass sie ihre Kämpfe nicht allein ausfechten könnte. Als wäre sie ein schwaches Mädchen, das männliche Hilfe benötigte. »Paul! Lily können wir immer vertrauen. Sie wird uns niemals verraten.«

»Was soll ich tun?«, fragte Lily brüsk und trat zwischen die beiden Männer, die sich mit geballten Fäusten gegenüberstanden wie zwei Hähne, deren Kämme kampfeslustig geschwollen waren. »Wäre es nicht klüger, ihr spart eure Kraft für den Kampf gegen die wahren Feinde?«

»Entschuldige.« Paul strich sich eine dunkle Haarsträhne aus der Stirn, die ihm wieder ins Gesicht fiel. »Lily, es … es …«

»Schon gut«, unterbrach sie ihn, um ihm die Schmach einer weiteren Entschuldigung zu ersparen. Ihr Mitgefühl ließ nicht zu, dass Paul sich vor ihr erniedrigte. Wie furchtbar musste es für ihn sein, dass die Familie immer noch nichts von Werner gehört hatte und jeder das Schlimmste annahm, ohne es auszusprechen. »Gibt es eine Nachricht?«

»Nein.« Pauls Augen glänzten verdächtig, bevor er sich abwandte. »Wir wissen nichts. Das Einzige, das hilft, ist unser Kampf.«

»Sag mir, was ich tun soll. Ich bin auf jeden Fall dabei.« Lily legte ihm eine Hand auf den Arm. Mehr konnte und wollte sie nicht sagen, um Paul nicht in Verlegenheit zu bringen. Jedes Wort schien ihr schal und leer und konnte nicht ausdrücken, was sie empfand. Wenn Alexander nur begreifen könnte, welche Risiken Lilys Freunde eingingen, um für ihre Ziele zu kämpfen. »Was plant ihr?«

»Den Liebespaar-Koffer.« Paul, der sich inzwischen wieder gefangen hatte, drehte sich zu Lily um, auf seinem Gesicht ein schräges Lächeln, das jedoch seine Augen nicht erreichte. »Dafür brauchen wir jede Frau, die wir finden können.«

»Liebespaar-Koffer?« Lily wollte sich nicht anmerken lassen, dass sie davon noch nie gehört hatte. Außerdem fürchtete sie, dass Alexander alles andere als begeistert wäre, wenn sie ihm von der Aktion erzählte. Wenn er Lily wirklich liebte, musste er akzeptieren, dass sie Opfer für den politischen Kampf brachte. »Was ist meine Aufgabe?«

»Eine tolle Idee.« Langsam kehrte etwas Leben in Pauls Stimme zurück, aber er wirkte immer noch traurig. »Ein Koffer-Stempel. Wenn das angebliche Liebespaar ihn auf den Boden absetzt, stempelt er ›Nieder mit Hitler‹ auf den Asphalt. Die Farbe ist sehr beständig.«

»Wie funktioniert das?«, fragte Lily, immer wissbegierig. »Mit Stempelfarbe?«

»Mit Silbernitrat. Man sieht es erst, wenn Sonnenlicht darauf scheint.« Zum ersten Mal seit langem erschien ein echtes Lächeln auf Pauls Gesicht. »Wir haben Buchstaben aus Schaumstoff ausgeschnitten und unter den Koffer geklebt.«

»Natürlich in Spiegelschrift«, mischte sich Georg ein, als wollte er Lily auf seinen Anteil an der Aktion hinweisen. »Sonst könnte man es ja nicht lesen.«

»Warum Paare?«, lautete Lilys nächste Frage. »Sind zwei Menschen nicht zu auffällig?«

Paul schüttelte den Kopf. »Wir haben es ausprobiert. Wenn es eine Frau allein ist, kommt garantiert immer jemand, um ihr den schweren Koffer zu tragen.«

»Es gibt zu viele Kavaliere in Deutschland«, sagte Lily

mit einem feinen Lächeln. »Aber nur dann, wenn man sie nicht brauchen kann.«

»Ein Mann allein, der seinen Koffer abstellt, erregt sofort Misstrauen«, ergänzte Georg, der zornig wirkte, wie so oft in letzter Zeit. Was ihrem alten Freund wohl über die Leber gelaufen war, fragte sich Lily.

»Denunzianten gibt es noch mehr als Kavaliere.« Paul sah so erschöpft aus, dass Lily ihm über den Arm strich. »Aber ein engumschlungenes Paar, das immer wieder stehen bleibt, um sich zu küssen …«

»Das kann jeder verstehen und sieht darüber hinweg.« Lily nickte. Immer wieder überraschte es sie, auf was für ausgefallene Ideen die Widerstandskämpfer kamen, um der wachsenden Bedrohung durch die Nationalsozialisten ein Schnippchen zu schlagen. »Wann geht es los? Gehe ich mit dir oder mit Georg?«

»Mit keinem von uns beiden. Wir stehen zu sehr unter Beobachtung.« Pauls Stimme klang wieder flacher, als erinnerte er sich an die Schrecken, die sein Leben heimsuchten. »Für dich habbe wir eine blonde Perücke, damit man dich net erkennt. Außerdem, du weißt ja, von Frauen halte sie net so viel.«

Lily nickte. Perfiderweise kam es dem Widerstand entgegen, dass die Nationalsozialisten sich nicht vorstellen konnten, dass Frauen eine zentrale Rolle spielten. So gelang es Kämpferinnen, Erfolge zu erzielen, die Männern kaum möglich gewesen wären. Nur zu gut erinnerte Lily sich daran, wie die Sozialdemokratin Johanna Kirchner Mitgliedskarten der Frankfurter Gewerkschaft in ihrer Kleidung versteckt und an den Braunhemden vorbeigeschmuggelt hatte, womit sie viele Menschen vor dem Zugriff der Nationalsozialisten gerettet hatte.

»Wer ist es?«, fragte sie mit einem nervösen Lachen. Die Vorstellung, mit einem ihr unbekannten Mann das Risiko auf sich zu nehmen, ›Nieder mit Hitler‹ auf die Straßen Frankfurts zu stempeln, gefiel ihr gar nicht. Noch weniger schätzte sie den Gedanken, dass sie einen Fremden umarmen und küssen sollte. »Ich könnte Alexander fragen.«

»Nein!«, antwortete Georg mit einer derartigen Vehemenz, dass Lily zurückzuckte. Auch Paul Stunz schaute Georg verwundert an. »Wir brauchen jemanden, dem wir vertrauen können.«

»*Ich* vertraue Alexander.« Lily schob das Kinn vor und hob den Kopf an, bereit, für ihren Geliebten den Streit mit Georg zu suchen, auch wenn er ihr ältester Freund war. »Und du hast keinerlei Anlass, an ihm zu zweifeln. Gibt es etwas, das du mir sagen willst?«

»Es ist zu riskant«, antwortete Georg, sichtlich bemüht, seinen Zorn zu zügeln. »Du brauchst jemand an deiner Seite, der die Aktion kennt und weiß, worauf er achten muss.«

Paul stimmte ihm zu. Wieder strich er sich die Haarsträhne aus der Stirn, was Lily rührte, weil ihr die Geste seltsam vertraut und gleichzeitig fremd war. Nach einigem Überlegen erkannte sie, weshalb. Paul hatte die Haare immer kurz getragen, während sie Werner immer in die Stirn gehangen hatten. Nun sah es beinahe so aus, als hätte Paul die Frisur und auch die Geste seines Bruders übernommen, um die Erinnerung an Werner am Leben zu erhalten. Der Gedanke schnitt ihr ins Herz.

»Lily. Es ist net ungefährlich. Für euch beide.«

»Ich weiß. Wo treffen wir uns?« Nach außen gab sie vor, ganz ruhig zu sein, aber ihr Herz schlug heftig. Mit der Zunge befeuchtete Lily ihre trockenen Lippen. Blieb ihr noch die Zeit, Alexander zu sehen, bevor sie sich mit dem ihr unbekannten Mann auf die Straßen Frankfurts begab? Würde sie ihrem Geliebten gegenüber schweigen können?

»Passt jemand auf uns auf?«

»Ich werde Schmiere stehen.« Paul versuchte ein ermutigendes Lächeln, aber er brachte nur eine traurige Grimasse zustande. »Wir treffen uns um sieben Uhr am Steinweg. In unserer Gaststätte. Zieh dir einen dunklen Mantel an.«

»Ich habe nur einen Mantel«, antwortete sie. Eine letzte Frage blieb noch. »Wohin sollen wir gehen?«

»Über den Eisernen Steg. Dort hält die Farbe am längsten und viele Menschen werden sie sehen.«

»Gut. Dann sehen wir uns in zwei Stunden.« Lily nickte zum Abschied.

»Ich begleite dich nach Hause.« Georg wollte sich bei Lily unterhaken, aber sie wehrte ihn mit einem Kopfschütteln ab. Er sollte nicht wissen, dass sie die verbleibende Zeit mit Alexander verbringen wollte.

»Danke, aber ich muss noch in die Bibliothek.« Die Lüge ging ihr zu glatt von den Lippen, so dass Lily sich schämte, vor allem weil Georg sie arglos anlächelte. Vom schlechten Gewissen getrieben umarmte sie ihn schnell, was sein Gesicht erhellte. »Wir sehen uns später.«

Angetrieben von Sehnsucht und dem Wunsch, Alexander zu sehen, eilte sie durch die Straßen Frankfurts und empörte sich darüber, dass aus immer mehr Fenstern die Fahnen der Nationalsozialisten im Wind flatterten. So wie sie sich am 1. Mai geärgert hatte, als sie viele bekannte Gesichter in der großen Mai-Demonstration der Nationalsozialisten hatte entdecken müssen. Genossen und Freunde, die sich auf die Seite der Braunhemden geschlagen hatten.

Wie konnte es sein, fragte sich Lily, dass die Kastanien blühten und die Vögel sangen, als wäre es ein Jahr wie jedes andere, als hätte die Welt sich nicht auf einen Schlag geändert und wäre ein düsterer Ort geworden? Aber ging es ihr nicht ähnlich, fühlte sie sich nicht frei und so glücklich, seit sie Alexander liebte? Gelang es ihr nicht auch, in den Momenten des Glücks die Welt draußen zu vergessen – und wäre es nur für einige wenige gestohlene Stunden? Der Gedanke an ihn ließ sie laut auflachen, was ihr einige verwunderte Blicke einbrachte, die jedoch an Lily abperlten. Zu sehr floss ihr Herz über bei dem Gedanken, sich einen Nachmittag mit Alexander stehlen zu können.

Als sie am Zeitungskiosk vorbeikam, überlegte Lily, ob sie es sich leisten könnte, die *Volkstimme* und die *Frankfurter Zeitung* zu kaufen oder ob sie, so wie jeden Tag, die Zeitungen in der Bibliothek lesen sollte. In letzter Zeit allerdings hatte sie oft warten müssen, bis andere

Studenten die Nachrichten gelesen hatten, und damit kostbare Zeit vergeudet, die sie lieber mit Alexander verbracht hätte. Er hatte ihr angeboten, die Zeitungen für sie zu kaufen, aber das ließ Lilys Stolz nicht zu. Als sie auf den Kiosk zusteuerte, fiel ihr Blick auf den *Frankfurter Beobachter*, die – wie er von sich selbst behauptete – einzige nicht dem Kapital dienende Zeitung Frankfurts. Das Wochenblatt der Nationalsozialisten. Nein, einem Kiosk, der dieses Schundblatt vertrieb, würde sie ihr mühsam erarbeitetes Geld nicht in den Rachen werfen. Ein Blick auf die Uhr zeigte ihr, dass keine Zeit mehr für die Bibliothek blieb. Also würde sie heute keine Zeitung lesen, nur damit sie jede Minute mit ihrem Geliebten nutzen könnte. Ohnehin gab es nur Nachrichten, die Lily die Stimmung verhageln würden.

»Wo sind deine Gedanken?« Alexander, dessen Finger über ihren nackten Rücken streichelten, musterte sie mit gespielt ernster Miene. »Langweile ich dich bereits?«

»Nein.« Lily beugte sich vor, um ihm einen Kuss zu geben. Dabei geriet das hellblaue Seidenlaken in Unruhe und rutschte von ihrem Körper. Noch vor kurzem hätte sie panisch danach gegriffen, um ihre Nacktheit zu bedecken, doch durch Alexanders Liebe fühlte sie sich schön und in seiner Gegenwart geborgen. »Du könntest mich niemals langweilen.«

Sie schauderte, nicht, weil es in dem durch einen Ofen geheizten Zimmer kalt war, sondern weil sie an die Aufgabe dachte, die sie erwartete. Für die Momente des Glücks, die ihr die Liebe zu Alexander brachte, hatte sie vergessen können, was sie erwartete. Doch nun war der Abend in das Zimmer getreten wie ein ungebetener Gast, der Lily daran erinnerte, dass sie Verpflichtungen eingegangen war, die sie von Alexanders Seite rissen. Er sah ihr Schaudern und griff nach dem Laken, um Lily zu bedecken, doch sie setzte sich auf.

»Ich muss gehen.« Ein letztes Mal beugte sie sich zu ihm, um in einem Kuss zu versinken. »Auch wenn ich es mir anders wünschte.«

»Dann bleib.« Fest hielt er sie in seinen Armen, sanft strichen seine Lippen über ihr Haar, ein Hauch nur, aber dennoch spürbar. »Vergiss die Uni, vergiss deine Familie, lass uns heute nur an uns denken. Lass uns essen und trinken und uns lieben.«

Einen Moment lang fühlte Lily sich versucht, seinem Vorschlag zu folgen, alles zu vergessen, was noch zu ihrem Leben gehörte. Einfach die Liebe zu leben, ohne sich von anderen Menschen oder Verbindlichkeiten ablenken zu lassen. Ein Abend mit Alexander. Ein Abend mit gutem Wein und voller Zärtlichkeit – wie verführerisch der Gedanke sich in Lilys Kopf festsetzte, auf sie einflüsterte, sie zu überreden versuchte.

»Ich kann nicht«, flüsterte sie, mehr um sich als um Alexander zu überzeugen. »Ich muss gehen.«

»Dann sag mir wenigstens, mit wem ich dich teilen muss«, sagte er leichthin, aber Lily kannte ihn gut genug, um die Ernsthaftigkeit zu erkennen, die sich hinter seinen Worten verbarg. »Wer ist so wichtig, dass du einen Abend mit Wein und Brot und mir ausschlägst?«

Sie schwieg, um zu überlegen, ob sie ihm die Wahrheit

sagen durfte, ohne ihren Auftrag zu gefährden. Ihren Geliebten zu belügen, um ihre Freunde und ihre politische Arbeit zu beschützen, erschien Lily falsch. Als erster Schritt auf einen Weg, der Alexander und sie letztlich trennen würde, weil sie das Vertrauen ineinander verlieren würden. Nein, das durfte nicht geschehen. Auch wenn Georg und Paul nicht glaubten, dass Alexander jemand war, der ihr Vertrauen verdiente, Lily war sich sicher, dass sie ihm alles sagen konnte, ohne dass er sie verraten würde.

»Paul hat mich gebeten, ihnen heute Nacht zu helfen«, antwortete Lily, bemüht, ihre Stimme ruhig zu halten, als hätte Paul sie nur um Unterstützung für etwas Harmloses gefragt und nicht um ihre Hilfe bei einer Aktion, die sie alle ins Gefängnis bringen konnte. »Etwas Wichtiges. Ich konnte nicht nein sagen.«

Sie löste sich aus seinen Armen, um mit den Zehen nach ihrer Unterwäsche zu angeln, die vor dem Bett lag, eilig dorthin geworfen, nachdem Alexander sie Lily vom Körper gestreift hatte. Sie beugte sich vor, um einen Strumpf zu finden. Prinzessin Mäusehaut funkelte Lily aus der Sicherheit ihres Verstecks an. Schließlich konnte sie nicht länger vorgeben, ihre Kleidung zu suchen. Sie richtete sich auf und sah Alexander an.

»Was ist es?« Sein Gesicht war bleich; in seinen Augen meinte Lily Sorge lesen zu können. »Bitte, Lily, bitte, schließ mich nicht aus deinem Leben aus.«

Er wirkte so gequält, dass sie sich wieder aufs Bett setzte und eine Hand an seine Wange legte. Er drückte sich an sie, legte seine Hand über ihre und sah sie flehend an. »Geht es wieder um Flugblätter? Bitte, sag mir die Wahrheit.«

»Nein. Keine Flugblätter.« Lily zog ihre Hand zurück, um ihre Haare aufzustecken. Noch immer vermochte sie Alexander nicht in die Augen zu sehen. Zu gut wusste sie, dass er ihre Aktion niemals gutheißen würde. Auch wenn Alexander der festen Überzeugung war, dass die Braunhemden sich nicht lange halten würden, so war er doch klug genug, die Gefahren zu erkennen, die ihre wachsende Präsenz in der Stadt mit sich brachte. Schon mehrfach hatte er sie gebeten, vorsichtiger zu sein. »Gib auf dich Acht. Ich brauche dich«, hatte Alexander dann immer gesagt und Lily damit ein Lächeln auf das Gesicht gezaubert. Noch nie hatte sie jemandem so viel bedeutet.

»Lily?« Alexander strich ihr die Haarsträhne, die sich wieder einmal vorwitzig aus ihrer Frisur gelöst hatte, hinter das Ohr. »Bitte, wenn du willst, komme ich mit dir.«

»Das habe ich bereits vorgeschlagen.« Sie konnte nur hoffen, dass er nicht darauf bestünde, sie zu begleiten. »Aber unsere Aktion erfordert jemanden mit Erfahrung.«

»Was ist es? Ist es sehr gefährlich?«

»Heutzutage ist alles gefährlich«, wiegelte sie ab und schämte sich sofort dafür, ihren Liebsten mit einer Plattitüde abspeisen zu wollen. »Ich weiß es nicht. Wenn wir Glück haben, ist es ganz einfach.«

Mit dürren Worten beschrieb sie ihm den Plan, darauf bedacht, die mögliche Bedrohung herunterzuspielen.

»Wer wird der Mann an deiner Seite sein? Vertraust du ihm?« Zu Lilys Erleichterung klang keine Eifersucht aus Alexanders Stimme, nur Sorge um ihre Sicherheit. »Ich könnte euch helfen.«

»Danke. Es wird alles gutgehen. Georg und Paul würden mich nie einer Gefahr aussetzen, die ich nicht bewältigen kann.« Sie schloss den letzten Knopf an ihrer Bluse und zog sich die Jacke über. »Ich muss los.«

Alexander griff nach ihr, zog sie wieder zu sich aufs Bett und küsste sie. Hart und fordernd, nicht sanft und zärtlich, wie sie es kannte. Erst versuchte Lily, sich aus seiner Umarmung zu befreien, doch dann gab sie dem Kuss nach, erwiderte ihn mit mehr Kraft und Wildheit, als sie von sich je erwartet hätte.

»Bitte. Ich bin um sieben Uhr verabredet«, zog sie sich schließlich schwer atmend aus seinen Armen. »Bis zum Steinweg ist es ein Stück zu laufen. Wir sehen uns morgen.«

»Ja«, antwortete er, ein Glitzern in den Augen, das Lily nicht zu deuten wusste. »Ich warte auf dich. Jeden Tag.«

Die tragische Geschichte eines Mannes, dem es gelingt, seinen Traum zu erfüllen, aber niemand wird Zeuge. Reicht es, wenn er allein davon weiß? Ein Tipp: Es geht um einen Fisch.

Kapitel 17

Frankfurt am Main, Oktober 1999

»Ich mag Frankfurt«, sagte Laura, nachdem ich sie und Kyle in die Kleinmarkthalle eingeladen habe. »Es ist weltstädtisch und gleichzeitig überschaubar.«

»So vielfältig«, ergänzt Kyle. »Ich würde mir heute Nachmittag gern das Deutsche Architekturmuseum oder den Maintower ansehen. Kommt ihr mit?«

Ihm als Architekturstudenten hat es besonders das Bankenviertel mit seinen Hochhäusern und modernen Gebäuden angetan, während Laura und ich uns mehr für die Zeugnisse der Vergangenheit interessieren. Vom Frankfurter Römer, diesem Nachbau einer vergangenen Epoche, sind wir alle drei enttäuscht, er erinnert uns an Disneyland in seiner künstlichen Pracht. Aber vielleicht liegt es auch daran, dass ich inzwischen die Hoffnung aufgegeben habe, meine Suche zu einem guten Ende zu bringen.

»Nur schade, dass so viel von Frankfurt im Krieg zerstört wurde.« Ein wenig traurig bin ich schon, dass nur wenige Spuren der Vergangenheit zu finden sind. In den vergangenen vier Tagen sind wir an den unterschiedlichsten Orten gewesen, die uns auf die Fährte von Lily bringen sollten, aber schließlich doch kein Ergebnis brachten. »Zu ärgerlich, dass das Universitätsarchiv uns nicht helfen konnte.«

»Wir finden noch heraus, wer Lily war.« Kyle drückt mich und zwinkert mir aufmunternd zu. » Geduld gehört zur Erforschung der Vergangenheit hinzu. Dann suchen wir heute einfach weiter.«

»Nein, schau du dir an, was du sehen möchtest. Ich gehe ins Hotel.« Ich bemühe mich um ein Lächeln, das eher kläglich ausfällt, wenn ich Kyles und Lauras Mienen richtig deute.

Ja, mir fehlt die Geduld. Nachdem wir in Barcelona so einen großen Schritt weitergekommen sind, habe ich gehofft, dass wir in Frankfurt sofort auf Lilys Spuren stoßen. Stattdessen sind wir von einer Sackgasse in die nächste geraten. Die Universitätsarchive sind unvollständig. Entweder nach der Machtergreifung durch die Nationalsozialisten vernichtet oder im Krieg zerstört. Vielleicht war meine Erwartung naiv, dass ich in Deutschland nur in ein Archiv spazieren muss und sofort die Geschichte erfahre, die sich hinter Lilys Brief verbirgt. Aber dass wir so gar keinen Schritt weitergekommen sind, trifft mich sehr. Die Zeit läuft uns davon. Laura und Kyle können nur noch zwei Tage bleiben, dann müssen sie nach Barcelona zurückkehren. Und ich bin nicht sicher, ob ich allein den Mut haben werde, weiter nach meinem Großvater und seiner großen Liebe zu suchen.

Im Hotel reicht mir der Portier einen Zettel. Charlotte hat angerufen und bittet um meinen Rückruf. Nachdem ich mir einen Cappuccino geholt und meine Schuhe und die elegante Hose gegen etwas Bequemeres getauscht habe, wähle ich ihre Nummer. An die Kosten will ich nicht denken, weil ich jetzt den Trost meiner besten Freundin benötige.

Nachdem sie mir gesagt hat, wie es um *Books Charlotte loves* steht – leider ist keine Besserung in Sicht –, bringe ich sie auf den neuesten Stand, was meine Suche angeht.

»Gar nichts. Überhaupt nichts. Absolut nichts«, fasse ich die Ergebnisse meiner Anstrengungen für sie zusammen. »Wenn Kyle und Laura abreisen, komme ich zurück nach Hause.«

»Du wirst ja wohl so kurz vor dem Ziel nicht aufgeben!«, ruft Charlotte. »Hast du ernsthaft erwartet, dass gleich die erste Spur zur Lösung aller Rätsel führt? Das klappt höchstens im Kino.«

»Aber ich fühle mich, als sollte ich mit einem winzigen Boot einen gewaltigen Fisch sicher in den Hafen bringen.«

»Ah, du hast Hemingway erkannt.« Ich kann das Lächeln in Charlottes Stimme förmlich sehen. Ihr scheint es einen Heidenspaß zu machen, sich die Bücher für mich auszusuchen. Nur jemand, der Bücher wirklich liebt, kann so viel Freude darin finden. Umso unfairer ist es, dass sie ihren Buchladen verlieren wird, wenn nicht irgendwoher Geld kommt. Und den Glauben an Wunder habe ich verloren. »Was meinst du, warum ich dir gerade *Der alte Mann und das Meer* geschickt habe?«

»Das erinnert jetzt sehr an die Universität, meinst du nicht?«, frage ich mit sanftem Spott, weil ich weiß, dass Charlotte mich versteht. Wir beide haben es im Studium gehasst, wenn die Frage gestellt wurde, was uns der Autor sagen wollte. Aber um sie und mich von unseren Sorgen abzulenken, gehe ich auf das Spiel ein. »Dir geht es wohl nicht um den Kampf des Menschen gegen die Natur, sondern um den Kampf an sich. Darum, eine Herausforderung als solche zu begreifen, ohne auf die Belohnung zu hoffen. Nicht aufgeben und so weiter und so fort.«

»Sehr schön, sehr, sehr schön«, lobt Charlotte und imitiert dabei eine Literatur-Professorin so treffend, dass ich vor Lachen Schluckauf bekomme. »Dann halte dich auch daran.«

»Wenn du jetzt noch solche Weisheiten wie ›Der Weg ist das Ziel‹ von dir gibst, rufe ich dich nie wieder an.« Der Schluckauf zerhackt meinen Satz. »Ich freue mich auf dich. Tschüs.«

»Ich warte auf Ansichtskarten. Bunte. Sehr bunte. Goodbye.«

Noch lange nachdem ich aufgelegt habe, muss ich lächeln. Glück, eine Freundin wie Charlotte zu haben, durchströmt mich und lässt mich selbst die Misserfolge der letzten Tage weniger trübselig sehen. Es muss möglich sein, einen Hinweis zu Großvaters erster Liebe zu finden, wenn ich schon vor Ort bin.

Wo kann ich nach Lily suchen, beginne ich eine Liste in meinem Notizbuch, das bereits voller Listen und Tagespläne ist. Eine Angewohnheit, die ich von meiner Mutter übernommen habe und über die Jeffrey sich mit sanftem Spott belustigt hat. »Du und deine To-do-Listen. Ohne ein Notizbuch wärst du verloren.«

Damit hat er recht. Zur Sicherheit schleppe ich immer mindestens drei von den kleinen Heften und fünf Stifte in meiner Handtasche mit mir herum. Mich beruhigt es, wenn ich die Tages- oder Wochenaufgaben niedergeschrieben habe. Ich habe das Gefühl, dass ich dann alles erledigen und systematisch nacheinander abarbeiten kann und nicht ständig von neuen Gedanken und Aufgaben abgelenkt werde. Nur in der Zeit, nachdem Jeffrey sich von mir getrennt hatte, habe ich keinerlei Arbeitsaufgaben aufgeschrieben, weil ich mich nicht in der Lage fühlte, an die Zukunft zu glauben. Darüber will ich nicht weiter nachdenken, sondern widme mich meiner Liste:

Stadtarchiv – da waren wir schon und die Menge an Material dort hat uns erschlagen. Erneut dorthin zu gehen lohnt sich nur, wenn ich mehr Informationen habe, wie Lilys Nachnamen zum Beispiel.

Universität / Forschung – da sind Laura und Kyle aktiv und haben ihre Kontakte genutzt, aber bisher haben wir nichts gehört.

Verwandtschaft / Familie – man sollte meinen, dass es irgendwelche Großtanten, Großonkel oder Großcousinen von mir in Frankfurt gäbe, aber diese Spur führte ins Nirvana. Mein Großvater war ein Einzelkind und seine Eltern waren aus unterschiedlichen Orten nach Frankfurt gezogen.

Annonce in der Zeitung – aber in welcher? Und was sollte ich schreiben? Wie groß sind die Chancen, dass noch jemand lebt, der sich an meinen Großvater erinnert?

Mit dem Stift klopfe ich an meine Zähne, so wie immer, wenn ich nachdenke. Soll das alles gewesen sein? Habe ich zu wenig Phantasie oder Forschungserfahrung, um mir die notwendigen Schritte vorstellen zu können? Oder – der Gedanke will einfach nicht verschwinden – fehlt mir der Ansporn, mich intensiver mit den Fragen zu beschäftigen?

Das Klopfen an der Zimmertür überrascht mich, weil ich nichts beim Zimmerservice bestellt habe. Vorsichtig öffne ich, die Warnung meiner Mutter vor Taschendieben und Terroristen im Hinterkopf. Vor mir steht Laura, die aufgeregt von einem Fuß auf den anderen tippelt. Ihr Lächeln ist so breit, dass ich sofort Hoffnung schöpfe, das Geheimnis meines Großvaters entschlüsseln zu können.

»Erin.« Laura wedelt mit einem Stück Papier. »Ein Durchbruch. Eben habe ich endlich eine Mail von dem Berliner Professor bekommen.«

Sie hat durch ihr Projekt in Barcelona ein paar lose Kontakte nach Deutschland, über die sie hofft, jemanden in Frankfurt finden zu können, der bei meiner Suche hilft. Aber bisher gab es noch keine Antwort. Nun endlich scheint sich das Blatt zu wenden.

»Was ist es?«, frage ich, während ich versuche, meine Erwartungen nicht zu hoch zu schrauben, damit ich nicht enttäuscht werde. »Ein Kontakt? Komm doch rein.«

»Viel besser.« Sie wirkt so begeistert, dass mich ihre Aufregung ansteckt. »Ein Zeitzeugenprojekt hier in Frankfurt. Ich habe da eben schon angerufen …«

»Und?« Mehr bringe ich nicht heraus, weil meine Kehle sich trocken anfühlt.

»Sie haben Dutzende von Interviews mit Frankfurtern geführt, vor allem mit Menschen aus dem Widerstand.«

Ihre Worte dämpfen meine Stimmung. »Dutzende von Interviews« klingt nach viel Arbeit, vor allem, wenn sie auf Deutsch sind. Und dass mein Großvater im Widerstand tätig war, kann ich mir nicht vorstellen. Was Laura für eine wunderbare Nachricht hält, sieht in meinen Augen wie eine weitere Sackgasse aus.

»Wie sollen wir meinen Großvater oder Lily finden?« Obwohl ich mich bemühe, meine Enttäuschung zu verbergen, muss Laura sie bemerkt haben. »Wir wissen immer noch nicht, wie sie mit Nachnamen heißt. Wie sollen wir uns durch Dutzende von Interviews wühlen?«

»Ein Hoch auf die Technik.« Lauras Grinsen wirkt ansteckend. »Die Interviews sind transkribiert und bereits aufgearbeitet. Sie haben ein PC-Programm, mit dem wir nach Textstellen suchen lassen können, die uns weiterhelfen.«

Soll es wirklich so simpel sein? Soll das der Durchbruch sein, von dem ich eben noch gewiss war, dass wir ihn nicht erzielen werden?

»Lily war kein seltener Name«, wende ich ein, spiele den Advocatus Diaboli, damit Laura mir die Zweifel nimmt. »Woher willst du wissen, dass wir die richtige Lily gefunden haben, wenn wir denn überhaupt eine finden?«

»In ein paar Stunden sind wir schlauer.« Freude über die nun folgende Überraschung zeichnet sich auf ihrem hübschen Gesicht ab. »Du, Kyle und ich sind in einer halben Stunde dort verabredet. Ich dachte, dass wir zu dritt schneller zu Ergebnissen kommen. Wenn dir das recht ist?«

»Danke.« Ich umarme Laura. »Das ist toll. Wirklich.«

Nachdem sie gegangen ist, ziehe ich mich straßenfein an, kämme mir die Haare und lege zur Feier des Tages sogar etwas Mascara auf. Mein Spiegelbild wirkt jünger und fröhlicher als in Barcelona. Gewappnet mit zwei Notizbüchern gehe ich zu Kyle und Laura, die mich vor der Tür ihres Hotelzimmers erwarten. Sie stehen eng beieinander; ihre Liebe zeigt sich in kleinen Gesten und einer Vertrautheit, um die ich sie beneiden könnte. Waren Jeffrey und ich je so verliebt? Ich erinnere mich nicht mehr, aber ich freue mich für meinen Sohn, dass er sein Glück gefunden hat.

»Hier ist etwas.« Kyle klingt aufgeregt. Nach zwei Stunden Suche am Computer sind wir erschöpft und frustriert, weil wir bisher zwar drei Lilys gefunden haben, die sich jedoch alle als nicht passend erwiesen, weil sie zu jung oder zu alt waren. Wobei ich hoffe, dass wir uns nicht irren und mein Großvater eine deutlich ältere Frau liebte. Dann müssten wir noch einmal von vorn anfangen, wofür ich auf keinen Fall mehr die Kraft aufbringen könnte. »Hier spricht jemand von einer Lily und einem Alexander. Das kann doch kein Zufall sein.«

»Lass sehen.« Gleichzeitig springen Laura und ich von unseren Stühlen auf und eilen zu Kyle, um über dessen Schultern auf den Bildschirm zu starren. Mein Herz schlägt schneller. Ich beiße mir auf die Unterlippe, um meine Aufregung in den Griff zu bekommen. Nur nichts beschwören!

»Hier.« Kyle deutet auf Namen, die gelborange unterlegt sind. »Lily. Ihr Name kam schon mehrfach vor, aber jetzt taucht auch noch Alexander auf. Soweit ich es verstehe, gab es wohl Ärger.«

Ärger? Die Buchstaben tanzen vor meinen Augen, so angestrengt starre ich auf den Bildschirm. Aber es will mir nicht gelingen, den Worten einen Sinn zu geben.

»Können wir es ausdrucken lassen? Dann können wir es in Ruhe im Hotel lesen.« Bittend schaue ich zu Laura. Sie hat sich vorhin gleich sehr gut mit der Wissenschaftlerin verstanden, die uns begrüßt und eine kurze Einweisung in das Programm gegeben hat. Ein Ausdruck sollte doch möglich sein.

»Welches Interview ist es?«

»Es ist Interview Nummer FfM-W-312.« Kyle reibt sich mit Daumen und Zeigefinger die Augenwinkel. »Aus dem Jahr 1997.«

Es ist erst zwei Jahre alt! Vielleicht habe ich Glück und der Interviewte lebt noch. Mit fliegenden Fingern blättere ich durch die Interviewliste. »Ein Paul Stunz. Widerstandskämpfer, der im KZ war.«

Ich muss schlucken, als mir klar wird, mit welchen tragischen Schicksalen ich es zu tun haben werde. Bisher ist mir noch nicht in den Sinn gekommen, dass Lily möglicherweise ebenfalls von den Nationalsozialisten verfolgt, vielleicht sogar ermordet wurde. Nein, rufe ich mich zur Ordnung. Lily hat überlebt. Schließlich hat sie meinem Großvater vor sechs Jahren noch den Liebesbrief geschrieben. Das muss die Aufregung sein, die mich durcheinanderbringt. Um mich abzulenken, konzentriere ich mich auf den Bildschirm. Was ich dort lese, ist nicht gerade geeignet, mich zu beruhigen.

»*Ich erinnere mich nur zu gut an die Nacht, in der Lily, Alexander und Robert beinahe ihr Leben verloren hätten.*«

Eines der ersten Bücher, in dem Frauen Sex hatten – damals ein Skandal und heute noch lesenswert. Aber wichtiger ist der Versuch der Figuren, ihren Weg zwischen Konventionen und Aufbruch zu finden.

Kapitel 18

Frankfurt am Main, Oktober 1999

»Ob wir jemanden finden, der uns das Interview ins Englische übersetzt?«, frage ich mit zitternder Stimme. Meine Deutschkenntnisse sind zu eingerostet, so dass ich mich zu oft verlese oder Gefahr laufe, die Worte fehlzuinterpretieren. »Wie viele Seiten sind es?«

»Siebenunddreißig«, antwortet Laura, die einen Papierausdruck und eine Diskette von der Wissenschaftlerin bekommen hat. Im Gegenzug haben wir versprochen, ihr alles mitzuteilen, was wir herausfinden. »Nur für das Jahr 1933. «

»Vielleicht ist es nicht so schlimm, wenn man die ganze Geschichte erst kennt.« Kyles Deutsch reicht gerade so weit, dass er mitbekommen hat, dass sein Urgroßvater in etwas Gefährliches verwickelt war. Und nicht als Held, sondern als Opfer, wie es scheint. »Für die Übersetzung habe ich eine Idee. Das wird zwar nicht hundertprozentig, aber für den Hausgebrauch reicht's. Dafür müssen wir ins Internet.«

Gut, dass mein Sohn mich begleitet. Ich allein wäre vollkommen überfordert damit, so schnell so etwas zu organisieren. Nach einem kurzen Gespräch mit der Wissenschaftlerin führt Kyle, der mir nicht verraten will, was er vorhat, Laura und mich zu einem Internetcafé. Ein Ort, den ich allein garantiert nicht aufgesucht hätte. Im Hintergrund des Cafés jaulen und blinken Spielautomaten, vor denen eine einsame Gestalt steht und flucht. Rauchschwaden hängen über den Computern, die auf Plastiktischen aufgereiht stehen, durch graue Plastikwände voneinander getrennt, damit man ein wenig Privatsphäre hat.

»Was wollt ihr trinken?« Hinter dem Tresen sitzt eine gelangweilt dreinblickende Frau, die kaum aufschaut, als Kyle, Laura und ich vor ihr stehen. »Internet kostet die halbe Stunde 'ne Mark fuffzich. Ab zwei Stunden wird's billiger.«

»Können wir Daten von einer Diskette einlesen?«, fragt Kyle.

»Klar.« Sie zuckt mit den Schultern. »Werdet ja wohl keinen Virus haben, oder? Amerikaner?«

»Ja.« Ich nicke, bemüht, mir die Anspannung nicht anmerken zu lassen. »Einen Cappuccino für mich, bitte.«

»Ist aber aus der Tüte.«

»Macht nichts«, antworte ich. Das Getränk ist mir egal, ich will endlich an den Computer und herausfinden, was Kyle plant.

»Und ihr?«, wendet sie sich an Laura und Kyle.

Beide bestellen Cola, die sie ihnen hinstellt, während sie das Wasser für meinen Cappuccino aufsetzt. Endlich teilt sie uns einen PC zu.

»Was für eine alte Gurke.« Kyle verdreht die Augen, als er das Gerät sieht. »Das kann dauern.«

Ich nippe an meinem Cappuccino, der nur nach Zucker schmeckt, während ich meinen Sohn beobachte. Er ruft die Internetseite namens *Altavista* auf und dort etwas, das sich *Babelfish* nennt.

»Funktioniert«, sagt er, nachdem er Textstellen von der Diskette in das Übersetzungsprogramm hineinkopiert hat. Mit einem Lächeln wendet er sich mir zu. »Mom, das wird wahrscheinlich eine Weile dauern, weil die Leitung nicht die schnellste ist. Wenn du mir über die Schulter guckst, dauert es nur länger.«

»Ich verstehe.« Obwohl ich am liebsten neben ihm sitzen bleiben würde, stehe ich auf und greife nach dem Papierausdruck. »Du willst, dass ich ins Hotel gehe.«

»Wäre klasse«, murmelt Kyle, den Blick starr auf den Bildschirm gerichtet. »Danke, Mom.«

»Laura?«, frage ich.

»Ich hole ihm was zu essen«, antwortet sie.

»Dann bis nachher, ihr beiden.« Einen Augenblick zögere ich noch, möchte Teil der Suche bleiben, aber die Vernunft siegt. Auf dem Weg ins Hotel kaufe ich mir ein Wörterbuch Deutsch-Englisch und das Buch, das mir Charlotte für diese Woche als Rätsel aufgegeben hat.

»Nur fürs Lesevergnügen«, hat sie mir am Telefon gesagt. »Und für die Freundschaft.«

Die Clique von Mary McCarthy. Vor zwanzig Jahren habe ich es gelesen und erinnere mich kaum noch an etwas. Vielleicht sagt es mir heute ja mehr.

Im Hotel angekommen spüre ich Hunger und bestelle mir daher ein Sandwich und einen Salat aufs Zimmer. Die Wartezeit nutze ich, um das Interview zu lesen, was besser geht, als ich erwartet habe. Worte, die ich nicht verstehe, schlage ich nach und schreibe sie in den Text. Vielleicht bin ich sogar schneller als der Computer. Mein Ehrgeiz und meine Neugier treiben mich an, das Sandwich verschlinge ich nebenbei, ohne etwas zu schmecken. Nach eineinhalb Stunden allerdings habe ich erst fünf Seiten übersetzt, mein Kopf schmerzt und ich bin noch lange nicht an der Stelle angelangt, wo es um Lily und Alexander geht. Selbstverständlich habe ich dort begonnen, aber der Text ergab ohne Kontext kaum Sinn, so dass ich mich dem Anfang zugewendet habe, nur um jetzt frustriert und müde aufzugeben.

Ich ziehe die Vorhänge zu und lege mich aufs Bett, um einen Moment die Augen zu schließen, bis ich wieder so viel Energie getankt habe, dass ich mich der Übersetzung widmen kann.

Ein Klopfen an der Tür weckt mich auf. In der Dunkelheit des Zimmers bin ich verwirrt und brauche einige Momente, um mich zu erinnern, wo ich bin. Mein Nacken schmerzt, weil ich unglücklich gelegen habe, und in meinem Mund stößt meine Zunge an pelzigen Belag auf den Zähnen. Eigentlich müsste ich erst ins Bad gehen, bevor ich jemanden empfangen kann. Nachdem meine tastenden Finger den Lichtschalter gefunden haben, erhebe ich mich und tappe zur Tür und öffne sie.

»Wir sind mit der Übersetzung fertig.« Kyle hält mir einen Papierausdruck entgegen. »Du wirst es nicht glauben.«

»Entschuldige«, antworte ich und kämpfe vergebens gegen ein Gähnen an. »Ich mach mich schnell frisch, lese es und dann sprechen wir beim Abendessen darüber. Einverstanden?«

»Wir können dir auch das Wichtigste erzählen«, sagt Kyle. Wahrscheinlich hat mein Sohn schon wieder Hunger. Es ist erstaunlich, welche Mengen er verdrücken kann, um gleich darauf schon wieder Hunger zu haben.

Obwohl es mich freut, dass er so interessiert daran ist, mir die Ergebnisse der gemeinsamen Arbeit mit Laura zu erzählen, habe ich das Gefühl, dass ich mich Großvaters Leben lieber allein nähern möchte.

»Gib mir ein bisschen Zeit. Wir sehen uns in einer Stunde. Okay?«

»Okay.« Er beugt sich vor, um mir einen flüchtigen Kuss zu geben, und geht davon.

Ich putze mir die Zähne, koche einen Tee und beginne zu lesen. Die ersten Seiten überfliege ich, weil ich sie bereits kenne, dann werde ich langsamer und langsamer, weil die Worte mich in ihren Bann ziehen. Die Übersetzung ist erstaunlich gut. Manchmal ist der Satzbau seltsam, aber ich kann den Sinn verstehen. Endlich bin ich an der Stelle angekommen, die mich interessiert:

An den Abend erinnere ich mich noch gut. Wir haben uns immer in der vegetarischen Gaststätte getroffen, der von

Anna Beyer. Kochen konnte die eins A, auch wenn's ohne Fleisch war.

Frage des Interviewers: Die Gaststätte am Steinweg?

Ja. War schon was Besonderes, die Kneipe. Hier hat keiner den »Heil Hitler« gegeben. Auf dem Grammophon lief nur Klassik – Mozart und so. Und an den Wänden hingen alles Bilder, die von den Nazis als »entartete Kunst« beschimpft wurden. Die Sonnenblumen von dem, der sich ein Ohr abgeschnitten hat.

Frage des Interviewers: Und an dem Abend …

Georg und ich hatten Lily gefragt, weil wir eine Frau brauchten. Einmal haben wir das mit dem Koffer durchgezogen, allerdings mit einem verkleideten Mann. Das hat gar nicht geklappt. Und Lily, die kannte ich schon, als sie so klein war. [Hinweis des Interviewers: deutet mit der Hand, etwa einen Meter Höhe an.] *Georg war nicht so angetan davon. Weil er die Lily für sich wollte und niemandem gönnte, vor allem nicht ihm. Alexander. Georg hatte recht. Alexander gehörte nicht zu uns. Er war einer aus dem Westend, aus dem Villenviertel, ein Studierter.*

Frage des Interviewers: Gab es keine aus dem Westend beim ISK?

Nur wenige. Mit denen hatten wir kaum zu tun. Aber wir kannten auch nicht alle. Zu unsicher, verstehste.

[Pause von 128 Sekunden, während der Interviewte nachdenkt.]

Es war gefährlich. Damals. Alles. Heute könnt ihr euch das nicht vorstellen, aber damals. Immer mit einem Bein im Knast oder Schlimmerem. Meinen Bruder, den Werner, haben sie 1933 geholt und wir haben ihn nie wiedergesehen. Hat das Herz von Mutter gebrochen.

Frage des Interviewers nach 186 Sekunden Pause: Der Abend, an dem Sie die Kofferparolen schrieben …

Ach ja. Tschuldigung. Alles klappte wie am Schnürchen. Lily war pünktlich, aber es gab gleich Ärger mit Georg. Weil Lilys Jacke zu dünn war, weil sie müde aussah. Wirkte, als suchte er nur einen Grund. Na ja, war wohl auch wütend, weil nicht er derjenige war, der mit Lily …

Frage des Interviewers: Warum gingen nicht Lily und Georg als Paar?

[Schulterzucken des Interviewten, nervöses Trommeln gegen die Kaffeetasse] *Anweisung. Wir sollten dem Neuen zeigen, wie's geht. Weißte, was das Beste war? Der Neue, er war einer von denen. Einer aus dem Westend. Und einer … Na ja … Also heute, ihr jungen Leute, ihr redet da ja offen von, aber damals, das war selten.*

Hier lasse ich das Papier sinken, weil mich die Erzählung des alten Mannes verwirrt. Oder liegt es an dem Computerprogramm, das zu meiner Beruhigung doch nicht so klug ist wie ein Mensch?

Frage des Interviewers: Äh, tut mir leid. Ich verstehe nicht.

[Kopfschütteln. Weiteres Trommeln gegen die Kaffeetasse.] *Na ja, der Robert, der … Also, der interessierte sich wohl nicht für Mädchen. Der spielte für das andere Team, verstehste. Und nicht nur das. Warten ließ er uns auch. Georg wurde immer saurer, was zu einem handfesten Krach zwischen ihm und Lily führte. Ich hab versucht zu schlichten, aber die beiden haben mich überhaupt nicht gehört. Gerade als der Georg abhauen wollte, kam der Robert. Mit ihm die nächste Überraschung. Lily, die hat den Robert angestarrt, als wär er 'ne Kuh mit zwei Köpfen. Der Robert, der hat nur gegrinst und gesagt: »Na, mit mir hast du nicht gerechnet, was?«*

Frage des Interviewers: Wie heißt der Robert mit Nachnamen?

Robert Hartmann. Hätt' man nicht gedacht, dass jemand mit so einem Namen … [Leises Lachen] *Also, Robert, der sah aus wie aus ,nem Modemagazin, was die Mädchen so gern gelesen haben, oder wie aus einem Kinofilm. Immer elegant, immer schick. Das sah man schon von weitem, wo der hingehörte. Dass Lily und er sich kannten, hätt' mich nicht wundern sollen. Schließlich war Robert ein Freund von Alexander. Aber ich war damals nicht ganz mit dem Herzen dabei, verstehen Sie. Wo mein Bruder doch abgeholt war und niemand wusste, was mit ihm war.*

[260 Sekunden Schweigen]

Aber uns blieb nicht die Zeit, alles zu klären. Der Plan war eng, so dass Lily und Robert als Paar umschlungen hinausgingen, ein paar Schritte liefen, stehen blieben, den Koffer abstellten, bis zehn zählten, den Koffer hochnahmen und weitergingen. Georg und ich hinter ihnen her, mit sicherem Abstand, immer im Blick, ob Braunhemden kamen.

Sie können das nicht verstehen, wie das damals war. Wenn SA oder ein Trupp von denen uns entdeckt hätte, die hätten uns totschlagen können, ohne dass es wen gestört hätte. Einfach so. Weil wir Sozialdemokraten waren. Weil ihnen unsere Nase nicht passte. Weil jemand uns verpfiffen hatte. Immer auf der Hut musste man sein. Vor allem wenn die Braunhemden wussten, wer man war und zu wem man gehörte. Vor 33 war das schon schlimm, aber nachdem Hitler die Macht an sich gerissen hatte …

[600 Sekunden Schweigen]

Na ja, jedenfalls schienen Lily und Robert Spaß an der Sache zu finden, blieben immer öfter stehen, ließen den Koffer dort und hatten bald den Eisernen Steg mit unsichtbaren »Nieder mit Hitler«-Parolen gestempelt. Aber wie das immer so ist, wenn man anfängt, unvorsichtig zu werden. Beim sechsten oder siebten Haltepunkt tauchte ein Trupp von Nazis auf. Ziemlich angeschickert. Wie so oft nahmen sie die ganze Brücke für sich ein, als gehörte ihnen die Welt. Blöd nur, dass Lily und Robert gerade den Koffer abgestellt hatten. Wenn sie ihn hochnahmen, dann würden die Nazis vielleicht den Schaumstoff sehen und beide wären verloren. Aber wenn sie einfach stehenblieben, wären die Braunhemden sauer, weil man ihnen nicht Platz machte.

Georg und ich schauten uns an. Wie gelähmt standen wir da, wussten nicht, was wir tun sollten. Wir hatten vorher so vieles überlegt und jetzt wollte uns nichts davon einfallen. Das … Das sehe ich heute noch vor mir. Manchmal träume ich davon, wache schweißgebadet auf und wünschte, ich könnte etwas ändern.

Das schrille Klingeln des Weckers unterbricht meinen Lesefluss. Verwundert sehe ich auf die Uhr. Ist wirklich schon eine Stunde vergangen? Schnell greife ich zum Telefon, rufe das Zimmer von Laura und Kyle an, um unser Essen um eine halbe Stunde zu verschieben. Ich muss jetzt wissen, wie die Geschichte ausging und was für eine Rolle mein Großvater darin spielte.

»Lily«, flüsterte Georg. Schiere Panik stand ihm ins Gesicht geschrieben. »Wir müssen Lily helfen.«

Bevor er oder ich noch einen Schritt tun konnten, sprang jemand aus einer Seitenstraße, rempelte einen der Braunhemden an und brüllte: »Braun und dumm wie Schifferscheiße.«

Dann rannte er davon und die Nazis ihm hinterher. Meine Erleichterung war nur kurz, weil Lily schrie: »Alexander! Nein!« und den Braunhemden hinterherrannte, genau wie Robert Hartmann. Den Koffer ließen sie stehen. Georg und ich rasten dorthin, schnappten uns den und wollten ihnen nachjagen, aber überlegten es uns anders.

Falls was schiefging, wollten wir uns im Steinweg wieder treffen. Gemeinsam gingen wir dorthin, ohne ein Wort zu sagen. Ich fühlte mich schuldig und dumm und kam fast um vor Sorge. Endlich, nach beinahe zwei Stunden, stieß jemand die Tür auf.

Robert.

Er sah überhaupt nicht mehr elegant aus. Der Mantel zerrissen, das Gesicht blutig, die Haare zerrauft.

»Lily?«, fragte Georg sofort.

Robert schüttelte nur den Kopf. »Ich weiß es nicht. Sie haben Alexander erwischt. Lily und ich gingen dazwischen. Irgendwann konnte ich abhauen.«

Mit zitternden Händen steckte er sich eine Zigarette an, bot Georg und mir auch eine an. Gemeinsam rauchten wir, wagten nicht, etwas zu sagen.

Nach der dritten Zigarette sagte Georg: »Ich geh morgen zur Polizei. Ich kenn da wen. Vielleicht hilft er uns.«

Wie auf Stichwort ging die Tür auf. Lily kam herein, ihr Haar aufgelöst, aus einer Wunde an der Stirn lief Blut, das ihr Haar verklebte. Sie ging sehr langsam, weil Alexander sich auf sie stützte. Er hinkte. Ein dickes Veilchen zierte sein Auge, von seinem Mantel fehlte der Ärmel und sein Atem ging pfeifend. Ich kannte das. Wenn sie dich in die Rippen treten, kannst du eine Weile nicht atmen.

»Ihr habt es geschafft!« Georg sprang auf.

»Aber nicht dank euch.« Zorn blitzte aus Lilys Augen. »Wo wart ihr? Schöne Aufpasser seid ihr gewesen! Ohne Alexander …«

»Braucht ihr einen Arzt?«, fragte Robert dazwischen, aber beide wehrten ab.

»Nur einen Mantel, damit sie uns nicht erkennen«, sagte Alexander und versuchte zu lächeln. Aber ich konnte sehen, dass die Braunhemden ihn ganz schön zugerichtet hatten. Von dem Tag an hatte er unseren Respekt. Nur Georg, der mochte ihn nie …

[Anmerkung zum Transkript: Interviewer war so fasziniert von der Geschichte, dass er vergaß, nach den Nachnamen von Lily und Alexander zu fragen. Leider verstarb der Interviewpartner kurze Zeit später, so dass wir nur Robert Hartmann und Georg Baum kennen. Georg Baum verstarb 1991. Robert Hartmann hat jegliche Bitte um ein Interview harsch abgelehnt.]

Heute mache ich es dir leicht: einer der ersten hard-boiled Kriminalromane, außerdem zweimal verfilmt – und überraschenderweise sind beide Filme gut. Ein reicher Mann bittet einen Privatdetektiv um Hilfe, weil seine Tochter erpresst wird. Wenn du es jetzt nicht weißt, kann ich dir nicht helfen …

Kapitel 19

Frankfurt, Oktober 1999

»Ich werde euch vermissen. Euch beide«, sage ich bestimmt zum zehnten Mal und umarme Kyle und Laura. Tränen laufen mir übers Gesicht und ich schniefe, was mich zum Lachen und dann wieder zum Weinen bringt. Normalerweise wäre es mir peinlich, so viel Gefühl in der Öffentlichkeit zu zeigen, aber inzwischen schert es mich viel weniger, was wohl die Leute denken. Wichtig ist, was ich denke, und die Menschen, die mir etwas bedeuten. »Meldet euch bitte sofort, wenn ihr heil und gesund in Barcelona angekommen seid.«

»Mom!« Kyle verdreht im Spaß die Augen, woraufhin Laura ihm ihren Ellenbogen in die Rippen stößt. »Mom. Du hörst dich an wie Oma.«

»Tue ich nicht«, widerspreche ich spontan, aber nach kurzem Überlegen gebe ich ihm recht. Wahrscheinlich hören sich alle Mütter gleich an. »Außerdem weißt du, wie sehr Fliegen mich ängstigt.«

»Wir rufen an, wenn wir gelandet sind.« Laura zwinkert mir zu. »Aber jetzt müssen wir zum Gate. Sonst rufen sie uns noch aus. *Adéu*, Erin.«

»Halte uns auf dem Laufenden, was du über Urgroßvater herausfindest.« Kyle umarmt mich flüchtig. »Viel Glück für die Suche. Ich glaube, du bist auf der richtigen Spur. Bye, Mom.«

»Macht's gut, ihr beiden.«

Ich schaue ihnen nach, wie sie den Gang des Flughafens entlanggehen und langsam von der Menschenmenge aufgesogen werden; so viele Frauen und Männer und wenige Kinder, die zielstrebig die langen Gänge entlangeilen. Nur ich weiß noch nicht, wo mein Weg mich hinführen wird, aber vielleicht ist das nicht so wichtig. Vielleicht reicht es ja, die unmittelbar nächsten Schritte der Reise zu planen, ohne zu wissen, wie der Zielort heißt. Werde ich auf meine alten Tage noch spontan, wie Charlotte sich das für mich gewünscht hat? Nein, bestimmt nicht. Ich habe nur im letzten Jahr lernen müssen, dass Pläne nicht immer so funktionieren, wie ich es mir ausmale.

Dabei muss ich an Brechts *Dreigroschenoper* denken. Ob mein Großvater sie wohl in Frankfurt im Theater gesehen hat? Möglicherweise sogar mit Lily? Ich verspüre Bedauern darüber, dass ich ihn nicht mehr danach fragen kann, dass er mir – selbst wenn meine Suche erfolgreich ist – in vielem fremd bleiben wird. Wie schade, dass er kein Tagebuch geführt oder mehr Briefe geschrieben hat.

Während die S-Bahn mich zum Frankfurter Hauptbahnhof bringt, blättere ich geistesabwesend in dem Buch, das Charlotte mir für diese Woche zugedacht hat. Raymond Chandlers *Der große Schlaf*, weil ich mit meiner Suche unter die Detektive gegangen bin, wie meine Freundin meint. Mich überrascht, dass Charlotte diesen *hard-boiled* Krimi mag. Ich muss mich erst einlesen.

Obwohl die Geschichte mich interessiert, kann ich mich nicht auf den Roman konzentrieren. Stattdessen hänge ich meinen Erinnerungen nach und versuche, mein Bild von Großvater mit dem jungen Mann in Einklang zu bringen, der Lily so sehr liebte, dass er sein Leben für sie riskierte. Es will mir nicht gelingen, weil ich die gefühlvolle Seite meines Großvaters niemals erfahren habe.

Zum Abschied habe ich die beiden zum Essen eingeladen, in ein typisches Frankfurter Lokal, wo man Grüne Soße mit Kartoffeln und Äppelwoi bekommt. Beim Abendessen haben Kyle, Laura und ich fast nur über das Interview geredet. Durch die Worte des Interviewten, Paul Stunz, den ich leider nie kennenlernen werde, ist mir erst bewusst geworden, was es wohl bedeutete, im Frankfurt der Nazi-Zeit zu leben. Wir Spätergeborenen können nur versuchen ansatzweise zu verstehen, wie viel Mut es erforderte, sich gegen die Übermacht des nationalsozialistischen Terrors zu stellen. Hätte ich die Zivilcourage aufgebracht, den Braunhemden Einhalt zu bieten? Nur zu gerne würde ich aus vollem Herzen ja sagen, aber wenn ich ehrlich bin, weiß ich es nicht.

Ich war bisher nie besonders mutig und bin noch nie in einer Situation gewesen, Zivilcourage zeigen zu müssen. Auch wenn es mir nicht gelingt, meinen Großvater liebenswert zu finden, beginne ich ihn dafür zu bewundern, dass er Lily beschützte, dass er sein Leben aufs Spiel setzte, um ihres zu retten. Was war geschehen, dass die beiden sich trennten und ihre eigenen Wege gingen? Wer hat wen verlassen? Ich tippe auf Großvater, der irgendwann feststellte, dass Lily doch nicht seine große Liebe war. Schließlich hat sie ihm 1993 einen überwältigenden Liebesbrief geschrieben. Obwohl – Großvater wollte nach Frankfurt fliegen. *One Way*. Kein Rückflug, was dafür spricht, dass ihm Lily nach all den Jahren noch sehr viel bedeutete. Hätte er Gran einfach so verlassen? Das Nichtwissen, das Raum für so viele Spekulationen lässt, macht mich verrückt.

Im Hotelzimmer angekommen, schreibe ich eine Liste der Namen auf, die mir möglicherweise weiterhelfen können.

Paul Stunz – verstorben, aber vielleicht leben Familienangehörige noch?

Robert Hartmann – im Interview genannt, vielleicht Adresse über das Archiv des Widerstands?

Im Archiv werde ich übers Wochenende wahrscheinlich niemanden erreichen. Bis Montag zu warten, dafür fehlt mir die Geduld. Es muss einen anderen Weg geben, Robert Hartmann zu finden. Endlich fällt mir etwas ein. An der Rezeption steht ein äußerst freundlicher junger Mann, dessen Schlaksigkeit mich an meinen Sohn erinnert.

»Wir werden uns bemühen, Ihrem Wunsch nachzukommen.« Der Rezeptionist, der in Kyles Alter ist, aber viel erwachsener wirkt, verschwindet in dem Büro.

Während ich auf seine Rückkehr warte, kommen mir erste Zweifel, ob die Idee wirklich so gut ist und ich nicht den leichteren Weg gehen und bis Montagmorgen warten sollte. Glücklicherweise kehrt der Mann zurück, bevor ich einen Rückzieher machen kann.

»Bitte sehr. Das aktuelle Telefonbuch von Frankfurt.« Obwohl ich ihm ansehe, dass er zu gerne wüsste, was ich damit will, ist er höflich genug, nicht zu fragen. »Falls jemand anders es benötigt, rufe ich Sie an.«

»Vielen Dank«, antworte ich. Muss ich ihm ein Trinkgeld geben oder gehört das zum normalen Service? Wieder einmal bemerke ich, wie selten ich in Hotels übernachtet habe. Außerdem hat Jeffrey sich immer um diese Fragen gekümmert, so dass ich vieles neu lernen muss. Ich entscheide mich dafür, bei der Abreise ein großzügiges Trinkgeld zu geben. »Einen schönen Tag.«

»Ihnen auch.« Er nickt mir zu.

Das Telefonbuch wie einen Schatz vor mir hertragend, kann ich es kaum erwarten, in mein Zimmer zu kommen. Bitte, bitte, lass es nicht zu viele Robert Hartmanns geben, murmele ich ein stummes Mantra vor mir her, während der Fahrstuhl mich nach oben bringt. Im Zimmer schleudere ich die Schuhe von meinen Füßen und setze mich in den bequemen Sessel, die Füße ziehe ich unter mich. Mit flatternden Fingern blättere ich durch das dicke Buch.

Hartmanns gibt es viele, aber keinen Robert. Nur

dreimal R. – hoffentlich sind das nicht Frauen, die nicht wollen, dass man ihre Adresse erfährt. Zwei der Hartmanns wohnen in Sachsenhausen, einer im Ostend.

Sachsenhausen ist ein Stadtteil mit vielen Apfelweinkneipen und einer Brauerei, sagt mein Reiseführer. Eine Touristenfalle, scheint mir, so dass ich Schwierigkeiten habe, mir Robert Hartmann dort vorzustellen.

Das Ostend war und ist – wenn ich meinem Reiseführer Glauben schenken kann – ein Arbeiterviertel. Vor dem Zweiten Weltkrieg lebten hier viele jüdische Frankfurter.

Ich hatte getippt, dass Robert Hartmann im Westend wohnt, aber laut Telefonbuch finde ich dort nur eine Frau namens Regula. *Aena, deena, dina, duss* – nutze ich den Abzählreim meiner Kindheit. Dreimal spiele ich das Spiel, weil ich mich nicht überwinden kann, jemand Fremdes in einer für mich fremden Sprache anzurufen, um ihn nach seiner Vergangenheit zu befragen. *Aena, deena, dina, duss* – ich beginne in Sachsenhausen.

Von zwei Möglichkeiten ist es stets die andere, hat mein Chemielehrer an der Highschool immer gesagt. Das ist das Einzige, das ich in Chemie fürs Leben gelernt habe. Und wieder soll er Recht behalten. R. Hartmann Nummer eins ist eine Frau namens Rosemarie, die nicht sonderlich begeistert ist, als ich sie frage, ob sie einen Robert Hartmann kennt. Vielleicht war sie auch nur irritiert, weil ich immer wieder ins Englische glitt und stammelte.

Am liebsten gäbe ich auf, aber wie soll ich das Kyle und Laura und Charlotte gegenüber erklären? »Tut mir leid, es war so schwierig, deutschen Menschen klar zu machen, was ich von ihnen will.« Alle drei wären entweder sauer auf mich oder enttäuscht von mir – beides nichts, womit ich mich herumärgern möchte. Aber das nächste Gespräch führe ich besser vorbereitet. Ich schreibe mir auf, was ich sagen will, und spreche es fünfmal laut aus, damit ich ein Gefühl für die Worte bekomme und sie nicht mehr so fremd für mich klingen. Nachdem ich dreimal tief durchgeatmet habe, wage ich den zweiten Versuch.

»Hartmann.« Kurz und knackig. Eine Altmännerstimme, was in mir die Hoffnung weckt, dass ich die richtige Person erreicht habe.

»Hallo. Ich heiße Erin Fuller, nein, Erin Mitchell.« Ich hole tief Luft. Am Telefon ist Deutsch noch schwieriger zu sprechen, als wenn man jemandem gegenübersteht. Wie konnte ich mich nur mit Jeffreys Namen melden, obwohl ich ihn schon abgelegt habe? Ich schaue auf meinen Zettel. »Sie kennen mich nicht, aber …»

»Ich kaufe nichts«, unterbricht er mich barsch. »Nur weil ich alt bin, falle ich nicht auf jeden Trick herein. Ich brauch weder Wein noch ein Handy noch eine Versicherung.«

»Nein, nein«, sage ich schnell, damit er nicht auflegt. Noch einmal fände ich heute bestimmt nicht den Mut, einen derart unfreundlichen Menschen anzurufen. »Ich will Ihnen nichts verkaufen. Ich suche jemanden. Meinen Großvater und seine Freundin. Alexander und Lily.«

Ein Husten antwortet mir. Ein Husten, das sich nach einem langen Leben mit vielen Zigaretten anhört.

»Lily und Alexander«, sagt er schließlich, unterbrochen von einem weiteren Hustenanfall. »Ja, natürlich kenne ich beide. Ihr Großvater? Sie klingen amerikanisch.«

»Ja. Sie haben recht und ein gutes Gehör«, versuche ich ihm zu schmeicheln, damit er dranbleibt. »Ich lebe in Berkeley. Bei San Francisco. Geboren bin ich aber in Salem. Nicht dem mit der Hexenverfolgung. Das liegt in Massachusetts. Ich bin aus dem Salem in Oregon.«

Immer wenn ich aufgeregt bin, beginne ich zu plappern und es kostet mich auch dieses Mal gewaltige Anstrengung, ein Ende zu finden und zu schweigen. Glücklicherweise scheint es Robert Hartmann nicht zu stören.

»Alexander und Lily. « Er hört sich an, als versinke er in Erinnerungen, was mir nur recht sein kann. »Aber ich habe nicht erwartet, ihre Namen je wieder zu hören. Alexander Kirchner. Damals mein bester Freund und …»

»Oh nein. Tut mir leid«, unterbreche ich ihn. Mein Herz wird schwer. Das kann doch nicht wahr sein! Alle meine Anstrengungen, alles umsonst. Mir kommen die Tränen vor Enttäuschung und Hoffnungslosigkeit. »Ich habe mich geirrt. Mein Großvater hieß nicht Kirchner, sondern Woodward. Tut mir leid, dass ich Sie belästigt habe.«

Ein Moment des Schweigens auf seiner Seite, den ich nutze, um meine Fassung wiederzugewinnen. Ich möchte dem alten Herrn am Telefon nicht schluchzend in Erinnerung bleiben.

Dann kommt eine Antwort, mit der ich nicht gerechnet habe. Der Mann am anderen Ende des Telefons lacht leise, was mich aufbringt. Er muss doch bemerkt haben, wie enttäuscht ich von seiner Antwort bin. Ein bisschen Mitgefühl sollte ihm möglich sein. Stattdessen lacht er mich aus, wohl, weil ich so naiv erwartete, dass es nur *einen* Alexander und *eine* Lily in Frankfurt 1933 gegeben hat. Am meisten ärgert mich, dass der Alte recht hat. Wenn ich etwas nachgedacht hätte, wäre ich auf die Idee gekommen, dass selbst Alexander kein seltener Name ist. Wie ärgerlich, dass meine einzige Spur nun gestorben ist. Na ja, wie konnte ich auch erwarten, dass ich einen schnellen Erfolg erziele?

»Kein sehr deutsch klingender Name, oder?«, sagt Robert Hartmann in seiner raschelnden Altmännerstimme. »Ist Ihnen nie der Gedanke gekommen, dass Ihr Großvater seinen Namen in Amerika geändert hat?«

»Nein!«, platze ich heraus, und fühle mich plötzlich so dumm. Bisher ist mir wirklich nie aufgefallen, wie amerikanisch der Name meiner Familie mütterlicherseits ist, vor allem für Menschen aus einem Bundesstaat wie Oregon, in dem man an jeder Ecke deutsche Nachnamen findet. »Nein. Darüber habe ich noch nie nachgedacht. Ich versuche, etwas rauszufinden und rufe Sie wieder an. Wenn ich darf?«

»Selbstverständlich. Ihr Anruf ist das Interessanteste, was mir in den letzten fünf Jahren passiert ist.« Wieder das leise Lachen, das ihn mir sympathisch werden lässt. Möglicherweise spreche ich mit dem besten Freund meines Großvaters. »Es wäre schön, wenn Ihr Alexander auch mein Alexander wäre.«

Aufgeregt will ich sofort meine Mutter anrufen. Mein Blick fällt auf meine Uhr und ich muss überlegen, wie spät es zu Hause ist. Glück gehabt. Wenn ich mich nicht irre, ist es in Salem kurz nach neun Uhr morgens. Eine Uhrzeit, zu der meine Eltern garantiert wach sind. Nun stehe ich vor der nächsten Hürde: Wie soll ich Mom erklären, dass ich wissen will, ob Großvater seinen Namen geändert hat? Sicher wird sie mich fragen, warum mich das interessiert …

Das macht alles schwierig, weil ich ihr nicht von Lily erzählen will, solange ich so wenig weiß und auf Vermutungen angewiesen bin. Meine Mutter anzulügen, fällt mir schwer, aber ich rede mir ein, dass ich nicht lügen werde, sondern nur nicht hundertprozentig die Wahrheit sage.

»Leonard Mitchell«, meldet sich mein Vater.

»Hi Dad, hier ist Erin. Wie geht es dir?«

»Gut. Rufst du aus Deutschland an? Aus dem Hotel?« Ich kann mir vorstellen, wie er den Kopf schüttelt. »Lass es uns nicht so teuer machen.«

»Okay. Viele Grüße von Kyle. Er hat eine tolle Freundin, die Laura heißt.«

»Deshalb rufst du an?«

»Nein. Ist Mom da?«

»Sie ist in die Mall gefahren. Kann ich dir helfen?«

Muss denn alles schiefgehen? Obwohl ich nicht mal sicher bin, ob meine Mom weiß, dass ihr Vater seinen Namen änderte.

»Ich suche nach Großvaters Spuren, aber niemand hier kennt seinen Nachnamen.«

»Das wundert mich nicht«, antwortet mein Vater. Ich kann sein Lächeln über den Atlantik hören. »Eine gute Forscherin wärst du nicht geworden. Moms Dad hat seinen Namen geändert, nachdem er in die USA kam.«

»Warum? Wie hieß er vorher? Wieso weißt du das?«

»Deine Mom hat sich doch mal für Genealogie interessiert. Ich mich auch.« Dunkel erinnere ich mich an eine Frau, die über Familienwappen und Ähnliches schwafelte. »Warum Großvater nicht mehr Kirchner heißen wollte, weiß ich nicht.«

Vor Aufregung bringe ich kaum ein Wort heraus.

»Kirchner. Bist du ganz sicher?«, quetsche ich endlich hervor. »Hundertprozentig?«

»Ja. Mein Körper mag nicht mehr so wollen wie früher, aber der Kopf funktioniert noch.«

»Danke, Dad. Danke.« Endlich eine Spur! »Ich schreibe euch eine Karte.«

»Du kannst uns auch mailen. Wir sind jetzt nämlich online«, sagt er mit Stolz in der Stimme. »Über Yahoo. Vorname, Punkt, Nachname. Viel Spaß in Frankfurt, Liebes.«

»Danke, Dad, für alles. Grüß Mom.«

»Ja!«, rufe ich, so laut ich kann, nachdem ich aufgelegt habe. »Ja!«

Ich bin so aufgeregt, dass ich drei Anläufe benötige, bis ich endlich die richtige Nummer gewählt habe. Nach dem fünften Klingeln fürchte ich, dass ich mich schon wieder verwählt habe, und will auflegen.

»Hartmann.« Etwas kurzatmig, als habe das Telefonklingeln ihn dazu gezwungen, einen Sprint durch die Wohnung einzulegen.

»Erin Mitchell hier. Ich hatte vorhin angerufen.«

»Ich weiß. Ich bin alt, aber nicht senil.«

Durch meinen Anruf bei Dad ist meine Stimmung so gut, dass ich mich von seiner schroffen Art nicht abschrecken lasse. Bevor ich den Mut verliere, sage ich: »Alexander Kirchner war mein Großvater. Ich würde Sie gerne besuchen, um mit Ihnen über ihn zu reden. Über ihn und Lily. Was die beiden verbunden hat.«

Kapitel 20

Frankfurt am Main, 10. Mai 1933

»Komm, lass uns den schönen Tag genießen!«, sagte Alexander zu Lily und zog sie hinter sich her aus der Vorlesung . Einer Vorlesung, der Lily ohnehin nur mit halbem Herzen gefolgt war, weil viele der von ihr geschätzten Professoren inzwischen nicht mehr lehren durften. Die Nationalsozialisten hatten ihnen das Unterrichten verboten.

»Wo siehst du hier einen schönen Tag?«, fragte sie lächelnd und deutete auf den grauverhangenen Himmel. Von den anderen Dingen, die ihr den Mai trist machten, wollte sie nicht reden, wusste sie doch nur zu gut, dass er davon nichts hören wollte. »Es wird gleich regnen und wir werden nass.«

»Auf keinen Fall. Das Wetter meint es gut mit uns.« Alexander zog sie in seine Arme, um sie zu küssen. Inzwischen wehrte Lily sich nicht mehr gegen seine Gefühlsbezeugungen in der Öffentlichkeit. Sollten die anderen doch denken, was sie wollten. »Und wenn nicht, kaufe ich uns einen Schirm.«

»Ich sehe schon, du hast alles perfekt geplant.« Wie gut es sich anfühlte, glücklich und an der Seite des Mannes zu sein, den sie liebte. »Wo wollen wir hin? Ins *Café Laumer*? Auf die *Zeil*?«

»Lass dich überraschen.« Sie mochte seine kleinen Überraschungen sehr, nur heute stand ihr der Sinn nicht nach Abenteuern. Aber sie brachte es nicht übers Herz, ihn zu enttäuschen. Nicht, wenn er sie so spitzbübisch anlächelte und sich so sehr über seinen Plan freute. Doch als sie am Hauptgebäude der Johann Wolfgang Goethe-Universität vorbeigingen, konnte Lily nicht mehr vorgeben, unbeschwert zu sein. Als sie entdeckte, wie viele Studenten mit Büchern auf den Armen zum Hauptgebäude strebten, blutete ihr das Herz.

»Heute ist der Tag der Säuberung, wie sie es nennen«, sagte sie mit belegter Stimme. Sie konnte nicht verstehen, warum die Nationalsozialisten Bücher zu ihren Feinden erklärten, die vernichtet werden mussten. Sonst hielten die Braunhemden doch so viel von Traditionen, aber sie scheuten sich nicht davor, Kultur zu zerstören, nur weil ihnen die Ideen der Autoren nicht gefielen. »Undeutsches Gedankengut, das sagen sie über so viele der wunderbarsten und klügsten Werke, die je geschrieben wurden.«

»Ebendeshalb möchte ich, dass du mit mir kommst.« Alexander nahm sie in seine Arme, um sie an den Studenten vorbeizuführen, die unter Gejohle und Gelächter weitere Bücher zur Sammelstelle schleppten. »Ich kann das genauso wenig ertragen wie du, aber wir können nicht zu zweit gegen diesen Mob ankämpfen.«

»Vielleicht sollten wir es versuchen«, antwortete sie leidenschaftlich. »Irgendjemand muss damit anfangen, ihnen Einhalt zu gebieten. Für mich …«

Sie kämpfte gegen Tränen an, woraufhin er sie noch enger in die Arme schloss. Sosehr sie sich auch geborgen fühlte, selbst Alexander konnte Lily nicht darüber hinwegtrösten, dass vor ihren Augen Bücher der Vernichtung preisgegeben werden sollten. Romane von Autoren wie Heinrich Mann, Stefan Zweig, Lion Feuchtwanger und Alfred Döblin, von Erich Maria Remarque und Erich Kästner. Alles, was die Nationalsozialisten als undeutsch betrachteten, weil es klug und kritisch war oder weil es von Menschen jüdischen Glaubens geschrieben wurde.

»Wo soll das hinführen?«, fragte sie mit kläglicher Stimme und wandte sich um, um einen letzten Blick auf den johlenden Mob zu werfen, dem es offensichtlich einen Heidenspaß machte, Romane und Schriften zu zerstören. »Was für eine Zukunft erwartet uns?«

»Menschen, die Bücher vernichten, werden nicht lange an der Macht bleiben.« Alexander beschleunigte seine Schritte, so dass Lily sich anpassen musste. »Wir müssen nur abwarten.«

»Nein!«, protestierte Lily. »Wenn wir nicht kämpfen, haben wir jetzt schon verloren.«

»Bitte.« Alexander blieb stehen. »Bitte, lass uns nicht wieder darüber streiten. Lass unsere Liebe ein Fanal gegen ihre Dummheit und Grausamkeit setzen.«

Obwohl Lily aufbegehren und mit ihm diskutieren

wollte, schwieg sie. Zu oft hatten sie diese Debatte geführt, was nur damit endete, dass sie beide sich traurig fühlten, ohne dass sich ihre Positionen annäherten. Man muss den Menschen, den man liebt, so nehmen, wie er ist, dachte sie. Sonst liebt man ihn nicht, sondern nur die Vorstellung, die man von ihm hat. Wenn ich ihn ändere, ist er nicht mehr der Mann, in den ich mich verliebt habe. Obwohl sie das wusste, fiel es ihr oft schwer, Alexander nicht auf ihre Seite ziehen zu wollen.

Je weiter ihr Weg sie von der Universität wegführte, desto leichter wurde Lily ums Herz, bis es ihr beinahe gelang, alles andere zu vergessen und den unvermutet freien Nachmittag mit Alexander zu genießen. Als sie erkannte, wohin sie gingen, jauchzte sie voller Freude auf.

»Der Palmengarten. Bitte sag mir, dass wir in den Palmengarten gehen.«

»Warst du schon einmal hier?«, fragte er, sichtbar erfreut darüber, dass ihr seine Überraschung gefiel.

»Wenn ich es mir leisten konnte«, antwortete Lily. »Ich liebe das große Palmenhaus und die Vögel dort. Die Freiheit, die sie besitzen, umher zu fliegen. An einem so schönen und friedlichen Ort.«

»Aber sie haben nicht die Freiheit, das Palmenhaus zu verlassen.« Auf einmal wirkte Alexander ungewohnt ernst. »Vielleicht verstehen wir immer nur die Freiheit der anderen und niemals unsere eigene.«

Dann schüttelte er den Kopf, als wollte er den Augenblick der Ernsthaftigkeit vertreiben. »Komm mit. Bevor der Regen beginnt, möchte ich bei den Gewächshäusern sein.«

Hand in Hand schlenderten sie unbeschwert durch den Palmengarten, über die breiten Wege, die sie nahezu für sich allein in Anspruch nehmen konnten, weil es die meisten Frankfurter nur bei Sonnenschein zu den Pflanzen und Blumen zog. Immer wieder blieb Alexander stehen, um eine ungewöhnliche Blume zu fotografieren oder Lily zu überreden, für ihn Modell zu stehen.

»Nein«, wehrte sie ab. »Du weißt, dass ich es nicht mag, fotografiert zu werden. Wenn du mich nicht in deinem Herzen in Erinnerung trägst, helfen dir Fotos von mir auch nicht.«

Erste Regentropfen fielen auf sie herab. Alexander zog seine Jacke aus, um mit ihr ein Dach zu bilden, unter dem Lily und er Schutz finden könnten. Sobald der Regen stärker wurde, flüchteten sie in eines der kleineren Gewächshäuser oder suchten Schutz unter dem Vordach des großen Gesellschaftshauses.

»Ich mochte das alte Gesellschaftshaus lieber«, sagte Lily, die sich schüttelte, weil ihr Regen den Kragen entlanggelaufen war und nun über den Rücken tropfte. »Das hier ist mir viel zu kantig.«

»Mir ist egal, wie es aussieht, solange ich nur bei dir bin.« Alexander küsste sie. Von seinen nassen Haaren tropfte Regen auf Lilys Gesicht, ohne dass es sie störte. »Aber wenn du es so gar nicht leiden kannst, dann flüchten wir eben wieder zu den Kakteen. Oder lieber in die tropischen Regenwälder?«

»Von Regen habe ich fürs Erste genug.« Lily griff sich mit beiden Händen in den Nacken, unter die kurzen

Haare, um sie auszuschütteln. »Lass uns ins große Treibhaus gehen. Zum Wasserfall.«

»Typisch Frau«, neckte Alexander sie. »Erst will sie kein Wasser. Dann kann sie nicht genug davon bekommen.«

»Wer zuletzt dort ankommt, ist ein Verlierer.« Lily rannte los, so schnell sie konnte, doch Alexander holte sie mit seinen langen Beinen mühelos ein.

»Der Preis für den Sieg«, sagte er atemlos, zog Lily an sich und drehte sich mit ihr im Kreis. »Der Preis ist … ein Kuss.«

Glücklich lachend traten sie ins Treibhaus, küssten sich, sobald sie einen Vogel entdeckten, und genossen jede Minute des unvergleichlich schönen Nachmittags.

»Komm, wir setzen uns vor den Musikpavillon und geben vor, dem besten Konzert unseres Lebens zu lauschen.« Alexander zog Lily hinter sich her, nachdem der Regen aufgehört hatte. »Béla Bartóks *Piano Concerto Nr. 2*, zum Beispiel.«

»Das kenne ich nicht.« Lily spürte eine Mischung aus Bedauern und Scham, dass sie so wenig von der Kultur wusste, die ihm so viel bedeutete.

»Aber du musst doch davon gehört haben. Das Stück hatte am 23. Januar hier in Frankfurt Premiere.«

»An dem Tag habe ich Flugblätter verteilt und bin von einer Kommunistin als Verräterin beschimpft worden«, antwortete Lily schmallippig. »Und von vielen braven Frankfurter Bürgern. Verzeih, dass mir das Konzert entgangen ist.«

»Ach, Lily.« Alexander sah sie flehend an. »Ich wollte dich nicht verärgern. Ich weiß doch, wie wichtig dir deine Politik ist.«

»Es ist nicht *meine* Politik. Vielen Menschen ist Politik wichtig. Deiner Fotografenfreundin Gisela, zum Beispiel.«

»Aber sie muss nicht ständig darüber reden.« Alexander wirkte angespannter, als sie ihn kannte.

»Wie kannst du mit Gisela Freund befreundet sein, ohne dich für Politik zu interessieren?« Lily schüttelte fassungslos den Kopf. Schließlich wusste jeder, der die Doktorandin und Fotografin kannte, wie links ihr Herz schlug. Lily hatte den Mut der Frau bewundert, die mit ihrer Leica die Straßenschlachten zwischen den Nationalsozialisten und Kommunisten fotografiert hatte, immer mitten im Geschehen, als fürchtete sie sich vor nichts. »Redet ihr denn nie darüber?«

»Nein.« Alexander lächelte, bevor er sich zu ihr herüberbeugte, um sie zu küssen. »Gisela und mich verbindet die Liebe zur Fotografie. Das reicht uns.«

Mir aber nicht, dachte Lily, doch sie schwieg, weil sie wusste, dass sie Alexander nicht auf ihre Seite ziehen konnte. Vielleicht war es auch gerade das, was sie an ihm anzog. Dass er ein Leben lebte, das so ganz anders war als das, was sie kannte. Dass sie bei ihm einfach nur Lily sein konnte, ohne für oder gegen etwas kämpfen zu müssen.

»Was verbindet euch?«

»Gisela und ich reden über ihre Doktorarbeit oder über Bilder.« Alexander zuckte die Schultern. »Über die neueste Kameratechnik. Ob wir uns die Leica III anschaffen wollen.«

»Sie schreibt über Fotografie, nicht wahr?« Obwohl sie in mehreren Seminaren und Vorlesungen mit Gisela Freund gesessen hatte, hatte Lily es nicht gewagt, die herb wirkende Frau mit den kurzgeschnittenen dunklen Haaren und dem intensiven Blick anzusprechen, war sie doch legendär für ihren Mut und ihre Zielstrebigkeit, aber auch für ihre klaren Worte. »Etwas Kunstsoziologisches?«

»Die Geschichte der Fotografie im 19. Jahrhundert.« Nun war Alexander in seinem Element. »Über die Anfänge der Fotografie und deren Bedeutung für die Gesellschaft.«

»Wie kannst du das alles nur hinnehmen? Wie kannst du nur so tun, als gäbe es die Nationalsozialisten nicht?« Lily kämpfte gegen Tränen der Verzweiflung an. Warum musste ausgerechnet sie einen Mann lieben, der ihre Leidenschaft für eine gerechtere Welt nicht teilte? Oder war es ihr Fehler, weil sie versuchte, Alexander davon zu überzeugen, dass er sich ihrem politischen Kampf anschließen musste?

So kam es doch zu einem Streit, der dazu führte, dass sie nun schweigend nebeneinander durch die Straßen gingen, ohne sich zu berühren, ja, selbst ohne sich anzublicken. Lily bereute ihren Zorn, aber sie konnte nicht über ihren Schatten springen und vorgeben, dass ihr ihre Arbeit nicht wichtig wäre, nur weil Alexander es nicht begreifen konnte. Wenn er sie wahrhaftig liebte, dann müsste er sie doch verstehen.

Je näher sie seiner Wohnung kamen, desto deutlicher hörten sie Gesang und Gejohle, das aus Richtung der Universität erklang.

»Lily, verzeih. Bitte, komm mit zu mir. Du solltest jetzt nicht auf der Straße sein.«

Obwohl sie einsah, wie richtig seine Bedenken waren, wehrte sich etwas in ihr gegen seine Worte. »Ich will nicht vor ihnen davonlaufen. Ich will ihnen diesen Sieg nicht gönnen.«

»Bitte, Lily.« Vorsichtig griff Alexander nach ihrer Hand, als fürchtete er, dass sie ihn zurückweisen würde. »Ich stimme dir zu, aber es wäre nicht tapfer, gegen diese Bande anzutreten, sondern unvernünftig und sinnlos.«

Sie nickte nur und ließ ihm ihre Hand. Mit gesenktem Kopf eilte sie neben ihm zu seiner Wohnung, froh, als das eiserne Gittertor hinter ihnen zuschlug und sie sich in Sicherheit wähnen konnte. Doch erst, als sie in seinem Wohnzimmer stand, die Türen hinter sich verschlossen, fiel die Anspannung von ihr ab. Aber nur kurz, weil der Krach selbst hier zu hören war. Schlimmer noch, es klang, als käme die Menge näher und näher.

»Möchtest du Kaffee?«, fragte Alexander, der Prinzessin Mäusehaut auf den Arm hob, nachdem die Katze versucht hatte, Lily ins Bein zu beißen. »Oder lieber Wein?«

»Kaffee wäre schön.« Gedankenverloren trat Lily ans Fenster, von dem aus sie über den Garten hinaus auf die Straße sehen konnte. Der Anblick war mehr, als sie ertragen konnte. Ohne nachzudenken, drehte sie sich um und lief zur Haustür.

Alexander war schneller. Er setzte die Katze zu Boden und erreichte Lily, kurz bevor diese die Tür öffnen konnte. Mit beiden Armen umschlang er sie und zog sie zurück ins Wohnzimmer.

»Wir müssen hinaus. Wir müssen etwas unternehmen.« Mit aller Kraft versuchte sie, sich aus seinen Armen zu befreien. »Wir können nicht tatenlos zusehen, wie sie Bücher verbrennen. Bücher!«

»Lily. Liebes.« Alexander zog sie enger an sich, was ihren Widerstand nur wütender werden ließ. »Bitte. Bleib hier. Schau es dir an.«

Obwohl sie immer noch versuchte, sich ihm zu entwinden, zog er sie ans Fenster, um ihr die Horde zu zeigen, die grölend zum Römerberg zog. Voran marschierte eine Kapelle in der verhassten SS-Montur, gefolgt von Professoren und Studenten des Nationalsozialistischen Deutschen Studentenbundes, die Uniform trugen und Fahnen schwangen. Erst dann kam der Bücherwagen, ein Karren, gezogen von Ochsen. Lily schluchzte vor Empörung und Wut laut auf, als sie erkannte, dass der Wagen sonst dazu diente, Mist auf die Felder zu fahren.

»Wie können sie nur?«, fragte sie kopfschüttelnd, fassungslos vor Entsetzen über das Geschehen. »Wie können sie es nur wagen, die klügsten Denker undeutsch zu nennen? Wie kannst du es nur ertragen?«

Sofort nachdem ihr die zornigen Worte entglitten waren, schämte sie sich, sah sie doch, wie tief sie Alexander trafen.

»Du und deine Familie und Freunde – ihr seid nicht die Einzigen, die unter den Braunhemden leiden.« Seine

Stimme klang kühler, als er jemals mit ihr gesprochen hatte. »Sie nennen Kunst und Musik entartet und wollen uns verbieten, das zu sehen oder zu hören, was uns wichtig ist.«

Lily schwieg. Ihr Herz wollte Alexander in den Arm nehmen, aber ihr Verstand weigerte sich anzuerkennen, dass er ebenfalls unter den Nationalsozialisten litt wie sie und ihre Freunde. Immerhin musste er nicht jedes Klopfen an der Tür fürchten, musste sich nicht sorgen, eines Nachts heimlich abgeholt zu werden, nur weil man Sozialdemokrat oder Gewerkschafter war. Aber sie fühlte sich zu erschöpft, um diese Debatte zu führen.

»Immerhin werden die Bücher nicht gut brennen«, konstatierte Lily bitter. »Schau zum Himmel. Es bleibt ein feuchter, trister Tag.«

Sie wandte sich ab, um ihre Tränen zu verbergen. Sanft hielt er sie in seinen Armen, berührte mit den Lippen ihre Haare, aber sagte kein Wort.

»Ich … Ich kann nicht in einem Land leben, in dem Bücher auf Scheiterhaufen enden.« Lily löste sich aus seinen Armen. »Meine Großeltern sprachen schon vom Exil.«

»Verlass mich nicht!« Seine Worte waren ein Aufschrei, so voller Leid, dass sie erschrak. »Bitte, bitte, geh nicht.«

»Nein«, antwortete sie. »Du kennst mich. Ich laufe nie weg.«

Schweigend blickten sie aus dem Fenster, bis der endlos erscheinende Zug an ihnen vorbeigezogen war wie ein Spuk in der Nacht.

»Ich möchte, dass du meine Eltern kennenlernst.« Alexander drehte Lily sanft, damit sie ihn anschaute. »Meinst du nicht, dass es dafür langsam Zeit ist?«

Mit vielem hatte sie gerechnet, doch diese Bitte erreichte sie unvermutet. Seine Eltern treffen, von denen sie bisher nur gehört hatte, die sie bisher nur durch seine Worte kennengelernt hatte. Es passte gar nicht zu Alexander, dass er Lily seinen Eltern vorstellen wollte. Seine Mutter liebte er abgöttisch und fand nur warme Worte, um sie für Lily zum Leben zu erwecken. Schauspielerin war Amanda gewesen, bis sie sich in Ferdinand Kirchner verliebt hatte und dieser sich in sie. Alexanders Vater kam aus gutem Hause; seine Familie verfügte über beides – Wohlstand und Kultiviertheit. Es traf sie wie ein Schock, als der einzige Sohn und Erbe ihnen eine Schauspielerin als zukünftige Schwiegertochter vorstellte und nicht bereit war, von diesem unsäglichen Gedanken Abstand zu nehmen.

»Man sollte meinen, dass ein Mann wie mein Vater, der sich für die Liebe so weit von seiner Familie entfernt hat und sogar bereit war, auf sein Erbe zu verzichten, jemand ist, der neuen Ideen gegenüber zugänglich ist«, hatte Alexander einmal bitter gesagt, nachdem er von einer der sonntäglichen Familienmahlzeiten zurückgekehrt war. »Aber nein. Er fordert von mir, dass ich so werde wie er. Nur noch steifer und verbitterter.«

Und diesem Mann wollte Alexander nun Lily präsentieren, die sicher genauso wenig wie eine Schauspielerin den Vorstellungen davon entsprach, wie die passende Frau an Alexanders Seite zu sein hatte. Selbst ihre Eltern, die sie immer für weltoffene und freundliche Menschen gehalten hatte, verbargen mehr schlecht als recht, dass sie sich einen anderen Mann als Alexander für Lily gewünscht hätten.

»Einen, der besser zu uns passt, der unsereins versteht«, wie Oma Alwine es ausgedrückt hatte. »Nicht, dass dein Alexander nicht nett ist. Aber …«

Aber er gehörte einfach nicht ins Gallusviertel, das hatte Lily sehr wohl verstanden, und es seit dem Tag vermieden, ihn mit zu ihrer Familie zu nehmen. Warum auch? Schließlich hatte er eine wunderbare Wohnung, in der er, Lily und Prinzessin Mäusehaut wie auf der einsamen Insel Robinson Crusoes oder auf einem verwunschenen Schloss leben konnten, unbehelligt von der Welt und deren Erwartungen und Vorstellungen. Warum also musste Alexander ihren Frieden und ihre Zweisamkeit stören, indem er Lily diese Frage stellte?

»Wieso? Willst du mich etwa heiraten?«, fragte sie schließlich in leichtem Ton, während sie weiterhin krampfhaft überlegte, wie sie Alexander diese Idee ausreden konnte. Wenn Lily ehrlich zu sich selbst war, fürchtete sie sich davor, seinen Eltern entgegenzutreten. Schlimm genug, dass es Lou immer wieder gelang, Lily das Gefühl zu geben, nichtsahnend und ungebildet zu sein. Die Idee, dass Alexanders Eltern sich über sie mokieren würden, weil sie nicht wusste, dass Béla Bartóks *Piano Concerto Nr. 2* am 23. Januar dieses Jahrs in Frankfurt seine Premiere erlebt hatte, versetzte Lily in Schreckensstarre. Niemals würde Alexander ihr all das beibringen und erklären können, was er über Musik und Theater wusste. Und warum auch, dachte sie auf einmal trotzig. Sie kamen nun einmal aus unterschiedlichen Welten, auch wenn sie sich liebten. Selbst wenn Lily sich nicht mit Kultur in dem Maße auskannte wie Alexander, so kannte sie Dinge, die für ihn fremd und vorstellbar waren.

»Ja.«

In ihren Gedanken echauffierte Lily sich so sehr über die Unterschiede zwischen ihnen und die Anforderungen, die seine Eltern wahrscheinlich an eine Schwiegertochter stellten, dass sie Alexanders Antwort erst überhörte.

»Ja, ich möchte dich heiraten.« Sein Lächeln wirkte gleichzeitig liebevoll und bekümmert. »Obwohl ich den Antrag romantischer geplant hatte. Sagst du ja?«

Kapitel 21

Frankfurt am Main, 18. August 1933

»Du bist schwanger?«

Lily zuckte, sie konnte den Ausdruck auf dem Gesicht ihrer Mutter nicht deuten. War es Entsetzen oder Überraschung? Vielleicht hätte sie ihre Mutter nicht mit der Nachricht überfallen sollen, doch die Verzweiflung hatte Lily nach Hilfe suchen lassen. Wer wäre dafür besser geeignet als ihre Mutter, auf die sich Lily immer verlassen konnte und die ihr als Einzige zugeraten hatte, Alexander zu lieben. Alexander. Ihr Herz wurde schwer bei dem Gedanken, ihrem Geliebten von der Schwangerschaft erzählen zu müssen. Seit jenem verhängnisvollen Tag im Mai, an dem sie seinen übereilten Heiratsantrag abgelehnt hatte, schwang ein deutlicher Misston in ihrer Liebe, auch wenn sie beide sich das nicht eingestehen wollten.

»Ich … Ich kann nicht«, hatte Lily Alexander geantwortet, unter Tränen, aber dennoch sicher, dass sie die richtige Entscheidung getroffen hatte. »Ich kann dich nicht heiraten. Nicht in dieser entsetzlichen Zeit, in der niemand weiß, welche Schrecken uns noch erwarten.«

»Das ist kein Grund, sein eigenes Leben zu opfern«, widersprach Alexander vehement. »Du hilfst keinem, wenn du dir dein Glück versagst. Manchmal fürchte ich, dass du eine Märtyrerin der sozialdemokratischen Partei werden willst. Warum bestrafst du dich und mich?«

»Du würdest es niemals verstehen. Du interessierst dich nur für dich.«

»So also siehst du mich. Bin ich für dich nur ein Zeitvertreib, bis du schließlich einen braven Sozialdemokraten heiratest?« Es lag so viel Bitterkeit in Alexanders Stimme, dass es ihr für einige Augenblicke die Sprache verschlug. »Bin ich dir nicht gut genug als Ehemann?«

Empört sprang Lily auf, ergriff ihren Mantel und rannte hinaus. Hinaus in den grauen Vorabend, dessen Regen ihr die Tränen vom Gesicht wusch. Davongelaufen wie das erste Mal, als sie vor Alexanders Haus gestanden hatte.

Doch dieses Mal folgte er ihr nicht, auch wenn sie es sich im tiefsten Innern ihres Herzens wünschte. Unter Tränen lief sie die Bockenheimer Landstraße entlang, blind für die Braunhemden und Studenten, die die nationalsozialistische Fahne schwenkten, taub für deren Parolen, eingesponnen in einen Schmerz, so intensiv, dass er ihr das Herz zu brechen drohte.

Bereits am nächsten Morgen stand Alexander vor Lilys Tür, um sich wortreich zu entschuldigen. Übernächtigt sah er aus, bleich, mit dunklen Ringen unter den Augen, die verdächtig gerötet waren. Genau wie Lily schien er die vergangene Nacht nicht geschlafen zu haben. Sie hatte wach gelegen und sich gefragt, ob sie eine falsche Entscheidung getroffen hatte.

Eine Entscheidung, die ihr den Mann genommen hatte, den sie liebte. Dennoch wusste sie, dass sie ihrem Herzen folgen musste. Ihrem Herzen, das Alexander liebte, aber gleichzeitig wusste, dass sie ihn nicht heiraten konnte. Zu viel trennte sie.

»Lily. Liebes. Es tut mir unendlich leid.«

Als sie Alexander so vor sich sah, leidend und unglücklich, konnte sie nicht anders, als ihn in die Arme zu schließen und ihm ihre Liebe zu versichern. Weil sie ihn liebte, hatte sie sich schließlich dazu überreden lassen, an einem der sonntäglichen Mittagessen im Hause Kirchner teilzunehmen, das sich zu genau dem Desaster entwickelt hatte, das Lily befürchtet hatte. Bereits auf dem Weg zu Alexanders Eltern hätte sie am liebsten in einer der Heckenwirtschaften Halt gemacht, um sich mit Äppelwoi ein wenig Mut für die Begegnung anzutrinken. Aber sie fürchtete, dass es keinen guten Eindruck machen würde, bereits zur Mittagszeit nach saurem Wein zu riechen.

Alexander schien ihre Nervosität zu spüren und wies Lily auf die Schönheiten von Sachsenhausen hin, um sie abzulenken.

»Sieh nur.« Sein Lächeln sollte sie beruhigen, aber seine Bemühungen steigerten Lilys Sorge vor der Begegnung nur. »Das Haus zu den drei Rindern.«

Erst begriff Lily nicht, was er ihr zeigen wollte, doch dann entdeckte sie die Aufschriften an der Häuserwand.

Hier übernachteten

Im Jahre 1782 der Dichter Friedrich von Schiller

Im Jahre 1790 der Ton-Dichter Wolfgang Amadeus Mozart

Trotz ihrer Nervosität musste sie lächeln. »Nun ja, immerhin waren es bedeutende Männer, oder?«

»Und was sind schon einhundertfünfzig Jahre, wenn man die Weltgeschichte betrachtet.« Alexander griff nach ihrer Hand. »Wenn es gar nicht zum Aushalten ist, flüchten wir sofort nach dem Essen.«

Je näher sie Alexanders Elternhaus in der Forsthausstraße kamen, desto größer wurde Lilys Wunsch, umzudrehen und in die Sicherheit ihrer Welt im Gallusviertel zurückzulaufen. Die Villen hier wirkten noch pompöser als die im Westend. Ausgedehnte Grünflächen zwischen den Häusern sorgten dafür, dass man unbehelligt von nachbarlicher Neugier leben konnte. Lily fühlte sich unscheinbar, billig gekleidet und fehl am Platz wie noch nie in ihrem Leben.

»Was meinen Sie, Lily?«, fragte Alexanders schöne Mutter. »Ist Magda Spiegel wirklich der Sutter-Kottlar vorzuziehen?«

»Ich … Ich …« Verlegen schaute Lily auf das blütenweiße Tischtuch mit den edlen Stickereien und betrachtete die vielen Gläser vor sich. »Ich gehe selten in die Oper.«

Was gelogen war. Bisher war Lily nicht ein Mal in der Oper gewesen, einfach weil die Eintrittspreise sie abgeschreckt hatten. Und weil sie zu wenig von klassischer Musik verstand, als dass es die exorbitanten Eintrittspreise gerechtfertigt hätte. Das einzige klassische Konzert, das ihre ganze Familie besucht hatte, war die opulente Aufführung der *Ode an die Freude* in der Frankfurter Festhalle gewesen. Gemeinsam mit vielen Freunden und Genossen hatten sie das Konzert aufgesucht, das der sozialdemokratische Kulturdezernent Dr. Max Michel und das Kulturkartell der Arbeiterbewegung auf die Beine gestellt hatten, um Beethovens *9. Symphonie* für alle Frankfurter erschwinglich zu machen. Achtzehntausend Menschen waren dem Aufruf gefolgt, wie die *Frankfurter Zeitung* am nächsten Tag berichtet hatte, weitere fünftausend hatten vor den Toren bleiben müssen. Lily und ihre Familie hatten zu den Glücklichen gehört, die Karten und einen Platz erhalten hatten. Noch heute erinnerte Lily sich an das Gefühl ihrer Gänsehaut, als die einhundert Musiker und siebenhundert Sänger die *Ode an die Freude* anstimmten. Ihr waren die Tränen über die Wangen gelaufen, so sehr hatte die Musik sie ergriffen. Auch ihren Eltern und Großeltern war es ähnlich ergangen, nur Karl hatte sich der Musik verweigert.

Sollte sie mit Alexanders Eltern darüber reden? Versuchen, diesen Menschen, die sich über Opernsängerinnen unterhielten, begreiflich zu machen, was das Konzert vor mehr als zwei Jahren für Lily bedeutet hatte, wie sehr es den tristen November für sie erhellt hatte? Nein, entschied Lily, das war eine Geschichte, die sie nicht mit den Kirchners teilen wollte. Daher lächelte sie und fragte:

»Halten Sie die beiden Sängerinnen denn für vergleichbar?«

Dass Magda Spiegel eine wunderbare Altstimme hatte, während Beatrice Sutter-Kottlar Sopransängerin war, das wusste Lily aus der *Frankfurter Zeitung*, so dass sie den Fragen von Alexanders Eltern nicht hilflos ausgeliefert war. Dennoch konnte sie den Ärger nur schlecht verhehlen, den diese Art der Unterhaltung in ihr auslöste. Ihre Eltern waren Alexander gegenüber deutlich freundlicher gewesen, obwohl sie sofort bemerkt hatten, dass Alexander aus einer anderen Welt kam.

Zäh zog sich das Mittagessen dahin. Viele Fragen, die seine Eltern ihr stellten, vermittelten Lily das Gefühl, dass sie einer Prüfung unterzogen wurde. Gewogen und zu leicht befunden. Weder seine Mutter noch sein Vater machten einen Hehl daraus, dass sie Lily nicht als passende Partie für ihren Sohn erachteten. Das führte zu einem erbitterten Wortgefecht zwischen Alexander und seinen Eltern, so dass Lily und er überstürzt aufbrachen. Wortreich entschuldigte Alexander sich für seine Eltern, bis Lily ihm sagte, dass es für sie nicht von Bedeutung wäre, weil sie ihn liebte und nicht seine Familie.

Zum ersten Mal in ihrer Liebe schienen sie einander nicht mehr sicher zu sein. Lilys Nein zu Alexanders Heiratsantrag schuf einen Graben zwischen ihnen, ebenso wie die Ablehnung seitens Alexanders Familie. Wie bei vielen Paaren, die Lily kannte, war nun auch bei Alexander und ihr die Zeit angebrochen, wo man Unausgesprochenes bewahrte, von dem beide wussten, dass es geschehen war. Aber niemand wagte es, ein Wort darüber zu verlieren, aus Angst, sich damit endgültig zu verlieren.

Zum ersten Mal in ihrer Liebe behandelten Lily und Alexander einander mit Samthandschuhen, schlichen auf Zehenspitzen durch den Alltag, darauf bedacht, nur nichts anzusprechen, was erneut einen Streit hervorrufen könnte. Gleichzeitig fühlten beide sich unwohl damit, einander auf einmal so fremd und fern zu sein. Lily wünschte sich manches Mal, sie hätte auf seinen Antrag mit einem ehrlich gemeinten »Ja« antworten können.

Wenige Wochen nach dem missglückten Essen beschlich Lily der Verdacht, dass Alexanders und ihre Liebe Folgen tragen könnte, doch sie versuchte, ihre Übelkeit mit den wachsenden Sorgen zu erklären. Die SPD wurde verboten und viele ihrer Freunde und Genossen verhaftet. Zur Furcht vor jedem Klopfen an der Tür, vor geflüsterten Neuigkeiten, die selten Gutes verhießen, kam die Trauer über zwei Abschiede hinzu, die Lily und ihre Familie unvermutet getroffen hatten. Oma Alwine war eines Morgens nicht mehr aufgewacht. Als hätte sie nicht mehr Teil einer Welt und einer Zeit sein wollen, in der ihre politischen Überzeugungen mit Füßen getreten wurden. Bald nach der Beerdigung, einer stillen Trauerfeier im engen Freundeskreis, verkündeten Willy und Bertha, Deutschland zu verlassen, solange es ihnen noch möglich sei.

Erst hielten Lily und ihre Familie diese Ankündigung für einen Zornausbruch von Oma Bertha, deren Wut seit dem SPD-Verbot wie eine dunkle Wolke über ihr hing, doch schon wenige Tage später stand das Abreisedatum fest. Bertha und Willy packten ihre Kleidung und viele Erinnerungsstücke in zwei Koffer, um nach Schweden zu gehen.

Dorthin, wo Katharina, die ältere Schwester von Lilys Vater, seit Jahren lebte. Sie war einem Mann aus Stockholm gefolgt, in dessen gletscherblaue Augen sich die damals Achtzehnjährige verliebt hatte.

»Warum kommt ihr nicht mit?«, fragte der sonst so stille Willy mit lauter Stimme am Tag des Abschieds. »Niemand, dessen Herz links schlägt, kann es guten Gewissens in diesem Land aushalten. Der Hitler wird uns länger erhalten bleiben, als uns lieb ist.«

Nach dieser für Willy ausufernden Rede versank er in dumpfem Brüten und überließ das Feld wieder seiner Frau.

»Vor allem der Junge muss raus aus Deutschland.« Bertha nickte bedeutungsschwer. »Wenn Karl zu den Kommunisten geht, ist er seines Lebens nicht mehr sicher.«

»Wir haben Freunde hier, die uns brauchen.« Gottfried drückte die Hand seiner Mutter. »Vielleicht folgen wir euch später nach. Aber erst einmal müssen wir hier retten, wer zu retten ist.«

»Wartet nur nicht zu lange.« Bertha stand auf. »Ich fürchte, der Hitler wird irgendwann die Grenzen schließen. Vielleicht sogar einen Krieg anfangen.«

»Pass auf dich auf, Kind.« Opa Willy zog Lily in seine Arme. »Dein junger Mann ist schon richtig, glaub mir. Folge deinem Herzen.«

»Danke.« Lily kämpfte gegen die Tränen an, weil sie fürchtete, ihre Großeltern nie wieder zu sehen. Oma Alwine fehlte schon jeden Tag; die Wohnung wirkte stiller und leerer ohne sie. Wenn nun nicht einmal mehr Bertha und Willy zu Besuch kämen, fühlte ihr Leben sich noch einsamer an. »Meldet euch. Alles Gute.«

Nachdem Bertha und Willy in den Zug gestiegen waren, der sie nach Stockholm bringen sollte, floh Lily zu Alexander und weinte sich in dessen Armen in den Schlaf. Für eine kurze Zeit brachten ihre Trauer um Oma Alwine und ihre Sorge um Oma Bertha und Opa Willy sie Alexander näher, und Lily hegte die Hoffnung, dass sie doch noch einen gemeinsamen Weg finden könnten.

Alles deutete auf einen zaghaften und leisen Neuanfang hin, weil sie es sich beide so sehr wünschten, trotz der Verletzungen, die sie sich in den letzten Wochen zugefügt hatten. Beinahe gelang es ihr, das Glück der ersten Tage und Wochen ihrer Liebe wieder zu verspüren – und nun die Gewissheit, dass ihre Übelkeit nicht der Sorge und Trauer geschuldet war, sondern einem neuen Leben, das in ihr heranwuchs.

»Lily. Kind.« Ida nahm ihre Tochter in den Arm. »Ich weiß nicht, was ich sagen soll.«

»Es ist keine Zeit, ein Kind zu bekommen.« Lily weinte, nachdem sie die Worte ausgesprochen hatte, die ihr auf der Zunge lagen, seitdem der Arzt ihre Schwangerschaft festgestellt hatte.

»Ach, Liebes«, sagte ihre Mutter mit einem Lächeln. »Es gibt immer einen Grund, warum die Zeit schlecht ist für ein Kind, aber es gibt auch immer einen Grund, ein Kind zu bekommen. Du selbst bist mitten in einem Krieg geboren …«

»Daran habe ich nie gedacht. Ich erinnere mich kaum an den Krieg.«

»Du warst noch zu klein, aber dein Vater und ich, wir haben alle Schrecken des Krieges erlebt und trotzdem keinen Augenblick daran gezweifelt, dass es ein Wunder war, dass du auf die Welt kommen würdest.«

»Danke.« Lily bedachte ihre Mutter mit einem Blick voller Liebe, froh, dass Ida war, wie sie war, und nicht so eine kühle Frau wie Alexanders Mutter. Bei dem Gedanken daran, dass Amanda und Ferdinand die Großeltern ihres Kindes werden sollten, wurde Lily ganz schummrig, so dass sie sich hinsetzen musste.

»Lily. Was hast du? Du bist ganz bleich.«

»Alexanders Familie. Sie … Sie werden denken, ich … Danke.« Mit zitternden Fingern griff Lily nach dem Glas Milch, das ihre Mutter ihr hinstellte. Kaum hatte sie ausgetrunken, fühlte sie sich, als ob sie die Milch wieder herauswürgen wollte. Beruhigend legte sie eine Hand auf ihren Bauch. »Seine Eltern werden glauben, dass ich ihn mit dem Kind zu einer Heirat zwingen will.«

»Wissen sie nicht, dass er dir bereits einen Antrag gemacht hat?«

Ihre Mutter war die Einzige, der Lily von dem unglücklichen Tag erzählt hatte, weil Ida sofort erkannt hatte, dass Lily und Alexander sich schlimm gestritten hatten. Dass es bei der Auseinandersetzung um mehr gegangen war als um ein harmloses Missverständnis unter Frischverliebten. Zu Lilys Beruhigung hatte Ida ihre Entscheidung verstanden und akzeptiert, obwohl sie der Ansicht war, dass Lily in dieser schlimmen Zeit ihrer Liebe treu bleiben sollte, um wenigstens ein klein wenig Helligkeit im Dunkel, das sie umgab, zu finden.

»Ich glaube nicht. Alexander hat es sich damals spontan überlegt.« Lily schüttelte den Kopf. »Beim besten Willen kann ich mir nicht vorstellen, dass er vorher mit seinen Eltern darüber gesprochen hat.«

Sie schauderte, als sie sich an die prüfenden Blicke erinnerte, die ihr während der gemeinsamen Mahlzeit gefolgt waren. Als hätten Alexanders Eltern erwartet, dass Lily sich wie eine Barbarin mit bloßen Händen auf das Essen stürzte, anstatt wie zivilisierte Menschen Besteck zu benutzen. Wobei Lily allerdings eingestehen musste, dass sie die Vielzahl der Messer, Gabeln und Löffel verwirrt hatte und sie froh gewesen war, dass Alexander ihr vorher verraten hatte, in welcher Reihenfolge das Besteck zu benutzen war.

»Er ist der Vater deines Kindes«, sagte Ida sanft, als fürchtete sie, dass ihre Worte Lily erschrecken könnten. »Und er liebt dich. Sehr. So, wie ich mir immer für dich gewünscht habe, dass jemand dich liebt. So, wie du es verdienst.«

»Danke«, flüsterte Lily, der Tränen in die Augen traten. Rührung verhinderte, dass sie mehr sagen konnte. Was war nur mit ihr los? Sonst hatte sie doch nicht so nah am Wasser gebaut. Ob das der Schwangerschaft geschuldet war? Sie räusperte sich. »Ich … Ich liebe ihn auch. Manchmal fürchte ich, dass ich ihn zu sehr liebe.«

Ida lächelte. »Ich glaube nicht, dass man jemanden zu sehr lieben kann. Hör auf dein Herz, mein Schatz.«

»Wie war das damals, als du dich in Vati verliebt

hast?«, fragte Lily, weil sie die Geschichte so gern hörte und auch, weil sie nicht über das nachdenken wollte, was ihre Mutter gesagt hatte.

»Alwine war nicht sehr angetan von Gottfried.« Idas Augen wurden feucht, als sie den Namen ihrer Mutter aussprach. Auch wenn Alwine laut und polternd gewesen war, so hatte Ida ihre Mutter sehr geliebt und vermisste sie. »Aber sie wäre von keinem Mann begeistert gewesen, der mich ihr ›weggenommen‹ hätte, wie sie es nannte.«

»Aber du hast nicht aufgegeben.«

»Natürlich nicht. Obwohl wir kaum Geld hatten und nicht wussten, wovon wir leben sollten, war uns beiden klar, dass wir nur miteinander leben wollten, dass wir gemeinsam stärker und glücklicher würden als allein.«

»Ihr habt aber auch die gleichen Überzeugungen geteilt, Vati und du.« Lily spürte, wie der Kloß in ihrer Kehle wuchs und sie am Atmen hinderte. »Nicht so wie Alexander und ich.«

»Die Gemeinsamkeiten sind das Mehl in der Suppe einer Liebe«, sagte Ida, als hätte sie lange über diese Frage nachgedacht. »Das, was die Liebe zusammenbindet, die Würze, den Geschmack, das Salz – das erhält die Liebe erst durch die Unterschiede. Ohne Salz nützt dir das beste Mehl nichts. Du erhältst eine gut gebundene Suppe, die nach nichts schmeckt.«

»Jetzt habe ich Hunger.« Lily hörte ihren Magen knurren. »Wie kannst du Liebe nur mit einer Suppe vergleichen?«

»Weil sie dich nährt und wärmt und weil sie reicht, damit du zufrieden und satt bist.« Ida lachte leise. »Da, schau nur, was du angerichtet hast. Ich höre mich an wie …«

»Wie die beste Mutter, die ich mir wünschen kann.« Lily stand auf, um ihre Mutter zu umarmen.

»Jetzt ist genug«, wehrte Ida scherzhaft ab. »Ich habe auch Hunger bekommen. Magst du eine Käsestulle?«

Lily nickte. Ihre Gedanken begannen wieder zu wandern.

»Ich werde es Alexander wohl erst einmal nicht sagen.« Noch mehr Geheimnisse, die sich zwischen sie und ihre Liebe drängten. »Der Arzt meinte, in den ersten Monaten könnte ich es noch … verlieren.«

Obwohl ihre Mutter nickte und ihr sanft übers Haar strich, hörten sich die Worte für Lily an wie das, was sie waren – eine Ausrede, um sich nicht mit der Frage beschäftigen zu müssen, was es für ihre Liebe bedeutete, wenn sie Alexander ihr gemeinsames Kind verschwieg.

Kapitel 22

Frankfurt am Main, 20. September 1933

»Meine Eltern wollen nach Amerika.« Alexander war bleich; immer wieder fuhren seine Hände fahrig durch seine Haare, als bräuchte er etwas, um sich festzuhalten. »Nein, nicht wollen. Sie *müssen* aus Deutschland weg, meinen sie.«

»Wie? Warum?« Lily, noch in Hut und Mantel, stand verwirrt im Flur seiner Wohnung, argwöhnisch beobachtet von Prinzessin Mäusehaut, die ihrer Retterin keinerlei Dankbarkeit entgegenbrachte, sondern sie weiterhin als Rivalin um Alexanders Aufmerksamkeit behandelte. »Was meinst du?«

»Entschuldige.« Er half ihr aus dem Mantel, den er mit mechanischer Geste an die Garderobe hängte. »Lass uns in die Küche gehen. Ich koche Kaffee oder Kakao, wenn du willst. Es ist … Mein Vater hat gerade angerufen. Schlimme Neuigkeiten.«

Lilys Neuigkeit, die sie ihm eben noch unbedingt mitteilen wollte, würde warten müssen, was ihr nur recht war. Nach einem langen Gespräch hatte Ida Lily davon überzeugen können, dass sie Alexander von ihrer Schwangerschaft erzählen musste, gleichgültig, welche Hindernisse aktuell zwischen ihnen beiden standen. Doch Alexander wirkte derart erschüttert, dass Lily es nicht übers Herz brachte, ihm von ihrem gemeinsamen Kind zu erzählen. Erst wollte sie erfahren, was ihn, der immer beherrscht und souverän wirkte, so durcheinanderbringen konnte. Nur weil seine Eltern nach Amerika reisen wollten, konnte er doch nicht vollkommen verzweifelt sein, oder?

In der Küche ließ Alexander erst den Beutel mit Kaffeebohnen fallen und dann eine der zierlichen Porzellantassen mit dem Rosenmuster, so dass Lily ihm sanft, aber bestimmt befahl, sich hinzusetzen und sie den Kaffee kochen zu lassen. Prinzessin Mäusehaut strich um Lilys Beine, weil sie sich wohl erhoffte, dass in der Küche etwas zu fressen für sie abfallen würde. Nachdem Lily der Katze eine halbe Scheibe Schinken gegeben und zwei Tassen mit Kaffee für Alexander und sich auf den Tisch gestellt hatte, setzte sie sich.

»Was hat dein Vater gesagt?«

»So ganz habe ich es nicht begriffen. Er konnte vor Aufregung kaum sprechen.«

Alexander atmete tief ein, nachdem er einen Schluck Kaffee getrunken hatte. Lily legte ihre Hand auf seine.

»Irgendetwas mit Ahnenforschung und unseren Vorfahren.« Alexander trank einen weiteren Schluck Kaffee, als bräuchte er kleine Pausen, um seine Geschichte zu erzählen. »Wenn ich es richtig verstanden habe, ist meine Mutter Halb- oder Vierteljüdin. Jedenfalls reicht es, um sie in den Augen der Nationalsozialisten als undeutsch erscheinen zu lassen.«

»Das ist ja entsetzlich.« Erschrocken zog Lily die Hand vor den Mund. Ihr fielen kaum passende Worte ein, um das Grauen zu beschreiben, das Alexanders Worte in ihr hervorgerufen hatten. Nur zu deutlich erinnerte sie sich an den 1. April des Jahres, den die Nationalsozialisten den »Tag des organisierten Boykotts« genannt hatten. Ein Aufruf an alle Einwohner Frankfurts, jüdische Geschäfte, Rechtsanwälte und Ärzte zu boykottieren. Sehr viele Menschen waren diesem Appell gefolgt. Seither hatte es weitere Aktionen, die an Schärfe und Boshaftigkeit gewonnen hatten, gegen Menschen jüdischen Glaubens gegeben. »Wie können wir deinen Eltern helfen?«

»Vater ist vollkommen panisch. Er fürchtet, dass sie Mutter verhaften, und will sofort fliehen.« Alexander sah Lily an. Verzweiflung zeichnete sich auf seinem schönen Gesicht ab. »Erst nach Barcelona. Zu Freunden. Dann nach Amerika. Dort haben wir entfernte Verwandte.«

Beide schwiegen, während sie ihren Gedanken nachhingen.

»Ich … Ich fürchte, dein Vater hat recht. Auf Dauer ist es in Deutschland zu gefährlich. Für alle, die keine Braunhemden sind oder sein wollen. Für alle, die von den Nationalsozialisten zu deren Feinden erklärt werden.«

»Also auch für dich. Und deine Familie.« Alexander senkte den Blick, als wollte er etwas vor Lily verbergen.

»Deine Großeltern sind schon nach Schweden gegangen. Wie lange wollt ihr noch warten, bis ihr ihnen endlich folgt?«

»Eine Weile noch. Falls wir überhaupt gehen«, antwortete Lily, die sich über die Richtung wunderte, die ihr Gespräch einschlug. »Noch sind wir nicht allzu sehr gefährdet und können den Genossen helfen, die fliehen müssen.«

»Auch wenn du mich nicht heiraten willst, bitte ich dich inständig, komm mit uns nach Amerika.«

»Du auch?« Lily glaubte, nicht richtig zu hören. »Du willst dich deinen Eltern anschließen? Du willst, dass ich mitkomme? Hast du denn gar nichts begriffen?«

Wie konnte er erwarten, dass sie Hals über Kopf davonlief und ihre Freunde, denen gegenüber sie wegen ihrer Liebe zu ihm ohnehin ein schlechtes Gewissen hatte, im Stich ließ. In Amerika kannte sie niemanden und wäre auf Gedeih und Verderb Alexanders Eltern und deren Großzügigkeit ausgeliefert.

Der Gedanke daran, sich vollkommen von Alexander und seiner Familie abhängig zu machen, schnürte Lily die Kehle zu. Begriff er denn nicht, was es für sie bedeutete, ihre Freiheit aufzugeben? Sie sollte in einem fremden Land leben, dessen Sprache sie nur begrenzt beherrschte, allein, ohne ihre Mutter, ohne ihren Vater. Lilys Kind würde nur Alexanders Eltern als Großeltern kennenlernen und erst spät, wenn überhaupt, erfahren, dass es auch auf Lilys Seite eine Oma und einen Opa gab, die ihr Enkelkind sicher vergöttern würden. Von Alexanders Eltern konnte sich Lily solche Gefühle beim besten Willen nicht vorstellen. Nicht Amanda und Ferdinand Kirchner, die mehr Wert auf Höflichkeit als auf Herzlichkeit legten. Auf keinen Fall! Sie wollte, dass ihr Kind in einer Atmosphäre der Liebe aufwuchs und nicht in kühlem Reichtum. Beinahe wären ihr diese Worte herausgerutscht, doch im letzten Moment konnte sie sich bremsen.

Jetzt war nicht der Augenblick, Alexander darüber zu informieren, dass er Vater wurde.

»Lily«, sagte er eindringlich und nahm ihre Hände in seine, so dass sie sich bereits gefangen fühlte. »Lily, wenn die Nationalsozialisten meine Mutter undeutsch nennen, dann trifft das auch mich. Ich … Ich muss fliehen. Aber nicht ohne dich.«

»Nein!« Lily schrie auf. Sie entzog ihm ihre Hände und erhob sich. Panisch rang sie nach Luft.

»Wenn du mich liebst …« Er blickte sie durchdringend an.

Lily empfand widerstreitende Gefühle. Einerseits wünschte sie sich nichts sehnlicher, als ihn in den Arm zu nehmen und ihrer Liebe zu vergewissern; auf der anderen Seite fühlte sie sich wie gefangen. Sie spürte Zorn in ihr aufsteigen. Wie konnte er es wagen, sie derart unter Druck zu setzen. Steckte dahinter nicht auch die heimliche Anklage, dass sie sich seinem Heiratsantrag entzogen hatte?

»Zweifelst du an meiner Liebe?«, fragte sie, mit mehr Kälte in der Stimme, als sie beabsichtigt hatte. »Muss ich einen Beweis meiner Liebe erbringen? Ist es das, was du von mir einforderst?«

»Nein. Lily, bitte.« Auch Alexander war aufgestanden. Er streckte die Arme nach ihr aus, doch sie hob abwehrend die Hände. »Ich glaube an deine Liebe, aber ich habe Angst, dass uns nicht viel Zeit bleibt. Wenn meine Eltern fliehen … Erwartest du, dass ich mich gegen sie entscheide?«

»Wenn ich mit dir komme, entscheide ich mich gegen *meine* Eltern. Hast du daran gedacht?«

Wie von einem Hieb getroffen, zuckte er zurück, ging zum Fenster und starrte hinaus. Schweigend. Auch Lily sagte kein Wort.

Die Sonne schien durch das Fenster und verlieh Alexanders Silhouette einen hellen Schimmer. Beinahe wie einen Heiligenschein, was völlig unpassend für ihn war, dachte Lily und erschrak über den Sarkasmus, der sich in ihre Gedanken geschlichen hatte. Natürlich hatte sie gewusst, dass der latente Konflikt sich eines Tages manifestieren und eine Entscheidung von ihr erzwingen würde, aber sie hatte gehofft, dass ihr mehr Zeit bliebe. Zeit, in der sie Alexander lieben konnte, ohne an das Morgen zu denken, das sie beide trennen würde.

Was ihm wohl durch den Kopf ging, fragte sich Lily. Seine Schultern wirkten angespannt, seine ganze Haltung drückte Ablehnung und Traurigkeit aus. Als spürte sie Alexanders Stimmung, schlich Prinzessin Mäusehaut zu ihm und strich ihm um die Beine. Gedankenverloren beugte er sich hinab, um die Katze auf seine Arme zu heben und zu streicheln. In diesem Augenblick beneidete Lily das Tier darum, dass es seine Zuneigung einfach so ausdrücken konnte, ohne sich mit schwerwiegenden Entscheidungen herumschlagen zu müssen.

»Alexander«, flüsterte Lily, ihre Stimme nur ein Hauch, weil sie fürchtete, sonst in Tränen auszubrechen. »Bitte, lass uns reden.«

»Es gibt nichts zu bereden. Entweder du kommst mit mir mit oder du bleibst in Deutschland.« Er drehte sich um, sein geliebtes Gesicht eine starre Maske aus Härte und Abwehr. »Also, wie entscheidest du dich?«

»Stell mir kein Ultimatum.« Lily ballte die Hände zu Fäusten, ihr Herz raste. »Dazu hast du kein Recht.«

»Mein Leben steht auf dem Spiel. Da kann ich nicht erst alle Argumente abwägen, da muss ich mich entscheiden. Und du dich auch.«

»Du verstehst es nicht.« Lily seufzte. »Nicht nur dein Leben steht auf dem Spiel. Sondern das Leben vieler Menschen. Wenigstens einigen von ihnen können meine Freunde und ich helfen.«

»Also entscheidest du dich für deine politische Arbeit und gegen mich.« Die Traurigkeit, die seine attraktiven Züge überschattete, schnitt ihr ins Herz. Sie konnte es kaum ertragen, dass sie die Verantwortung dafür trug, dass ihr Geliebter so leiden musste. »Bitte«, flehte er, »denk noch einmal darüber nach. Du musst dich nicht heute entscheiden.«

»Doch, ich habe mich entschieden«, entgegnete Lily scharf. »Lieber ein Ende mit Schrecken als ein Schrecken ohne Ende.«

»So also siehst du mich … Siehst du uns. Als einen Schrecken, dem du entkommen willst.« Alexander verzog den Mund zu einem bitteren Lächeln. Seine Anspannung übertrug sich auf die Katze, die zu zappeln begann und sich aus seinen Armen wand. Mit einem eleganten Satz sprang Prinzessin Mäusehaut auf den Boden, fauchte Lily an und verschwand in ihrem Korb neben dem Herd. »Lily, bedeute ich dir wirklich nicht mehr?«

Schweigend starrte sie ihn an. Wie konnte er so etwas fragen? Wusste er denn nicht, wie viel sie für ihn aufgegeben hatte, wie sehr sie sich verändert hatte, seitdem sie ihn liebte? Spürte er denn nicht, wie tief ihre Liebe zu ihm war? Konnte er nicht erkennen, was sie alles für ihn aufgeben würde, aber dass es eine Grenze der Selbstaufopferung geben musste? Denn er würde sie nicht mehr lieben, wenn sie nicht die wäre, die sie nun einmal war. Lilys Gedanken flogen nur so durch ihren Kopf, aber nichts davon konnte sie in Worte fassen. Wenn Alexander nicht spürte, was sie fühlte, würde sie es ihm auch nicht begreiflich machen können.

»Du weißt, dass ich dich liebe«, sagte sie schließlich. Ihre Kehle fühlte sich so rau und trocken an, dass sie zur Spüle ging, um sich Wasser in ein Glas zu lassen, das sie auf einen Zug austrank. »Aber du weißt auch, wie wichtig meine politische Arbeit ist. Ich habe dich nie belogen.«

»Nein, hast du nicht.« Er klang kleinlaut, als wären alle Wünsche und Hoffnungen gestorben. »Aber ich habe immer gedacht, dass wir zusammen …«

Alexander beendete den Satz nicht, als könnte er selbst nicht mehr daran glauben, dass er noch vor kurzem auf ein gemeinsames Leben mit ihr gehofft hatte.

Lily wünschte, sie könnte etwas sagen oder tun, um

seine Hoffnungslosigkeit zu vertreiben. Aber sie sah keinen Weg, Alexander glücklich zu machen. Keinen Weg, den sie gehen konnte, ohne sich selbst zu verlieren. Also trat das Schweigen zwischen sie, das seit dem verunglückten Heiratsantrag im Hintergrund gelauert hatte.

»Wann wollen deine Eltern abreisen?«, fragte Lily, weil sie die Stille nicht mehr ertragen konnte. »Wie viel Zeit bleibt deiner Familie noch in Deutschland?«

»Nicht mehr sehr lange. Du kennst meinen Vater. Er ist ein Mann schneller Entschlüsse.« Alexanders Gesicht wurde weicher, als er an Lily herantrat, um ihr die Hand an die Wange zu legen. »Du meinst, wie viel Zeit uns bleibt.«

»Nein!«, rief Lily. »Das könnte ich nicht ertragen. Dich jeden Tag zu sehen, im Wissen, dass es bald das letzte Treffen sein könnte. Das … Das kann ich nicht.«

»Du musst dich heute nicht entscheiden. Bitte. Bitte, gib uns nicht auf. Nicht so schnell.«

»In einer anderen Zeit, in einer besseren Zeit …« Sie kämpfte gegen Tränen an. Sie wollte nicht weinen, wollte ihnen den Abschied nicht schwerer machen, als er ohnehin werden würde. »Da hätten wir glücklich werden können.«

»Ja«, stimmte Alexander ihr zu. »Aber selbst in dieser schlimmen Zeit treffen *wir* die Entscheidungen, die unseren Weg bestimmen.«

»Als ob ich das nicht wüsste.« Lily wandte sich ab, holte tief Luft und ging an ihm vorbei in den Flur, wo sie ihren Mantel von der Garderobe nahm. »Es tut mir leid. Aus tiefstem Herzen. Aber ich kann nicht anders.«

»Ich weiß.« Alexander war ihr in den Flur gefolgt, doch er hielt Abstand zwischen ihnen, als wagte er nicht, sie zu berühren. »Ein Teil von mir liebt dich dafür, ein anderer Teil hasst dich.«

»Mir geht es ebenso.« Trotz ihrer Trauer musste Lily lächeln. In manchen Dingen waren sie einander sehr ähnlich. »Ich wünsche dir und deinen Eltern alles Gute. Denk an mich.«

Als sie die Hand an die Türklinke legte, bereit, die Wohnung und Alexander für immer zu verlassen, rief er: »Lily, warte.«

»Ja?« Sie wandte sich ihm zu.

»Ich respektiere deine Entscheidung, aber …« Alexander holte tief Luft. Er ließ sie nicht aus den Augen. »Ich … Ich gebe uns nicht auf und werde auf dich warten. Jeden Tag, um 17:00 Uhr, im *Café Laumer.*«

»Warte nicht auf mich«, antwortete Lily und öffnete die Tür.

Erst nachdem sie die Tür hinter sich geschlossen hatte, wagte sie auszusprechen, was ihr auf der Seele brannte. »Warte nicht auf mich, auch wenn ich dich mehr liebe, als du je wissen wirst.«

Kapitel 23

Frankfurt am Main, 13. Oktober 1933

»Hast du viel zu tun?« Gottfried war leise in Lilys Kammer getreten, eine Tasse in der Hand, aus der es angenehm schokoladig duftete. »Lily, hier, für dich. Kakao hilft.«

»Danke.« Lily streckte ihre Hand nach der Tasse aus. Sie wagte es nicht, ihrem Vater ins Gesicht zu sehen, weil sie den Ausdruck von Mitleid fürchtete, den seine Miene sicher zeigen würde. »Ich muss noch für die Universität lernen.«

Ihr Vater nickte, wie Lily aus dem Augenwinkel sehen konnte. Er stand unschlüssig in der Tür. Ein wenig schmerzte es Lily, dass sie ihn nicht an sich heranließ, aber zu sehr hielt sie ihr eigenes Leid gefangen. Zu sehr schmerzte die Trennung von Alexander, zu sehr brannte der Wunsch, alles zu vergessen und zu ihm zu laufen, um ihre Liebe wieder aufleben zu lassen. Nur indem sie sich vergegenwärtigte, was alles gegen ihre Liebe sprach, vermochte Lily diesem Impuls zu widerstehen. Stattdessen weinte sie. Weinte bittere Tränen, ausgelöst durch Kleinigkeiten, wie den Geruch von Kaffee, der sie an Alexander erinnerte, das Maunzen einer Katze im Hinterhof, das die Erinnerung an Prinzessin Mäusehaut und den Tag, an dem Alexander Lily und das Kätzchen gerettet hatte, hervorrief. Doch am schlimmsten war es, wenn jemand seinen Namen sagte. Dann flossen Lilys Augen über vor Tränen und es dauerte lange, bis sie sich beruhigen konnte. Irgendwann wird es leichter und ich werde den Schmerz überwinden, sagte sie dann zu sich selbst. Aber dieser Tag schien noch unendlich weit entfernt.

»Vielleicht ist es ja besser so«, sagte Gottfried mit einem Räuspern. Lily sah ein wenig hoch, gerade so weit, dass sie sehen konnte, wie ihr Vater seine Finger nervös ineinander verknotete. Als wäre es ihm unangenehm, was er vorhatte zu sagen. »Dein Alexander ist ein guter Mann, aber für dich … Also, ihr kamt aus unterschiedlichen Welten.«

Nun sah Lily auf und blickte ihren Vater nur an. Tränen tropften von ihrem Gesicht auf das Buch, das sie aufgeschlagen auf dem Tisch liegen hatte. Ihre Unterlippe zitterte, als sie sich bemühte, Worte zu finden. Doch ihr Vater wartete nicht auf ihre Antwort, sondern drehte sich um und lief aus der Kammer, als ob sie ihn hinausgeworfen hätte.

»Ida! Ida!«, hörte Lily ihn rufen. »Ida, du musst kommen. Das Kind weint.«

Obwohl ihr hundeelend zumute war, konnte Lily sich eines Lächelns nicht erwehren angesichts der Panik, die in der Stimme ihres Vaters lag. Doch der kurze Moment der Ablenkung verschwand, um der allgegenwärtigen Traurigkeit Raum zu geben, die sie einhüllte wie ein vertrauter Mantel. Erneut starrte sie in das Buch, setzte die Buchstaben zu Worten zusammen, die für sie jedoch keinen Sinn ergaben. Aber wenn sie nicht wenigstens versuchte, etwas über die Geschichte der Arbeiterbewegung zu lesen, würden ihre Gedanken sich nur weiterhin mit der Frage beschäftigen, ob sie nicht zu Alexander zurückkehren sollte.

»Lily, es reicht!« Ida, sonst die Ruhe selbst, erhob die Stimme, als sie in die Kammer trat. »Ich kann mir das nicht mehr mitansehen.«

Erstaunt wischte Lily sich die Nase am Handrücken ab und blickte ihre Mutter vorwurfsvoll an. Sie trauerte, da konnte sie wohl etwas Verständnis und Rücksichtnahme von Ida erwarten.

»So nicht, mein Fräulein!« Ida stemmte die Hände in die Hüften und schüttelte den Kopf. »Komm mir nicht mit diesem seelenvollen Blick, sondern komm endlich zur Vernunft. Etwas mehr Verstand kann ich von einer Studentin ja wohl erwarten.«

»Mutti!« Empört sprang Lily auf. »Ich bin unglücklich.«

»Woran du selbst schuld bist.« Ida trat auf Lily zu, um ihr über die Wange zu streichen, was die Schärfe ihrer Worte abmilderte. »Kind, was hätte Alexander noch unternehmen müssen, damit du erkennst, wie wichtig du ihm bist?«

»Aber … Aber er hat nie verstanden, was die politische

Arbeit mir bedeutet. Er hat verlangt, dass ich mit ihm nach Amerika gehe.«

»Lily!« Erneut der strenge Blick und Ton. »Sicher ist nur, er muss raus aus Deutschland. Sonst ist sein Leben gefährdet. Ihr könntet gemeinsam nach Spanien flüchten oder Schweden. Wir alle könnten gemeinsam gehen.«

»Nein. Alexander ist nicht einmal auf die Idee gekommen, euch in seine Gedanken einzuschließen.«

»Der arme Junge war wahrscheinlich vollkommen durcheinander, was kein Wunder ist.« Missbilligend schüttelte Ida den Kopf. »Du selbst nimmst dir die Möglichkeit, ein ganzer Mensch zu sein. Wann erkennst du endlich, dass es nicht nur ein Entweder-oder gibt, sondern dass du beides haben kannst, nein, haben *musst*?«

»Warum muss ich beides haben?« Trotzig wie ein kleines Kind schob Lily die Unterlippe vor. Sie weigerte sich, über die Möglichkeit nachzudenken, dass ihre Mutter recht haben könnte. »Alexander hat mich vor die Wahl gestellt: er oder die SPD.«

»Du hast ihn dazu gezwungen, dir ein Ultimatum zu stellen. Ich kenne meine Tochter.«

Lily senkte den Kopf, weil sie sich ertappt fühlte, aber was sollte sie denn tun? Alexander hatte zwar versprochen, dass er auf sie warten würde, aber nach drei Wochen hatte er sicher aufgegeben. Wenn sie ehrlich zu sich war, hatte er ihr viele Angebote gemacht, die sie alle ausgeschlagen hatte. Womöglich waren Alexander und seine Eltern bereits in Spanien, auf dem Weg nach Amerika, und damit für Lily unwiederbringlich verloren.

»Was soll ich nur machen?« Wieder bebte Lilys Unterlippe, dieses Mal vor Verzweiflung. »Was mache ich nur, wenn er nicht auf mich wartet?«

»Los, geh, lauf. Er wird auf dich warten. Bestimmt.« Ida gab ihr einen schnellen Kuss auf die Wange, bevor sie zur Seite trat, damit ihre Tochter an ihr vorbeieilen konnte. »Sei vorsichtig. Morgen kommt Hitler nach Frankfurt. Da werden sie noch frecher sein als sonst.«

Lily rannte in den Flur und griff nach ihrem Mantel, den sie im Hinauslaufen überzog. Noch zwanzig Minuten Zeit blieben ihr, um vom Gallusviertel zum *Café Laumer* in der Bockenheimer Landstraße zu gelangen, wenn sie pünktlich dort eintreffen wollte.

Doch es kam, wie es kommen musste. Die Straßenbahn fuhr ihr vor der Nase davon, so dass Lily laufen musste. Mit der Hand hielt sie den Mantel zusammen, um gegen den Oktoberwind geschützt zu sein. Zeit, den Mantel zuzuknöpfen, hatte sie nicht, wollte sie das Café rechtzeitig erreichen. Lily lief immer schneller und störte sich nicht an den erstaunten Gesichtern der Menschen, an denen sie vorbeiraste. Sie dachte nur an eins: das *Café Laumer* zu erreichen, bevor die Uhren fünf schlugen.

Keuchend riss sie die Tür zum Café auf und stürzte hinein. Ihr suchender Blick entdeckte Studenten, die sie kannte und die ihr grüßend zunickten, außerdem einige Professoren. Nur Alexander war nirgends zu sehen. Hektisch schaute Lily auf ihre Armbanduhr – 17:17 Uhr. So schnell würde Alexander nicht aufgegeben haben, oder? Sie würde auf ihn warten, eine halbe Stunde, bevor sie sich eingestehen würde, dass alles vorbei war und die

Entscheidung falsch gewesen war, Alexander ziehen zu lassen.

Lily atmete tief durch. Noch war nicht alles verloren. Vielleicht war Alexander etwas dazwischengekommen, so dass er sich verspätete, so wie sie. Eine halbe Stunde, dreißig Minuten, eintausendachthundert Sekunden würde sie noch hoffen. Zielsicher steuerte Lily auf einen Tisch zu, von dem aus sie die Tür im Blick behalten konnte.

»Guten Tag. Was möchten Sie trinken?«

Erschrocken sah Lily auf. Sie war so auf die Eingangstür fixiert, dass sie die Kellnerin im schwarzen Kleid mit weißer Schürze gar nicht kommen gesehen hatte. Als die Frau vor ihr stand, fiel Lily ein, dass sie ihr Portmonee vergessen hatte.

»Danke, danke«, stotterte sie. »Erst einmal nichts. Ich … Ich warte auf jemanden.«

Da beugte sich die Kellnerin etwas vor und flüsterte. »Eine halbe Stunde kann ich Sie sitzen lassen, dann wird der Chef misstrauisch.«

»Vielen, vielen Dank.« Lily spürte erneut einen Kloß im Hals und blinzelte gegen die Tränen an.

Die Serviererin entfernte sich. Kurze Zeit später kehrte sie an Lilys Tisch zurück, um ihr ein Glas Wasser hinzustellen.

»Sie sehen aus, als könnten Sie das brauchen.«

Gerührt von der Geste konnte Lily nur dankbar nicken, weil jedes Wort Tränen hervorgebracht hätte. Gierig trank sie einen großen Schluck, als sich die Eingangstür öffnete. Lily erhob sich von ihrem Sitz, aber es war ein junges Paar, das nur Augen füreinander hatte.

Unablässig blickte sie auf die Uhr, deren Zeiger sich viel zu schnell bewegten.

17:38 Uhr.

»Sie müssten jetzt etwas bestellen«, sagte die Kellnerin.

»Danke«, antwortete Lily und stand auf, langsam und schwerfällig wie eine Greisin, als hätte das Warten sie alle Kraft gekostet. »Ich werde gehen.«

»Weinen Sie net, Kleines. Kein Mann ist es wert, dass man seinetwegen Tränen vergießt.«

Lily lächelte, den Tränen nahe. »Meiner schon.«

Draußen traf sie die kühle Abendluft und ließ sie frösteln. Mechanisch setzte sie einen Fuß vor den anderen, erschöpft und so traurig, dass sie nicht einmal mehr weinen konnte. Du hast ihn vertrieben, du allein, schienen ihre Schritte auf das Pflaster zu schreiben. Deine Schuld allein, deine Schuld allein, schienen die Bäume ihr zuzuraunen.

Gedankenverloren schlich Lily die Brentanostraße entlang, als Johlen und Pfeifen durch die dumpfe Wand ihrer Traurigkeit drangen. Obwohl sie sich nichts sehnlicher wünschte als nach Hause zu gehen, sich in ihrem Bett zu verkriechen und ihrer Trauer freien Lauf zu lassen, trieb etwas sie in Richtung des Lärms.

Als sie um die Ecke auf die Guiollettstraße bog, stockte ihr für einen Moment der Atem angesichts des schrecklichen Bildes, das sich ihren ungläubigen Augen darbot. Sechs junge Männer, augenscheinlich nationalsozialistische Studenten, schubsten abwechselnd eine alte Frau zwischen sich hin und her, als wäre die Greisin ein Spielzeug, ein Kreisel, den man aufzog und kreiseln ließ, bis er sich nicht mehr drehte. In den verwaschenen braunen Augen der Frau erkannte Lily schiere Panik.

»Judendreck. Judendreck. Mach dich von der Straße weg!«, singsangte einer der Kerle, offensichtlich der Anführer, der das grausame Spiel dirigierte. »Wie kannst du es wagen, uns im Weg zu stehen?«

»Ich habe nichts getan«, stieß die alte Frau keuchend hervor. Ihr schwarzes Kopftuch hatte sich gelöst und gab den Blick auf eisengraues Haar frei, das zu einem Knoten geschlungen war, der sich langsam auflöste. »Bitte, lassen Sie mich gehen.«

»Sprich uns nicht an.«

Wieder schubste ein Student die Greisin, so hart, dass sie stolperte und zu Boden ging. Mühsam fing sie den Sturz mit Händen und Knien ab, wobei sich ihr Gesicht vor Schmerzen verzog, was die Männer zu erneuten Pfiffen und Gegröle anregte. Schwer ließ die Frau sich auf das Straßenpflaster sinken; ihr Atem kam pfeifend. Hilfeheischend sah Lily sich um, doch die anderen Passanten eilten mit gesenkten Köpfen an den Männern vorbei, sichtlich bemüht, nicht deren Aufmerksamkeit zu erregen.

»Lasst die Frau in Frieden. Sie hat euch nichts getan.« Ohne einen Gedanken an ihre eigene Sicherheit zu verschwenden, eilte Lily zu der Frau, um ihr auf die Beine zu helfen. Ihr Eingreifen überraschte die Nationalsozialisten offensichtlich, so dass sich keiner von ihnen Lily in den Weg stellte.

Mit aller Kraft zerrte sie am Arm der Frau, doch diese war anscheinend zu erschöpft und auch zu verängstigt, um ihr entgegenzukommen. Lily hatte sich halb aufgerichtet und sie mit sich gezogen, als ein Student neben sie trat und sie aus kalten Augen musterte.

»Ich kenne die. Ein Weib, das studiert.« Voller Hass spuckte er die Worte aus. Lily erinnerte sich dunkel an ihn. Einer von denen, die nachplapperten und auswendig lernten, aber nicht selbstständig denken wollten. »Und eine Rote noch dazu.«

»Eine Rote und eine Jüdin. Pack zu Pack.« Der Anführer boxte Lily in die Seite, als sie der alten Frau aufhelfen wollte. »Wie kann sich eine deutsche Frau auf die Seite einer Jüdin schlagen?«

Obwohl ihre Rippen von dem Hieb schmerzten, richtete Lily sich sehr gerade auf, damit sie dem Anführer in die Augen sehen konnte.

»Lassen Sie uns gehen. Wir haben Ihnen nichts getan«, sagte Lily mit mehr Mut in der Stimme, als sie wirklich hatte.

»Du hast uns gar nichts zu sagen, dreckige Rote.« Unvermutet schlug einer der Studenten Lily in den Bauch, worauf sie sich vor Schmerzen krümmte. Mein Kind, mein Kind, war ihr einziger Gedanke. Schützend rollte sie sich zusammen, so dass der nächste Schlag sie an der Schläfe traf und zu Boden warf. Alexander, unser Kind – mehr konnte Lily nicht denken, bevor sie bewusstlos wurde.

Ein Buch mit Knoten – das muss dir reichen.

Kapitel 24

Frankfurt am Main, Oktober 1999

»Alexander und Lily.« Der alte Mann lächelt, was seinem Gesicht eine Ahnung von vergangener Attraktivität schenkt. Sein Englisch ist von einem britischen Akzent begleitet, der perfekt zu seinem Habitus passt. Auf mich wirkt er wie ein Gentleman oder wie jemand, der sich sehr bemüht, wie einer auszusehen. Angefangen von der Kleidung über die akzentuierte Sprache bis hin zu seiner Körperhaltung. »Keiner von uns hat am Anfang verstanden, wie diese beiden zusammenfinden konnten. Aber sobald man sie gemeinsam sah, erkannte man Liebe, die für die Ewigkeit gedacht war.«

Dann schweigt er. Seine blassen Augen schließen sich, ich fürchte, dass er einschlafen wird und meine Fragen unbeantwortet bleiben. Ich nutze die Gelegenheit, ihn zu mustern. Nach unseren Telefonaten hatte ich mir einen herben alten Mann vorgestellt und bin überrascht, wie schmal Robert Hartmann wirkt. Obwohl er in einem bequemen Lehnstuhl sitzt, hält er sich sehr aufrecht, als weigere er sich, dem Alter nachzugeben. Seine vollen Haare sind von einem Grau, das sicher nicht der Natur geschuldet ist, sondern der Eitelkeit und der Chemie. Als Erstes jedoch sind mir seine Hände aufgefallen – schmal mit langgliedrigen Fingern, die förmlich darauf warten, über die Tasten eines Klaviers zu gleiten. Robert Hartmann ist ein Mann, dem sein Aussehen viel wert ist. Gutes Aussehen, guter Duft – sein Rasierwasser riecht dezent und teuer – und gute Kleidung. Obwohl es ein schlichter Werktag ist, trägt er einen dunklen Anzug und eine blaue Krawatte mit schmalen grauen Streifen. Muster und Farbe der Krawatte finden sich auch in seinem Einstecktuch. In Jeans und Bluse fühle ich mich underdressed, aber er ist höflich darüber hinweggegangen.

Ungeduldig trommele ich mit den Fingern auf die Lehne des Holzstuhls, der bequemer ist, als er aussieht. Inzwischen habe ich nicht nur Robert Hartmann ausgiebig in Augenschein genommen, sondern auch das Zimmer, in das er mich geführt hat. Der Raum ist stilvoll und elegant. Nur wenige Möbel befinden sich darin, aber diese sind – jedenfalls soweit ich das beurteilen kann – echte Schätzchen im Bauhausstil. Auf dem dunklen Stäbchenparkett liegen zwei bunt gemusterte Teppiche. Sie glänzen seidig, aber niemand wird Seidenteppiche auf den Boden legen, oder? Wiederum musste ich die Schuhe ausziehen, als ich die Wohnung betrat.

Endlich, endlich habe ich einen Informanten, der mich zu Lily führen könnte – und er schläft. Soll ich gehen und ihn in Ruhe lassen oder ihn ansprechen? Bevor ich eine Entscheidung getroffen habe, schlägt er die Augen wieder auf und sieht mich an. Etwas an seinem Lächeln sagt mir, dass er mich gerade auf die Probe gestellt hat. Was er damit bezweckt, bleibt für mich im Verborgenen, aber ich mag es nicht, so behandelt zu werden. Noch bleibe ich freundlich. Schließlich bin ich hier, um etwas über meinen Großvater und Lily zu erfahren, und wenn ich dafür die Spielchen eines einsamen alten Mannes mitspielen muss, dann tue ich das.

»Ich habe mich oft gefragt, was wohl aus den beiden geworden wäre, hätten sie in einer besseren Zeit gelebt.« Zum ersten Mal, seitdem er mich begrüßt hat, wirkt Robert Hartmann ernst. »Wie viele Lieben sind wohl den Nazis zum Opfer gefallen?«

Er erwartet offenbar keine Antwort von mir, worüber ich froh bin, weil seine Frage mich trifft. Vielleicht, weil ich sie niemals so gestellt hätte. Darf man nach Liebe, nach individuellem persönlichem Glück fragen, in einer Zeit, die Millionen Menschen das Leben gekostet hat? Oder ist gerade in so einer dunklen, furchtbaren Zeit die Liebe zweier Menschen das einzige Licht im Dunkeln? Ich weiß es nicht, aber es sind Überlegungen, mit denen ich mich weiter beschäftigen werde. Charlotte – sie ist der Mensch, mit dem ich über solche Fragen sprechen kann, ohne dass ich mich naiv und politisch unerfahren fühle. Kaum habe ich diesen Gedanken beendet, muss ich lächeln.

Meine Freundin war wieder einmal schneller als ich. Erst habe ich nicht begriffen, was sie mir mit *Schiffsmeldungen* sagen wollte, doch nachdem ich den Roman beinahe beendet habe, ist mir klar, dass Charlotte auf einen Neuanfang hinaus will. Einen Neubeginn, der nicht spektakulär sein muss, aber für mich einen großen Schritt darstellt. E. Annie Proulx hat mir in diesem Augenblick meines Lebens viel mehr sagen können als vor zehn Jahren, als ich sie das erste Mal las. Manchmal braucht es wirklich den richtigen Zeitpunkt für ein Buch. Ja, ich habe mich auf der Reise verändert: Inzwischen fällt mir nicht mehr als Erster und Einziger Jeffrey ein, wenn ich mit einem anderen Menschen reden möchte. Charlotte, Kyle, mein Vater, selbst Laura sind an die Stelle meines Exmannes getreten, was mich zufrieden macht.

Ein deutliches Räuspern gibt mir zu verstehen, dass Robert Hartmann es überhaupt nicht schätzt, dass ich ihm meine Aufmerksamkeit entzogen habe.

»Möchten Sie Kaffee oder Tee?«

»Kaffee, bitte.«

Anstatt aufzustehen, wie ich es erwartet habe, greift der alte Herr hinter sich, wo ein Glöckchen steht, so eines, mit dem man Kinder zum Christbaum ruft, und läutet es. Nein, das darf nicht wahr sein. Wenn jetzt ein Dienstmädchen in einem schwarzen Kleid mit weißer Schürze ins Zimmer kommt, werde ich kichern, fürchte ich.

Glücklicherweise ist es ein junges Mädchen, gekleidet in eine ausgeblichene Jeans und ein pinkfarbenes *Hello-Kitty*-T-Shirt, das die Tür öffnet

»Ach, Opa, du sollst nicht immer *Brideshead Revisited* spielen.« Als sie sich mir zuwendet, lächelt sie und zwinkert mir zu. »Hallo, ich bin Hannah, seine Enkelin, die er gern als Dienstmädchen nutzt. Möchten Sie Kaffee oder stilvoll britischen Tee? Mit Silberkännchen und so.«

Auch sie spricht Englisch. Wahrscheinlich hat Robert Hartmann ihr von mir erzählt.

»Kaffee, bitte.« Dann zwinkere ich zurück. »*Brideshead Revisited*?«

»Britische Fernsehserie über Liebe und Leid einer Adelsfamilie. Vor allem Leid. Nach dem Roman ›Wiedersehen mit Brideshead‹. Raten Sie mal, wer der größte Fan davon ist!«

»Husch, husch, bring uns Kaffee. Tee für mich. Und ein paar Kekse, bitte.« Obwohl Robert Hartmann sich bemüht, böse zu schauen, sehe ich, wie sehr er seine Enkelin liebt. Moment mal – Enkelin? Er muss mir meine Verwirrung angesehen haben, denn bevor ich eine Frage stellen kann, sagt er: »Stief-Enkelin, aber das ist ein furchtbares Wort. Man muss immer an die bösen Stiefmütter der Brüder Grimm denken, finden Sie nicht?«

Ich nicke, weil mich weiterhin die Frage bewegt, ob Paul Stunz eine falsche Einschätzung getroffen hat, die ich nach dem ersten Anschein sofort übernommen habe. Als ich Robert Hartmann anschaue, grinst er breit.

»Ich bin schwul«, sagt er, als hätte er meine Gedanken gelesen. »Aber nach dem Krieg herrschte Männermangel und Sophie war überglücklich, einen Mann zu finden, der ihr half, ihre Kinder aufzuziehen.«

Er steht auf, um ein Foto von dem zierlichen Mahagoni-Schreibtisch zu holen, dessen geschwungene Eleganz ich vorhin bewundert habe. Ein äußerst attraktiver Mann um die dreißig, der seinen Arm um eine zierliche Frau gelegt hat, die lächelnd zu ihm aufschaut. Sie trägt ein helles Kleid und einen Blumenstrauß, er einen eleganten dunklen Anzug. Vor ihnen stehen wie die Orgelpfeifen drei Kinder: zwei Jungen, die sehr ernst schauen, und ein kleines Mädchen, das breit in die Kamera grinst, so dass man den fehlenden Vorderzahn sehen kann. »Hagen, Hans und Helga. Die Namen hat ihnen ihr Vater gegeben. Ich war froh, dass sie nicht Adolf, Joseph und Eva hießen.«

Sein Lachen ist so ansteckend, dass ich einstimmen muss, was die Atmosphäre deutlich auflockert.

»Was ist aus Sophies erstem Ehemann geworden?«, frage ich, obwohl ich mich eigentlich für Lily interessiere. Aber Robert Hartmanns Lebensgeschichte erscheint mir so ungewöhnlich, dass ich es schade fände, nicht mehr über ihn zu erfahren. »Ist er im Krieg gefallen?«

»Russland.« Er nickt. »Sophie hat lange auf ihn gewartet, weil sie hoffte, er wäre unter den Gefangenen, die nach und nach zurückkehrten. 1948 haben wir Gewissheit erhalten, dass er am 5. März 1943 gestorben ist. Da haben wir geheiratet.«

»Eine hübsche Frau.« Mir fällt mir nichts Besseres ein. »Sie waren ein schönes Paar.«

»Bevor Sie fragen oder zu höflich sind, die Frage zu stellen, aber vor Neugier fast umkommen – ja, wir waren glücklich. Beide.« Robert Hartmann lächelt versonnen. »Ich habe Sophie sehr geliebt. Das mag für Sie seltsam klingen, aber man kann einen Menschen auf mehr als eine Weise lieben. Als Sophie vor sechs Jahren starb, habe ich mich beinahe aufgegeben. Wenn die Kinder nicht gewesen wären …«

Wieder schweigen wir beide. Dieses Mal einträchtig und freundlich, beinahe freundschaftlich. Als Hannah mit Kaffee und Keksen ins Zimmer kommt, fahren Robert und ich auseinander wie beim heimlichen Rauchen ertappte Schulkinder. Wir setzen uns an den Tisch und beobachten, wie Hannah Kaffee einschenkt.

»Wenn ihr noch etwas braucht, sagt mir einfach Bescheid. *Sagen*, nicht mit dem Glöckchen klingeln.« Wieder zwinkert sie mir zu.

»Vielen Dank«, antworte ich. In ihrer Frische und ihrem Charme erinnert Hannah mich an Laura, die ich beinahe so sehr vermisse wie meinen Sohn. Ich habe überlegt, noch einmal nach Barcelona zu fliegen, aber ich möchte die Gastfreundschaft der beiden nicht überstrapazieren.

»Sie sind aber nicht hier, um etwas aus meinem Leben zu erfahren.« Robert Hartmann rührt in seinem Kaffee. »Sondern von Ihrem Großvater. Und von Lily.«

»Was für ein Mensch war Lily?«, frage ich. Was für ein Mensch mein Großvater war, weiß ich. Jedenfalls habe ich geglaubt, dass ich ihn kannte, aber inzwischen muss ich meine Vorstellung von ihm wohl revidieren. Aber noch fürchte ich mich davor und frage lieber nach Lily. Da ich mit ihr nicht verwandt bin, ist alles, was ich über sie erfahren werde, weniger bedrohlich für mich. »Bisher kenne ich nicht einmal ihren Nachnamen.«

»Lily hieß Ennenbach. Ich glaube, sie hat in Schweden

geheiratet. In der Emigration. Aber den Namen ihres Mannes weiß ich nicht. Tut mir leid.«

»Geheiratet?« Die große Liebe meines Großvaters hat einen anderen Mann genommen? Seltsamerweise fühle ich mich enttäuscht. Obwohl ich nur den Brief kenne, den Lily geschrieben hat, habe ich erwartet, dass sie meinem Großvater treu geblieben ist. »In Schweden?«

»Dazu komme ich noch.« Robert Hartmann genießt es sichtlich, mich auf die Folter zu spannen. »Ich bin alt und wenn ich die Geschichte nicht chronologisch erzähle, vergesse ich bestimmt die Hälfte.«

Ich nicke, lehne mich zurück, trinke einen Schluck Kaffee, der sehr stark ist, und gebe dem alten Mann die Bühne, die er sich wünscht.

»Auf den ersten Blick hat niemand von uns verstanden, was Alexander in ihr gesehen hat.« Er lächelt, als seine Gedanken in die Vergangenheit wandern. »Wir waren ein wilder Haufen. Junge Männer und Frauen, die ihre Freiheit genossen und sich auf jede mögliche Weise von anderen abgrenzen und schockieren wollten. Lily dagegen wirkte so … so bodenständig. Wenn sie mit uns zusammen war, fiel sie auf wie ein bunter Hund, obwohl sie nicht bunt war.«

Einen Augenblick versinkt er in seinen Erinnerungen und sein Blick geht durch mich hindurch, als wäre ich nicht da.

»Ich erinnere mich noch an den Abend des Liebespaar-Koffers.«

»Als sie in Gefahr gerieten?«, frage ich.

»Ja, aber das war es nicht, was Lily auszeichnete.« Er

nickt. »Als wir durch die Altstadt gingen, kam ich Lily das erste Mal etwas näher. Sie lächelte, als wir durch die engen Gassen gingen. Die Altstadt damals. Sie war anders als heute. Winzige Häuser, dunkel, stinkend, voller Ungeziefer.«

Er schüttelt sich. Mich überkommt der Wunsch, mich zu kratzen.

»Lily aber lächelte. Ganz versunken. In schönen Erinnerungen, wie sie sagte, als ich sie neugierig fragte.« Er schüttelt den Kopf, als könnte er es auch heute nicht glauben. »Schöne Erinnerungen an die dreckige Altstadt, habe ich ungläubig gefragt und mich umgesehen.«

»Ich habe alte Fotos gesehen«, sage ich, aber er hört mich nicht.

»An Geburtstagen ist Lilys Familie in die *Schirn* gegangen, hat dort Fleischwurst und Semmeln geholt, die sie mit in die *Aal Eul*, die Alte Eule nahmen.« Sein Lächeln wird breiter. »Das war eine Schankwirtschaft.«

Ich muss so erstaunt wirken, dass er meine unausgesprochene Frage beantwortet.

»In diesen Gaststätten standen Teller und Besteck bereit für die Gäste, die ihr Essen mitbrachten. Der Wirt schenkte Äppelwoi aus und Apfelmost.« Robert Hartmann schließt wieder die Augen. »Ich wollte mit Lily in die *Aal Eul*, wollte das Puppenspiel sehen, von dem sie erzählt hatte.«

»Ein Puppenspiel?«, frage ich. »In einer Gaststätte?«

»Kein richtiges Theater«, antwortet Robert Hartmann. »Eher eine große Spieluhr. Für einen Groschen könne man die Puppen zum Tanzen bringen, sagte Lily. Aber sie wollte nicht mit mir dorthin gehen. Als ich darauf bestand, wurde sie wütend. Die Schankwirtschaft sei kein Zoo, in dem ich Elend und Armut angaffen könnte.«

»Sie war eine starke Persönlichkeit?« Hinter meinen Worten verberge ich die Sorge, dass Lily anstrengend und dogmatisch gewesen sein könnte. »Kamen Sie gut mit ihr aus?«

»Ich war ihr nicht wichtig. Einen Augenblick. Ein Bild sagt mehr als tausend Worte.«

Mühsam erhebt er sich aus seinem Sessel, geht auf schweren Beinen zu dem Schreibtisch und öffnet die schmale Schublade.

Ich betrachte seinen gebeugten Rücken, während er in dem Schubfach wühlt, und versuche mir den alten Mann als jungen Lebemann vorzustellen. Es will mir nicht gelingen. Endlich hat er gefunden, was er gesucht hat, und kehrt zu mir zurück.

»Hier.« Er drückt mir ein Foto in die Hand. Eine Schwarz-Weiß-Aufnahme, auf der vier junge Männer und vier junge Frauen zu sehen sind, gekleidet in der Mode der 1930er Jahre. Sie haben sich vor der Frankfurter Universität postiert, um etwas zu feiern, wie die Sektflaschen in ihren Händen verraten. »Raten Sie, wer Alexander und Lily sind.«

Ich brauche nur einen Augenblick, um meinen Großvater zu erkennen. Etwas von dem schlaksigen Jungen, der in die Kamera schaut, als ob ihm die ganze Welt gehörte, hat er sich bis ins hohe Alter bewahrt. Genauso schnell wie ihn erkenne ich Lily. Sie fällt auf, weil sie so anders ist als die Menschen um sie herum. Die Männer in ihren gut geschnittenen Anzügen, die Frauen in dunklen Kleidern von erlesenem Schnitt. Alle bis auf eine, die schlicht gekleidet ist. Selbst auf dem alten, bereits verblassten Bild kann ich erkennen, dass ihre Kleidung abgetragen, aber gepflegt ist, dass ihre Frisur eher praktisch als modisch ist. Man sollte meinen, dass sie neben den gut gekleideten Frauen und Männern zurücksteht, aber das Gegenteil ist der Fall. Sie sticht heraus, weil sie leuchtet. Anders kann ich es nicht nennen. Etwas in ihren Augen, in ihrem Lächeln lässt die Frau lebendig und strahlend wirken. Allerdings sieht sie nicht in die Kamera, sondern lächelt meinen Großvater an, der ebenfalls nur Augen für sie hat. Ja, dieses Bild sagt mehr als tausend Worte über die Liebe zwischen meinem Großvater und Lily.

»Ich sehe, Sie haben beide erkannt.« Hartmanns Lächeln verschwindet, als brächte das Foto nicht nur angenehme Erinnerungen mit sich. »Damals glaubten wir noch, dass wir die Welt erobern könnten, dass alles, was sich politisch abzeichnete, nichts mit uns zu tun hätte.«

Ich wage es kaum, die naheliegende Frage zu stellen, aber es nicht zu tun, erscheint mir feige. »Waren Sie …« Ich kann es nicht aussprechen. Zu schrecklich ist die Vorstellung, dass der alte Mann verfolgt wurde, nur weil er Männer liebt.

»Nein.« Seine blassen Augen mustern mich aufmerksam. »Ich bin rechtzeitig entkommen. Sehr früh schon. Es erschien mir klüger, Deutschland zu verlassen. Damals, nachdem …«

Seine Hand tastet nach dem Glas Wasser. Es ist leer. Ich stehe auf und schenke ihm nach, froh darüber, dass ich etwas tun kann und nicht über die Schrecken der Vergangenheit reden muss.

»Danke«, sagt er. »Ich bin geflohen, kurz nachdem Ihr Großvater mir geholfen hat. Und ich bin schuld, dass er Lily verloren hat.«

Eine verwöhnte junge Frau lernt, wozu sie alles fähig ist, um zu überleben. Nur das Festhalten an dem falschen Mann überwindet sie zu spät.
Aber morgen ist ja noch ein Tag.

Kapitel 25

Frankfurt am Main, Oktober 1999

»Es kam, wie es kommen musste. Lily trennte sich von Alexander. Aus ihrer Sicht waren die Unterschiede zwischen ihnen wohl zu bedeutend.« Robert Hartmann schweigt, um versonnen an mir vorbei zu blicken. »Es hat ihn tief getroffen.«

Ich gebe ein zustimmendes Brummen von mir, weil ich seinen Redefluss nicht unterbrechen möchte und gespannt darauf warte, wann die Geschichte kommt, in der mein Großvater Robert Hartmanns Leben rettete.

»Ich habe es sehr bedauert, weil ich Lily bei der ISK-Aktion, die Sie ja kennen, schätzen lernte. Aber Lou, Louise Fischer, sie war glücklich, dass Alexander endlich wieder ihr gehörte. Nicht, weil Lou ihn liebte. Nein, weil sie es nicht ertrug, von einer Frau wie Lily verdrängt zu werden.«

Er stockt, um einen Schluck Kaffee und Wasser zu trinken. Bevor er mit seiner Geschichte fortfährt, räuspert er sich.

»Sie werden es kaum glauben, so wie ich aussehe, aber damals wurde ich zunehmend politisch. Von Monat zu Monat verbrachte ich mehr Zeit im ISK, um gegen Hitler zu kämpfen. Sicher auch aus Eigennutz. Selbst 1933 war bereits absehbar, dass die Nazis nicht nur politische Gegner und jüdische Menschen verfolgen würden, sondern alle, die ihnen nicht in den Kram passten. Ich war prädestiniert als Opfer – ein schwuler Mann aus dem Theatermilieu. Also machte ich aus der Not eine Tugend und begann mich zu wehren. Und die Aktionen des ISK waren aufregend für mich. Nie wieder habe ich mich so lebendig gefühlt wie damals. Immer in Angst, entdeckt zu werden. Immer bemüht, klüger zu sein als die Nazis. Wenn wir erfolgreich waren, fühlte es sich besser an als ein Champagnerrausch. Und dann kam der verhängnisvolle Tag …«

Robert Hartmanns Körper bebt, als er tief einatmet. Selbst heute noch scheinen ihn die Schrecken der Vergangenheit zu verfolgen. Ich würde lügen, wenn ich sage, dass ich das nachvollziehen kann. Obwohl ich die Zeitzeugenberichte studiert habe, bleibt mein Wissen angelesen. Daher schweige ich, weil jedes Wort mir fehl am Platz vorkäme. Es scheint das Richtige zu sein, denn nach einer kurzen Pause spricht Robert Hartmann weiter.

»Wir waren so vorsichtig, trafen uns immer nur in kleinen Gruppen, achteten darauf, ob uns jemand folgte … Vielleicht hatten die Erfolge der letzten Aktionen uns unvorsichtig werden lassen. Plötzlich standen zehn von den Nazis in dem Raum, in dem wir uns trafen und wo wir gerade eine Verteilerliste für die ›Neuen Politischen Briefe‹ erstellten. Ganz zu schweigen von den Flugblättern, die uns überdeutlich verrieten. Meine vier ISK-Freunde und ich erstarrten. Zu meinem Glück stand ich nahe am Fenster. Ohne zu überlegen, bin ich hinausgesprungen. Ein Stockwerk tief. Beim Landen habe ich mir den Knöchel verletzt, so dass ich nur weghumpeln konnte. Nur weg von dem Geschrei, das sich hinter mir erhob. Ich habe unglaubliches Glück gehabt, dass die Nazis zuerst auf meine Freunde und die Möbel einprügeln wollten.«

Wieder weiß ich nicht, was ich sagen soll.

»Manchmal frage ich mich noch heute, ob ich nicht hätte bleiben und meinen Freunden beistehen müssen. Ich fühle mich wie ein Feigling.« Das wispert er so leise, dass ich ihn kaum verstehe.

»Sie haben einfach nur reagiert«, antworte ich mit weicher Stimme. »Niemandem wäre geholfen gewesen, wenn auch Sie ein Opfer geworden wären.«

»Das sage ich mir auch. Aber warum klingt es wie eine Ausrede?«

Er atmet tief ein und sieht in diesem Moment viel, viel älter aus als der elegante, gepflegte Herr, der mir die Tür öffnete. Dann lächelt er, was jedoch wie eine Maske wirkt, hinter der er seine Gefühle verbirgt.

»Doch genug davon. Sie möchten von Alexander hören. Ihr Großvater war der erste Mensch, der mir einfiel. Möglicherweise auch, weil seine Wohnung am nächsten lag. Also hinkte ich, so schnell mich mein Knöchel trug, zu Alexander, versuchte, die stechenden Schmerzen zu ignorieren und nicht darüber nachzudenken, was die Nazis mit meinen Freunden anstellen mochten. Jedes Geräusch, das hinter mir ertönte, spornte mich zu schnellerem Humpeln an. Jeder Schatten, der auf mich fiel, ließ mein Herz einen Schlag lang aussetzen. Mit viel Glück gelangte ich zu Alexanders Wohnung, ohne behelligt zu werden. Er öffnete und ich war gerettet. Fürs Erste.«

Er hält inne, um durchzuatmen. Mir wird bewusst, dass ich mich nach vorne gebeugt habe, weil seine Geschichte mich so gefangen nimmt.

»›Was ist mit dir passiert?‹, fragte Alexander, entsetzt darüber, dass ich so derangiert aussah. Vollkommen erschöpft brach ich zusammen und es dauerte eine halbe Ewigkeit, bis ich in der Lage war, ihm alles zu beichten. Meine Aktivitäten im ISK, der Überfall, meine feige Flucht …

Je mehr ich erzählte, desto stärker wuchs meine Angst. Alexander war der Erste, der mir eingefallen war. Aber nun, da ich mich in seiner Küche um Kopf und Kragen redete, argwöhnisch beäugt von seiner Katze, fragte ich mich, ob es die richtige Entscheidung war, zu ihm zu gehen. Sicher, er war mit einer Sozialdemokratin liiert, er hatte uns bei der Liebespaarkoffer-Aktion geholfen, aber der Alexander, den ich kannte, war jemand, der sich auf keinen Fall einmischen wollte. Konnte ich ihm vertrauen, dass er mich nicht verraten würde?«

»Oh«, sage ich, »das muss schwer für Sie gewesen sein.« Es schmerzt mich, dass mein Großvater in diesen schlimmen Zeiten versucht hatte, neutral zu bleiben. Wie hatte er das nur leben können – seine Liebe zu Lily, die ein sehr engagierter Mensch gewesen war, und seine apolitische Haltung? »Das tut mir leid.«

»Das braucht es nicht.« Robert Hartmann tätschelt mir beruhigend die Hand. »Verstehen Sie, ich war dermaßen aufgeregt, dass ich nicht klar denken konnte. Selbstverständlich hätte er mich nie verraten. Auch wenn er sich nicht gegen die Nazis stellte, so war er doch jemand, der absolut loyal zu seinen Freunden stand. Ich saß in der Küche, trank Kaffee und stürzte teuren Cognac herunter, als wäre er Wasser, bis ich mir endlich alles von der Seele geredet hatte.

Währenddessen schaute Alexander ständig auf die Uhr, als erwartete er jemanden. Er bot mir an, bei ihm zu bleiben, aber das reichte mir nicht. Ich bat ihn, bei meinen Freunden vorbeizugehen und herauszufinden, was ihnen geschehen war. Nun, in der Sicherheit von Alexanders Wohnung, drückte mich die Schuld meiner Flucht schwer. Alles, was ich denken konnte, war, dass ich meine Freunde im Stich gelassen hatte.

Alexander willigte ein, wollte aber zuerst ins *Café Laumer* gehen und auf Lily warten. Ich war so verzweifelt, dass ich meinen besten Freund am Revers packte und ihn schüttelte. Nichts könne so wichtig sein wie das Schicksal meiner Kameraden, versuchte ich ihm klar zu machen. Lily sei bisher nicht ins *Laumer* gekommen, warum sollte sie ausgerechnet heute dort auftauchen. Alexander willigte ein, zuerst nach meinen Kameraden zu sehen, bevor er ins *Laumer* ging. Er bat mich, auf ihn zu warten und zur Sicherheit das Licht auszuschalten und die Fenster zu meiden.

Ich war erleichtert, dass er mich nicht im Stich ließ. Stunden saß ich in der Wohnung, während es draußen dunkel wurde. Immer wieder spielte ich die schreckliche Szene in Gedanken durch, fragte mich, wie ich meine Freunde hätte unterstützen können. Nur die Katze leistete mir Gesellschaft. Nachdem ich ihr Schinken gegeben hatte, legte sie alle Vorbehalte mir gegenüber ab.

Endlich kehrte Alexander zurück. Seine Miene verhieß nichts Gutes. Wie jeden Tag, seitdem Lily ihn verlassen hatte, wirkte er düster und traurig. Als hätte sie alles Glück und alle Helligkeit mit sich genommen.

Er teilte mir mit, dass die Braunhemden meine Kameraden schwer misshandelt und mitgenommen hatten. Er hätte bei der Polizei nachgefragt, wo man angeblich nichts von dem Vorfall wusste. Drei meiner Freunde kehrten vier Tage später wieder zurück, von einem haben wir erst nach Kriegsende herausfinden können, dass man ihn getötet hatte.«

»Es tut mir leid.« Etwas Besseres, etwas Passenderes will mir nicht einfallen.

»Danke. Es ist lange her, aber für mich unvergessen.« Robert Hartmann schüttelt sich, als zöge Kälte durch das Zimmer. »Noch einen Kaffee?«

»Nein, danke. Sie sagten am Anfang, dass Sie schuld daran sind, dass mein Großvater Lily verloren hat.«

»Ja. Grausam, wie das Leben oft spielt, kam Lily an diesem Nachmittag tatsächlich ins Café und hat Alexander nicht angetroffen.«

»Woher wissen Sie das?« Dann fällt mir ein, dass ich ihm noch nichts von dem Brief erzählt habe, der dafür spricht, dass die Liebenden sich doch noch gefunden haben. Wenn auch erst sechzig Jahre später. »Wie können Sie wissen, dass Lily an dem Tag im *Café Laumer* war?«

»Weil ich sie in Schweden getroffen habe.« Lächelnd zuckt er mit den Schultern. »Das ist kein so großer Zufall, wie Sie glauben. Die Zahl der deutschen Emigranten in Stockholm war überschaubar, so dass wir uns zwangsläufig begegnen mussten.«

»Lily ging nach Schweden?« Wieder beuge ich mich vor und fühle mich wie Sherlock Holmes, der die entscheidende Spur aufgenommen hat. »Lebt Sie noch dort?«

Langsam sieht Robert Hartmann erschöpft aus, und ich bekomme ein schlechtes Gewissen, dass ich dem alten Mann so zusetze.

»Ich weiß es nicht. Ich blieb nur kurz in Schweden, um dann nach England zu reisen, was mich sehr prägte, wie Sie sicher bemerkt haben.«

»Warum sind Sie nach Kriegsende zurückgekehrt, wenn Ihnen die britische Lebensart so sehr liegt?«, frage ich.

»Weil ich weniger britisch bin, als ich dachte.« Er schmunzelt. »Und auch, weil ich Deutschland beim Neuanfang helfen wollte. Weil ich dafür sorgen wollte, dass nicht die alten Seilschaften wieder an die Macht kommen.«

»Waren Sie erfolgreich?«

»Nur begrenzt. Aber ich habe Sophie kennengelernt und mein Glück gefunden, so dass ich schließlich meinen Frieden mit Frankfurt und Deutschland schließen konnte. Nicht so wie Alexander.«

»Hatten Sie Kontakt zu meinem Großvater?« Ich erinnere mich nicht, je von einem Robert Hartmann gehört zu haben, aber mein Großvater war niemand, der viel von sich preisgegeben hat.

»Wir haben uns bis in die 1950er Jahre hinein geschrieben, aber dann kam eine Nachricht von Alexander, dass er endgültig mit Deutschland gebrochen hätte und auch von mir nichts mehr hören wollte.«

Selbst nach all den Jahren klingt Hartmann noch traurig über die Zurückweisung, die er von meinem Großvater erfahren hat.

»Auch von Lily habe ich nichts mehr gehört. Allerdings habe ich auch nicht sehr intensiv nach ihr gesucht. Ich hatte mein eigenes Leben. Tut mir leid, dass ich Ihnen nicht mehr helfen kann.«

»Sagen Sie das nicht. Immerhin kenne ich nun Lilys Nachnamen und weiß, dass sie nach Schweden emigrierte. Mit den modernen Möglichkeiten wie dem Internet müsste ich etwas herausfinden können.«

»Großvater?« Hannah schaut wieder zur Tür herein. »Mach nicht mehr so lange. Entschuldigen Sie, aber er muss ein bisschen auf sich aufpassen. «

»Schon in Ordnung. Ich wollte ohnehin gehen.« Ich stehe auf, um Robert Hartmann zum Abschied die Hand zu geben. Er erhebt sich und verbeugt sich formvollendet. »Vielen Dank für Ihre Zeit und Ihre Hilfe.«

»Ich danke Ihnen, dass Sie sich für mich und die Zeit damals interessieren. Auf Wiedersehen.«

»Auf Wiedersehen.«

Kurz bevor ich die Tür öffne, sagt er: »Falls Sie Lily

finden, geben Sie mir bitte Bescheid. Ich würde gerne wieder mit ihr Kontakt aufnehmen. Schließlich hat Alexander uns beiden sehr viel bedeutet.«

»Selbstverständlich, das ist das Mindeste, was ich für Ihre Mühe tun kann«, antworte ich. Erst als ich auf der Straße stehe, kommt mir die Doppeldeutigkeit seiner Botschaft in den Sinn. War Lou etwa nicht die Einzige, die auf Lily eifersüchtig gewesen war?

Zu Fuß mache ich mich auf den Weg ins Hotel. Ich habe heute Nachmittag so viel Neues erfahren, dass ich meine Gedanken sortieren möchte. Also hat mein Großvater damals wie ein Held gehandelt, als er seinen Freund bei sich aufnahm und nach dessen Kameraden suchte, was ihn seine große Liebe kostete. Es tut mir leid um ihn, um Lily und auch um mich und meine Mutter, die wir Alexander Kirchner, später Woodward, nur als unglücklichen Menschen kannten. Was wäre er wohl für ein Mann geworden, wenn Lily und er geheiratet hätten? Eine müßige Spekulation, da ich dann ja nicht auf die Welt gekommen wäre.

Im Hotel angekommen, überreicht mir der Portier die Post. Auch meine Buchbestellung ist dabei: *Vom Winde verweht* von Margaret Mitchell. Wieder ein Buch, das ich vor Jahren schon gelesen habe. Ich freue mich darauf, die Geschichte neu zu entdecken und mich vom traurigen Schicksal meines Großvaters ablenken zu können. Nur Lily bin ich nicht näher gekommen. Die unsichtbare Frau, verschollen in der Emigration in Schweden. Vielleicht sollte ich es gut sein lassen mit der Suche und nach Hause zurückkehren.

Doch nein, das will ich nicht. Ich würde mich in den kommenden Jahren andauernd fragen, ob ich bei der Recherche nicht etwas Wichtiges vergessen und nicht zu früh aufgegeben habe. Ich bin ein Mensch, der sehr lange an etwas festhält. Manchmal zu lange, wie das Beispiel meiner Ehe zeigt, aber meistens hat mir mein Durchhaltevermögen gute Dienste erwiesen. Nur heute werde ich die Entscheidung nicht treffen. Heute halte ich es mit Scarlett O'Hara – ich schlage das Buch auf der letzten Seite auf und lese den letzten Satz, was nach Charlottes Meinung ein Sakrileg ist. Bücher liest man von vorne nach hinten, aber ausnahmsweise und bei *Vom Winde verweht* darf ich das: *Schließlich, morgen ist auch ein Tag.*

Kapitel 26

Frankfurt am Main, 15. Oktober 1933

»Wir müssen es ihr sagen«, hörte Lily eine Stimme, die ihr bekannt vorkam. Doch weil ihr Kopf sich anfühlte, als wollte er jeden Moment platzen, benötigte sie einige Momente, bis sie ihre Mutter erkannte, deren Ton sorgenvoll klang. »Uns bleibt nicht mehr viel Zeit.«

»Erst einmal muss unsere Kleine aufwachen«, sagte eine zweite Stimme. Ihr Vater. Seine Stimme klang rau, als plagten ihn Sorgen. »Die Ärzte haben gesagt, dass es nicht mehr lange dauern sollte.«

Schritte näherten sich dem Bett, in dem Lily lag. Da öffnete sie die Augen. Das Licht, das durch die trüben Scheiben fiel, schmerzte in ihren Augen. Vorsichtig sah Lily sich um. Vor dem Fenster stand ein weiteres schmales Bett, in dem eine Frau ihres Alters lag und leise schnarchend schlief. Neben ihr stand ein Ständer mit einem Tropf, von dem ein Schlauch in den Arm der Frau führte. Sie wirkte ausgezehrt. So blass, dass ihre

Haut sich kaum von dem Weiß der Bettwäsche abhob. Ein Krankenhaus. Wie war sie nur hierhergekommen? Gegen ihre Kopfschmerzen ankämpfend, versuchte Lily sich zu erinnern.

»Was ist geschehen, was ihr mir sagen müsst und nicht wollt? Was ist mit mir passiert?« Bereits als sie die Fragen stellte, fielen ihr einige Antworten ein. Sie erinnerte sich an den Angriff, den Schlag in die Seite – automatisch zog sie ihre Hand auf den Bauch und sah ihre Mutter angstvoll an. »Mein Kind? Was ist mit meinem Kind?«

»Die Ärzte sind sich noch nicht sicher.« Ida trat an Lilys Bett heran, um ihrer Tochter die Außenseite der Hand an die Wange zu legen. »Es entscheidet sich in den nächsten Stunden, ob …«

Abwehrend schüttelte Lily den Kopf. Gefangen im Aberglauben, dass Worte Wirklichkeit schafften, wünschte sie nicht, dass ihre Mutter das Undenkbare aussprach und es so ins Leben rief.

»Ihr verschweigt mir doch etwas.«

Ida und Gottfried wechselten einen Blick, den Lily nur zu gut kannte. So verständigten ihre Eltern sich stets, wenn schwerwiegende Entscheidungen zu treffen waren oder wenn etwas geschehen war, was ihr Leben völlig auf den Kopf stellte. Ihr stockte der Atem vor Angst, dass Alexander und seine Familie von den Nationalsozialisten abgeholt worden waren.

»Alexander?«, stieß sie mühevoll aus. »Ist er … Geht es ihm gut …?«

»Das wissen wir nicht. Wir haben nichts von ihm gehört.« Gottfried nahm Lilys Hand in seine. Sie spürte die

Schwielen an seinen Fingern, das Ehrenzeichen lebenslanger harter Arbeit. »Es ist Karl. Die Nationalsozialisten haben die Kommunisten verhaftet, als Karl auf deren Versammlung war. Sie haben ihn mitgenommen.«

»Karl?« Die kurzlebige Erleichterung, die Lily verspürt hatte, weil Alexander nichts geschehen war, wich erneutem Schrecken. Karl gefangen von den Faschisten. Ihnen auf Gedeih und Verderb ausgeliefert. Mit Schaudern dachte Lily an die Gerüchte, die über die sogenannten »wilden Konzentrationslager« im Umlauf waren. Auch wenn ihr Bruder, seit sie studierte, oft hart und gemein zu ihr gewesen war, erinnerte sie sich voller Liebe daran, dass Karl sie in der Kindheit stets beschützt hatte. »Können wir etwas tun? Kennen wir jemanden, der uns helfen kann?«

»Wir haben alle um Hilfe gebeten, die wir kennen.« Beruhigend drückte Gottfried Lilys Hand. »Wenn wir Glück haben, bekommen wir Karl wieder frei, aber …«

Hilflos schaute er seine Frau an, die einen Seufzer ausstieß. Ida fuhr sich mit der Hand durch die Haare, wie immer, wenn ihr etwas auf der Seele brannte.

»Sobald Karl frei kommt, werden wir Deutschland verlassen. Es ist alles vorbereitet.« Ida hob die Hände in einer Geste der Hilflosigkeit. »Erst der Angriff auf dich und dann Karls Verhaftung. Wir müssen alle zusammen emigrieren.«

Lily schluckte. Diese Neuigkeit musste sie erst einmal verdauen. Aber warum nicht? Was hielt Lily noch in diesem Land, in dem ihr Geliebter nicht auf sie gewartet hatte?

»Sagt, wie bin ich hierhergekommen? Wie lange habe ich geschlafen?«

»Bevor Ihre Eltern Ihre Fragen beantworten, bekommen Sie erst einmal Ihre Medizin.« Die Schwester, die ohne anzuklopfen ins Krankenzimmer getreten war, hielt Lily auf einem grauen Tablett eine Handvoll bunter Pillen und ein Glas mit Wasser entgegen. »Auch wenn Sie wach sind, sind Sie noch lange net übern Berg.«

»Danke«, sagte Lily, die die Tabletten misstrauisch beäugte. Warum musste sie so viele davon nehmen? »Wie lange muss ich noch hierbleiben?«

»Mindestens drei Tage.« Das Gesicht der kräftigen Schwester wurde weicher, ihre Stimme sanfter. »Sollten Sie Ihr Kind verlieren, was der Herrgott verhüten möge, noch länger.«

Nachdem die Schwester gegangen war, vergewisserte sich Ida, dass Lilys Zimmernachbarin immer noch schlief, bevor sie fortfuhr: »Eine alte Frau und ein Mädchen haben die Ambulanz gerufen, sie hat dich hierhergebracht. Aber keine von beiden wollte sagen, was geschehen ist.«

»Braunhemden haben die Frau angegriffen, weil sie Jüdin war«, rekapitulierte Lily. »Als ich eingriff, sind sie auch auf mich losgegangen. Einer muss mich am Kopf getroffen haben.«

»Beinahe zwei Tage warst du ohne Bewusstsein.« Das erklärte die dunklen Augenringe ihrer Mutter, die nun wieder neben Lilys Bett stand. »Ich muss jetzt gehen und mich um Karls Freilassung kümmern, aber Gottfried bleibt bei dir.«

Lily wunderte sich nicht, dass ihre Mutter es in die Hand genommen hatte, Karl den Fängen der Nationalsozialisten zu entreißen. Schließlich hatte es Ida schon immer besser als Gottfried verstanden, Menschen für sich einzunehmen und Verbündete zu gewinnen. Lily konnte nur hoffen, dass Ida Erfolg beschieden sein würde. Sie konnte und wollte sich nicht vorstellen, dass ihr Bruder in nationalsozialistischer Gefangenschaft verblieb.

»Wohin wollen wir flüchten?«, fragte sie ihren Vater, um ihre Gedanken von Karls Schicksal abzulenken. »Folgen wir Oma und Opa nach Schweden oder …?«

Lily konnte nicht umhin zu hoffen, dass sie nach Spanien gehen würden und sie dort vielleicht, mit sehr viel Glück, ihren Geliebten wiedersehen könnte. Selbst wenn alle Statistiken und Wahrscheinlichkeiten dagegen sprachen, ließ die Hoffnung sich nicht zum Schweigen bringen. Es durfte einfach nicht vorbei sein. Lily strich sich mit der Hand über den Bauch und versprach ihrem Kind, seinem Vater zu verzeihen, dass er sein Versprechen nicht gehalten und nicht im *Café Laumer* auf sie gewartet hatte. Was immer sie unternehmen müsste, um Alexander wiederzusehen und um Verzeihung dafür zu bitten, dass ihr Eigensinn ihnen beinahe das Glück geraubt hatte, sie würde es tun. Ob von Schweden oder Spanien aus. Lily würde ihren Geliebten wiederfinden oder wenigstens die Suche niemals aufgeben.

»Guten Tag. Ich möchte zu den Ennenbachs.« Nachdem er über eine Stunde vor der Tür des Hauses gewartet hatte, in dem Lily und ihre Familie wohnte, hatte Alexander kurz entschlossen bei den Nachbarn geklingelt. Nach drei vergeblichen Versuchen öffnete eine ältere Frau, die ihn misstrauisch durch den Türspalt musterte. »Wissen Sie, wann die Familie wiederkommt?«

»Gar net mehr«, antwortete die Nachbarin ruppig und kurzangebunden. »Die sind abgehauen.«

Kaum hatte sie diesen Satz ausgesprochen, knallte sie die Tür zu und ließ ihn stehen. Nachdem Alexander endlich begriffen hatte, was ihre Worte bedeuteten, fühlte er sich, als würde seine Welt zerbrechen. Warum hatte Lily ihn verlassen, ohne sich zu verabschieden? Hatte er ihr wirklich so wenig bedeutet? Nein, das konnte nicht sein. Trotz aller Differenzen liebte Lily ihn genauso sehr wie er sie. Es musste eine gute Erklärung geben, warum sie überstürzt und ohne Abschied aufgebrochen war. Nur – wen konnte er fragen? Wer würde ihm sagen, wohin Lilys Familie geflüchtet war?

Ein Blick auf die Uhr zeigte Alexander, dass ihm noch zwei Stunden blieben, bis der Zug fuhr, der seine Familie nach Barcelona bringen würde. Zwei Stunden, in denen er eine Spur von Lily finden oder wenigstens ihr Reiseziel erfahren musste. Warum nur hatte er bis zum Tag seiner Abreise gewartet, bis er den Mut gefunden hatte, Lily aufzusuchen, obwohl sie nicht ins *Café Laumer* gekommen war? Nun war es zu spät, Lily war fort. Wer würde wissen, wohin es die Ennenbachs gezogen hatte?

Georg Baum oder Paul Stunz waren die Einzigen von Lilys sozialdemokratischen Freunden, die Alexander je kennengelernt hatte, und von beiden Männern hatte er nicht den Eindruck, dass sie ihn besonders schätzten. Einige Minuten wog er in Gedanken ab, welcher der Männer ihm eher Informationen über Lily geben könnte, und entschied sich für Georg Baum, der ja – wie Lily zu sagen pflegte – beinahe ein Teil der Ennenbach-Familie war. Wo würde er Georg finden? Mehrere Orte fielen Alexander ein, doch ihm blieb nicht genug Zeit, um alle aufzusuchen. Er musste sich für einen entscheiden und hoffen, dass es nicht die falsche Wahl war.

Wieder schaute Alexander auf die Uhr. Der Zeiger schien ihm einen Streich spielen zu wollen und war viel weiter vorgerückt, als es ihm möglich schien.

»Also gut. Auf ins *Café Metz* in der Sandgasse«, sprach er sich Mut zu und fiel in einen leichten Trab. Wenn er sich beeilte, sollte er das Café, das ein Treffpunkt der Frankfurter Sozialdemokraten war, in einer halben Stunde erreichen. Damit bliebe noch etwas Zeit, einen anderen Ort aufzusuchen, sollte er Georg Baum dort nicht finden.

Obwohl Alexander über eine gute Kondition verfügte, erschien ihm der Weg bis in die Sandgasse endlos lang. Vielleicht hätte er sich ein Taxi nehmen sollen, aber diese Idee war ihm erst gekommen, als er die halbe Strecke gelaufen war. Die Angst, Lily auf immer und ewig verloren zu haben, lähmte sein Denken, so dass ihm die simpelsten Lösungen nicht einfielen.

Endlich hatte er das *Café Metz* erreicht. Vor der Tür blieb er stehen und atmete tief ein und aus. Nun fühlte Alexander sich ruhig genug, die Tür zum Café zu öffnen.

Zu seinem Glück saß Georg Baum an einem der hinteren Tische, vor sich eine Tasse Kaffee. Er war in eine Zeitung vertieft, so dass er überrascht aufschaute, als Alexander ihn begrüßte.

»Guten Tag, Herr Baum.« Während Lily und ihre Freunde Wert auf das sozialdemokratische und gewerkschaftliche »Du« legten, hatte Georg Baum stets darauf bestanden, Alexander weiterhin zu siezen. Selbst nach dem Abenteuer mit dem Liebespaar-Koffer hatte er seine Vorbehalte ihm gegenüber nicht ablegen wollen.

Alexander hatte lange überlegt, wie er seine Bitte am geschicktesten formulieren sollte. »Ich war gerade bei den Ennenbachs und habe erfahren, dass …»

»Die sind weg«, unterbrach ihn Baum harsch, ohne Alexander einer Begrüßung zu würdigen. Er bot ihm nicht einmal an, sich zu ihm zu setzen. »Seit gestern.«

Nur ein Tag. Um einen verdammten Tag hatte er Lily verpasst, weil ihm der Mut gefehlt hatte, sich ihr zu stellen und möglicherweise eine erneute Abfuhr zu kassieren. Hätte der Anruf seines Vaters und die Sorge um seine Mutter ihn nicht so erschüttert, hätte er Lily an jenem Tag niemals vor ein Ultimatum gestellt. Hätte, hätte – zu spät. Nun musste er versuchen, zu retten, was zu retten war. Doch zuerst setzte er sich und bestellte zwei Kaffee, was Georg Baum mit einem leichten Kopfnicken akzeptierte.

»Wohin sind sie gereist?«, fragte Alexander, nachdem die Kellnerin die Getränke serviert hatte. Unauffällig schaute er auf die Armbanduhr. Noch etwas mehr als eine Stunde, bis er am Bahnhof sein musste.

»Das hat sie Ihnen wohl nicht verraten, was?« Baum gab nicht einmal vor, seine Häme darüber zu verbergen, dass Lily Alexander ohne Abschied verlassen hatte. »Dann sollen Sie es wohl auch nicht wissen, oder?«

Es wäre klüger gewesen, mit Paul Stunz zu sprechen, erkannte Alexander in diesem Augenblick. Die Feindseligkeit, die ihm Georg Baum entgegenbrachte, entsprang nicht nur dem Misstrauen gegenüber seiner Gesellschaftsschicht, sondern auch der Rivalität Lily betreffend. Fieberhaft überlegte Alexander, ob er es schaffen könnte, Paul Stunz *und* seinen Zug zu erreichen. Selbst wenn er laufen könnte wie Arthur Jonath, der im vergangenen Jahr Gold bei den Olympischen Spielen in Los Angeles geholt hatte, würde es ihm nicht gelingen, beide zu treffen. Also musste er sich wohl oder übel mit Georg Baum arrangieren und hoffen, dass dieser verständig genug wäre, Lilys Gefühle und Interessen wahrzunehmen, selbst wenn er Alexander als Rivalen betrachtete.

»Lily konnte es mir nicht sagen, weil wir uns nicht gesehen haben.« Es schmerzte Alexander, dass er vor Georg Baum eingestehen musste, dass es zwischen Lily und ihm nicht zum Besten gestanden hatte. »Doch ich bin mir sicher, dass sie wollen würde, dass ich erfahre, wohin sie mit ihrer Familie emigriert ist.«

»Dahin, wo es viele von uns zieht. In die Sowjetunion.« Georg schaute Alexander offen an, aber dieser konnte sich des Gefühls nicht erwehren, dass sein Gegenüber ihm etwas verschwieg. »Ich werde nächsten Monat auch dorthin fahren. In Deutschland ist es nicht mehr sicher.«

»Aber …« Alexander überlegte. Das konnte nicht sein. Wenn er sich nicht täuschte, waren Lilys Großeltern nach Schweden emigriert und nicht nach Russland. »Sind Willy und Bertha nicht nach Schweden gegangen?«

»Nur übergangsweise«, antwortete Georg, für Alexanders Geschmack zu schnell. »Von Schweden aus reisen Bertha und Willy nach Moskau. Dort wollen wir uns alle treffen.«

Nun musste Alexander über seinen Schatten springen und sein Gegenüber um Hilfe bitten.

»Meine Eltern und ich reisen heute nach Barcelona«, sagte Alexander, den Blick fest auf Georg Baum gerichtet, damit er sein Gegenüber einschätzen konnte. Baums Gesicht blieb unbewegt. »Dort werden wir sicher einige Tage oder Wochen bleiben. Hier ist die Adresse. Können Sie die Lily bitte geben, wenn Sie sie sehen oder ihr schreiben?«

Georg Baum beobachtete schweigend, wie Alexander einen Füllfederhalter aus der Tasche seines Jacketts zog und die Adresse auf einen Bierdeckel schrieb, der auf dem Tisch lag. Ebenfalls wortlos schob Alexander den Bierdeckel über den Tisch.

»Gute Reise. Barcelona. Dort wird es sicher wärmer sein als in Moskau.«

Alexander vermochte nicht zu erkennen, ob Baum

seine Worte ernst meinte oder ob sie Ausdruck von Sarkasmus waren. Ein Blick auf die Armbanduhr zeigte, dass ihm die Zeit davonlief, aber er wollte nicht gehen, bevor Baum ihm versichert hatte, dass er Lily den Bierdeckel geben würde.

»Haben Sie es etwa eilig?« Baum begleitete seine Frage mit einem sarkastischen Lächeln, als wüsste er genau, dass Alexander auf heißen Kohlen saß. »Warum sollte ich Ihnen diesen Gefallen tun?«

»Nicht für mich«, antwortete Alexander. »Für Lily. Damit sie eine Entscheidung treffen kann.«

»Hat sie das nicht längst?« Baums Lächeln wurde breiter, aber er griff nach dem Bierdeckel, um ihn in der Tasche seiner Strickjacke verschwinden zu lassen. »Ich werde ihn ihr geben, aber ich kann nicht versprechen, dass Sie von ihr hören werden.«

»Das erwarte ich auch nicht«, sagte Alexander knapp, winkte nach der Kellnerin, zahlte und stand auf, weiterhin angestrengt bemüht, ruhig zu wirken. »Vielen Dank und gute Reise für Sie.«

Georg Baum nickte und widmete sich demonstrativ seiner Zeitung. Gemessenen Schrittes verließ Alexander das Lokal. Erst vor der Tür begann er zu laufen. Sein suchender Blick konnte kein Taxi entdecken, so dass ihm nur eins blieb – zu rennen, wie er noch nie gerannt war, wenn er rechtzeitig zur Abfahrt des Zuges am Hauptbahnhof sein wollte.

Wir begleiten fünf Menschen bei dem Versuch, ihren Roman zu veröffentlichen. Du kennst das Buch, es ist eines meiner liebsten.

Kapitel 27

Frankfurt am Main, November 1999

Obwohl ich nur wenig vorzuweisen habe, gönne ich mir einen freien Vormittag im Palmengarten. Mit Kyle und Laura habe ich dort einen Nachmittag verbracht, aber ich entdecke bei jedem Besuch etwas Neues, so dass ich mich damit für meine Ausdauer belohne. Nach dem Gespräch mit Robert Hartmann war ich mir sicher, dass ich nur noch wenige Schritte benötigen würde, um Lily Ennenbach zu finden. Aber alle Versuche endeten in Sackgassen. Manchmal kommt es mir vor, als hätte Lily in Schweden ihre Identität gewechselt wie in einem Zeugenschutzprogramm. Wahrscheinlich ist die Erklärung viel naheliegender: Lily hat geheiratet und den Namen ihres Mannes angenommen. Wie ich sie finden soll, dafür habe ich noch keine Idee entwickelt, die mir sinnvoll erscheint. Gestern Nacht ist mir endlich eine Lösung eingefallen. Nur fehlt mir noch der Mut, sie auch umsetzen.

Außerdem fühle ich mich von Lily getäuscht, da sie so schnell in Schweden geheiratet hat. Nach allem, was ich bisher von ihr gehört habe, erscheint sie mir eigentlich nicht als der Aus-den-Augen-aus-dem-Sinn-Typ von Frau. Vielleicht hatte sie ja einen guten Grund für die Ehe, wie die schwedische Staatsbürgerschaft. Wenn ich mich nicht endlich aufraffe, werde ich die Wahrheit nie erfahren. Vor allem, weil in Frankfurt so wenig an die Vergangenheit erinnert.

Gestern habe ich die Orte aufgesucht, an denen Lily und mein Großvater sich begegnet sind. Auch wenn es sich seltsam anhören mag, ich hatte gehofft, dass ich den beiden auf diesem Weg etwas näherkomme. Eine Art Begegnung über die Zeiten hinweg, indem ich auf ihren Spuren wandele. Nur leider haben die Zeit oder der Krieg jede Spur verwischt und meine Idee läuft ins Leere. Dort, wo 1933 das vegetarische Restaurant des ISK gestanden hat, stehen heute moderne Gebäude mit Büros und Geschäften. Nicht einmal eine Plakette oder Gedenktafel weist darauf hin, dass sich hier einst Menschen getroffen haben, die gegen das nationalsozialistische Regime Widerstand geleistet haben. Ich hätte erwartet, dass es mehr Erinnerung und Gedenken gibt.

An der Adresse, wo sich vor mehr als sechzig Jahren das *Café Metz* befand, steht nun ein Haus, das deutlich nach Ende des Zweiten Weltkrieges erbaut wurde. Auch hier gibt es keinerlei Hinweise auf die Geschichte des Ortes.

Meine Enttäuschung darüber hat mich ins Historische Museum Frankfurt geführt. Hier erhoffe ich mir alte

Fotos oder Bilder, die mir eine Idee davon vermitteln, wie die Stadt ausgesehen hat, als mein Großvater jung und verliebt war. Ich entdecke mehr als das. Im Museum finden sich zwei Modelle der Altstadt, geschaffen von den Brüdern Treuner aus Frankfurt, wie ich auf den Informationstafeln lese. Ein dreidimensionales Bild der Frankfurter Altstadt, wie sie vor dem Zweiten Weltkrieg aussah. Dazu das Trümmermodell, das die Frankfurter Altstadt nach den Bombenangriffen 1943 und 1944 zeigt. Ich stehe vor diesem Abbild und muss schlucken. Zwar habe ich gelesen, dass Frankfurt zu neunzig Prozent zerstört wurde, aber eine Zahl, und sei sie noch so hoch, bleibt abstrakt. Dieses Modell hingegen, in dem die Ruinen zweier Kirchtürme alles überragen und die gesamte Innenstadt in Trümmern liegt, treibt mir Tränen in die Augen. Mein Großvater hat diese Zerstörung gesehen, da bin ich mir ziemlich sicher. Wenn ich mich richtig erinnere, ist er 1945 nach Frankfurt geflogen und hat dort fotografiert.

Mit mehr Fragen als Antworten habe ich das historische Museum schließlich wieder verlassen. Aber ich gebe nicht auf.

Nach der Wärme der Gewächshäuser des Palmengartens erscheint mir die winterliche Luft Frankfurts noch kühler und ich spute mich, ins Internetcafé zu kommen. Obwohl der Cappuccino dort furchtbar schmeckt, freue ich mich auf seine Wärme. Nachdem ich den ersten Schluck getrunken habe, sende ich Charlotte eine Nachricht. In Berkeley ist es jetzt kurz vor sechs Uhr am

Morgen, aber meine Freundin steht früh auf, um ihre Menagerie zu füttern.

Gesendet: Mittwoch, 3. November 1999, um 13:51 Uhr
Von: „Erin" <Erin.Mitchell@aol.com>
An: "Charlotte" <Boss@bookscloves.com>
Betreff: Der Bestseller?

Meine bald-nicht-mehr-beste-Freundin,
was willst du mir damit sagen?
Soll ich ein Buch schreiben?
Lily bleibt verschwunden. Jede Spur, die ich gefunden habe, löst sich in Wohlgefallen auf. Überlege, ob ich nach Hause kommen soll.
Vermisse dich und den Buchladen, selbst die Kunden ;-).
Liebe Grüße
Erin

Gesendet: Mittwoch, 3. November 1999, um 14:17 Uhr
Von: „Charlotte" <Boss@bookscloves.com>
An: „Erin" <Erin.Mitchell@aol.com>
Betreff: AW: Der Bestseller?

Erin!
Reduziere Romane nicht immer auf das Offensichtliche. Olivia Goldsmith schreibt auch darüber, wie wenig im Leben – und im Schreiben – planbar ist. Dass selbst die größten Anstrengungen oder Intrigen nicht zum gewünschten Erfolg führen müssen. Entweder zum Bestseller oder zu DER Spur zu Lily.

Will sagen: Hör auf, alles planen zu wollen, und vertraue dem Leben.
Kuss
Charlotte

PS: Gruß von Sarah
PPS: Intermezzo ist immer noch geschlossen und auch der Inder nebenan droht zu schließen!
PPPS: Vermisse Dich auch, aber wage nicht, ohne Lily nach Hause zurückzukommen.

Gesendet: Mittwoch, 3. November 1999, um 14:41 Uhr
Von: „Erin" <Erin.Mitchell@aol.com>
An: "Charlotte" <Boss@bookscloves.com>
Betreff: AW: AW: Der Bestseller?

Liebe Charlotte,
ich habe verstanden. Oooohhhhmmm.
Neue Spur hat sich aufgetan. In Stockholm. Muss erst einmal über Yahoo oder dieses neue Google danach suchen. Wie konnten wir nur ohne das Internet studieren?
Gruß & Kuss
Erin

Während ich auf Charlottes Antworten warte, suche ich im Internet nach Spuren von Lily und meinem Großvater und grübele darüber nach, ob ich den Professor in Stockholm einfach anschreiben soll.

Gesendet: Mittwoch, 3. November 1999, um 15:01 Uhr
Von: „Charlotte“ <Boss@bookscloves.com>
An: „Erin“ <Erin.Mitchell@aol.com>
Betreff: AW: AW: AW: Der Bestseller?

Liebe Erin,
>> Wie konnten wir nur ohne das Internet studieren? <<
Langsamer und intensiver.
Freue mich, dass es vorangeht.
Muss zur Bank!!!!
Eilige Grüße
Charlotte

»Möchten Se noch einen Cappuccino?« Die Frau hinter der Theke, die mir inzwischen zunickt, wenn ich das Internetcafé betrete, steht plötzlich neben mir. »Denn jede Stunde müssen Se was verzehren. So sind die Regeln.«

»Ja, bitte.«

Wenn ich noch etwas trinke, kann ich auch die Mail nach Schweden schreiben, obwohl es mich einige Überwindung kostet, einen fremden Menschen, noch dazu einen schwedischen Geschichtsprofessor, einfach anzuschreiben und um Hilfe zu bitten. Wie meine Mutter frage ich nicht gern nach Unterstützung.

Ich entwerfe den dritten Text für die Mail und verwerfe ihn, genau wie seine beiden Vorgänger. Vielleicht wäre ich weniger nervös, wenn der schwedische Professor ein alter und gesetzter Mann wäre, aber seinem Foto nach ist er jünger als ich und entspricht so gar nicht meiner Vorstellung von einem Hochschullehrer. Obwohl ich Jeffrey und seine Kollegen oft genug bewirtet habe, bekomme ich die altbackene Idee, wie ein europäischer Professor auszusehen hat, nicht aus dem Kopf. Ein Pfeife rauchender älterer Herr in Tweed, der hinter seinem riesigen Schreibtisch, auf dem sich Bücher stapeln, nahezu verschwindet. Das Bild passt so überhaupt nicht zu dem Foto auf der Internetseite der Universität. So würde Emil aus Lönneberga aussehen, wenn er erwachsen wäre und eine Brille trüge, kam mir in den Sinn, als ich das Bild von Magnus Lundgren gesehen habe.

So schwer kann es nicht sein, ein paar Zeilen zu entwerfen, in denen ich mein Anliegen kurz schildere und den Professor um Hilfe bitte. Vielleicht habe ich auch nur Angst, dass diese Spur, die meine letzte Hoffnung ist, sich ebenfalls als Sackgasse erweisen wird. Dass ich nie herausfinden werde, warum mein Großvater und seine große Liebe nicht zueinanderfanden, sich aber sechzig Jahre später innige Liebesbriefe schrieben. Immer vorausgesetzt, dass mein Großvater Lily geantwortet hat. Aber sonst hätte er doch kein Flugticket gekauft? Ich drehe mich im Kreis. Frustriert tippe ich Worte in den Computer und sende die Mail ab, bevor ich es mir anders überlegen kann.

Gesendet: Mittwoch, 3. November 1999, um 15:51 Uhr
Von: „Erin“ <Erin.Mitchell@aol.com>
An: Magnus.Lundgren@historia.su.se
Betreff: Ihr Forschungsprojekt

Sehr geehrter Herr Professor Lundgren,
aus dem Internet habe ich erfahren, dass Sie zu deutschen Emigranten in Schweden forschen.
Ich suche – aus persönlichen Gründen – eine deutsche Sozialdemokratin, die 1933 von Frankfurt aus nach Schweden ausgewandert ist, und dort wahrscheinlich geheiratet hat. Möglicherweise lebt sie noch immer in Schweden.
Ihr Name ist Lily Ennenbach (vor der Heirat).
Ich weiß, dass meine Bitte ungewöhnlich ist, aber ich würde mich sehr freuen, wenn Sie mir Hinweise geben könnten, wie ich Lily finden kann.
Vielen Dank im Voraus und freundliche Grüße aus Frankfurt am Main, auf der Spur von Lily Ennenbach
Erin Mitchell

Nachdem die Mail abgeschickt ist, lese ich sie mir noch einmal durch, was mich unzufrieden macht, weil der Text steif und förmlich klingt. Ich würde auf eine derart nichtssagende Anfrage wahrscheinlich mit einem höflichen Standardtext reagieren; ich kann nur hoffen, dass Professor Lundgren freundlicher ist als ich.

Da ich keine schnelle Antwort erwarte, schließe ich das Internet, trinke den chemisch schmeckenden Cappuccino aus, bezahle und begebe mich auf den Weg in die Stadt, um mir eine Kleinigkeit zu essen zu kaufen. Inzwischen habe ich das Frankfurter Straßenbahnnetz durchschaut und fürchte mich nicht mehr davor, mich zu verfahren. Während ich aus dem Fenster sehe und die Stadt an mir vorbeigleitet, überlege ich mir, wie viel Zeit ich dem schwedischen Professor geben werde.

Mehr als eine Woche kann und will ich mir nicht leisten. Zwar habe ich noch genügend Geld, weil das Hotel billig ist und ich mich bemühe, kostengünstig zu leben, aber langsam wächst mein schlechtes Gewissen, weil ich das Erbe meines Großvaters verplempere, ohne ein Ergebnis zu erzielen. Außerdem habe ich inzwischen alle Museen und Sehenswürdigkeiten Frankfurts, die ich mir im Vorfeld herausgesucht hatte, angesehen und weiß nicht, was ich mit meiner freien Zeit noch anfangen soll. Ganz zu schweigen davon, dass ich mich einsam fühle. Mit Kyle und Laura zusammen verging die Zeit wie im Flug, und Enttäuschungen bei der Suche teilten wir, wodurch sie weniger frustrierend waren. Jetzt ziehen sich die Tage zäh dahin und jeder Rückschlag bei der Recherche ist für mich ein Anlass, das Projekt »Lily finden« in Frage zu stellen. Selbst wenn Charlotte mir am Telefon oder per Mail Geduld empfiehlt und auch Kyle und Laura immer wieder betonen, dass sie an ein glückliches Ende glauben, bleiben die Zweifel. Es kommt mir vor, als wollte mein Großvater mit aller Macht verhindern, dass ich seinem Geheimnis auf die Spur komme.

Inzwischen ist es dunkel und kalt. Mich zieht es zurück in mein Hotelzimmer. Ich überlege, ob ich den Internetzugang im Hotel nutzen soll. Vielleicht habe ich ja bereits jetzt eine Antwort aus Schweden. Nachdem ich dreimal an dem Hotel-Computer vorbeigeschlichen bin, was den Mann, der dort sitzt, überhaupt nicht stört, überlege ich es mir schließlich und gehe auf mein Zimmer. Bald nimmt mich *Der Bestseller* gefangen, und es fällt mir nicht schwer, der Versuchung, es mit dem Internet zu versuchen, zu widerstehen.

Am nächsten Morgen sitzt erneut jemand vor dem hoteleigenen Computer, so dass mir nichts anderes übrig bleibt, als mich wieder auf den Weg zum Internet-Café zu machen. Doch erst besuche ich eine Ausstellung im Städel, auf die ich mich sehr freue. Leider habe ich kein Glück – die Sonderausstellung »Mehr Licht. Europa um 1770« ist überfüllt. Stattdessen sehe ich mir die reguläre Sammlung des Städels an. Lange bleibe ich vor dem Bild *Der weiße Hund (Liegender Hund im Schnee)* stehen, das Franz Marc gemalt hat. Ein Maler, den ich sehr schätze. Unfassbar, dass die Nationalsozialisten dieses Kunstwerk als entartet bezeichnet haben.

Nun fällt es mir wieder ein: Mein Großvater war der Erste, der mir Gemälde von Franz Marc zeigte und mein Interesse am *Blauen Reiter* und dem Expressionismus weckte, obwohl er Max Beckmann mehr schätzte. Seltsam, dass ich mich daran erst jetzt wieder erinnere. Vielleicht muss ich mein Bild von Großvater überdenken. Aber ich bin nur halbherzig bei der Sache, weil ich am liebsten sofort meine Mails abrufen würde, selbst auf die Gefahr hin, dass ich danach wieder enttäuscht bin.

Nachdem ich mich das dritte Mal im Museum verlaufen habe und erst nach mehreren Minuten bemerke, dass ich diese Bilder bereits gesehen habe, schüttele ich den Kopf über mich selbst. Ich benehme mich wie eine

Süchtige, die den Zeitpunkt, an dem sie sich ihre Droge zuführt, immer weiter hinauszögert, als würde das den Kick erhöhen.

Also gut, ich gebe auf. Tut mir leid, Städel, wir finden heute nicht zusammen.

»Wieder da.« Keine Frage, sondern eine Feststellung. Die Frau hinter der Theke nickt mir zu. »Cappuccino?«

»Ja bitte.«

»Es kann heute länger dauern. Vorhin gab's ein paar Probleme mit der Technik.«

Das fehlt mir gerade noch. Nachdem ich mir endlich eingestanden habe, dass mir meine E-Mails wichtiger sind als die Ausstellung im Städel-Museum, spielt mir das Internet einen Streich. Mit bangem Herzen verfolge ich, wie quälend langsam eine Verbindung zustande kommt. Endlich bin ich auf der Seite von AOL, logge mich ein und trommele mit den Fingern auf die graue Tischplatte, während sich die Internetseite aufbaut. Endlich sehe ich das Zeichen, dass ich elektronische Post habe.

Ruhig, Erin, ruhig. Einmal tief durchatmen und die Hoffnung zurückschrauben.

Zu meiner Überraschung habe ich über zwanzig Mails, die meisten davon Spam, was mich normalerweise kaltlässt, heute aber ärgert, weil die Sichtung Zeit kostet, die ich besser nutzen könnte. Vor lauter Ärger hätte ich sie beinahe übersehen – die Nachricht, auf die ich hoffte und mit der ich nicht wirklich gerechnet habe.

So eine schnelle Antwort kann nur eine freundliche Abfuhr sein. Wenn Professor Lundgren mir etwas über Lily sagen könnte, hätte er sicher erst recherchieren müssen. Ich kann mir noch stundenlang Gedanken machen, ohne zu einem Ergebnis zu kommen. Solange ich die Nachricht nicht öffne, bleiben beide Möglichkeiten nebeneinander bestehen: eine positive und eine negative. Wie bei *Schrödingers Katze*. Seltsam, dass Charlotte mir dieses Buch noch nicht empfohlen hat.

Mein Finger kreist über der Tastatur, meine Gedanken suchen sich Abwege, nur damit ich mich dem nicht stellen muss, was mich erwartet. Nein, ich sollte nicht länger um die Frage herumtanzen. Wie beim Abreißen eines Pflasters ist Schnelligkeit alles.

Gesendet: Mittwoch, 3. November 1999, um 19:38 Uhr
Von: Magnus.Lundgren@historia.su.se
An: „Erin" <Erin.Mitchell@aol.com>
Betreff: AW: Ihr Forschungsprojekt

Liebe Erin Mitchell,
wie interessant – endlich einmal eine spannende Anfrage. Gerne helfe ich Ihnen bei der Suche nach Lily Ennenbach. In meiner Datenbank, die noch viel zu klein ist, habe ich sie allerdings nicht gefunden.
Können Sie mir noch ein paar Angaben machen?
Wann emigrierte Lily?
Wohin immigrierte Lily?
Was sind Ihre Gründe, Lily zu finden?
Ich freue mich auf Ihre Mail und sende viele Grüße aus dem kalten und dunklen Stockholm
Magnus

Magnus Lundgren
Stockholm University
Department of History
SE-106 91 Stockholm
Sweden

Telephone: +46 8 16 20 2223
Magnus.Lundgren@historia.su.se

Ich kann kaum glauben, was ich lese. Sollte es wirklich so einfach sein? Mit fliegenden Fingern tippe ich eine Antwort.

Von den biederen Fünfzigern bis zum Aufbruch der 1970er begleitet der Roman eine Gruppe von Frauen. Ein Kaleidoskop von Lebensentwürfen, vom Zorn, vom Kampf, vom Aufgeben, vom Siegen und Verlieren.

Kapitel 28

Frankfurt am Main, November 1999

Gesendet: Montag, 8. November 1999, um 10:27 Uhr
Von: Magnus.Lundgren@historia.su.se
An: „Erin“ <Erin.Mitchell@aol.com>
Betreff: Lily was here

Hej Erin,
ich freue mich immer über deine Mails und habe ein schlechtes Gewissen, weil ich dir keine guten Nachrichten über Lily über*bringen kann.*
Lass uns mal telefonieren – vielleicht »brainstormen« wir gemeinsam etwas heraus ;-)).
(Außerdem bin ich neugierig auf deine Stimme)
Oder – noch besser – du kommst nach Stockholm? Hier ist's schön – selbst im November. Nur früh dunkel.
Melde dich!
Liebe Grüße
Magnus

Magnus Lundgren
Stockholm University
Department of History
SE-106 91 Stockholm
Sweden

Telephone: +46 8 16 20 2223
Magnus.Lundgren@historia.su.se

Ich soll ihn anrufen? Oder nach Stockholm reisen? Wie kommt er nur auf so eine Idee? Bisher haben Professor Magnus Lundgren, der mir schon in der zweiten Mail anbot, ihn »Magnus« zu nennen, und ich uns zehn oder elf Nachrichten in den vergangenen Tagen geschickt, die sich überwiegend mit Lily und der Suche nach ihr beschäftigten. Gut, ich habe bemerkt, dass seine Mails einen flirtenden Unterton bekamen, aber da ich nicht darauf reagierte, weil ich nicht wusste, wie, wurden unsere elektronisch unterstützten Gespräche wieder zielgerichteter. Magnus fragte mich, was ich über Lily wüsste, und ich gab ihm alle Informationen, die ich bisher gesammelt habe, viel weniger, als ich mir wünsche.

Magnus hat vor Ort versucht, Lily zu finden, aber leider bisher ohne Erfolg. Wie ärgerlich, dass Frauen ihren Nachnamen wechseln und verschwinden, wenn sie heiraten. Der Roman, den Charlotte mir diese Woche als Rätsel gestellt hat, passt perfekt dazu. *Frauen* von Marilyn French. Wie ich die Geschichte allerdings mit mir und meiner vergeblichen Suche in Einklang bringen soll, habe ich bisher noch nicht herausgefunden. Wobei ich zugeben muss, dass ich nicht ganz bei der Sache war. Die Nachrichten von Magnus haben mich stärker abgelenkt, als ich mir eingestehen möchte. Ich habe jede Nachricht bestimmt zehn Mal gelesen, sie von links nach rechts gedreht, um sie nach versteckten Botschaften und Hinweisen zu durchforsten. Und heute nun diese Einladung nach Schweden.

Automatisch öffnet meine Hand die Internetseite mit seinem Foto. So attraktiv, wie Magnus aussieht, wage ich nicht, ihn zu besuchen. Er wäre sicher enttäuscht von mir, obwohl ich mich nicht mehr so gehen lasse wie in den Monaten nach der Trennung. Ein Erfolg – endlich finde ich einen anderen Mann als Jeffrey attraktiv. Aber muss es gleich jemand auf einem anderen Kontinent sein? Und ein Mann, der jünger ist als ich und bestimmt von Studentinnen umschwärmt wird, so wie ich das von Jeffrey kannte? Vielleicht sollte ich Magnus ein Foto von mir mailen; dann erledigt sich seine Einladung bestimmt von selbst. Warum denke ich überhaupt darüber nach? Natürlich werde ich nicht nach Schweden reisen, selbst für Lily nicht. Nicht mit meiner Flugangst.

Fast wie von selbst tippen meine Finger die Worte »Anreise« und »Schweden« in die Suchmaschine ein. Zu meiner Überraschung kann man mit der Fähre nach Schweden reisen und im nächsten Jahr sogar problemlos mit der Bahn, wenn die Öresundbrücke erst fertiggestellt ist. Aber Fliegen ist leider die schnellste und effektivste Möglichkeit, von Frankfurt nach Stockholm zu gelangen. Gut, das habe ich nun herausgefunden und kann jetzt wieder nach Hause, wie ich mein Hotelzimmer inzwischen nenne, gehen. Den Roman weiterlesen, der mich gestern Nacht schon wachgehalten hat. Ich erinnere mich noch gut daran, wie ich *Frauen* zum ersten Mal gelesen habe. Eine Freundin an der Universität, zu der ich später den Kontakt verlor, gab mir das Buch mit den Worten: »Hier, das *musst* du lesen. Gerade du mit deinen Heiratsplänen.«

Damals war ich etwas beleidigt über die Art, wie sie meine Zukunftswünsche herabsetzte, habe aber trotzdem brav den Roman gelesen, der mich tief beeindruckte. Allerdings habe ich die Geschichte damals als Lehrstück über die Vergangenheit verstanden; mit meinem Leben als erfolgreiche Studentin und frisch in Jeffrey verliebte Frau hatte das alles nichts zu tun. Heute jedoch finde ich mehr von mir in den Geschichten der *Frauen*, als mir lieb ist. Ach, Mist, das habe ich Charlotte mailen wollen und es vergessen, weil ich über Magnus Lundgren und dessen unvermutete Einladung nachdachte.

»Gibt es Neues von deiner Lily?« Charlotte hält sich nicht mit großen Vorreden auf. Kaum bin ich in meinem Hotelzimmer angekommen, klingelt das Telefon. Meine Freundin scheint zu spüren, wenn ich Redebedarf habe. »Oder von deinem nordischen Professor?«

»Magnus hat …»

»Aha, aus Professor Lundgren ist schon Magnus geworden.« Ich sehe Charlotte vor mir, wie sie bedeutungsschwer mit dem Kopf nickt, während sie wie ein Bluthund auf der Fährte bleibt. »Du wolltest mir das Bild von ihm mailen.«

»Entschuldige, habe ich vergessen …« Ich zögere nur einen Moment, bis ich schließlich mit der Wahrheit herausrücke. »Heute bin ich etwas neben der Spur. Magnus hat mich nach Stockholm eingeladen.«

»Oha!« Mehr muss meine Freundin nicht sagen. Wir kennen uns so gut, dass ich genau verstehe, was sie mit ihrem Ausruf meint.

»Ich werde natürlich nicht dorthin reisen, obwohl es eine sehr schöne Stadt sein soll. Denn was soll ich dort finden, was Magnus nicht alleine entdecken kann?«

»Also hast du über die Reise nachgedacht?«

»Du weißt, dass ich Angst vorm Fliegen haben.«

»Also hast du über die Reise nachgedacht?« Beim zweiten Mal stellt Charlotte die Frage energischer und ich weiß, dass ich sie jetzt nicht mehr mit Ausreden abspeisen kann.

»Irgendwie fühle ich mich hier im Moment so nutzlos. Alle Spuren sind kalt, niemand kann mir weiterhelfen.« Ich seufze. »Entweder sind die Menschen tot oder aber 1933 emigriert, so dass sich ihre Spur verliert. Und mein Großvater hat leider den Briefumschlag nicht aufgehoben, weshalb ich keine Ahnung habe, wie Lily seit ihrer Heirat heißt. Echt doof, dass Frauen ihre Namen aufgeben.«

»So wie du.« Ein bisschen Genugtuung schwingt in Charlottes Tonfall mit, weil sie mich fragte, warum ich meinen Namen aufgegeben hatte und ich sie damals nicht verstand. »Da passt *Frauen* doch perfekt, findest du nicht?«

»Eigentlich hätte ich *Herland* erwartet, wenn du auf der

frauenbewegten Schiene reist. Bisher kam noch nichts von Gilman Perkins, was mich sehr wundert«, sage ich. Schließlich hat meine beste Freundin ihren Namen nach dieser Autorin gewählt. Nach Charlotte Gilman Perkins und Charlotte Brontë, was meine Freundin allerdings bestreitet, da die Brontë ja Engländerin ist. Ihre Mutter hat Charlotte nämlich April Dawn genannt, was sie ihr nie verziehen hat. Was ich gut verstehen kann. Das ist etwas, was Charlotte und mich verbindet: unsere Mütter sind – gelinde gesagt – eigen. »Oder kommt das noch? Dorothy Parker vermisse ich auch.«

Schließlich weiß ich nur zu gut, dass Charlotte die beiden Autorinnen verehrt. Von Marilyn French hingegen dachte ich immer, dass meine Freundin die Autorin für politisch interessant, aber literarisch irrelevant hält. So kann man sich täuschen.

»Leider hat die gute Dorothy nur Kurzgeschichten geschrieben. Wenn auch wunderbare.« Charlotte spricht voller Überzeugung, wie immer, wenn es um ihr Lieblingsthema geht. Ich freue mich, dass sie sich trotz ihrer Sorgen immer noch für Bücher begeistert. »Themawechsel: was ist jetzt mit dir und Magnus?«

»Gar nichts. Er wollte bestimmt nur höflich sein«, setze ich an. »Na ja, er hat schon ein bisschen mit mir geflirtet. Per E-Mail. Ist das zu glauben?«

»Das sind eben die neuen Technologien. Irgendwann verlieben wir uns alle per Computer.« Ich kann Charlotte vor mir sehen, wie sie den Kopf schüttelt. »Hast du zurückgeflirtet?«

»Ich …« Ich muss kurz überlegen, wie ich am besten

erkläre, was geschehen ist. »Ich fürchte, ich bin aus der Übung. Ich war einfach zu lange verheiratet.«

»Ach, Flirten ist wie Radfahren – das verlernst du nie. Ruf ihn einfach mal an.« Charlotte kichert, was ich mit einem gequälten Aufstöhnen quittiere. »Bestimmt hat er einen wunderbaren Akzent.«

»Wärst du an meiner Stelle, würdest du bestimmt darüber nachdenken, nach Stockholm zu fliegen.«

»Nein.« Charlottes Antwort überrascht mich. Ich hätte wetten können, dass sie sich so eine Chance nicht entgehen lässt. »Natürlich nicht. Ich säße nämlich schon längst im Flugzeug.«

Gemeinsam lachen wir. Es tut gut, so eine Freundin wie sie zu haben, die mir in allen Lebenslagen zur Seite steht. Langsam muss mir etwas Kluges einfallen, wie ich mich bei ihr revanchieren kann.

»Ich trau mich kaum, dich zu fragen, aber …«, beginne ich, was die schöne Stimmung zwischen uns zerstört.

»Frag besser nicht.« Auf einmal klingt Charlotte ernst, nein, erschöpft. Wie ich es befürchtet habe. Hinter ihrer guten Laune schwingt eine latente Traurigkeit mit, die ich spüre. »Die Bank hat mir drei Monate Aufschub gewährt, aber ohne ein Wunder …«

»Soll ich zurückkommen?« Meine Frage ist ernst gemeint. Sobald Charlotte mich braucht, würde ich hier alles stehen und liegen lassen. Lily kann warten, meine beste Freundin nicht. »Nach Lily kann ich später noch suchen.«

»Auf gar keinen Fall!« Nun klingt sie wieder so energisch wie immer. Meine Charlotte. »Wag es ja nicht, ohne Lilys Lebensgeschichte nach Berkeley zurückzukehren. Was meinst du, wie lange brauchst du noch?«

»Keine Ahnung«, antworte ich wahrheitsgemäß. »Falls Magnus nicht erfolgreich ist, habe ich keine Spur mehr. Dann muss ich trotz deiner Drohung meine Zelte hier abbrechen.«

»Das hoffe ich nicht! Ich setze darauf, dass du einen Weg findest.«

»Schlägt sich das in der Auswahl des nächsten Romans nieder?«

»Lass dich überraschen.« Ich bin sicher, dass Charlotte lächelt. »Du hast den Hinweis in der Mail. Viel Spaß.«

»Solange es nicht wieder *Moby Dick* ist, nehme ich jedes Buch. Danke dir für alles und tschüs!«

Nachdem ich aufgelegt habe, droht mir die Decke auf den Kopf zu fallen. Ich fühle mich einsam und allein, gefangen in einer fremden Stadt, die ich auf der Jagd nach etwas durchstreife, das sich mir entzieht. Habe ich eine Obsession entwickelt, mit der ich mich von meinem tristen und leeren Dasein ablenken will? Draußen vor dem Fenster zeigt sich Frankfurt als betongraue Stadt vor einem hellgrauen Himmel, den kein Sonnenstrahl durchdringt. Um mich abzulenken, beginne ich eine Liste.

Was bleibt mir noch zu tun, um Lily zu finden?

Robert Hartmann fragen, wen Lily geheiratet haben könnte (Georg irgendwas).

SPD-Mitglieder 1933 in Frankfurt recherchieren und nach Mann in passendem Alter suchen (Problem: werden

Hunderte sein / warum sollte sie einen Frankfurter geheiratet haben?).

In Schweden suchen.

Wie ist das denn auf die Liste gekommen? Das muss an dem Gespräch mit Charlotte liegen, die mich oft auf abstruse Ideen bringt. Robert Hartmann könnte eine Spur sein, aber ich glaube mich zu erinnern, dass er nicht wusste, wen Lily geheiratet hat. Die Suche nach Frankfurter SPD-Mitgliedern erscheint mir aussichtslos, weil die Erfolgschancen noch geringer liegen als bei der sprichwörtlichen Suche nach der Nadel im Heuhaufen. Egal, wie ich es drehe und wende, meine vielversprechendste Spur führt mich nach Schweden, zu Magnus.

Ach, was soll's!

Ich greife zum Telefon mit der Absicht, das Leben entscheiden zu lassen. Wenn Magnus nicht mehr im Büro ist, schreibe ich ihm morgen eine freundliche Mail und gebe alles auf. Wenn er noch arbeitet, telefonieren wir. Es ist ja nicht das erste Gespräch meines Lebens, das ich mit einem fremden Mann führe – warum also fühlt sich meine Kehle so trocken an?

Erst beim dritten Anlauf gelingt es mir, die richtige Nummer zu wählen. Es tutet. Einmal, zweimal, dreimal, viermal. Es hat nicht sein sollen.

»Magnus. Hej.« Er klingt, als hätte er zum Telefon laufen müssen. Der Klang seiner Stimme, voll und dunkel, überrascht mich.

»Hallo. Erin hier. Erin Mitchell.«

»So viele Erins kenne ich nicht.« Er lacht leise, auch das volltönend und angenehm. Wenn sein Foto ihm auch nur annähernd gerecht wird, müssen die Studentinnen ihm zu Füßen liegen. »Du hast Glück. Ich wollte gerade nach Hause gehen. Hier ist es bereits dunkel.«

»Hier ist es grau. Hellgrau. Störe ich?«

»Ich freue mich, dass du anrufst.«

Das klingt so ehrlich, dass es mir die Sprache verschlägt. Vielleicht werde ich gerade Opfer eines kulturellen Missverständnisses. Magnus ist schwedisch-höflich und ich interpretiere es amerikanisch-flirtend, was zu richtig peinlichen Situationen führen kann. Es war eine dumme Idee, ihn anzurufen. Ich rette mich in das Naheliegende.

»Magnus, hast … du eine Spur von Lily gefunden?« Die vertrauliche Anrede geht mir etwas holprig von den Lippen. Wenn das Telefonat so weitergeht, wird der Professor mit dem umwerfenden Lächeln mich möglichst schnell abwimmeln, weil er mich für eine gelangweilte, nicht sehr kluge Hausfrau halten muss, die ihm nur kostbare Forschungszeit stiehlt. »In Frankfurt komme ich einfach nicht weiter.«

»Ich hier leider auch nicht. Wir stehen gerade erst am Anfang, die Daten zu sammeln und aufzubereiten.« Jetzt klingt er geschäftsmäßig, was ich bedauere, obwohl es mich gleichzeitig beruhigt. »Ich habe Informationen über Willy und Bertha Ennenbach gefunden, aber leider nichts über eine Lily. Schade, dass du nicht weißt, welchen Namen sie nach der Heirat angenommen hat.«

Ich seufze. Sind Willy und Bertha möglicherweise Lilys Eltern? Ich muss noch einmal mit Robert Hartmann sprechen. »Ich versuche, mehr herauszufinden, habe aber nicht viel Hoffnung.«

»Ach, als Historiker ist man Stillstand und Rückschläge gewohnt. So schnell gebe ich nicht auf.« Seine Zuversicht wirkt ansteckend. »Wie hast du eigentlich von Lily erfahren? Das hast du mir nie geschrieben.«

»Eine längere Geschichte.« Wenn ich weiter so eloquent antworte, wird er sie bestimmt nicht hören wollen. Warum stehe ich mir selbst im Weg? »Mein Großvater starb vor sechs Jahren. Beim Dachbodenaufräumen habe ich einen Brief von einer gewissen Lily gefunden. Einen Liebesbrief. In Frankfurt habe ich ihre Spur verloren … War ohnehin eine dumme Idee.«

»Nein, war es nicht. Das klingt romantisch.« Ich kann sein Lächeln durch das Telefon hören. »Dachbodenfunde sind oft wunderbare Quellen für Historiker. Ruf mich an, wenn du mehr weißt. Oder komm nach Stockholm. Es ist eine wunderschöne Stadt. Ich muss los.«

»Äh. Ja. Danke für die Einladung. Ich denk drüber nach. Bye.«

Nachdem er aufgelegt hat, halte ich den Hörer noch ein wenig in der Hand, lausche auf das Tuten und gehe unser Gespräch im Kopf durch. Ob er seine Einladung wirklich ernst meint?

In eine glückliche Kindheit brechen Ignoranz und Vorurteile ein. Obwohl der Vater der Geschwister ein Vorbild ist, verlieren beide den Glauben an das Gute.

Kapitel 29

Frankfurt am Main, November 1999

Gesendet: Montag, 8. November 1999, um 23:23 Uhr
Von: „Charlotte" <Boss@bookscloves.com>
An: „Erin" <Erin.Mitchell@aol.com>
Betreff: Was kommt nach den Frauen?

Liebe Erin,
dein Leben ändert sich so rasant. Da muss ich meine Buchrätsel anpassen. Hier ist das neue:
In eine glückliche Kindheit brechen Ignoranz und Vorurteile ein. Obwohl der Vater der Geschwister ein Vorbild ist, verlieren beide den Glauben an das Gute.
Lies es (wieder) und genieß es! (So wie deinen Schweden!)
Umarmung
Charlotte

Nach dem aus meiner Sicht unglücklichen Telefonat fühlte ich mich heute Morgen versucht, das Internet-

Café zu meiden, aber schließlich war ich neugierig, was Charlotte mir dieses Mal zugedacht hat. *Wer die Nachtigall stört* – Harper Lees Roman habe ich das erste Mal vor ungefähr dreißig Jahren gelesen. Jetzt fühle ich mich alt! Damals hat Harper Lees Held Atticus Finch mich in seiner Geradlinigkeit tief beeindruckt. Ob Charlotte den Roman deshalb ausgewählt hat? Kein Wunder, dass sie und ich uns so gut verstehen. Wir haben einen sehr ähnlichen Buchgeschmack, auch wenn sie die Europäer weniger schätzt als ich.

Keine Nachricht von Magnus, was sofort zu panischen Fragen führt: Hätte ich freundlicher sein sollen? Hätte ich wortgewandter sein müssen? Warum habe ich ihn nur unvorbereitet angerufen? Bevor ich mich vollkommen verrückt mache, schließe ich das Mail-Programm und bezahle für die heutige kurze Sitzung. Die Frau hinter der Theke hebt fragend eine Augenbraue, sagt aber nichts.

Bis zu meinem Termin bei Robert Hartmann bleibt mir noch etwas Zeit, die ich auf dem Frankfurter Wochenmarkt zubringe. Hier gibt es einen Kräuterstand, der mich durch sein exotisches Angebot fasziniert: Honigmelonen-Salbei, Rosen-Thymian – allein die Namen der Kräuter wecken Appetit. Jedes Mal kämpfe ich gegen den Wunsch an, mir einige der Kräutertöpfe zu kaufen und sie mit nach Hause zu nehmen. Ich fürchte, dass es nicht erlaubt ist, Pflanzen in die USA einzuführen. Also verabschiede ich mich auch heute ohne einen Kauf und mache mich auf den Weg zu Robert Hartmann.

»Guten Tag.« Hannah öffnet mir die Tür. Ihr frisches, junges Gesicht sieht besorgt aus. »Es geht ihm nicht besonders gut. Bitte bleiben Sie diesmal nicht so lange.«

»Guten Tag.« Sofort fühle ich mich schuldig, da ich beim letzten Mal viel Zeit mit dem alten Mann verbracht habe. »Wenn es nicht passt, komme ich an einem anderen Tag wieder.«

»Hannah!«, erklingt die Stimme von Robert Hartmann aus den Tiefen der Wohnung. »Sei nicht immer so überfürsorglich und erschrecke meine Gäste. Ich bekomme viel zu selten Besuch.«

»Glauben Sie ihm nicht.« Hannah schüttelt den Kopf und tritt zur Seite, damit ich die Wohnung betreten kann. »Kaffee? Oder Tee?«

»Dieses Mal nehme ich gern Tee.«

Als ich ins Wohnzimmer komme, erkenne ich sofort, wovor Hannah mich warnen wollte. Robert Hartmann sitzt zusammengesunken auf seinem Lehnstuhl und wirkt mindestens fünf Jahre älter als beim letzten Mal. Dank Hannahs Warnung gelingt es mir, mein Erschrecken zu verbergen und stattdessen ein Begrüßungslächeln aufzusetzen.

»Guten Tag, Herr Hartmann.« Ich strecke die rechte Hand aus. »Danke, dass Sie noch einmal Zeit für mich haben.«

Mühsam erhebt er sich und drückt mir kraftlos die Hand. Ob er krank ist, dass er zwischen meinen beiden Besuchen dermaßen abgebaut hat? Da er sehr bemüht ist, sich seine Schwäche nicht anmerken zu lassen, wage ich es nicht, ihn gleich danach zu fragen. Stattdessen plaudere ich kurz über das graue Wetter, bevor ich auf den Anlass meines Besuchs zu sprechen komme. Hannah bringt Tee und gießt ihn ein.

»Ich brauche Ihre Hilfe. Können Sie mir ein paar Männer aus Lilys Umfeld nennen, die sie geheiratet haben könnte?«

Robert Hartmann überlegt, während er an seinem Tee nippt, den er stilecht aus einer hauchfeinen Porzellantasse trinkt. Seine Finger zittern kaum merklich.

»Da kommt eigentlich nur Georg Baum in Frage«, sagt er schließlich mit leiser Stimme. Als er die Tasse absetzt, verfehlt er die Untertasse, so dass das feine Porzellan auf dem Tisch anstößt und zu kippen droht. Ich springe auf und rette, was zu retten ist, was mir einen bösen Blick des alten Herrn einträgt. »Sonst fällt mir niemand ein, der 1933 nach Schweden ging. Paul Stunz blieb noch lange in Frankfurt. Georg habe ich in Stockholm getroffen, aber wir kamen nie gut miteinander aus. Er war in Lily verliebt und hasste Alexander und ich …«

Wenn er mir schon diese Steilvorlage bietet, kann ich die Gelegenheit nicht verstreichen lassen.

»Sie waren in Alexander verliebt und hassten Lily?« Mein Lächeln mildert die Worte ab, aber ich beobachte genau, wie er auf meine Frage reagiert.

»Ja, ich liebte Ihren Großvater. Aber Lily zu hassen brachte ich nicht übers Herz.« Verschwörerisch beugt er sich nach vorn. »Dafür war sie einfach zu wunderbar als Mensch. So kämpferisch, so voller Elan. Sie haben nicht zufällig eine Zigarette?«

»Nein«, antworte ich perplex. »Ich rauche nicht.«

»Opa!«, ertönt es aus Richtung Küche, wo Hannah

mit den Tellern klappert. »Du weißt, dass du nicht rauchen darfst.«

»Ich bin über achtzig, als ob eine Zigarette da etwas ändert.« Er schneidet eine Grimasse in Hannahs Richtung, was mich zum Lachen bringt. »Kann ich Ihnen sonst irgendwie helfen?«

»Sie sind meine letzte Hoffnung«, sage ich zu ihm. »Sonst muss ich womöglich nach Schweden reisen. Ich bekomme furchtbare Panik, sobald ich ein Flugzeug besteige.«

»Das verstehe ich gut. Ich traue diesen Dingern auch nicht.« Er lacht auf, was in einen kurzen Hustenanfall mündet. »Außerdem führt Schweden im Winter zu einer Depression. Das Land ist nur dunkel. Fahren Sie lieber im Mai. Das ist die bessere Reisezeit.«

»So lange wollte ich nicht mehr in Frankfurt bleiben.«

Als Hannah hereinkommt, ein buntes Geschirrtuch in der Hand, erkenne ich, dass es Zeit ist, mich zu verabschieden.

»Vielen Dank, Herr Hartmann.« Ich stehe auf und beuge mich vor, um ihm die Hand zu schütteln. »Ich gebe Ihnen auf jeden Fall Bescheid, wie meine Suche endet. Oder schreibe Ihnen eine Karte aus Schweden.«

»Beeilen Sie sich. So viel Zeit bleibt mir nicht mehr. Auf Wiedersehen.«

»Opa! So etwas sollst du doch nicht sagen.«

Hannah begleitet mich zur Tür. Die Besorgnis auf ihrem Gesicht ist tiefer geworden, und ich fühle mich verpflichtet, etwas zu sagen.

»Entschuldigen Sie. Ich wollte nicht so lange bleiben.«

»Schon gut. Er freut sich immer, wenn Sie zu Besuch kommen, aber …« Verzweifelt hebt sie die Hände und schüttelt den Kopf. »Er will nicht einsehen, dass er sich schonen sollte. Und er ist der einzige Großvater, den ich habe.«

Was kann ich antworten? Ein wenig beneide ich Hannah darum, was für ein inniges Verhältnis sie zu Robert Hartmann hat. Ist das die Normalität und die Distanz, die zwischen meinem Großvater und mir herrschte, die Ausnahme? Oder sind Hannah und Robert Hartmann eher ein ungewöhnliches Team? Als ich die Tür öffne, fällt mir die Frage ein, die ich völlig vergessen habe Robert Hartmann zu stellen.

»Entschuldigen Sie«, wende ich mich an Hannah. »Eine Frage habe ich noch an Ihren Großvater. Darf ich?«

»Selbstverständlich. Er erzählt gern von früher.« Sie nickt mir zu.

Wir lächeln uns zu und gehen nebeneinander ins Wohnzimmer.

»Entschuldigen Sie, ich würde doch noch gerne etwas wissen«, sage ich. »Willy und Bertha Ennenbach – sind das Lilys Eltern?«

Robert Hartmann überlegt einen Moment.

»Nein, es sind die Eltern ihres Vaters. Ihre Eltern hießen Ida und Gottfried.« Er verzieht den Mund. »Das Gedächtnis ist schon seltsam. Manchmal weiß ich nicht, welcher Tag ist, aber erinnere mich an jeden Namen von damals. Lilys Bruder hieß Karl. Ein wilder Junge, der mit den Kommunisten liebäugelte.«

»Danke schön«, sage ich, während ich Ida, Gottfried und Karl Ennenbach in mein Notizbuch eintrage. »Bis bald. Alles Gute, Herr Hartmann.«

Dieses Mal begleitet Hannah mich nicht, sondern setzt sich ihrem Großvater gegenüber, nachdem sie ein Schachspiel aus einer Schublade des Sekretärs geholt hat. Wieder durchfährt mich ein Stich von Neid, als ich sehe, wie vertraut die beiden miteinander sind. Sicher, die Eltern meines Vaters waren wunderbare Großeltern, aber leider wohnten sie so weit entfernt von uns, ich habe sie nur zwei- oder dreimal im Jahr gesehen. Obwohl ich allmählich etwas mehr Verständnis für ihn entwickele, schmerzt es immer noch, dass Großvater Alexander und ich uns so wenig nah standen.

Draußen hat es begonnen leise zu nieseln, was meiner grauen Stimmung zupass kommt. Beinahe automatisch lenke ich meine Schritte in Richtung Internetcafé. Wenn Magnus mir geantwortet hat und wenn er auch nur den Hauch einer Fährte gefunden hat, dann … ja, dann raffe ich meinen Mut zusammen und fliege nach Schweden. Aber höchstens für drei Tage. Als ich mir diesen Eid schwöre, kann ich Charlotte förmlich vor mir sehen, die ihren Daumen hebt und mir bewundernd zulächelt.

»Einen Cappuccino, bitte«, sage ich zu der Frau am Tresen, die mich erstaunt mustert. »Heute Morgen hatte ich einen Termin.«

Sie nickt nur. Ich ärgere mich über mich selbst. Wie komme ich nur auf die Idee, dass es eine Fremde interessieren könnte, womit ich meine Tage in Frankfurt verbringe? Die Frau hat bestimmt ein eigenes Leben und genug damit zu tun. Einen Augenblick bin ich versucht, mich ihr vorzustellen, aber das erscheint mir doch übertrieben. Ich öffne das Internet.

Sie haben Post. 35 Mails.

Natürlich wieder unglaublich viele Spammails, aber auch ein Gruß von meinem Vater, der das Internet und E-Mails mit Begeisterung für sich zu entdecken scheint. Ich antworte ihm mit wenigen Worten, bevor ich die Mail öffne, die mein suchender Blick als Erstes entdeckt hat. Die Nachricht von Magnus. Eine Spur von Lily bedeutet eine weitere Reise für mich.

Gesendet: Dienstag, 9. November 1999, um 14:18 Uhr
Von: Magnus.Lundgren@historia.su.se
An: „Erin" <Erin.Mitchell@aol.com>
Betreff: News from Lily?

Hej Erin,
ich will dir nicht zu viel versprechen, aber es gibt eine Spur zu Lily. Über Bertha und Willy Ennenbach. Hast du mittlerweile auch etwas herausgefunden?
Beste Grüße
Magnus

Magnus Lundgren
Stockholm University
Department of History

SE-106 91 Stockholm
Sweden

Telephone: +46 8 16 20 2223
Magnus.Lundgren@historia.su.se

Ich hole tief Luft. Obwohl ich vorhin eine »Wenn-dann«-Kausalkette aufgestellt habe, die mich nun direkt nach Schweden bringen müsste, greift die Feigheit wieder nach mir und hält mich in ihren Klauen. Also gut, beruhige ich mich. Erst einmal schreibe ich eine Antwort. Wenn Magnus innerhalb der nächsten halben Stunde antwortet, dann fliege ich wirklich. Vorausgesetzt, ich bekomme einen günstigen Flug in den nächsten Tagen.

Gesendet: Dienstag, 9. November 1999, um 16:16 Uhr
Von: „Erin" <Erin.Mitchell@aol.com>
An: Magnus.Lundgren@historia.su.se
Betreff: AW: News from Lily?

Lieber Magnus,
ich habe noch ein paar Ennenbachs – Lilys Eltern Ida und Gottfried und ihren Bruder Karl.
Und einen möglichen Ehemann: Georg Baum – hilft dir das?
Vielleicht sollte ich wirklich nach Schweden kommen, um vor Ort zu sein?!?
Liebe Grüße aus Frankfurt im Regen
Erin

So! Noch dreißig Minuten, bis sich entscheidet, ob ich nach Schweden in ein völlig unplanbares Abenteuer reise oder ob ich aufgebe und in die Sicherheit von Berkeley zurückkehre. Ich beginne eine Mail an Charlotte, damit ich mich ablenke und nicht auf das Fenster fixiert bin, das mir sagt, ob es neue Nachrichten gibt.

Nach zwanzig Minuten speichere ich den Mail-Entwurf ab. Zu viele Tippfehler. Ich kann mich einfach nicht konzentrieren. Entscheiden kann ich mich auch nicht. Was wäre mir lieber? Wenn Magnus innerhalb der verbleibenden zehn Minuten antwortet und ich zu ihm reise oder wenn er sich nicht meldet und ich ihn weiterhin aus der Ferne anschwärmen kann wie eine seiner Studentinnen? Glücklicherweise kann keiner der Anwesenden im Internetcafé, die üblichen Jugendlichen, meine Gedanken lesen.

Ich bin wahnsinnig, mein Leben von so etwas Zufälligem abhängig zu machen, sage ich mir jetzt. Magnus muss arbeiten, hat Vorlesungen, Seminare, Verwaltungsarbeit zu leisten und wartet sicher nicht vor seinem PC auf eine Mail von mir. Noch fünf Minuten.

Sie haben Post.

Mein Mund fühlt sich trocken an, als ich das E-Mail-Postfach öffne. Wieder nur ein Angebot, meinen Penis vergrößern zu lassen. Ich stehe auf, um mir noch einen Cappuccino zu holen, als erneut das ›Ping‹ ertönt.

Sie haben Post.

Ich setze mich wieder hin und wage kaum, auf das Postfach zu schauen. Mein Hals ist so trocken, dass ich mich räuspern muss. Die Nachricht ist tatsächlich von Magnus!

Gesendet: Dienstag, 9. November 1999, um 16:44 Uhr
Von: Magnus.Lundgren@historia.su.se
An: „Erin" <Erin.Mitchell@aol.com>
Betreff: AW: AW: News from Lily?

Hej Erin,
je mehr Namen, desto besser.
Komm nach Stockholm – wann?
Liebe Grüße
Magnus

Magnus Lundgren
Stockholm University
Department of History
SE-106 91 Stockholm
Sweden

Telephone: +46 8 16 20 2223
Magnus.Lundgren@historia.su.se

Noch zwei Minuten, bis die halbe Stunde vollendet ist. Ich werde nach Schweden fliegen. Anfang kommender Woche scheint mir ein guter Termin zu sein.

Eine naive junge Frau reist einmal durchs Land, begleitet von einer halbseidenen Dame, mit der sie sich anfreundet. Selbstverständlich ist der erste Mann, den sie auswählt, der falsche.

Kapitel 30

Stockholm, November 1999

»Du überraschst mich immer wieder«, sage ich zu Charlotte. Weil ich trotz Beruhigungstabletten furchtbar nervös bin, habe ich sie vom Flughafen aus angerufen. »*Kalifornische Sinfonie*? Siehst du dich als Florinda und mich als Garnet?«

»Immer willst du die Hauptrolle spielen.« Meine Freundin lacht, was sich anhört, als ob sie nur ein paar Meilen von mir entfernt ist. Ich vermisse Charlotte. Telefonate und Mails sind nur ein schwacher Ersatz für unsere Mittagessen und gemeinsamen Abende mit Rotwein, Käse und Charlottes Findeltieren, die uns empört anstarren, weil wir kein Fleisch essen und sie uns vergebens anbetteln.

»Aber dieses Mal muss ich dir recht geben. Als Florinda wärst du eine echte Fehlbesetzung. Viel zu brav.«

»Na, sooo unartig bist du nun auch nicht. Schließlich hättest du nicht lange gezögert, nach Schweden zu reisen.«

Charlotte schmunzelt amüsiert. Das erkenne ich an ihrer Stimme. »Gwen Bristow habe ich dir geschickt, weil es in dem Buch darum geht, etwas zu wagen, sich ins Abenteuer zu stürzen und gleichzeitig man selbst zu sein.«

»Also wenn das hier nicht abenteuerlich ist, dann weiß ich auch nicht«, antworte ich. »In zwei Stunden fliege ich nach Stockholm, zu einem Mann, den ich bisher nur per E-Mail kenne. Und von einem Foto. «

»Vielleicht steckt mehr Florinda in dir, als ich ahne.« Im Hintergrund höre ich Stimmen, die nach Charlotte rufen. »Sorry, ich muss nach vorn. Viel Spaß mit deinem Wikinger.«

»Mach's gut. Hab dich lieb.«

Wenige Minuten später wird mein Flug aufgerufen. Die letzte Gelegenheit, es mir anders zu überlegen, aber nachdem ich tief durchgeatmet habe, begebe ich mich an Bord. Der Flug dauert nur zwei Stunden, so dass sich eine Schlaftablette nicht lohnt. Langsam wirken die Beruhigungstabletten und ich greife – für meine Verhältnisse – entspannt nach dem Roman von Gwen Bristow. Niemals hätte ich erwartet, dass Charlotte mir diesen Schmöker, den schon meine Mutter gelesen hat, empfehlen würde. Mit zwölf oder dreizehn Jahren habe ich *Kalifornische Sinfonie* gelesen und mir eine Freundin wie Florinda gewünscht. Ein bisschen ist dieser Wunsch in Erfüllung gegangen, auch wenn Florinda und Charlotte sich überhaupt nicht ähnlich sehen.

Obwohl ich fürchte, mich wegen der Flugangst nicht auf die Geschichte konzentrieren zu können, zieht sie mich bald in ihren Bann. Als der Pilot verkündet, dass wir uns im Landeanflug auf Stockholm befinden, blicke ich überrascht auf. Nur noch wenige Stunden und ich lerne Magnus kennen, »meinen Wikinger«, wie Charlotte ihn nennt. Weil ich fürchtete, nach dem Flug ein zitterndes Nervenbündel zu sein, habe ich unser erstes Treffen auf morgen verschoben. Heute ist mein Anreisetag. Neue Stadt, neues Hotel.

Endlich habe ich meinen Koffer am Gepäckband bekommen. Er ist sehr schwer, weil ich alle Informationen sicherheitshalber ausgedruckt habe für den Fall, dass mein Notebook abstürzen sollte. Als ich aus dem Flughafengebäude heraustrete, verschlägt es mir einen Moment lang die Sprache. Magnus hat mich zwar vorgewarnt, aber dennoch kann ich kaum glauben, dass es so früh am Nachmittag bereits so dunkel sein kann. In einem Land mit derart düsteren Wintern könnte ich wahrscheinlich nicht leben. Ich bin die kalifornische Wärme und Sonne gewöhnt, die ich schon in Frankfurt vermisst habe.

Mein Hotel, das mir das Reisebüro empfohlen hat, sieht genauso aus wie versprochen. Es ist klein, liegt in einer ruhigen Seitenstraße und kostet erstaunlich wenig. Das Zimmer ist nicht hübsch, eher funktional, aber da ich nur ein paar Tage bleiben will, brauche ich nicht mehr Komfort. Nachdem ich meinen Koffer ausgepackt habe, stelle ich mich ans Fenster, um einen ersten Eindruck von Stockholm zu gewinnen.

Eine Stadt mit vielen Lichtern. Das Wasser sehe ich von meinem Zimmer aus nicht. Das werde ich morgen nachholen. Am Vormittag treffe ich Magnus, für den Nachmittag habe ich eine Liste der interessantesten Sehenswürdigkeiten erstellt. Mal sehen, was ich in den paar Stunden Tageslicht besichtigen werde.

Da es noch zu früh ist, um schlafen zu gehen, erstelle ich eine Liste mit allem, was ich von Lily weiß.

1933 studierte sie Soziologie (vielleicht setzte sie das Studium in Schweden fort?).

Im Oktober 1933 wanderte ihre Familie aus nach Schweden. Willy, Bertha, Gottfried, Ida, Karl und Lily – einer davon muss doch eine Spur hinterlassen haben? Vor allem, wenn sie bis zum Kriegsende in Schweden lebten.

November / Dezember 1933: Georg Baum folgt Lily nach Schweden

1933 / 1934: Lily heiratet. Georg Baum ist der wahrscheinlichste Kandidat.

1993 schrieb sie meinem Großvater; wohl aus Frankfurt (Indiz ist das Flugticket).

Für die lange Zeit, die ich mit der Suche nach Lily Ennenbach verbracht habe, sind das nur wenige Ergebnisse. Vielleicht hätte ich eine Anzeige in einer der großen Frankfurter Zeitungen schalten oder mich ans Fernsehen wenden sollen. Die mögen solche Geschichten. Große Lieben, die nach Jahrzehnten wieder aufleben, und Ähnliches. Aber da ich nicht weiß, was meinen Großvater und Lily verbunden und dann auseinandergetrieben hat, wage ich es nicht, zu viele Menschen mit hineinzuziehen. Außerdem bin ich, wie meine Mutter, kein Mensch, der gern im Rampenlicht steht. Ich schließe die Vorhänge, lasse mir ein Bad ein und nehme eine Schlaftablette. Sonst käme ich nie zur Ruhe, da das Treffen mit Magnus seine Schatten vorauswirft.

Am nächsten Morgen reißt mich das Klingeln des Weckers aus dem Schlaf. Ich erwache wie zerschlagen mit einem pelzigen Geschmack im Mund und dem Bedürfnis, noch mindestens vier Stunden schlafen zu wollen. Es wäre klüger gewesen, auf die Schlaftablette zu verzichten, aber nun muss ich versuchen, ihre Folgen zu korrigieren, bevor ich mich mit Magnus treffe.

Nach einer kalten Dusche und viel Kaffee mache ich mich mit Herzklopfen auf den Weg zum Historischen Seminar, wobei ich bedauere, dass wir uns nicht an einem neutraleren Ort treffen. So kommt es mir ein wenig vor, als würde ich Magnus' Zuhause besuchen – und dafür ist es noch zu früh. Ein erstes Treffen, *kein* Date in einem Café oder Restaurant.

Ach, was denke ich nur für einen Blödsinn! Schließlich bin ich nicht nach Stockholm geflogen, um mich mit dem Mann namens Magnus Lundgren zu treffen, sondern um gemeinsam mit Professor Lundgren nach Spuren von Lily und ihrer Familie zu suchen. Da ist es nur logisch, dass wir uns an seinem Arbeitsplatz treffen.

Je näher ich der Universität komme, desto mehr schüttele ich innerlich den Kopf über meine Gedanken. Man merkt wirklich, dass ich sehr lange verheiratet war. Natürlich habe ich mich auch in der Zeit, als Jeffrey und ich noch zusammenlebten, ab und zu mit fremden Männern getroffen, aber das hatte immer strikt berufliche Gründe. Meine Ehe wirkte wie ein Schutzpanzer, der mich vor jeder Verführung bewahrte. Dummerweise führt das jetzt dazu, dass ich überhaupt nicht weiß, wie ich Magnus begegnen soll. Inzwischen habe ich die siebzehnte Begrüßungsvariante ausprobiert und verworfen und möchte ich am liebsten umdrehen und nach Frankfurt flüchten. Gleichzeitig ist es mir unglaublich peinlich, wie ich mich aufführe.

Nur noch wenige Meter bis zur Universität. Noch könnte ich einen Rückzieher machen, könnte zum Hotel zurückgehen, Magnus von dort aus anrufen und eine Erkältung vorschützen. Oder mich gar nicht melden, was ich jedoch nicht übers Herz bringe, weil es meiner Erziehung widerspricht. Nein. Ich bin hierher gereist, um endlich herauszufinden, was meinem Großvater und Lily geschehen ist, und werde mich nicht von den Neurosen, die ich mir im Laufe meines Lebens zugelegt habe, aufhalten lassen. Außerdem darf ich Charlotte nicht enttäuschen, die der Ansicht ist, dass mehr Abenteuerin in mir steckt, als ich selbst ahne. Also strecke ich meinen Rücken, wickele den Schal gegen den kühlen Stockholmer Wind etwas fester um mein Gesicht und folge der Wegbeschreibung, die Magnus mir gegeben hat.

Vor dem Gebäude, in dem die Historische Fakultät untergebracht ist, schaue ich auf die Uhr – wie erwartet bin ich eine Viertelstunde zu früh. Soll ich mir eine Cafeteria suchen oder hier in der Kühle auf und ab laufen und hoffen, dass niemand mich als verdächtiges

Subjekt betrachtet und die Campuspolizei ruft, damit ich entfernt werde? In meinem Kopf formt sich ein Bild, wie zwei stämmige Männer, gekleidet in schwarze Uniformen, mich vom Campus zerren. Wild strampelnd wehre ich mich und weise immer wieder darauf hin, dass ich einen wichtigen Termin mit Professor Lundgren habe. Mein Kopfkino funktioniert so gut, dass ich leise zu kichern beginne.

»Erin?«

Woher ist er nur gekommen? Eben wartete ich allein vor dem Gebäude, jetzt plötzlich steht Magnus vor mir und blickt mich fragend an. Live und in Farbe sieht er noch besser aus als auf dem Foto im Internet.

»Bist du Erin?«

Die Variante, dass Magnus mich hysterisch kichernd aufgreift, war in meinen Begrüßungsszenarien nicht vorgesehen. Bestimmt bin ich knallrot angelaufen. Gut, dass der Wollschal so viel von meinem Gesicht verdeckt. Wie kann ich mich nur aus dieser Situation herausretten? Ich könnte vorgeben, nicht Erin, sondern eine Touristin zu sein, die nur Bulgarisch oder Finnisch oder Spanisch spricht, aber *das* ist selbst mir zu peinlich.

»Ja. Ich bin Erin. Und sonst wirklich nicht so.« Ich strecke ihm die Hand entgegen. »Danke, dass du Zeit für mich hast. Entschuldige, ich bin zu früh.«

»Oh, ich bin auch immer überpünktlich.« Er lächelt, was mich alle Zweifel vergessen lässt, weil sein Lächeln so warm ist. »Möchtest du erst einen Kaffee trinken oder wollen wir gleich zu mir gehen?«

Als ich ihn etwas irritiert ansehe, bemerkt er, was er

gerade gesagt hat, und seine Wangen beginnen zart zu glühen. Nun bin ich beruhigt, weil ich anscheinend nicht die Einzige bin, die vor unserem Treffen nervös ist.

»Also, ich meine in mein Büro. Nicht zu mir.«

Wir schauen uns an und brechen in Gelächter aus, das alle Fremdheit überwindet.

»Ein Kaffee wäre schön. Stockholm ist kälter, als ich erwartet habe.«

»Dabei haben wir dieses Jahr einen milden November, aber da du aus Sunny California kommst, muss dir Schweden wie die Antarktis erscheinen.«

»Oh, bei uns ist der November auch kalt. So um die acht Grad.«

»Hier ist das Café.« Magnus hält mir die Tür auf. »Suchst du bitte einen Platz für uns? Ich hole uns etwas zu trinken. Was möchtest du?«

»Cappuccino. Und ein Glas Wasser, bitte.«

Während er sich in die Schlange der Wartenden einreiht, sehe ich mich um und fühle mich alt. Nahezu alle Menschen, die hier bei Kaffee, Tee oder Cola sitzen, sind mindestens zwanzig Jahre jünger als ich und gutaussehend. Allerdings befinden sich darunter weniger blonde Menschen, als ich hier in Nordeuropa erwartet habe. Die Studenten sitzen in kleinen Gruppen und scherzen miteinander, als ob ihnen die Welt gehöre. Neben all diesen glücklich wirkenden Menschen komme ich mir vor, als hätte ich die beste Zeit meines Lebens hinter mir und könnte die Jugend nur noch um ihre Freiheit beneiden und um ihr Unwissen darüber, was ihnen im Leben noch alles bevorsteht.

Ich beobachte, wie Magnus von Studentinnen angesprochen wird, während er wartet. Bewundernd schauen sie ihn an, genau wie ich es erwartet habe. Soweit ich es erkennen kann, antwortet er freundlich, aber distanziert. Als er merkt, dass ich ihn beobachte, winkt er mir zu, so dass die Studentinnen sich zu mir umdrehen. Ich lasse es mir nicht nehmen und winke zurück.

Nachdem Magnus die Getränke geholt und seinen dicken Mantel und den Schal ausgezogen hat, plaudern wir über das Wetter, meine Anreise, die Universität, seine Arbeit, und bald fühlt es sich an, als würden wir uns schon ewig kennen. Am liebsten möchte ich hier sitzen bleiben, mit ihm weiter Kaffee trinken, die Mandeltorte essen, die sehr verführerisch aussieht, und vorgeben, ich wäre im Urlaub und er eine Urlaubsbekanntschaft.

»Wollen wir jetzt nach Lily suchen?«, fragt Magnus, nachdem wir die zweite Runde Kaffee getrunken haben, die diesmal ich geholt habe. »Ich habe heute leider nur bis zwei Uhr Zeit, dann muss ich ein Seminar abhalten.«

Ich schaue auf die Uhr. Oh, es ist mehr Zeit vergangen, als ich gedacht habe. Uns bleiben nur noch drei Stunden. Überrascht springe ich auf und greife nach Mantel und Schal.

»Dann sollten wir uns beeilen.«

Magnus' Büro entspricht nicht meinen Erwartungen, jedenfalls nicht in allen Punkten. Irgendwie hatte ich mir vorgestellt, dass er hinter einem gewaltigen, mit Unterlagen und Büchern überhäuften Schreibtisch residiert, eingerahmt von hohen Holzregalen mit weiteren Büchermengen. Stattdessen erwartet mich ein eher funktionaler Raum mit grauen Kunststoffregalen, die jedoch – meinen Erwartungen entsprechend – voller Bücher sind. Auf dem Schreibtisch, der überraschend leer und aufgeräumt wirkt, stehen nur ein Personal Computer und die üblichen Büroutensilien. Nur die Bilder an den Wänden – gerahmte Poster von Ausstellungen, einmal Monet, einmal Munch – verleihen dem Raum ein wenig Individualität.

»Ich habe gestern zwei Stunden aufgeräumt«, sagt Magnus mit breitem Grinsen, als er bemerkt, wie ich mich unauffällig umschaue. »Nicht ganz das, was du bei einem Professor erwartest?«

»Hmmm«, antworte ich. »Ich sah dich mehr in dunklem Holz …«

»Mit einem Tweedjackett und Pfeife etwa?« Sein Lächeln vertieft sich und ich weiche seinem Blick nervös aus. »Wir Schweden sind moderner. Einen Moment.«

Nachdem er den Mantel ausgezogen und auf einen unbequem aussehenden Stuhl geworfen hat, setzt er sich an den Schreibtisch, vor dem zwei Stühle nebeneinanderstehen, und schaltet den Computer ein.

Ich ziehe meinen Mantel ebenfalls aus, lege ihn über den Stuhl und stehe dann etwas verloren im Zimmer, bis Magnus es bemerkt und mit der Hand auf den Stuhl neben seinem deutet. Ich setze mich, seiner Gegenwart sehr bewusst. Er riecht nach Holz und Rasierwasser.

»Wenn wir Glück haben, erfahren wir heute mehr

über deine Lily. Ich habe gestern einen Kollegen per Mail um Hilfe gebeten.«

Konzentriert blickt er auf den Bildschirm; all das Charmante, Flirtende, das ihn eben noch umgab, ist jetzt einer seriösen geschäftsmäßigen Haltung gewichen. Ein Mann mit vielen Facetten. Ich beobachte, wie zielsicher seine schlanken Finger über die Tastatur laufen. Achtzehn neue Mails befinden sich in seinem Postfach. Obwohl ich nicht neugierig sein will, kann ich meinen Blick nicht abwenden.

»Ah, da ist sie.« Magnus öffnet die Mail. Automatisch beginne ich zu lesen, und breche enttäuscht ab, weil sie auf Schwedisch ist. Während Magnus liest, verdüstert sich sein Gesicht zuerst, dann lächelt er, was mein Herz schneller schlagen lässt. »Wir haben Glück.«

Die erste Astronautin, die zum Mars fliegen soll, rettet das Leben ihres Katers und die Welt. Und entscheidet sich, welcher Mann der richtige ist.

Kapitel 31

Stockholm, November 1999

»Lily Schlösinger also.« Zu meiner Überraschung spüre ich Enttäuschung, weil Lily so leicht zu finden gewesen ist. Dafür hätte ich nicht nach Stockholm reisen müssen, eine E-Mail von Magnus hätte gereicht. Außerdem finde ich es traurig, wie schnell Lily meinen Großvater vergessen hat. Anfang 1934 hat sie einen Benno Schlösinger geheiratet.

»Sind sie in Schweden geblieben?«

Das würde meiner überstürzten Reise eine Rechtfertigung geben, die ich mir jetzt wünsche. Meine Enttäuschung muss sich deutlich auf meinem Gesicht abzeichnen, denn Magnus sieht mich fragend an.

»Das wusste mein Kollege nicht. Aber jetzt, wo wir Lilys Namen kennen, sollten wir schnell herausfinden, was aus ihr und ihrer Familie geworden ist.« Mein Schweigen lässt ihn zögern. »Sag mal, ist alles in Ordnung?«

»Ich weiß, ich sollte mich freuen, aber …« Mir wollen

keine Worte einfallen, mit denen ich meine gemischten Gefühle beschreiben kann. Außerdem ist es mir ein wenig peinlich, dass ich mich derart anstelle, obwohl Magnus sich so sehr bemüht hat, Lily zu finden. »Irgendwie ist es so … so wenig. Ein Name, eine Heirat – aber ist das wirklich meine Lily?«

»Solche Gefühle kenne ich.« Er beugt sich vor, um mir über die Wange zu streichen, was sich wirklich tröstlich anfühlt. »›Forscher-Blues‹, wenn man endlich herausgefunden hat, womit man sich die letzten Wochen, Monate, manchmal sogar Jahre beschäftigt hat. Ich wage es kaum zu sagen, aber oft ist der Weg …«

»… das Ziel«, unterbreche ich ihn. Wir sehen uns an und brechen in lautes Lachen aus, was meine Stimmung sofort verbessert. »Es gibt wirklich einen Begriff dafür? ›Forscher-Blues‹?«

»Ja.« Automatisch erwidere ich sein Lächeln, einfach weil es so ansteckend ist. »Den habe ich erfunden. Klingt beeindruckend, oder?«

»Ich hätte es sofort geglaubt.« Anstatt mich weiter über die Leichtigkeit zu ärgern, mit der wir Lily gefunden haben, sollte ich mich freuen, dass meine Suche sich langsam dem Ende nähert. Vielleicht ist es auch das, was mir die Laune verhagelt. Was ist mein nächstes Ziel, wenn ich Lily gefunden habe? In was für ein Leben kehre ich zurück, wenn meine Deutschland- und Schweden-Reise beendet ist? Die Trennung von Jeffrey habe ich inzwischen akzeptiert, aber was tritt an die Stelle meiner Ehe? Meinen Job wird es bald nicht mehr geben, wenn Charlotte ihren Buchladen dichtmachen muss. Nein!

Das sind alles Überlegungen für später. Jetzt will ich erst einmal das Projekt Lily abschließen.

»Also, was machen wir jetzt, um Lily endgültig zu finden?«, frage ich.

»Wir nutzen das Internet.« Magnus tippt Buchstaben in eine Suchmaske ein. Ich halte den Atem an, vor Sorge, dass wir keine oder zu viele Ergebnisse erhalten werden. »Schau. Mehr als tausend Seiten zu Benno Schlösinger. Die meisten auf Deutsch.«

Ich beuge mich über seine Schulter, um auf den Bildschirm sehen zu können. Ich bin mir seiner Gegenwart sehr bewusst, obwohl ich vorgebe, nur an den Ergebnissen seiner schnellen Recherche interessiert zu sein.

Benno Schlösinger. Widerstandskämpfer, Gewerkschafter. 1986 in Ost-Berlin gestorben.

Ob das der richtige Benno ist, frage ich mich, während ich zusehe, wie Magnus weitere Worte eintippt, um unsere Suche einzugrenzen. Aber es bleiben immer noch mehr als fünfhundert Seiten, für die wir Stunden benötigen würden.

»Kennst du Bilder von Lily?«, fragt Magnus, was mich überrascht.

»Ja. Warum?«

»Schau.« Er öffnet eine Internetseite, auf der mehrere, äußerst seriös wirkende Männer und wenige Frauen zu sehen sind, die den Fotografen und damit uns mit ernster Miene ansehen. »Hier steht: Benno Schlösinger und seine Frau Lily, 1949. Ist sie es? Könnte sie es sein?«

Magnus wendet sich zu mir, so dass unsere Gesichter sich beinahe berühren. Ich gebe vor, das nicht zu bemerken, und konzentriere mich auf das Bild. Ja, die Frau könnte Lily sein. Die Haare sind anders und sie sieht älter und trauriger aus, aber die Augen und die schmale Nase sind unverkennbar. Ich habe sie gefunden. Endlich.

»Verstehe ich das richtig, dass Lily in der DDR gelebt hat?« Kein Wunder, dass ich sie in Frankfurt nicht finden konnte. Wie bin ich nur auf die Idee gekommen, dass Lily nach der Emigration wieder in die alte Heimat zurückkehren würde? »Werden wir dann überhaupt Informationen über sie finden?«

»Seit der Wiedervereinigung werden die Archive der ehemaligen DDR, wie es so schön heißt, aufgearbeitet. Lilys Mann scheint politisch aktiv gewesen zu sein, so dass wir sicher eine Spur finden werden. Mission nahezu erfüllt. Wir haben uns eine Belohnung verdient.«

»Haben wir?«

»Auf jeden Fall. Ich weiß auch schon, was.« Täusche ich mich oder hat er das alles geplant? Was hätte Magnus sich wohl einfallen lassen, wenn wir keinen Erfolg gehabt hätten? Ein Trostpflaster? »Wir unternehmen eine Schären-Fahrt.«

»Mir würde ein Kaffee reichen. Oder ein Abendessen. Ich lade dich ein«, sage ich und hoffe, dass er sich damit nicht zufriedengibt, sondern auf der Einladung beharrt. Gespannt warte ich auf seine Antwort.

»Du kannst nicht in Stockholm gewesen sein, ohne eine Schären-Fahrt zu unternehmen.« Magnus schüttelt den Kopf. »Das wäre wie … New York ohne Freiheitsstatue, San Francisco ohne Golden Gate Bridge, Los Angeles ohne Disneyland …«

»Ich habe verstanden.« In einer Geste der gespielten Ergebung hebe ich die Hände. »Musst du nicht arbeiten?«

»Nein, ich bin Professor. Abgesehen von meinen Vorlesungen arbeite ich, wann ich will.«

»Da ist das schwedische System aber freier als bei uns. Mein Mann … Mein Exmann«, korrigiere ich mich schnell, »… er hatte viele Termine, an denen er teilnehmen musste. Und seine Forschungsprojekte.«

»Die habe ich natürlich auch. Aber morgen habe ich frei genommen. Für dich.«

»Gut für mich«, sage ich, bevor mich der Mut verlässt.

»Gut für uns. Komm.« Wie selbstverständlich greift er nach meiner Hand. Wie selbstverständlich überlasse ich sie ihm. »Wir trinken Kaffee und ich zeige dir die Möglichkeiten.«

Nachdem wir einen Platz gefunden haben und Magnus für uns beide Cappuccinos und Mandeltorte – zur Feier des Tages – geholt hat, legt er mir bunte Prospekte auf den Tisch, die auf Englisch Werbung für unterschiedliche Tagestouren machen. Begleitet von seinen wachsamen Blicken blättere ich durch die Unterlagen und kann mich nicht entscheiden. Für mich sieht alles ähnlich aus, nur dass die Fahrten unterschiedlich lang sind.

»Was empfiehlst du?«, frage ich schließlich. »Welche Tour ist am besten geeignet, uns zu belohnen?«

»Leider«, sagt Magnus mit einem unwiderstehlichen Blitzen in seinen unglaublich blauen Augen, die ich gern einmal ohne Brille sehen würde. »Leider gibt es im Winter nur die kleine Schären-Rundfahrt. Lohnt sich kaum. Nur drei Stunden.«

»Wie lange dauert die große Rundfahrt?«, frage ich, noch etwas skeptisch, ob ich mit diesem Mann, den ich kaum kenne, wirklich eine Bootstour machen will. Schließlich hat man keine Chance, sich auf einem Schiff aus dem Weg zu gehen, sollte sich herausstellen, dass wir uns nichts mehr zu sagen haben. »Habe ich das überlesen?«

»Oh. Richtig lang. Wunderschön.« Jetzt grinst er so breit, dass ich meinen Blick abwenden muss, weil ich die wunderbaren Szenen aus den Emil-aus-Lönneberga-Folgen vor mir sehe. Die Szenen, wo Emil Holzmännchen schnitzen muss, weil er wieder etwas angestellt hat, was ihn jedoch nicht davon abhalten wird, noch mehr anzustellen. »Elf Stunden. Du musst im Juni wiederkommen. Dann unternehmen wir das.«

»Elf Stunden?« Wie peinlich! Meine Stimme kiekst wie die von Kyle, als er sich mitten im Stimmbruch befand. An der Art, wie Magnus die Mundwinkel verzieht, erkenne ich, dass er sich nur mühsam das Lachen verkneifen kann. Das führt dazu, dass meine Wangen sich heiß anfühlen. Bestimmt bin ich rot wie der Mantel vom Weihnachtsmann, aber die Idee, elf Stunden mit Magnus auf einem kleinen Boot zu verbringen … Ich weiß nicht, ob sie mir Angst macht oder mich begeistert; auf jeden Fall verwirrt mich die Vorstellung. »Das ist lang. Sehr lang«

»Und schön.« Magnus zwinkert mir zu. »Aber nicht im Winter, weil es zu früh dunkel wird. Also: Bist du bei der kurzen Rundfahrt mit an Bord?«

»Habe ich eine Wahl?« Ich bemühe mich um einen

gleichmütigen Gesichtsausdruck und kann nur hoffen und beten, dass er mir gelingt. »Wann geht es los?«

»Zu einer zivilisierten Zeit. Um 12:00 Uhr.« Er schaut auf die Uhr und springt auf. »Entschuldige. Ich habe Sprechstunde. Morgen früh hole ich dich im Hotel ab. Um 11:00 Uhr, ja?«

»Ja. Ich freue mich.«

Genüsslich trinke ich meinen Cappuccino aus, während ich mich in Gedanken der Frage widme, was ich morgen anziehen werde. Was trägt man zu einer Schären-Rundfahrt mit einem attraktiven Mann? Da gibt es nur eine Lösung – ich muss Charlotte fragen. Von ihr habe ich gestern eine Mail mit dem ersten Satz für diese Woche bekommen, die mich zum Lächeln brachte. Heute schreibe ich ihr eine Antwort, die ich gleich mit der Kleidungsfrage verbinden kann.

Gesendet: Montag, 16. November 1999, um 17:01 Uhr
Von: „Erin“ <Erin.Mitchell@aol.com>
An: “Charlotte” <Boss@bookscloves.com>
Betreff: Zu leicht!

Liebe Charlotte,
viel zu einfach. Amanda und ihre Katze Schrodinger.
Ich soll mich ins Abenteuer stürzen?!
Schrodinger ist eine sympathische Katze.
Lily ist enttarnt.
Andere Frage: Der Wikinger und ich machen morgen eine dreistündige Bootstour. Mit vielen anderen Menschen. Was ziehe ich an?

Gibt es gute Neuigkeiten?
Alles Liebe
Erin, von schwedischer Dunkelheit umgeben

Gesendet: Montag, 16. November 1999, um 17:21 Uhr
Von: „Charlotte" <Boss@bookscloves.com>
An: „Erin" <Erin.Mitchell@aol.com>
Betreff: AW: Zu leicht!

Liebe Erin,
ja, wage etwas, sei spontan und mutig – wollen Carol Hill und ich dir sagen. Aber zieh dich trotzdem in Schweden warm an. Gesundheit vor Schönheit!
Schreib mir einen langen Brief, in dem du alles über den Wikinger erzählst. Und über Lily.
Nichts Neues – die Bank lässt mich warten.
Eilige Umarmung; es geht auf Weihnachten zu und alle kaufen Bücher
Charlotte

Nachdem ich fünf verschiedene Outfits anprobiert und verworfen habe, entschließe ich mich schließlich, Charlottes Rat zu folgen und mich lieber wettergerecht statt sexy anzuziehen. Die Entscheidung fällt nicht schwer, weil meine Garderobe sowieso eher nach praktischen als nach Attraktivitätsaspekten zusammengestellt ist.

Bereits um Viertel vor elf sitze ich in einem Sessel in der Lobby und gebe vor, das Buch zu lesen, das ich vor einer halben Stunde aus dem Buchladen hier in der Nähe abgeholt habe. Immer wieder schweifen meine Gedanken ab zu dem Tag, der vor mir liegt. Was ist, wenn ich Magnus' Signale falsch deute? Wenn er nur schwedisch-freundlich ist und ich dahinter ein Interesse an mir als Frau vermute? Das kann zu heiklen Situationen führen, die auf einem Schiff sicher doppelt und dreifach peinlich sind. Was, wenn ich seine Anspielungen richtig verstehe und darauf eingehe? Bin ich wirklich über Jeffrey hinweg? Warum muss ich mir immer so viele Gedanken machen und alles vorplanen? Charlotte hat mir deutlich zu verstehen gegeben, dass ich spontan sein und mich einfach vom Leben überraschen lassen sollte. Also gut, dann nehme ich mir für heute vor, mir nichts vorzunehmen.

Als ich vom Roman aufschaue, entdecke ich Magnus, der mit großen Schritten auf das Hotel zugeht. Ich stecke das Buch in meine Handtasche und stehe auf, als er in die Lobby kommt. Er winkt mir zu und lächelt. Verflucht, ich bin sicher, dass ich diese Signale nicht falsch verstehe. Das ist auf jeden Fall mehr als nur reine Höflichkeit.

»Hallo«, sage ich und strecke meine rechte Hand aus, obwohl ich ihn lieber umarmen würde, aber noch wage ich das nicht. »Ich bin reisefertig.«

»Hej. Was ist das?« Magnus deutet auf das Buch, das aus meiner Handtasche herausragt. »Hast du dir etwas zu lesen mitgenommen, falls ich dich langweile?«

»Nein«, antworte ich empört, als wäre mir das nicht in den Sinn gekommen. »Ich habe den Roman gerade erst aus der Buchhandlung geholt.«

»Was liest du?« Bittend streckt er mir die Hand entgegen, und ich reiche ihm den Roman. Mal sehen, was er dazu sagen wird. »Ah. *Amanda. The Eleven Million Mile High Dancer* – lange nicht mehr gesehen.«

»Du hast es gelesen?« Der Mann zeigt immer neue, spannende Facetten, was mich so verwirrt, dass ich am Verschluss meiner Handtasche herumfummele, als fände ich dort die Lösung für alle Fragen.

»Ich lese nicht nur historische Sachbücher.« Magnus runzelt die Stirn, als hätte ich ihn beleidigt, was ein wunderbarer Beginn für eine gemeinsame Bootsfahrt wäre. »Ich mag Douglas Adams und jemand sagte, dass *Amanda* eine Art weiblicher Anhalter durch die Galaxis wäre.«

»Ich habe mich nur gewundert, weil *Amanda* als Frauenbuch gilt«, antworte ich wahrheitsgemäß. »Du bist der erste Mann, den ich kenne, der es gelesen hat.«

»Dann hast du bisher nur die falschen Männer getroffen.« Er zwinkert mir verschmitzt zu, bevor er nach meiner Hand greift. »Komm. Das Schiff wartet nicht auf uns.«

Der Roman erzählt die Geschichte von zwei indigenen amerikanischen Familien über einen Zeitraum von 50 Jahren. Den starken Frauen stehen Männer gegenüber, die an ihrem Leben scheitern.

Kapitel 32

Stockholm, November 1999

Charlotte hat es sich nicht nehmen lassen, mir einen neuen Roman als ihren Kommentar zu meinem schwedischen Abenteuer zu schicken. Nicht per Mail, sondern per Telegramm, das mir der Portier überreichte. Erst bekam ich einen Riesenschreck – Telegramme verbinde ich mit schlechten Nachrichten. Dann las ich die Worte, begleitet von der Unterschrift »Genieß es! Charlotte«.

Dieses Mal fand ich den Titel des Romans nicht gleich heraus, aber ich wollte unbedingt wissen, was Charlotte mir sagen wollte. Also habe ich geschummelt und im Internet gesucht, ohne fündig zu werden.

Heute Abend werde ich Magnus fragen. Ich habe ihm während unserer äußerst kalten, aber dennoch wunderbaren Rundfahrt von Charlotte und ihrem Projekt erzählt. »Deine Freundin muss ich kennenlernen. Ich liebe amerikanische Literatur«, hat er spontan gesagt. »Und ihre Buchhandlung muss wunderbar sein. Wie schön, nur die

Bücher zu verkaufen, die man selbst mag.« Ich habe ihm erklärt, dass man davon nicht leben kann. »Bitte nicht traurig werden. Nicht auf unserer Lily-Schärenfahrt.« Mit diesen Worten hat Magnus mein Gesicht in seine Hände genommen und mich geküsst, einfach so. Ohne Vorwarnung. Obwohl er mich damit überrascht hat, hat es sich richtig angefühlt.

Gleichzeitig hat mich sein Kuss derart aus der Bahn geworfen, dass ich mich erst einmal in Geplauder geflüchtet habe, um meine Gedanken zu ordnen.

Von den Schären habe ich viel weniger gesehen, als ich mir gewünscht hätte. Magnus und ich haben die Zeit genutzt, uns voneinander zu erzählen, uns zu küssen und besser kennenzulernen, was man eben so macht, wenn man die Grenze von Freundschaft zum ersten Kuss überschritten hat. Viel zu schnell endete die Rundreise durch die Inselwelt um Stockholm. Wenn es nach mir gegangen wäre, hätten wir noch Stunden auf dem Boot verbringen können, obwohl der Wind pfiff und es bereits dunkelte, als wir den Hafen erreichten.

Magnus hat mir seine Hand gereicht, damit ich einigermaßen elegant von Bord gehen konnte. Dann hat er mich gefragt, ob ich am Abend mit ihm essen gehen möchte.

»Ein Date?«, habe ich geantwortet, bemüht, meine Stimme scherzhaft klingen zu lassen, damit ihm ein Ausweg blieb, falls er es sich anders überlegte. »Noch eines. Oder zählt unsere Schifffahrt nicht?«

Aber Magnus hat mich nur ernst angesehen, geküsst und gesagt »Ja. Um 19:00 Uhr hole ich dich ab«.

Ich schaue auf die Armbanduhr. Immer noch zwei Stunden, bis ich ihn wiedersehe. Zwei Stunden, in denen ich mich auf das Wiedersehen freuen und mich gleichzeitig davor fürchten kann. Was soll ich nur anziehen? Wie regeln schwedische Frauen und Männer die Frage der Bezahlung im Restaurant? Bevor ich vollends der Panik verfalle, entschließe ich mich, es mir gutgehen zu lassen. Ich gönne mir ein ausgiebiges Bad, weil die Schifffahrt mich durchfroren zurückgelassen hat. Danach bleibt mir noch genug Zeit, mir Gedanken über die passende Kleidung zu machen und mich zu schminken.

Schließlich entscheide ich mich für eine dunkle Hose und eine hellblaue Bluse aus weichfließendem Stoff. Den Blazer ziehe ich probeweise an, aber er erscheint mir doch zu geschäftsmäßig. Als ich fertig bin mit meinem Styling, bleiben mir noch zwanzig Minuten, aber ich halte ich es im Zimmer nicht mehr aus. Wenn ich jetzt nicht in die Hotel-Lobby gehe, fange ich nur an, erneut über meine Kleidung zu grübeln und mich wieder und wieder umzuziehen. Meinen dicken Mantel lege ich über den Arm; ihn will ich jetzt noch nicht tragen.

Zu meiner Überraschung sitzt Magnus bereits in einem der roten Sessel. Ich lächle zu ihm hinüber. Gleichzeitig schlägt mein Herz ein weniger schneller, weil er unglaublich gut aussieht, gekleidet in eine schlichte dunkle Hose, ein weißes Hemd und ein schwarzes Jackett. Seinen dicken Parka, der dem Stockholmer Wetter angemessen ist, hat er auf den Sessel neben sich gelegt. Einen Moment noch bleibe ich stehen, um seinen Anblick in mein Herz aufzunehmen, dann gehe ich zu ihm.

»Hallo. Du bist früh.« Etwas unsicher bleibe ich stehen. Soll ich ihn umarmen? Ihm einen Kuss auf die Wange geben? Durch die langen Jahre meiner Ehe habe ich ganz vergessen, wie unsicher man sich zu Beginn einer neuen Liebe oder Affäre - oder was immer Magnus und ich auch haben - fühlt.

»Ich konnte nicht länger warten.« Magnus steht auf, zieht mich in seine Arme und küsst mich. »Du siehst … unglaublich aus.«

»Danke. Du auch.« Warum fällt mir keine klügere Antwort ein? »Wo gehen wir hin? Ist es weit? Dann müsste ich mir Stiefel anziehen.«

»Es sind nur ein paar Schritte.« Während er mir in den Mantel hilft, flüstert er mir ins Ohr: »Dein Parfüm riecht wunderbar. Oder bist du das?«

Wieder fällt mir keine schlagfertige Erwiderung ein. Dafür spüre ich, wie meine Wangen warm werden und sicher ein gesundes Rot tragen. Hoffentlich gelingt es mir, mich etwas besser in den Griff zu bekommen, bis wir im Restaurant sind, sonst könnte es sehr peinlich werden.

Draußen nimmt Magnus wie selbstverständlich meine Hand. Ist das normal für verliebte Erwachsene? Wenn ich geahnt hätte, dass meine Suche nach Lily mich zu einem neuen Mann führen würde, hätte ich Charlotte oder Sarah gefragt, was sich in den letzten fünfundzwanzig Jahren in dieser Hinsicht geändert hat. Ist es wirklich schon so lange her, dass ich verliebt war? Der Gedanke erschüttert mich und ich stoße ein Schnauben aus.

»Ist dir kalt?«, fragt Magnus. Er sieht mich besorgt an. »Soll ich dir meinen Schal geben?«

»Nein, danke.« Ich drücke seine Hand. »Langsam gewöhne ich mich an die schwedische Frische.« Kenne ich ihn gut genug, um ihm die Wahrheit zu sagen?

»Hier ist es.« Magnus deutet auf die Tür eines kleinen Hauses, an dem ich bestimmt schon zehnmal vorbeigegangen bin, ohne zu bemerken, dass sich darin ein Restaurant verbirgt. »Vegetarisch, nicht wahr?«

Wie schön, dass er sich daran erinnert, obwohl ich es nur einmal erwähnt habe. Mein Kopf fühlt sich so leicht an, als hätte ich Sekt getrunken. Bin ich verliebt? Nein, aber ich bin abenteuerlustig und gespannt, was mir der Abend noch bringen wird.

Die Inneneinrichtung des winzigen Restaurants ist eher gemütlich als edel und ich fühle mich sofort wohl. Weiße Wände, dunkel gebeizte Dielen und dunkle Holzmöbel sowie zwei Sofas, die mit tiefrotem Samt bezogen sind. Die Bedienung begrüßt Magnus wie einen alten Bekannten, was mir einen Stich versetzt, weil sie so jung und blond und hübsch ist. Aber er ist nur freundlich zu ihr – das glaube ich jedenfalls, da sie beide Schwedisch miteinander reden.

»Möchtest du auf eins der Sofas oder lieber auf richtigen Stühlen sitzen?«, fragt er mich.

»Ein Sofa.« Keine Frage. Ich liebe roten Plüsch.

Nachdem Magnus mir aus dem Mantel geholfen und ihn der Blondine überreicht hat, führt er mich zum Tisch. Seine Hand liegt leicht auf meinem Rücken, was ich durch den Stoff meiner dünnen Bluse spüre. Viel zu schnell haben wir den Tisch erreicht, so dass er seine

Hand von meinem Rücken nimmt und auf das Sofa deutet.

»Bitte schön.« Für sich zieht er einen Stuhl heran und stellt ihn wie selbstverständlich dicht neben mich, etwas schräg, damit wir uns ansehen können. Wieder sagt er etwas auf Schwedisch zu der Kellnerin, die nickt und geht. »Ich habe uns Wasser bestellt und hoffe, dass es dir recht ist?«

Ich nicke nur, weil mir nichts einfällt, was ich sagen könnte. Schon immer habe ich Frauen bewundert, denen Small Talk mit Leichtigkeit über die Lippen geht. Gestern noch hätte ich Magnus einfach nach Lily fragen können, aber unsere Schärenfahrt hat alles verändert. Das Einzige, was mich etwas beruhigt, ist, dass es ihm anscheinend ähnlich geht. Auch er wirkt erleichtert, als die Bedienung uns eine Flasche Wasser auf den Tisch stellt und uns die Speisekarten überreicht, die erfreulicherweise auch in Englisch geschrieben sind. Magnus und ich verständigen uns über einen Vorspeisenteller und die Hauptgerichte sowie eine Flasche Weißwein als Begleitung. Während ich weiterhin überlege, was ich sagen könnte, lächelt Magnus mich an und nimmt meine Hand in seine.

»Erst das Geschäftliche, bevor ich es vergesse«, sagt er, wobei er die Worte mit einem Lächeln begleitet. »Lily und ihre Familie gingen nach Kriegsende wieder nach Deutschland zurück, obwohl ihr Mann in Schweden gute Arbeit gefunden hatte.«

»Wohin gingen sie?« Ich kann mich kaum auf seine

Worte konzentrieren, weil seine Finger über meinen Handrücken streicheln. »Nach Berlin?«

»Erst nach Leipzig. Dort ist Benno Schlösinger geboren.« Magnus trinkt einen Schluck Wasser. Sofort vermisse ich das Gefühl seiner streichelnden Finger. Wäre ich eine Katze, würde ich ihn jetzt fordernd anstupsen. Stattdessen übe ich mich in Geduld und höre ihm weiter zu. »Von dort aus gingen die Schlösingers nach Ost-Berlin, um den FDGB, den ›Freien Deutschen Gewerkschaftsbund‹, mitzugestalten.«

»Weißt du, warum sie in der DDR blieben?« So wie Robert Hartmann mir Lily beschrieben hat, habe ich sie für eine Frankfurterin mit Leib und Seele gehalten und hätte erwartet, dass sie nach dem Krieg in ihre Geburtsstadt zurückkehrt. »War Lily dort auch politisch aktiv? In Frankfurt hat sie an Widerstandsaktionen des ISK teilgenommen. Ich kann mir einfach nicht vorstellen, dass so eine Frau ihr Glück als Hausfrau findet.«

Allerdings habe ich mir auch nicht vorstellen können, dass Lily ihre große Liebe einfach aufgibt, um einen anderen Mann zu heiraten, dem sie in dessen Heimat folgt. Vielleicht wollte sie ja nie etwas anderes sein als Ehefrau und Mutter? Nein. Das kann ich nicht glauben. Nicht meine Lily. Es fällt mir schwer zu akzeptieren, dass sie meinen Großvater einfach vergessen hat und nie nach ihm suchte.

»Lily wird immer nur als Ehefrau von Benno Schlösinger genannt.« Magnus verzieht den Mund und hebt die Schultern. »Benno ist – wie wir schon wissen – 1986 gestorben. Lilys Spur verliert sich danach. Im Internet habe ich auf die Schnelle nichts auftreiben können. Tut mir leid.«

»Schlösinger ist kein häufiger Name«, überlege ich laut. »Ich werde in Deutschland versuchen, sie zu finden. Danke, du hast mir sehr geholfen.«

»Dann habe ich eine Belohnung verdient?« Sein Lächeln nimmt mir alle Unsicherheit. »Für meine gute wissenschaftliche Arbeit.«

»Erst, wenn du dieses Rätsel auch noch löst. Kannst du mit der Beschreibung etwas anfangen?« Ich schiebe das Telegramm über den Tisch zu Magnus, nachdem wir uns geküsst haben. »Ich habe im Internet nach dem Buchtitel gesucht, bin aber nicht fündig geworden.«

Er nimmt die Brille ab, um das Telegramm zu lesen, so dass ich seine Augen das erste Mal ohne Glas davor sehen kann. Sie sind wirklich unglaublich blau, selbst jetzt, da er sie kurzsichtig zusammenkneift, um die Worte lesen zu können. Ich ertappe mich bei dem Gedanken, dass ich das Essen streichen und stattdessen mit ihm in seine Wohnung gehen möchte.

»Wenn ich mich nicht täusche, ist das ein Roman von Louise Erdrich.« Er setzt die Brille auf und schiebt sie mit dem Zeigefinger nach oben. Sein Lächeln wird breiter. »*Liebeszauber*. Was will dir deine Freundin wohl damit sagen?

Na prima, Charlotte, vielen Dank auch, denke ich, während ich spüre, wie meine Wangen heiß werden. Aber dann ist Magnus' Lächeln einfach so ansteckend, dass ich mich nicht schäme, sondern gemeinsam mit ihm lache.

»Ich habe keine Ahnung, warum Charlotte gerade dieses Buch gewählt hat«, sage ich mit so tiefem Ernst, dass Magnus überrascht aufschaut. Erst als ich ihm zuzwinkere, erkennt er, dass ich einen Witz gemacht habe. Mich beruhigt es, dass er anscheinend genauso wenig vertraut mit Dates ist wie ich. Mir wird klar, wie wenig ich von ihm weiß, so dass ich herausplatze: »Warst oder – schlimmer noch – bist du verheiratet?«

»Weder – noch«, antwortet er. »Zu viel Wissenschaft, zu wenig Zeit zum Leben. Nie die richtige Frau. Bindungsangst. Such dir etwas aus. Also keine Sorge. Es gibt niemanden, der zu Hause auf mich wartet und sich die Augen aus dem Kopf weint, weil ich untreu bin.«

»Entschuldige.« Wieder spüre ich, dass ich rot werde. Ich hätte mehr Make-up auflegen sollen. »Ich weiß nur wenig von dir. Außer natürlich, dass du Professor bist und Schwede.«

»Magnus Lundgren, geboren 1964 in Helsingborg, Stadt mit Badestränden und viel Fußball. Nie Fußball gespielt, sondern die Nase immer im Buch gehabt.« Er kratzt sich demonstrativ überlegend am Kopf. »Das erste Mal verliebt mit zwölf in Malin Ingvarson. Ging unglücklich aus, weil Malin sich nur für Fußballer interessierte.«

»Ich sehe schon, ein Fußball-Trauma aus frühester Kindheit und Jugend. Da musstest du ja Professor werden.«

Endlich haben wir die Unsicherheit überwunden, die zwischen uns stand, und reden miteinander, als würden wir uns schon lange kennen. Magnus erzählt mir von seiner Schulzeit ohne Fußball, von der Befreiung, die es war, endlich nach Stockholm gehen und dort studieren zu können. Von der Zeit der Suche nach dem passenden Studienfach, bis er zu seiner Überraschung erkannte, dass es Geschichte ist, was ihn wirklich fasziniert. Ich berichte von meinem Studium, davon, wie ich Charlotte kennenlernte und sofort wusste, dass sie die Freundin fürs Leben werden könnte. Von Jeffrey, ohne dass es schmerzt, von Kyle und Laura, von meiner Arbeit.

Wir reden und reden, trinken Wasser und Wein, bis die Bedienung uns freundlich, aber bestimmt darauf aufmerksam macht, dass das Restaurant bald schließt. Wir zahlen, jeder die Hälfte, worüber wir nicht diskutieren müssen, ziehen unsere Mäntel an und schlendern zu meinem Hotel. Ohne dass Magnus etwas sagt, weiß ich, dass es meine Entscheidung sein wird, wie dieser Abend endet. Während ich noch überlege, haben wir mein Hotel bereits erreicht.

Ich muss mich zweimal räuspern, bis ich die Worte herausbringe. »Ich habe einen wunderbaren Tüten-Cappuccino in meinem Zimmer. Als Abschluss, wenn du möchtest.«

»Bist du sicher?« Magnus sieht mich fragend an. »Es wäre auch ein schöner Abend, wenn …«

»Wir wollen Charlotte doch nicht enttäuschen«, antworte ich mit einem Grinsen. Ja, ich bin mir sicher, dass ich die heutige Nacht mit Magnus verbringen will, und zwar ohne darüber nachzudenken, was morgen oder übermorgen oder in drei Wochen sein wird. Heute will ich den Augenblick genießen, mit diesem wundervollen

Mann, den mir die Suche nach Lily geschenkt hat. »Oder beschleichen dich Zweifel?«

»Auf keinen Fall!« Er küsst mich, bis mir die Luft wegbleibt. Dann zieht er mich an der Hand hinter sich her, vorbei am Portier, der uns beiden derart indigniert nachschaut, dass Magnus und ich zu kichern beginnen wie Teenager, die ihren Eltern einen Streich spielen.

Kapitel 33

Frankfurt am Main, Juni 1945

Lily lag schlaflos im Bett und starrte an die Decke. Sie lauschte dem ruhigen Atmen der Kinder und spürte, wie Benno sich neben ihr drehte. Immer wieder kehrten ihre Gedanken zurück zu der Suche nach Alexander. Einer vergeblichen Suche, die heute enden würde. Nun blieb ihr nur noch eins. Als Benno leise zu schnarchen begann, schlug Lily die Decke zurück, um aus dem Bett zu schlüpfen. Sie zog sich eine Strickjacke über, bevor sie sich an den Schreibtisch setzte und den Brief schrieb, den sie sicher schon hundertmal im Kopf formuliert hatte.

Geliebter Alexander,
ich schreibe Dir, um dir zu sagen, was ich fühle. Heute ist mein letzter Tag in Frankfurt und ich habe keine Spur von Dir finden können. Gestern habe ich Benno angebettelt und angefleht, dass er mir noch zwei oder drei Tage hier schenkt, damit ich Dich finde, aber Benno sagte nein. Das erste Mal, dass er mir gegenüber so strikt war.

Ich muss mich an unsere Vereinbarung halten: zwei Wochen, um Dich zu suchen, danach gehe ich mit ihm, unseren Kindern und meiner Mutter nach Leipzig, dorthin, wo Benno vor 1933 gelebt hat. Wir wollen Deutschland in der SBZ aufbauen, ein besseres Deutschland als das, was wir beide erleben mussten. Für unsere Kinder. Drei sind es: Elke, Alfred und Hanne. Ich müsste Dir so vieles erzählen, was ich bisher nur den Sternen oder dem Nachthimmel anvertraut habe. Von meinem Leben in Stockholm, warum ich Benno geheiratet habe, der ein guter Mann ist, Du würdest ihn mögen. Von den Kindern.
Davon, dass ich auf Dich gewartet habe, dass ich jeden Deutschen, der nach Stockholm kam, nach Dir gefragt habe, nach einer Nachricht, nach Deinem Verbleib. Niemand wusste etwas, bis auf Robert Hartmann, der mir erzählte, dass Du ihm geholfen hast. An dem Tag, an dem ich endlich erkannt habe, wie sehr ich Dich liebe, wie einsam und trist mein Leben ohne Dich wäre. Das Schicksal scheint uns zu hassen.
Bevor wir nach Schweden gingen, wollte ich noch einmal nach Dir suchen, aber wir mussten Frankfurt Hals über Kopf verlassen, weil die Nazis auf der Suche nach Karl waren.
Als wir in Schweden ankamen, fühlte es sich an, als hätte ich mein Herz herausgerissen und es in Frankfurt gelassen. Wäre nicht meine Familie, ich wäre verloren gewesen. Mein Vater hat mich zurückgehalten, als ich in den Zug nach Deutschland steigen wollte. Schließlich durfte ich nicht nur an mich denken, sondern auch an Elke. Unsere Tochter. Beinahe hätte ich sie verloren, nachdem die Braunhemden

mich angegriffen hatten. Ohne sie hätte ich mich aufgegeben, wäre verhungert, weil mir Deine Liebe fehlte.
Für Elke und mich hoffte ich auf eine Nachricht von Dir. Georg, der erst ein halbes Jahr nach meiner Familie nach Schweden kam, war meine große Hoffnung, aber auch er wusste nichts von Dir zu berichten. Georg konnte mir nicht einmal sagen, ob Du überlebt hast. Da habe ich Bennos Heiratsantrag angenommen, damit meine Familie und ich in Schweden bleiben konnten.
Schweden war gut zu uns, aber wir wollten dort nicht bleiben, nachdem der Krieg zu Ende war, nachdem die Nazidiktatur endlich endete.
Zwei Wochen habe ich von Benno erbeten, um Dich finden zu können. Zwei Wochen, in denen ich durch unser Frankfurt irrte, erschüttert von den Zerstörungen, die der Krieg meiner geliebten Stadt gebracht hat. Zwei Wochen, in denen ich Furchtbares erfuhr, das bittere Schicksal so vieler Freunde und Genossen, die den Faschismus nicht überlebt haben. Und doch galten meine Gedanken in den zwei Wochen nur einem Ziel – Dich zu finden.

Sie legte den Füllfederhalter zur Seite, um sich mit den Fingern die Tränen abzustreifen, die ihre Wangen herunterkullerten. Obwohl sie ihre Familie liebte, hatte sie keine Ruhe finden können. Sie musste unbedingt erfahren, was aus Alexander geworden war. Daher hatte sie Benno gebeten, zwei Wochen in Frankfurt Station zu machen, bevor sie nach Leipzig weiterreisten.

»Ich muss Gewissheit bekommen.« Obwohl Lily sich um ein Lächeln bemühte, wusste sie nur zu gut, dass

Benno die Ernsthaftigkeit hinter ihren Worten verstand. Gern hätte sie ihrem Ehemann den Schmerz erspart, aber sie wusste keine Möglichkeit, wie sie ihm schonend ihre Pläne beibringen sollte. Er war klug genug, zu durchschauen, weshalb sie sich entschlossen hatte, ihm die Wahrheit zu sagen. »Es tut mir leid. Ich muss wissen, ob er noch lebt. Gib mir einen letzten Versuch.«

»Ich weiß.« Benno runzelte die Stirn, wie stets, wenn er ernsthaft nachdachte. Diese Geste liebte Lily besonders an ihm. »Aber du verstehst hoffentlich, dass ich wünschte, du hättest ihn vergessen können.«

»Natürlich. Ich auch, aber …« Sie brauchte den Satz nicht zu beenden, weil beide wussten, dass sie sich nicht aufhalten lassen würde. Sie musste endlich erfahren, was aus ihrer großen Liebe geworden war. »Ich würde euch niemals verlassen. Selbst wenn ich ihn finde.«

»Aber du wirst immer an ihn denken. Ich weiß nicht, ob ich das ertrage.« Benno schaute an Lily vorbei, als könnte er an der grauen Wand des Bahnhofsgebäudes die Lösung für ihr gemeinsames Dilemma finden. »Aber ich weiß auch nicht, ob ich es ertragen könnte, ohne dich zu leben.«

»Kannst du es nicht verstehen?« Obwohl sie sich vorgenommen hatte, ruhig zu bleiben, entfuhr Lily ein Seufzer. Sie wollte diese Diskussion nicht führen, sie wollte jetzt nicht mit ihm streiten, aber sie wollte ihren Plan auch nicht aufgeben. Weitere Jahre der Ungewissheit wären mehr, als sie ertragen könnte. Auch um ihrer Kinder willen musste sie nach Alexander suchen.

»Ach, Lily.« Benno seufzte. Mit der Hand fuhr er sich

durch das kurzgeschnittene blonde Haar, bis es ihm vom Kopf abstand. Seine hellblauen Augen wichen ihrem Blick aus. »Reichen zwölf Jahre denn nicht aus, um ihn zu vergessen? Zwölf Jahre und drei Kinder.«

In einer Geste der Hilflosigkeit hob Lily die Hände. Benno würde es nicht glauben, aber sie hatte sich tatsächlich gewünscht, ihre Liebe zu Alexander würde im schwedischen Exil erkalten. Stattdessen war sie nur tiefer geworden, vielleicht, weil Lily nicht wusste, was aus ihrem Geliebten geworden war. Ob er aus Deutschland hatte fliehen können und ob er den furchtbaren Krieg überlebt hatte. Sie würde erst dann bereit sein, ein neues Leben in Deutschland zu beginnen, wenn sie alles versucht hätte, um ihn wiederzufinden. Niemand aus ihrer Familie konnte das verstehen.

»Lily. Lass die Vergangenheit ruhen. Gemeinsam mit Benno hast du eine eigene Zukunft vor dir. Du und eure Kinder«, hatte Ida gesagt, nachdem Lily ihr von ihrem Plan berichtet hatte, in Frankfurt nach Alexander zu suchen. »Willst du alles aufgeben? Für einen Mann, den du nicht einmal ein Jahr kanntest?«

»Ich muss erfahren, was mit ihm geschehen ist«, hatte Lily so ruhig und selbstverständlich erwidert, dass ihre Mutter es schließlich aufgegeben hatte, ihr weiter ins Gewissen reden zu wollen. Ohnehin weilten Idas Gedanken oft in der Ferne, trauerten um Karl, der im Krieg gefallen war, und erinnerten sich an Gottfried, der vor zwei Jahren gestorben war. »Du hättest auch wissen wollen, wie es Vater ergangen ist, falls das Leben euch getrennt hätte.«

»Ja.« Ida hatte ihre Tochter in die Arme genommen und Lily voller Ernst angesehen. »Aber versprich mir, dass du ihn vergisst, falls du ihn nicht findest.«

»Vergessen kann ich Alexander nicht«, hatte Lily geantwortet. »Aber ich werde nie wieder über ihn sprechen.«

»Das ist genug.« Ida hatte sie noch einmal fest an sich gedrückt, noch immer kräftig, obwohl ihre Haare inzwischen vollständig grau waren und ihr Körper sich langsam beugte. »Was sagt Benno?«

»Er versteht mich nicht, aber er wird mir nicht im Weg stehen.«

Benno hatte schließlich nachgegeben. Manchmal hatte sie sich gewünscht, er würde ihr mehr Widerstand entgegenbringen, ja, ihr verbieten, nach Alexander zu suchen. Dann hätte sie wütend auf ihn sein können. Bennos stille Traurigkeit schmerzte bis heute schlimmer als ein Zornesausbruch.

Wie oft hatte sie sich in den vergangenen zwölf Jahren vorgeworfen, dass sie Benno geheiratet hatte, obwohl sie wusste, dass sie ihn niemals so lieben könnte wie Alexander. So eine Liebe gab es nur einmal für jeden Menschen, da war Lily sich immer sicher gewesen.

Nach der Heirat hatte sie in Schweden ein stilles Glück gefunden, mit drei Kindern, an denen Lily mit ganzem Herzen hing. Doch der Gedanke an Alexander hatte sie stets begleitet – durch die Zeit des Exils, durch die furchtbare Zeit des Krieges mit all der Ungewissheit, wie er enden und wie viele Opfer er fordern würde. Dann endlich waren der Krieg und die Schreckensherrschaft der Nationalsozialisten zu Ende gewesen und Lily konnte nach Frankfurt zurückkehren, um Alexander zu suchen.

Erfolglos. Also bliebt ihr nur diese Geste des Abschieds. Nachdem sie sich die Nase geschnaubt hatte, nahm sie den Füllfederhalter wieder auf.

Ich muss Dir doch sagen, wie sehr ich mich geirrt habe. Man muss sich nicht entscheiden zwischen Politik und Liebe – ohne die Liebe bleibt die Politik nur tote Theorie, ein Kampf gegen *etwas, nicht für etwas, für ein Gutes, für ein Ziel, das sich zu erreichen lohnt. Warum, Geliebter, musste ich Dich verlieren, um das zu erkennen? Obwohl ich innerlich weine, weil ich Dich nicht gefunden habe, muss ich gestehen, dass ein Teil von mir erleichtert ist, dass meine Suche erfolglos blieb. Ich weiß nicht, wie ich mich entschieden hätte, hätte ich zwischen Dir und meiner Familie gestanden. Zwischen Dir und dem Leben, das Benno mir verspricht. Benno, der genau der richtige Mann für mich wäre, wenn das Leben mir nicht Dich gebracht hätte.*
Nein, das ist gelogen. Ich weiß, wie meine Entscheidung ausgefallen wäre. Ich hätte sie alle verlassen, um Dir zu folgen, und das macht mir Angst. Niemals hätte ich erwartet, dass ich einen anderen Menschen so lieben könnte, dass ich mich in Gedanken jeden Tag nach ihm verzehren, dass ich Hals über Kopf alles stehenlassen würde auf ein Wort von Dir.
Ich liebe Dich und warte auf Dich, jeden Tag.
Deine Lily
Lily legte den Füllfederhalter zur Seite, dieses Mal endgültig. Sie hatte gehofft, dass ihr Herz sich leichter fühlen würde, wenn sie einen Abschiedsgruß an Alexander

schrieb, doch der Schmerz blieb, harsch und schneidend. Seit dem Tag, an dem sie ihn im *Café Laumer* gesucht und nicht gefunden hatte. So beißend war der Schmerz, dass Lily beschloss, dass Benno nicht so leiden sollte wie sie. Also weinte sie, bis keine Tränen mehr kamen, nahm das durchweichte Papier, auf dem die Worte kaum noch lesbar waren, und zerriss es in winzige Schnipsel, die sie aus dem Fenster in den dunklen Himmel steigen ließ.

»Auf Wiedersehen, Geliebter«, flüsterte sie. »Ich werde dich nie vergessen.«

Nachdem sie das Fenster geschlossen hatte, ging sie nach nebenan in die Kammer, in der Benno und die Kinder schliefen. Vorsichtig schlüpfte sie neben ihren Ehemann unter die Decke und schmiegte sich an ihn. Im Halbschlaf legte er seinen Arm um sie, als wollte er sie für immer festhalten.

Alexander ging in dem winzigen Zimmer auf und ab, in dem sein Freund Lloyd, ein Reporter, wohnte. Der Raum war nur unwesentlich größer als der, in dem Alexander Quartier bezogen hatte. Sie konnten froh sein, im zerbombten Frankfurt überhaupt ein Haus gefunden zu haben, in dem sie für kurze Zeit unterkommen konnten. Nachdem sie eingezogen waren, hatte Alexander sich gefragt, was wohl aus der Familie geworden war, die früher hier gelebt hatte. Das würde er wohl nie erfahren. Der Verbleib so vieler Menschen war ungeklärt.

»Solltest du nicht zu Hause sein?« Gutgelaunt zog Lloyd

seinen Reisegefährten Alexander auf. »Wenn ich mich nicht irre, erwartet deine Frau das zweite Kind. Oder bist du deshalb nach Deutschland geflohen? Kannst wohl kein Blut sehen.«

»Ich konnte dich nicht allein lassen. Wo du nicht einmal drei Worte Deutsch sprichst. Oder sie so schlecht aussprichst, dass du womöglich den nächsten Krieg anzettelst.« Gutmütig erwiderte Alexander den Spott. Ohne Humor, ohne Lachen hätten die Männer nicht ertragen können, was sie in den letzten Tagen und Wochen gesehen hatten. Lloyd war als Berichterstatter für amerikanische Zeitschriften nach Deutschland gekommen, Alexander steuerte die Fotos zu seinen Texten bei. Sicher hatten sie Gerüchte über die Konzentrationslager gehört, in denen die Nationalsozialisten Menschen einsperrten, folterten und ermordeten. Doch Gerüchte zu hören und das unsagbare Grauen mit eigenen Augen zu sehen …

Nur ein Gedanke hatte Alexander auf der Fahrt durch das zerbombte Land aufrecht gehalten: Lily. Erst hier in Frankfurt hatte Alexander verstanden, was der Krieg angerichtet hatte, wie viel Tod und Zerstörung die Nationalsozialisten gebracht hatten, so, wie Lily und ihre Freunde es befürchtet hatten. Hätte er sich damals nur Lily und ihrem Kampf angeschlossen. Hätte er nur seiner Liebe zu ihr vertraut.

So war ihm nur geblieben, nach Kriegsende zurückzukehren und sich auf Spurensuche zu begeben. Jeden Tag war er durch Frankfurt gelaufen, vorbei an Trümmern und Zerstörung, auf der Suche nach Lily, auf der Suche nach Freunden, auf der Suche nach Orten, die sie gemeinsam aufgesucht hatten und wo er sie zu finden hoffte. Doch alle Hinweise führten ins Leere, so dass ihm nur noch eines blieb.

»Ich lass dich in Ruhe deine Maschine malträtieren«, sagte Alexander mit rauer Stimme, als er das Zimmer verließ, in dem er mit Lloyd über die Bilder gesprochen hatte. »Ich entwickele noch einen Film.«

Doch die Fotos hingen längst zum Trocknen in dem Zimmer, das ihm als Dunkelkammer diente. Er hatte nur eine Ausrede gesucht. Stattdessen begab er sich in einen anderen Raum, um sich von Lily zu verabschieden. Er legte einen schlichten weißen Bogen auf den Schreibtisch dort und beugte sich nach vorn, um Lily ein letztes Mal zu schreiben.

Liebste Lily,
seit vier Wochen bin ich nun in Deutschland, seit einer Woche in Frankfurt, aber Deine Spur verliert sich immer wieder. Mein Herz kann keine Ruhe finden, bis ich nicht weiß, ob es Dir gutgeht, ob das Schicksal Dir freundlich gesinnt war. Aber das Leben will offensichtlich nicht, dass wir uns wiedersehen. Keiner von den wenigen überlebenden alten Freunden hat etwas von Dir gehört, seitdem Du 1933 aufgebrochen bist. Robert Hartmann hat Dich in Schweden gesehen, aber dann Deine Spur verloren. Er berichtete, dass Du geheiratet hast, was es mir leichter macht, von meiner Ehe zu erzählen.
Obwohl ich auf Dich warten wollte, habe ich Lilian geheiratet. Ich kann Dir nicht einmal erklären, warum. Weil

sie es sich so sehr wünschte und weil ich mir nichts mehr in meinem Leben erhoffte.
Ich habe in Frankfurt auf Dich gewartet, ich habe in Barcelona auf Dich gewartet, obwohl ich kaum daran glaubte, von Dir zu hören. In New York habe ich das Warten aufgegeben und eine Amerikanerin geheiratet. Ich fühlte mich verloren und hoffte, dass Lilian mich stützen könnte. Nun fühle ich mich wie ein Verräter an Dir, an uns. Weil ich nicht stark genug war, an unsere Liebe zu glauben. Weil ich mich hasste, dass ich Dich vor diese Wahl gestellt hatte. Weil ich zu egoistisch war, um zu verstehen, wie wichtig Dir die Politik war. Nun werde ich mich niemals dafür entschuldigen können, dass ich Dich drängte, anstatt Dir beizustehen, als es die Zeit war, Dir beizustehen. Ich habe Dich verraten, in Frankfurt und in New York, und muss damit leben. Jeden Tag, wenn ich in den Spiegel blicke, sehe ich das Gesicht eines Mannes, der nicht genug liebte und der die Traurigkeit verdient hat, die ihn niederdrückt.
Aber ich konnte Dich nie vergessen. Obwohl meine Frau und ich unser zweites Kind erwarten, habe ich mich freiwillig gemeldet, um als Kriegsfotograf nach Deutschland, nach Frankfurt zurückzukehren. Alles nur, um Dich zu finden. Ich hätte Lilian und unsere Kinder verlassen, für Dich. Mit schlechtem Gewissen, doch ich hätte nicht noch einmal zugelassen, dass mein Kopf über mein Herz siegt, dass Zweifel unsere Liebe zerstören.
Alle Fäden habe ich gezogen, die ich ziehen konnte, Gefallen eingefordert und Gefallen versprochen, um nur eine winzige Spur von Dir zu entdecken. Alles vergeblich.
In den letzten Tagen und Wochen habe ich so viel Schreck-

liches gesehen, das mich an den Menschen zweifeln lässt. Nur an meiner Liebe zu Dir habe ich nie zweifeln müssen. Aber nun kann ich nicht länger nach Dir suchen. Gestern kam ein Telegramm von meinen Schwiegereltern. Lilian ist krank, so dass ich zurückkehren muss. Zurück nach New York, ohne dass ich um Dein Schicksal weiß. Ich gebe die Hoffnung nicht auf. Jedes Jahr werde ich beim Roten Kreuz eine Suchanfrage stellen, bis ich Gewissheit habe. Ich denke immer, ich müsste spüren, wenn Du tot wärst, aber nach all dem Grauen, das ich gesehen habe, frage ich mich, ob ein einzelner Tod überhaupt noch wahrnehmbar ist.
Ich wünschte, ich könnte Dich noch einmal in die Arme schließen, könnte Dir sagen, wie sehr Du Dich geirrt hast. Gerade in dunklen Zeiten hätten wir an unserer Liebe festhalten sollen. Wie sehr ich mich geirrt habe. Ich hätte Dich nie vor die Wahl stellen sollen – 1933 konnte man nur beides wählen: Politik und Liebe.
Ich werde nicht aufgeben und weiter auf Dich warten.
In Liebe
Alexander

»Hast du eine Zigarette?« Alexander klopfte Lloyd, der vornübergebeugt an seiner Reiseschreibmaschine saß und wild auf die Tastatur einhämmerte, leicht auf die Schulter. »Und ein Feuerzeug.«

»Hier, bitte.« Mit dem geistesabwesenden Gesichtsausdruck, den er immer hatte, wenn er seine Reportagen schrieb, schob Lloyd Alexander die Zigarettenschachtel und das Sturmfeuerzeug zu. »Was machen die Bilder? Etwas Gutes dabei?«

»Viel Entsetzliches, aber ja, es wird sich gut verkaufen lassen.« Alexander nahm Zigaretten und Feuer und ging zurück in sein Zimmer. Dort zündete er sich eine Zigarette an, obwohl er für Lilian vor sieben Jahren das Rauchen aufgegeben hatte, damals, als sie mit Patricia schwanger war. Aber heute brauchte er das brennende Gefühl auf der Zunge, den tiefen Atemzug, mit dem er den Rauch in seine Lungen beförderte.

Er setzte sich an das geöffnete Fenster und starrte in den dunklen Nachthimmel. Nur wenige Sterne blinkten zwischen den Wolken hindurch. Seine Hoffnung auf eine Sternschnuppe, der er seinen sehnlichsten Wunsch anvertrauen könnte, blieb unerfüllt. Sein Blick folgte dem Lichtpunkt der brennenden Zigarette, als er sie nahm, um ein Loch in den Brief an Lily zu brennen. Mit ruhiger Hand hielt er das Papier, während sich der glühende Kreis, den die Zigarette gebrannt hatte, langsam ausweitete und die Worte, die er für Lily geschrieben hatte und die sie niemals erreichen würden, auffraß. Er konnte den Brief nicht aufheben, konnte ihn nicht mit zurück nach New York nehmen. Zu groß war die Gefahr, dass Lilian ihn eines Tages finden würde. Seiner Frau noch mehr Schmerz zuzufügen, als er bereits tat, weil er Lilian nicht so lieben konnte, brachte Alexander nicht über sich. Also musste er den Brief an seine große Liebe verbrennen und mit der Asche seine Erinnerungen in den Nachthimmel hinausziehen lassen. Vielleicht würde es ihm auf diese Weise gelingen, jegliche Hoffnung auf ein Wiedersehen auszulöschen.

Zwei Amerikaner, die in England einen Neuanfang suchen und die Liebe finden. Was sich schwieriger gestaltet, als sie es gedacht hätten.

Kapitel 34

Stockholm, November 1999

Vierzehn Inseln und siebenundfünfzig Brücken bilden die Stadt, habe ich im Reiseführer gelesen. Nicht, dass ich sie alle nachzählen werde, aber es fällt auf, wie oft man in Stockholm auf eine Brücke trifft. Das Venedig des Nordens, denke ich und ärgere mich über mich, dass ich mir zu wenig Zeit für meine Europareise genommen habe. Venedig werde ich nicht sehen, aber das gibt mir die Chance, einmal nach Europa zurückzukommen. Nach Europa und zu Magnus, vielleicht. Zum ersten Mal seit langem brauche ich nicht mehr die Sicherheit einer vermeintlich feststehenden Zukunft, sondern kann dem Leben gelassen entgegenblicken und mich auf das Ungewisse einlassen. Charlotte wäre sicher stolz auf mich.

Den Vormittag, während Magnus arbeitet, nutze ich, um wenigstens einen Eindruck von Stockholm zu gewinnen, bevor ich heute Nachmittag nach Frankfurt fliege. Viel zu schnell sind die Tage vorbeigegangen. Ich mag nicht an den Abschied denken, der mir bevorsteht, und stelle mir vor, eine Touristin zu sein, die Stockholm erkundet. Das *Stadthuset* will ich mir ansehen, den Ort, an dem der Nobelpreis verliehen wird, aber die Schlange dort ist so lang, dass ich zu viel kostbare Zeit verlieren würde. Also schlendere ich mit meinem Reiseführer in der Hand durch *Gamla Stan*, die Altstadt. Wie es wohl ist, hier zu wohnen, in diesen Häusern, die aussehen wie Puppenstuben, in diesen verwinkelten Gässchen, in denen ich mich verlaufe? Ein wenig beneide ich die Schweden um ihre Geschichte, als ich die Köpmangatan entlanggehe, die älteste Straße Stockholms. Umgeben von Häusern, die im Mittelalter erbaut wurden, fällt mir auf, wie jung mein Heimatland Amerika ist. Dann lenken mich die Galerien und Läden voller Kunsthandwerk und Antiquitäten ab. In einen Stuhl verliebe ich mich auf den ersten Blick, wage aber nicht, ihn zu kaufen, weil ich nicht weiß, wie ich wohnen werde, wenn ich wieder in Berkeley angekommen bin. Vielleicht beim nächsten Mal.

»Du musst auf jeden Fall noch einmal nach Stockholm kommen«, schlug mir Magnus heute Morgen mit einem charmanten Lächeln vor. »Du hast kaum etwas von meiner Stadt gesehen.«

»Weil ich meine Zeit mit dir verbracht habe«, habe ich neckend geantwortet. »Deinetwegen habe ich auf *Skansen* und *Junibacken* verzichtet.«

»*Junibacken* ist etwas für Kinder.«

»Nein, für alle Menschen, die von Astrid Lindgren verzaubert wurden. Mein Reiseführer schwärmt in höchsten

Tönen von dem Park«, habe ich beharrt. »Ich möchte Madita treffen und Emil und die Kinder aus Bullerbü.«

»Glaub mir, du wärst enttäuscht.« Magnus hat mir einen langen Kuss gegeben, der jede Diskussion beendet hat, bevor er zu seiner Vorlesung aufbrechen musste. »Weil sie nicht so aussehen werden wie in deiner Vorstellung. So wie Filme auch nie den Geist und die Kraft von Büchern erreichen. Schau dir lieber meine schöne Stadt an.«

Also bin ich seinem Wunsch gefolgt und spaziere durch die Straßen der Stadt, die mein Herz ebenso gefangen genommen hat wie Barcelona, wenn auch aus anderen Gründen. Obwohl es unglaublich früh und schlagartig dunkel wird, habe ich mich in die Stadt verliebt, was sicher auch an meiner guten Stimmung dank eines gewissen schwedischen Professors liegen mag. Ich liebe die entspannte Freundlichkeit der Menschen, obwohl Magnus behauptet, dass der Winterschwede deutlich düsterer gelaunt wäre als der Sommerschwede. Manchmal weiß ich nicht, ob er mich aufzieht oder es ernst meint.

Ich mag die beeindruckenden Häuser Stockholms, Zeichen davon, dass hier reiche Händler lebten; ich mag den Geruch des Meeres, der mich begleitet, das weiche Licht, das am Tag über der Stadt liegt und selbst die dunkle Nacht, die von Tausenden von Lichtern erhellt wird, wie ich aus dem Fenster von Magnus' Wohnung sehen konnte.

Magnus. Ich werde ihn vermissen, das Gefühl von Lebendigkeit, das er hervorruft. In einem versteckten Winkel meines Herzens bin ich aber auch froh, dass ich ihm und den überaus starken Emotionen, die er in mir auslöst, erst einmal entkommen kann. Verliebt bin ich, ja, aber ob ich ihn liebe? Ich wage es nicht, ihn zu lieben, weil mein dummer Kopf mir einredet, dass wir keine gemeinsame Zukunft haben können. Er in Stockholm, ich in Berkeley, er ein Professor, ich eine bald arbeitslose Buchhändlerin. Aber mein Herz wehrt sich gegen diese Zweifel und ich nehme mir vor, die verbleibende Zeit in Stockholm einfach zu genießen. Mit Erich Fried sagt mein Herz mir: Es ist, was es ist …

Ich starre aus dem winzigen Fenster des Flugzeugs, als könnte ich Magnus erkennen, der mich bis zum Terminal begleitet und versprochen hat, mir zu winken, bis die Maschine vom Boden abhebt. Meine Augen brennen, nicht, weil ich Angst vor dem Flug habe, sondern weil ich nicht aus Stockholm abreisen möchte. Die vergangenen Tage sind viel zu schnell vergangen, weil über ihnen das Damoklesschwert meines Rückreisetickets schwebte. Einige Male habe ich überlegt, den Flug umzubuchen, meine Rückkehr nach Frankfurt auf einen späteren Zeitpunkt zu verschieben, aber letztlich hat die Vernunft gesiegt. Oder die Angst. Obwohl ich jede Minute mit Magnus genossen habe, konnte ich mich nicht völlig von meinen Zweifeln befreien.

Von den Gedanken daran, dass er jünger ist als ich, dass ich einen Sohn habe, einen Ex-Ehemann, ein Leben in Berkeley und Eltern in Salem, die mich brauchen. Ich wollte den Zauber unserer gemeinsamen Zeit nicht mit meinen Ängsten überschatten, sondern habe meinen Abflug damit begründet, dass ich in Deutschland mehr über Lily herausfinden müsste, bevor ich in die USA zurückfliegen würde.

Gestern hat Magnus gefragt, ob er mich nach Frankfurt begleiten soll, was mich vollkommen überrascht hat. Obwohl wir beinahe jede Stunde der vergangenen Tage miteinander verbracht und viel miteinander gesprochen haben, haben wir über zwei Themen nicht geredet: unsere Gefühle füreinander und die Frage, ob wir eine gemeinsame Zukunft haben könnten. Es war, als würden wir beide um diese Themen herumtanzen, sie aussparen aus Sorge, was der andere wohl darüber denken mochte.

»Ich würde mich freuen, mit dir in Frankfurt nach Lily zu suchen«, habe ich Magnus gesagt. »Aber du hast Lehrveranstaltungen und ich … Ich …«

Ich konnte keine Worte finden, aber glücklicherweise hat er auch so verstanden, dass ich Zeit für mich brauche. Manchmal sehne ich mich nach den Zeiten zurück, als ich einfach nur gelebt habe, ohne ständig an die Konsequenzen zu denken. Vielleicht kam dieses Verantwortungsgefühl mit der Mutterschaft, vielleicht ist es eine Folge des Alters – auf jeden Fall bin ich noch nicht so weit, dass ich spontan und ohne Nachdenken handele. Jedenfalls nicht länger als ein paar Tage. Tage in Stockholm im Herbst, die mich glücklich gemacht haben. So glücklich, dass ich Magnus bereits jetzt vermisse.

Als das Anschnallzeichen aufblinkt, muss ich akzeptieren, dass ich nun nicht mehr zurückkann. Aber ich kann Magnus sofort anrufen, wenn ich in Frankfurt gelandet bin. Der Gedanke bringt mich zum Lächeln.

Immer noch lächelnd öffne ich den Roman, wieder eine äußerst subtile Wahl von Charlotte. *Affären. Eine transatlantische Liebesgeschichte*. Deutlicher geht es kaum noch. Gestern habe ich ihr eine protestierende E-Mail geschrieben, dass sie die Zeiten zwischen den Romanen willkürlich verkürzt, so dass ich mit dem Lesen kaum nachkomme.

»Das liegt daran, dass die Ereignisse in deinem Leben, die ich kommentieren muss, sich so überschlagen«, lautete ihre Antwort. Ich muss zugeben, dass meine beste Freundin wieder einmal recht behält.

In den vergangenen Wochen habe ich mehr erlebt als in den vorausgehenden Jahren und fühle mich lebendig wie schon lange nicht mehr. Selbst meine Angst vorm Fliegen habe ich besser in den Griff bekommen. Zwar darf ich noch immer nicht zu intensiv darüber nachdenken, was bei einem Flug alles schiefgehen könnte, aber ich bin in der Lage, mich ohne Tabletten zu entspannen, wenn es mir gelingt, mich abzulenken. Der Roman von Alison Lurie, so sehr ich ihn schätze, reicht dafür nicht aus. Also beschäftige ich mich mit einer weiteren »Lily finden«-Liste:

- *Welche Möglichkeiten gibt es, das Schicksal von Lily Schlösinger, geborene Ennenbach, nachzuvollziehen?*
- *Internet (Magnus hatte keinen Erfolg).*
- *Telefonbücher Leipzig / Berlin (herausfinden, ob diese im Internet stehen)*
- *Nach Berlin reisen, um Freunde oder Arbeitskollegen von Benno Schlösinger zu finden (sehr aufwändig!).*

- *An der Uni nachfragen, ob sie in den Interviews auf den Namen Schlösinger gestoßen sind.*

Mit dem Stift klopfe ich gegen meine Schneidezähne, während ich überlege, ob es noch weitere Möglichkeiten geben könnte, aber mir will nichts einfallen. Stattdessen überkommt mich das Gefühl, die Suche langsam leid zu sein. Jedes Mal, wenn ich Lily Schlösinger-Ennenbach einen Schritt näher gekommen bin, hat sich ein neues Problem aufgetan, warum ich sie nicht finden kann. Durchhaltevermögen war nie meine Stärke, aber aufgeben will ich auch nicht. Damit ich nicht den Rest meines Lebens mit der Suche nach der großen Liebe meines Großvaters verbringe, die ihm sowieso nicht treu geblieben ist, werde ich mir einen Termin setzen, an dem ich nach Berkeley zurückfliege. In Frankfurt angekommen werde ich das Flugticket kaufen und so Fakten schaffen.

»Lange net hier gewesen. Cappuccino?« Die Frau hinter dem Tresen des Internetcafés erwartet offensichtlich keine Antwort auf ihre Feststellung, weshalb ich sie nur anlächele.

»Ja, bitte einen Cappuccino.« Heute kann ich es kaum erwarten, vor den Computer zu kommen. Ich hoffe auf eine Nachricht von Magnus, aber erst suche ich nach Lily. Sonst wird das nichts. Sobald ich etwas von Magnus lese, werde ich ihm antworten wollen und alles andere hintanstellen. »Ist Nummer acht frei?«

Die Frau nickt, bevor sie sich abwendet, um Wasser für den Cappuccino aufzusetzen. Ungeduldig trippele ich von einem Fuß auf den anderen, bis sie mir endlich mein Getränk überreicht.

»Danke.« Ich kann es kaum erwarten, zu dem Computer zu kommen und verschütte etwas Cappuccino auf den grauen Linoleum-Fußboden. Vorsichtiger gehe ich weiter, stelle den Kaffee ab, richte mich vor den Bildschirm ein und widerstehe der Versuchung, ins E-Mail-Programm zu schauen. Stattdessen öffne ich eine Suchmaschine. Ich habe Glück. Man kann Telefonbücher tatsächlich online einsehen. Ich atme tief durch, weil es sich gleich entscheiden wird, ob ich Erfolg haben werde.

Nachdem ich einen Schluck meines Cappuccinos getrunken habe, tippe ich ein: ›Schlösinger, Berlin‹. Nur ein Eintrag wird angezeigt – leider nicht Lily Schlösinger, sondern Alfred, aber immerhin ein Treffer, von dem aus ich mich weiterhangeln kann. Sorgfältig übertrage ich die Telefonnummer in mein Notizbuch. Soll ich mich damit zufriedengeben oder sicherheitshalber nach weiteren Schlösingers in Leipzig suchen? Unschlüssig verharren meine Finger über der Tastatur. Einiges spricht dafür, mich nicht mit nur einem Namen zu begnügen. Auf der anderen Seite würden mich zwanzig oder mehr Schlösingers überfordern.

Ich tippe ›Schlösinger‹ und ›Frankfurt am Main‹ ein, obwohl ich mir wenig von der Suche verspreche. Ausgerechnet in diesem Moment geht der Computer in einen extrem langsamen Modus über.

»Noch einen Cappuccino, bitte.« Ich stehe vor dem

Tresen, weil ich das Warten und Starren auf den Bildschirm nicht mehr ertragen kann. »Könnten Sie bitte mal schauen, ob mit dem Computer etwas nicht stimmt?«, frage ich die Frau.

»Gibt wieder Netzprobleme«, antwortet sie in einem Tonfall, der keinen Widerspruch zulässt.

Also warte ich auf mein Getränk, bis ich wieder zum Computer zurückkehre und ich mich an den Bildschirm setze, auf dem sich das Bild Pixel für Pixel aufbaut. Mist, ich hätte erst meine Mails abrufen sollen. Wenn der Computer gänzlich in Streik tritt, werde ich heute nicht mehr erfahren, ob Magnus so viel an mich denkt wie ich an ihn.

Endlich hat das Programm seine Suche beendet und spuckt mir ein Ergebnis aus. Ein Ergebnis, so unverhofft, dass ich mich an dem übersüßen Cappuccino verschlucke. Schwarz auf weiß steht es vor mir:

Schlösinger, L.

Das L muss nicht für Lily stehen, es kann auch eine Lucie oder ein Leopold sein, aber obwohl ich mich zu beruhigen versuche, schlägt mein Herz schneller. Ich übertrage die Telefonnummer in mein Notizbuch, bevor die Internetverbindung zusammenbricht. Erst dann tippe ich die Adresse meines Mail-Providers ein.

Dreiundsechzig Mails – leider überwiegend Spam, aber auch zwei Nachrichten von Magnus, eine von Charlotte und eine von meinen Eltern. Der Wochengruß, den sie mir regelmäßig senden, seitdem sie die Freuden der E-Mail entdeckt haben. Ich schreibe eine schnelle Antwort, bevor ich mich Charlottes Nachricht widme.

Gesendet: Freitag, 19. November 1999, um 00:39 Uhr
Von: „Charlotte" <Boss@bookscloves.com>
An: „Erin" <Erin.Mitchell@aol.com>
Betreff: Dein Leben lebt sich so schnell

Liebe Erin,
danke für deinen langen Brief aus Schweden (wann hast du dafür Zeit finden können??!??) und die Postkarten. Ich bin enttäuscht, dass du nicht auf Strindbergs Ferieninsel warst, verstehe aber, dass du abgelenkt warst.
Hoffe auf viele, viele, viele Fotos.
Neuer Roman kommt per Postkarte – damit du Berkeley vor lauter Europe-Hopping nicht vergisst.
Grüße von Sarah und den Kunden und Umarmung
Charlotte

Wieder keine Neuigkeiten über die Verhandlung mit den Banken. Ich kann nur hoffen, dass alles gut für sie ausgehen wird. Eilig sende ich ihr einen Antwortgruß, dessen Kürze ich mit dem zusammenbrechenden Internet begründe.

Schließlich öffne ich die erste Mail aus Schweden, mit pochendem Herzen, wie ein frischverliebter Teenager.

Gesendet: Freitag, 19. November 1999, um 16:11 Uhr
Von: Magnus.Lundgren@historia.su.se
An: „Erin" <Erin.Mitchell@aol.com>
Betreff: You are always on my mind!

Hej Erin,
ich bin nicht gut in Liebesbriefen oder E-Mails, aber ich vermisse dich.
Hätte mit nach Frankfurt fliegen sollen.
Stockholm ist noch kälter ohne dich.
Was hast du gemacht? Bei mir ist alles durcheinander im Kopf!
Verwirrte Grüße und Küsse
Magnus

Magnus Lundgren
Stockholm University
Department of History
SE-106 91 Stockholm
Sweden

Telephone: +46 8 16 20 2223
Magnus.Lundgren@historia.su.se

Wieso meint er, dass er keine Liebesbriefe schreiben könnte? Sind wir überhaupt in einem Status, dass wir uns Liebesbriefe schreiben? Unser Abschied war voller Küsse, aber wir haben kein Wort darüber gesprochen, wie oder ob es mit uns – was immer »uns« auch heißen mag – weitergehen wird. Obwohl ich am liebsten sofort eine Antwort schreiben möchte, die sich von selbst formuliert, öffne ich erst die zweite Mail, weil ich fürchte, dass er darin alles zurückgenommen hat.

Gesendet: Freitag, 19. November 1999, um 16:19 Uhr
Von: Magnus.Lundgren@aol.com
An: „Erin“ <Erin.Mitchell@aol.com>
Betreff: Mail und Lily?

Hej Erin,
ganz schnell meine private Mail – Du kannst mir Tag und Nacht und Nacht und Tag schreiben.
Küsse
Magnus

PS: Hast du etwas über Lily erfahren?

Sehnsucht nach Magnus überfällt mich. So stark, dass ich zum Flughafen fahren möchte, um den nächsten Flieger nach Stockholm zu nehmen. Natürlich bin ich dafür zu vernünftig, worüber ich mich ärgere, doch ich kann nun einmal nicht aus meiner Haut.

So bleibt mir nichts anderes übrig, als ihm eine E-Mail zu schreiben. Doch irgendwie hat das Warten auf einen Brief, das tägliche Dem-Postboten-erwartungsvoll-Entgegenlaufen etwas Romantisches. Außerdem bin ich altmodisch – für mich zählt das handgeschriebene Wort mehr als eine Nachricht im Computer. Das bringt mich auf eine Idee. Nachher werde ich mir schönes Briefpapier kaufen, um Magnus und auch Charlotte Briefe zu schreiben. Doch zuerst erhält mein Wikinger eine Antwort auf elektronischem Wege. Vier Entwürfe schreibe ich und verwerfe sie wieder, da ich nicht die Worte finde, die ich Magnus sagen möchte. Als wäre das nicht bereits schwierig genug, meint das Internet es heute wirklich schlecht mit mir. Daher tippe ich schnell eine kurze Antwort, bevor das World Wide Web mich gänzlich im Stich lässt.

Gesendet: Samstag, 20. November 1999, um 12:13 Uhr
Von: „Erin“ <Erin.Mitchell@aol.com>
An: Magnus.Lundgren@aol.com
Betreff: Lily und Sehnsucht

Lieber Magnus,
das Internet ist gegen uns. Daher nur schnell: vermisse dich.
Frankfurt allein ist trist und grau.
Würde liebend gern mit dir die große Schären-Tour fahren.
Neue Spur von Lily. Ich berichte dir, wenn ich mehr weiß und das Internet stabil ist.
Ich habe Sehnsucht, dich zu umarmen.
Kuss
Erin

Nachdem die Mail beim dritten Versuch endlich versendet wurde, schließe ich das Programm, schalte den Computer aus und bezahle bei der Frau am Tresen des Internetcafés. Der Weg zum Hotel kommt mir unendlich lang vor, weil ich es nicht erwarten kann, L. Schlösinger endlich anzurufen. Ich nehme mir kaum Zeit, Mantel und Schuhe auszuziehen, bevor ich zum Telefonhörer greife. Zweimal tief durchatmen und wählen. Nach dem dritten Klingeln hebt jemand ab.

»Beyer. Hallo.«

Die Geschichte eines Individualisten, der seinen hochfliegenden Zielen nachstrebt, auch wenn er dafür von seiner Gruppe ausgegrenzt wird. Ein Tipp: Es sind keine Menschen.

Kapitel 35

Frankfurt am Main, November 1999

»Ich habe Lily gefunden«, schniefe ich ins Telefon. »Sie stirbt.«

»Ach, Liebes.« Nur Charlotte gelingt es, mich mit zwei Worten aufzumuntern. Sofort nachdem ich mit Frau Beyer, hinter deren Namen sich Lilys Tochter Hanne verbirgt, telefoniert habe, musste ich meine Freundin anrufen. »Wein dich erst einmal aus.«

Darum wird Charlotte immer der Mensch sein, an den ich mich in Krisen- aber auch in Glücksmomenten als Erstes wende. Die meisten anderen hätten auf mich eingeredet, dass schon alles gut werden wird. Oder sie hätten gefragt, warum ich mich derart echauffiere, da ich Lily nicht einmal persönlich kenne. Nur meine beste Freundin ist in der Lage, so etwas Passendes zu sagen. Ich weine und schluchze und schniefe, bis keine Tränen mehr kommen.

»Erzähl mir von ihr«, sagt Charlotte in ihrer beruhigenden Stimme. »Wie hast du sie gefunden?«

»Es ist unglaublich. Lily war die ganze Zeit in Frankfurt, wo ich sie nie vermutet hätte.«

»Aber?«

»Sie heißt nun Schlösinger, nicht mehr Ennenbach. Deshalb musste ich erst nach Stockholm reisen, um sie hier ausfindig machen zu können. Und jetzt stirbt sie.«

»Erzähl von Anfang an.«

»Hast du überhaupt Zeit?«

»Mach dir darüber keine Sorgen. Wie hast du Lily Schlösinger entdeckt?«

»Ganz einfach, ich habe im Telefonbuch nachgesehen und angerufen. Eine Hanne Beyer hat sich gemeldet. Erst dachte ich, ich hätte mich verwählt oder Lily wohnt dort nicht mehr. Nachdem ich mich vorgestellt habe, hat sie mir gesagt, wer sie ist.«

Was so einfach klingt, war in Wahrheit ein äußerst zähes Gespräch, denn Hanne Beyer hatte den Verdacht, ich riefe in betrügerischer Absicht an und wollte ihre alte Mutter ausnehmen wie einen Thanksgiving-Truthahn. Ein Stück weit war es meine Schuld, weil ich sehr herumdruckste und am Telefon einfach nicht sagen wollte, dass Lily meinem Großvater einen Liebesbrief geschrieben hatte. Ich würde so etwas über meine Mutter auf keinen Fall am Telefon von einer Fremden erfahren wollen. Trotz meiner Überraschung, nicht Lily, sondern ihre Tochter erreicht zu haben, behielt ich so viel gesunden Menschenverstand, dass ich nur andeutete, dass Lily und mein Großvater sich 1933 sehr gut gekannt hatten.

Hanne Beyer fragte mich bestimmt zehnmal, warum ich denn jetzt nach Frankfurt gekommen wäre, was ich von ihrer Mutter wollte und überhaupt, warum mein Großvater sich nicht gemeldet hätte, wenn ihm etwas an Lily gelegen hätte. Je länger unser Gespräch dauerte, desto mehr stotterte ich, bis ich schließlich kurz davor war, den Hörer auf die Gabel zu werfen und Lily und ihre Familie als unhöflich abzuschreiben. Stattdessen schlug ich Hanne Beyer ein Treffen vor, weil es für mich als Amerikanerin schwierig wäre, mich auf Deutsch am Telefon gut auszudrücken. Nach langem Zögern hat sie dem schließlich zugestimmt. Allerdings in der Krankenhaus-Cafeteria. Ganz en passant habe ich so erfahren, dass Lily im Krankenhaus liegt, ohne Aussicht darauf, je wieder lebend herauszukommen. Da konnte ich nur noch auflegen, um Charlotte anzurufen.

»Vor zehn Tagen ist Lily ins Krankenhaus gekommen«, erzähle ich weiter. »Die Ärzte geben ihr nicht mehr viel Zeit. Ich … Ich fühle mich betrogen.«

Und ich fühle mich entsetzlich kleingeistig, weil sie sterben wird und ich nur an mich denke. Doch ich will nicht akzeptieren, dass alle meine Bemühungen, die große Liebe meines Großvaters zu finden, plötzlich zu einem Ende kommen, ohne dass ich für mich einen richtigen Abschluss finden kann.

»Warum besuchst du sie nicht einfach?« Während ich immer nur Hindernisse auf meinem Weg ausmachen kann, sieht Charlotte Türen, die man öffnen kann. »Damit du sie wenigstens einmal gesehen hast. Möglicherweise ist sie ja glücklich, dich kennenzulernen.«

»Warum sollte sie?« Vor mir türmt sich ein gewaltiger Berg aus Enttäuschung, Zorn und schlechtem Gewissen auf, den ich nicht bewältigen werde. »Sie hat meinen Großvater anscheinend vergessen und drei Kinder mit einem Mann namens Benno bekommen. Wieso sollte sie nur einen Funken Interesse haben, mich kennenzulernen?«

»Erin!« Oh, jetzt kommt wieder die Lehrerin-Stimme. Ich habe nicht erwartet, dass Charlotte mir meine Selbstmitleid-Arie durchgehen lässt. »Du bist es Lily schuldig, ihr vom Tod deines Großvaters zu erzählen. Wahrscheinlich weiß die Arme es noch nicht einmal. Außerdem bist du nur deshalb nach Europa gereist.«

Daran habe ich bisher nicht gedacht. Mein Großvater ist vor sechs Jahren gestorben. Ich bin fest davon ausgegangen, dass Lily von seinem Tod gewusst hat. Doch wie hätte sie es erfahren sollen. Was für ein furchtbarer Gedanke – einen Brief zu schreiben und sechs Jahre lang auf die Antwort zu warten, ohne zu wissen, warum sie nicht kam.

»Du hast recht«, sage ich nach einigen Momenten des Schweigens. »Ich werde mich mit Lilys unfreundlicher Tochter treffen und kann nur hoffen, dass Lily ein freundlicherer Mensch ist.«

»Das ist der Spirit, den ich sehen will. Deshalb habe ich dir einen meiner absoluten Lieblinge für diese Woche geschickt.«

»Ja, ja. Ich habe es gleich erkannt. *Die Möwe Jonathan.*« Auch eines meiner Lieblingsbücher. Genau wie *Der kleine Prinz.* Beide habe ich entdeckt, als ich ein Teenager war, beide haben mich seitdem begleitet und ich entdecke immer wieder etwas Neues beim Lesen.

»Ein Plädoyer, an sich selbst zu glauben und seinen eigenen Weg zu gehen. Aber ich weiß nicht, ob Richard D. Bach so eine Situation meinte.«

»Aus wirklich guter Literatur kann man für jede Lebenslage etwas ziehen«, antwortet Charlotte kategorisch. »Und jetzt geh endlich zu Lily. Ich möchte wissen, was für ein Mensch sie ist und ob die Liebesgeschichte wirklich so wunderbar war, wie ich mir vorstelle.«

»Wahrscheinlich ist sie eine böse alte Frau, die Amerikanerinnen hasst.« Von irgendwem muss Hanne Beyer ihre Unfreundlichkeit schließlich geerbt haben. »Aber ich werde – wie immer – tun, was du verlangst. Bye. Grüß alle von mir. Ich komme bald nach Hause.«

»Ja, komm nach Hause. Bye.«

Nachdem ich aufgelegt habe, frage ich mich, warum ich so sehr um Lily, die noch lebt, geweint habe. Mehr als um meinen Großvater. Ich habe es Charlotte nicht erzählt, aber mir wäre es lieber, wenn ich Lilys Grab hätte besuchen können. In der Zeit, die ich mit der Suche nach ihr verbracht habe, habe ich mir so viele Gedanken über sie gemacht und eine sehr genaue Vorstellung von ihr entwickelt, dass die wirkliche Frau mich nur enttäuschen kann. Ich habe um die Lily meiner Imagination geweint, um die große Liebe meines Großvaters, auf die er sein Leben lang gewartet hat. Was werde ich tun, wenn die wirkliche, lebende Lily eine griesgrämige Frau ist?

Obwohl ich ein schlechtes Gewissen habe, suche ich den Brief, den Lily vor sechs Jahren an meinen Großvater geschrieben hat, um ihn nun endlich zu lesen. Irgendwie glaube ich, dass ich über das Lesen ihrer Worte vielleicht herausfinde, was für eine Frau sie ist. Ich setze Wasser für einen Tee auf, warte, bis der Tee gezogen ist, setze mich auf den Sessel und beginne.

Mein geliebter Alexander,
so vieles möchte ich Dir sagen und schreiben, um die Zeit gutzumachen, die uns gemeinsam fehlt. Gleichzeitig finde ich keine Worte, die ausdrücken können, was ich empfinde und Dir so unbedingt mitteilen möchte. Je mehr ich nachgrübele, desto deutlicher wird mir, dass es auf eine einfache Entscheidung hinausläuft. Auf eine Antwort auf die drei Fragen, die Du mir – und auch Dir – in Portland gestellt hast.
Kann man sechzig Jahre Leben ungeschehen machen?
Kann man mit achtzig Jahren noch so lieben wie mit zwanzig?
Kann man all die Widrigkeiten vergessen, die uns auseinanderbrachten und zwei Leben lang auseinanderhielten?
In Portland konnte ich Dir die Antwort noch nicht geben, weil diese Fragen auch mich bewegten, und noch mehr. Nämlich, ob wir das Recht haben, unsere Lieben zu verlassen, nur weil wir dort anknüpfen wollen, wo uns das Schicksal 1933 getrennt hat. Und schließlich, ob wir wirklich uns lieben oder nicht nur die Vorstellung von uns – so wie Bertolt Brecht seinen Herrn Keuner so wunderbar sagen ließ.
Den ganzen Rückflug über *habe ich über diese Fragen nachgedacht, ohne eine Antwort finden zu können.*
Doch heute, nachdem ich zurück in Frankfurt bin, der Stadt, die ich immer mit Dir und mir und uns verbinde,

nachdem mir unsere gemeinsame, viel zu kurze Zeit in Portland erscheint wie ein Traum, heute kann ich Dir Deine Fragen beantworten.
Ja, man kann sechzig Jahre ungeschehen machen, solange man liebt.
Ja, man kann mit achtzig Jahren intensiv lieben, weil die Liebe nicht an ein Alter gebunden ist.
Ja, man kann alles vergessen, weil nur eines wichtig ist – eine Zukunft, in der wir uns lieben.
Vor sechzig Jahren war ich zu jung und zu ängstlich, um mich für Dich und unsere Liebe zu entscheiden. Heute habe ich den Mut gefunden, zu Dir und unserer Liebe aus vollem Herzen JA zu sagen. Wenn Du es über das Herz bringst, Lilian zu verlassen, bin ich bereit für dich.
Ursprünglich wollte ich dich bitten, bei Lilian zu bleiben, bei deiner Familie, wollte mich großherzig und edelmütig zeigen, wollte Deiner Ehefrau eine faire Chance geben, aber ich kann es nicht. Ich bin nicht großherzig und edelmütig und verzichtsbereit, wenn es um Dich geht. Ich will kämpfen, mit allem, was ich habe, um Dich für mich zu gewinnen. Nie wieder will ich so einen großen Fehler begehen und Dich verlieren.
Ich habe Dich 1933 geliebt und wollte alles für dich aufgeben, aber das Leben ließ es nicht zu. Seitdem habe ich jeden Tag an Dich gedacht und gehofft, dass das Leben eines Tages wiedergutmacht, was es uns genommen hat. Ich habe die Hoffnung nie aufgeben wollen, obwohl die Jahre vergingen, ohne dass ich herausfinden konnte, ob Du noch lebst. Jetzt will ich diese wundervolle, großartige, einzig-

artige Chance nutzen, die das Leben uns geschenkt hat. Ich liebe Dich.
Komm zu mir nach Frankfurt, komm zu mir in unsere Stadt, die uns so viel genommen, aber noch mehr gegeben hat.
Ich warte auf dich, jeden Tag.
Lily

Nun bin ich beruhigt. Die Frau, die diesen wunderbaren Brief geschrieben hat, entspricht so sehr dem Bild, das ich mir von Lily gezeichnet habe, dass ich das Gefühl habe, die Liebe meines Großvaters beinahe so gut zu kennen wie meine Freundin Charlotte. Wieder treten mir Tränen in die Augen, dieses Mal vor Rührung. Wie wunderbar muss es sein, mit achtzig Jahren die Gewissheit zu haben, dass die Liebe das Wichtigste im Leben ist? Nachdem ich ein wenig geweint habe, sehe ich auf die Uhr und springe auf. Mir bleibt nicht einmal mehr eine Stunde, bis ich mich mit Hanne Beyer treffe. Ihr kann ich auf keinen Fall mit rotgeweinten Augen begegnen. Eilig versuche ich, im Badezimmer die Spuren meiner Tränen zu beseitigen. Viel Zeit bleibt mir nicht mehr, denn ich will auf keinen Fall unpünktlich sein. Nach unserem Telefonat habe ich nicht den Eindruck gewonnen, dass Hanne Beyer großzügig über Verspätungen hinwegsieht.

Aber ich werde mich von ihr nicht abschrecken lassen. Egal, was sie mir zu sagen hat, ich will die Frau kennenlernen, die meinen Großvater so sehr liebte, dass sie ihr Leben für ihn aufgeben wollte. Die Frau, die mein Großvater so sehr liebte, dass er für sie nach Deutschland zurückkehren und seine Familie in Amerika zurücklassen wollte. Ich möchte von Lily erfahren, was sie an ihm liebte und wie sie es geschafft hat, diese Liebe über sechzig Jahre hinweg aufrecht zu erhalten. Ich freue mich darauf, Lily endlich zu treffen, um mit ihr über den Mann zu sprechen, der mir ein Leben lang unbekannt geblieben ist.

Ein weiterer Südstaatenroman. In einer Kleinstadt muss ein Apotheker sich dem Sterben stellen.

Kapitel 36

Frankfurt am Main, November 1999

»Nein.« Hanne Beyer schüttelt so vehement den Kopf, dass ihre dunkelblonden Haare, die sie in einem Pagenkopf trägt, ihr Gesicht verdecken. Ein Gesicht, das sicher nicht unattraktiv wäre, wenn es nicht einen dermaßen verbissenen Ausdruck trüge. Ein wenig erinnert sie mich an das Jugendfoto von Lily, älter natürlich, mit einer schärferen Nase und tiefen Falten um die Mundwinkel. »Auf keinen Fall werden Sie mit meiner Mutter sprechen. Es geht ihr nicht gut.«

Wie kann ein Mensch so stur sein? Bereits mehrfach habe ich ihr dargelegt, warum ich Lily unbedingt kennenlernen muss und wie wichtig sie für meinen Großvater war. »Ich will nicht lange mit ihrer Mutter reden. Ich … Ich würde sie einfach gerne sehen.«

»Haben Sie es nicht begriffen?« Ihr Englisch, das sie freundlicherweise spricht, ist sehr gut, obwohl der deutsche Akzent nicht zu überhören ist. »Meine Mutter ist todkrank. Das Letzte, was sie nun braucht, ist eine vorwitzige Amerikanerin, die wegen einer angeblichen Jugendliebe meiner Mutter neugierig geworden ist.«

Das ist genug. Ich habe mich bemüht, rücksichtsvoll zu sein, und verschwiegen, dass Lily meinem Großvater vor sechs Jahren einen romantischen Brief geschrieben hat. Weil ich der Ansicht bin, so etwas sollte Lily ihren Töchtern selbst erzählen. Aber nun lässt mir Hanne Beyer keine andere Wahl. Mit vor Zorn bebenden Fingern greife ich nach meiner Handtasche, um den Brief herauszuholen, den ich eigentlich nur dabei habe, um ihn Lily zurückzugeben. Doch bevor ich das Schreiben mit großer Geste auf den grauen Tisch der Krankenhauskantine knallen kann, bemerke ich, dass Hanne Beyer an mir vorbei zur Tür sieht und sich Überraschung auf ihrem Gesicht abzeichnet. Sie steht auf und winkt einer Frau zu, die im Eingang steht und sich suchend umblickt. Ich blinzele mit den Augen, weil ich nicht glauben kann, was ich dort sehe.

Als die Frau an unseren Tisch tritt, kann ich sie nur mit offenem Mund anstarren. Im ersten Moment denke ich, meine Mutter wäre mir nach Frankfurt gefolgt. Dann erkenne ich, dass die Frau ein wenig älter ist als sie, doch die Ähnlichkeit ist verblüffend. Bis auf die Augen, deren Farbe ein auffallendes Grau ist, könnte man sie tatsächlich für die ältere Schwester meiner Mutter halten. Irgendwo habe ich gelesen, dass jeder Mensch einen Doppelgänger auf der Welt hat, aber das hier ist unheimlich. Aus dem Blick der Frau schließe ich, dass auch sie irritiert darüber ist, wie ähnlich wir beide uns sehen, aber sie spricht mich nicht an, sondern mustert mich von oben bis unten.

»Guten Tag«, sagt sie, ebenfalls auf Englisch, als wüsste sie, dass ich Amerikanerin bin. »Mein Name ist Elke Fürth. Ich bin Hannes Schwester.«

»Guten Tag«, antworte ich, nachdem ich mich wieder gefangen habe. »Schön, Sie zu sehen.«

»Ich hole mir einen Kaffee. Möchten Sie auch etwas? Hanne, du?«

Hanne Beyer und ich lehnen dankend ab. Schweigend sitzen wir uns gegenüber, bis Elke Fürth zurückkehrt. Ich schiebe den Brief wieder in meine Handtasche. Erst will ich abwarten, was Lilys zweite Tochter sagen wird.

»Sie sind extra aus Kalifornien gekommen, um unsere Mutter zu sehen?« Ihre Stimme klingt dunkel und angenehm, so als wäre sie eine geschulte Sprecherin. Ihr Englisch ist nahezu akzentfrei.

»Aus Berkeley, ja. Ich habe diese Reise unternommen, um Ihre Mutter kennenzulernen. Sozusagen anstelle meines Großvaters, der …«

»Der vor mehr als sechzig Jahren mit Mutti befreundet war«, unterbricht mich Hanne Beyer harsch. Ihre braunen Augen funkeln mich an. »Ich habe gesagt, dass ich strikt dagegen bin, Mutti damit zu belästigen.«

»Hanne, bitte. Noch kann sie allein entscheiden, ob sie jemanden sehen möchte oder nicht.« Elke Fürth legt ihrer Schwester beruhigend eine Hand auf den Unterarm. Mir lächelt sie zu, was die frappierende Ähnlichkeit mit meiner Mutter verstärkt. »Wenn Frau Mitchell sich schon die Mühe macht, nach Frankfurt zu kommen, sollten wir Mutti wenigstens fragen, ob sie mit ihr reden möchte.«

»Nein!«, faucht Hanne Beyer auf Deutsch. »Auf keinen Fall.«

Dem anschließenden Wortwechsel der Schwestern, ebenfalls auf Deutsch, kann ich nicht folgen, weil die Worte wie scharf gespielte Tennisbälle durch die Luft fliegen. Zumindest werden die Frauen nicht laut. Weil mir die gezischte Diskussion unangenehm ist, stehe ich auf und stelle mich an die Schlange der Selbstbedienungstheke. Statt eines weiteren Kaffees entscheide ich mich für eine heiße Schokolade, die hoffentlich meine Laune heben wird. In einer spontanen Eingebung stelle ich zwei weitere Becher mit heißem Kakao auf das Tablett, zahle und kehre an den Tisch zurück.

»Nervennahrung«, sage ich. »Bitte schön.«

Erstaunt sehen die Schwestern mich an. Ich entdecke Ähnlichkeiten in ihren Gesichtern, die schmale Nase, die hohen Augenbrauen und die ausgeprägten Wangenknochen, was mich erneut an das Jugendfoto von Lily erinnert. Es strengt mich sehr an, dass ich Lily endlich nahe bin und keine Chance habe, sie zu sehen.

»Meine Schwester ist, gelinde gesagt, verwundert, dass Sie die weite Reise auf sich genommen haben, nur weil Ihr Großvater unsere Mutter vor so langer Zeit geliebt hat.« Elke Fürth mildert ihre Worte mit einem Lächeln ab, während Hanne Beyer mich auch jetzt wieder böse ansieht. Dann steht sie auf.

»Ich gehe zu Mutti«, sagt sie im Gehen auf Deutsch.

»Und ich bin immer noch dagegen, dass die Amerikanerin sie sehen darf.«

»Entschuldigen Sie. Meine Schwester … Sie leidet sehr darunter, dass unsere Mutter sterben wird. Aber nun mal ehrlich, warum sind Sie wirklich hier?«

Inzwischen fühle ich mich zu müde, um noch groß um den heißen Brei herumzureden. »Mein Mann hat mich vor einem Jahr nach mehr als zwanzig Jahren Ehe verlassen, weil er seine große Liebe gefunden hat. Meine Eltern haben das Haus meiner Kindheit verkauft. Und mein Job ist akut gefährdet«, fasse ich kurz zusammen, was mich in den letzten Monaten und Wochen getroffen hat. »Beim Ausräumen meines Elternhauses habe ich einen Brief Ihrer Mutter an meinen Großvater gefunden. Hier.«

Ich hole das Schreiben aus meiner Handtasche, reiche es ihr und beobachte, wie sie das Papier auffaltet und zu lesen beginnt. Beobachte, wie ihre Augen größer werden und sie nach wenigen Worten abbricht.

»Das … Das ist überraschend«, sagt sie und bemüht sich um Fassung. »Aber warum interessieren Sie sich dafür? Es ist entweder sechzig oder sechs Jahre her, also in beiden Fällen schon eine ganze Weile.«

Nun ist es an mir zu schweigen, während ich versuche, meine Gedanken zu sortieren. Ich bin eigentlich nicht bereit, vor einer Fremden mein ganzes Leben auszubreiten, aber was habe ich zu verlieren. »Mein Großvater war ein unzugänglicher Mensch. Ich konnte mir nicht vorstellen, dass er jemanden so lieben konnte …« Mehr mag ich ihr im Augenblick nicht sagen, ich habe ohnehin das Gefühl, schon viel zu viel von mir offenbart zu haben.

Sie lächelt. »Meine Mutter ist eine liebevolle Frau, aber ich hatte immer das Gefühl, sie hütet ein Geheimnis. Manchmal, wenn sie sich unbeobachtet fühlte, glitt eine solche Traurigkeit über ihr Gesicht, als hätte sie etwas Wichtiges verloren. Ich dachte immer, es hätte mit ihren Eltern oder ihrem Bruder zu tun, aber was Sie nun erzählen …«

Sie zuckt mit den Schultern, was mich so stark an meine Mutter erinnert, dass ich mir auf die Zunge beißen muss, um nicht damit herauszuplatzen.

»Ich werde mit meiner Schwester reden.« Dann zwinkert sie mir zu. »Außerdem fährt Hanne morgen für drei Tage nach Berlin. Spätestens dann können Sie meine Mutter kennenlernen.«

»Danke«, sage ich aus vollem Herzen. »Es bedeutet mir wirklich viel. Ich weiß nicht, ob Sie es verstehen können.«

»Ich denke schon. Kommen Sie. Wir gehen zu Lily.«

Ich bin unsicher, aber frage trotzdem. »Was hat Ihre Mutter denn?«

»Herzinsuffizienz, also ein schwaches Herz«, antwortet sie mit rauer Stimme. »Das einzig Gute ist, dass wir uns verabschieden dürfen. Mein Vater starb vollkommen überraschend.«

Ich nicke nur, weil mir keine treffende Antwort einfällt. In einträchtigem Schweigen gehen wir die Krankenhausflure entlang, deren Wände in einem hellen Grün gestrichen sind. Das soll sicher frisch wirken, aber mich deprimiert es eher. Noch kann ich es nicht fassen, dass es gleich so weit sein wird.

»Warten Sie bitte. Ich muss Hanne erst überzeugen.« Elke Fürth zieht einen Mundwinkel hoch, eine Geste, die meine Mutter nie machen würde, was mich seltsamerweise beruhigt. »Keine Sorge, das gelingt mir schon.«

Vor der Tür laufe ich auf und ab wie ein werdender Vater in den 1950er-Jahre-Filmen. Mir fehlen nur die Zigarette und die guten Freunde, die den armen Mann unterstützen, um das Bild vollständig zu machen. Als ich kurz davor bin zu klopfen, weil ich das Warten nicht mehr aushalte, öffnet Elke Fürth die Tür und winkt mich herein. Ich bin furchtbar aufgeregt und würde plötzlich am liebsten auf der Stelle kehrtmachen.

Aber ich habe diese Reise nicht auf mich genommen, nur um im letzten Augenblick einen Rückzieher zu unternehmen. Selbst wenn Lily sich unerwartet als harsche Greisin entpuppen sollte, so hat sich das Abenteuer für mich gelohnt. Ich bin meinem Sohn wieder nahegekommen, habe ein schwedisches Abenteuer erlebt, das ich mir niemals erträumt hätte, und habe erkannt, dass ich allein leben, sogar zufrieden und gut allein leben kann. Selbst wenn sie nicht die Frau ist, die ich mir wünsche, schulde ich es mir und meinem Großvater, Lily kennenzulernen.

Als ich in die Tür trete, sehe ich eine schmale Gestalt im Bett liegen. Ein faltenreiches Gesicht unter weißen Haaren wendet sich mir neugierig zu. Als die Frau mich anlächelt, sind alle Zweifel wie weggeblasen. Das muss Lily sein, genauso wie ich sie mir vorgestellt habe – nur deutlich älter.

»Guten Tag. Sie sind Alexanders Enkelin«, sagt sie und erhebt sich ein wenig aus den Kissen, um mich zu mustern. »Sie sehen ihm ähnlich, wissen Sie das?«

Gesendet: Sonntag, 21. November 1999, um 08:57 Uhr
Von: „Charlotte" <Boss@bookscloves.com>
An: „Erin" <Erin.Mitchell@aol.com>
Betreff: Habe lange überlegt …

… ob ich dir wirklich diesen Roman empfehlen soll/kann, aber kein anderer erscheint mir passender. Eine Weile spielte ich mit dem Gedanken an Faulkner, aber du kennst mich – die Frauen sind mir näher.
Ein weiterer Südstaatenroman. In einer Kleinstadt muss sich ein Apotheker dem Sterben stellen.
Mit diesem Buch möchte ich dir aus der Ferne beistehen, dir eine Perspektive zeigen, ach, ich weiß auch nicht, warum gibt es nie die Worte, die man benötigt, wenn man sie wirklich braucht?
In Gedanken bin ich bei dir und umarme dich
Charlotte

Im ersten Moment bin ich schockiert, dass Charlotte mir in meiner ohnehin deprimierten Stimmung auch noch *Uhr ohne Zeiger* zu lesen empfiehlt. Während meine beste Freundin Carson McCullers zutiefst verehrt und für eine der unterschätztesten Autorinnen hält, bin ich mit der leisen Südstaatlerin nie so richtig warm geworden, zu deprimierend fand ich ihre Romane. Die Erzählungen hingegen mochte ich, jedenfalls einige davon. Empört setze ich zu einer Antwort-Mail an, doch dann lese ich Charlottes Nachricht ein weiteres Mal. Erst beim zweiten Lesen bemerke ich die tiefe Sorge und Zuneigung, die aus ihren Zeilen spricht. Wenn meiner Freundin die Worte fehlen, ist das ein deutliches Zeichen, dass sie sich viele Gedanken um mich gemacht hat. Daher verdient sie eine Antwort von mir, die nicht einer ersten Reaktion entspringt, sondern wohldurchdacht und genauso ehrlich ist wie ihre Mail.

Gesendet: Sonntag, 21. November 1999, um 19:12 Uhr
Von: „Erin" <Erin.Mitchell@aol.com>
An: "Charlotte" <Boss@bookscloves.com>
Betreff: AW: Habe lange überlegt …

Liebe Charlotte,
spontan wollte ich dir eine zornige Antwort schreiben, die auch dem Umstand geschuldet ist, dass ich so lange kämpfen musste, bis ich Lily endlich sehen durfte. Und das nur für kurze Zeit, weil ihre Töchter mit Argusaugen unsere Begegnung überwachten.
Nun wirst du wissen wollen, wie Lily wirklich ist … Und ich kann dir noch nicht antworten, weil wir uns nur einen Moment lang sahen und sprachen. Sie wusste bereits, dass mein Großvater gestorben ist, so dass ich ihr diese traurige Nachricht nicht überbringen musste.
Obwohl sie schwer krank ist, wirkt sie lebendig – anders kann ich das nicht nennen. Sie strahlt etwas aus, eine in-

nere Zufriedenheit oder Stärke, die mich unglaublich verwundert. Ich hatte erwartet, dass sie ähnlich unglücklich ist wie mein Großvater. Ich weiß nicht, ob mich das freuen oder ärgern soll. Du siehst, ich bin noch nicht viel weiter, aber sehr, sehr neugierig, mit Lily zu reden, von ihr zu erfahren, wie mein Großvater und sie sich wiedertrafen, wie man eine Liebe so lang am Leben hält … Ich habe so viele Fragen, die ich bestimmt nicht zu stellen wage, weil sie krank ist, aber ich möchte es so gern wissen … Auch, was vor sechs Jahren in Portland geschehen ist.
Obwohl ihre Töchter das nicht wollen, besteht Lily darauf, dass ich sie morgen besuche und ihr erzähle, was mich nach Frankfurt getrieben hat. Ich werde sehen, wie es ihr geht, bevor ich ihr meine Fragen stelle.
Bin leider völlig durcheinander, das Internet langsam und dem Wikinger muss ich auch noch schreiben.
Danke für alles.
Erin

Kapitel 37

Frankfurt am Main, August 1993

Sehr geehrte Frau Schlösinger,
sechzig Jahre nach der nationalsozialistischen Machtübernahme möchten wir uns in einer Konferenz mit dem deutschen Widerstand 1933 beschäftigen. Hierfür würden wir Sie gern als Witwe Benno Schlösingers und Zeitzeugin nach Portland einladen.
Selbstverständlich übernehmen wir Ihre Reisekosten und Hotelübernachtung und können Ihnen auch ein kleines Honorar in Aussicht stellen, sobald wir alle Sponsoren gewonnen haben.
Wir würden uns freuen, wenn wir Sie als geschätzten Gast gewinnen können.

Lily legte den Brief zur Seite, ohne die letzten Grußformeln zu lesen. In den vergangenen Jahren hatte sie eine Vielzahl derartiger Einladungen erhalten. Seit der Wiedervereinigung Deutschlands schien es, als wäre die westliche Welt auf einmal auf sie als Witwe von Benno aufmerksam geworden, als hätte der sogenannte Eiserne Vorhang Lily vorher vor den Blicken der Wissenschaftler verborgen gehalten.

Bisher hatte sie jede Einladung höflich, aber bestimmt abgesagt, weil sie in ihrem Alter keine langen Reisen unternehmen wollte und auch, wie Lily sich eingestand, weil es sie ärgerte, dass man sie nur als Witwe Benno Schlösingers betrachtete. Bisher war niemand auf die Idee gekommen, dass auch Lily sich aktiv gegen die nationalsozialistische Terrorherrschaft gewandt hatte, dass sie – wie ihr Ehemann – Deutschland hatte verlassen müssen, um in Schweden zu leben. Auch in der DDR war sie politisch aktiv gewesen, aber sie hatte das Rampenlicht niemals in dem Maße gesucht wie Benno.

Der Gedanke an ihren Ehemann machte sie traurig. Obwohl er bereits im Mai 1986 gestorben war, vermisste sie ihn immer noch, vermisste ihre Gespräche und das gemeinsame Frühstück, bei dem sie sich über das Tagesgeschehen austauschten, nachdem sie in einvernehmlichem Schweigen die Zeitung gelesen hatten. Sie vermisste die Ruhe und Stabilität, die er in ihr Leben gebracht hatte, das Wissen, dass es einen Menschen gab, der sie in vielen Facetten kannte und liebte. Noch heute ertappte sie sich dabei, dass sie morgens von der Zeitung hochsah und sagte: »Findest du es nicht unglaublich, dass …«, nur um zu bemerken, dass niemand mehr da war, mit dem sie ihre Empörung oder Überraschung teilen konnte.

Die Kinder lebten ihre eigenen Leben, verteilt über die Bundesrepublik, obwohl sie sich bemühten, den Kontakt zu ihr lebendig zu halten. Auch wenn Lily sich ehrenamtlich engagierte und viel Zeit mit Lesen verbrachte, hatte sie sich in den letzten Jahren gelangweilt, seitdem sie sich aus der politischen Arbeit zurückgezogen hatte, um Platz für jüngere Menschen zu schaffen. Gedankenverloren nahm sie die Einladung erneut zur Hand, der eine Liste der bisher angeschriebenen Menschen beilag. Vielleicht kannte sie ja jemanden. Vielleicht wäre die Konferenz in den USA die Möglichkeit, alte Freundschaften wiederaufleben zu lassen. Vielleicht wäre …

Nein, den Gedanken wollte Lily nicht zulassen. Vor fast fünfzig Jahren hatte sie beschlossen, die Hoffnung aufzugeben, Alexander jemals wiederzusehen, obwohl ihr Herz bereits schneller schlug, wenn sie nur seinen Namen dachte. Sie hatte sich mit dem Gedanken abgefunden, dass er entweder den Nationalsozialismus und den Krieg nicht überlebt oder aber ein neues Leben begonnen hatte, ein Leben, in dem Lily höchstwahrscheinlich nur eine ferne Erinnerung war.

Nachdem sie ihre Lesebrille aufgesetzt hatte, huschte ihr Blick über die Namen, die dort standen. Niemand sagte ihr etwas, bis sie beinahe am Ende der Liste angekommen war. Dort stand er, der Name, den sie insgeheim gesucht hatte – Alexander. Lily ließ den Brief sinken, bis ihr Herz sich wieder beruhigt hatte. Sie war nicht mehr in dem Alter, in dem sie einen Schreck gut verkraften konnte. Tief durchatmen und ruhig bleiben, sagte sie zu sich selbst. Dann hob sie das Papier erneut an, rückte die Brille nach vorn, so dass sie darüber hinwegblicken konnte. Enttäuschung trat an Stelle von Freude und Hoffnung. Ja, es gab einen Alexander, allerdings hieß er

Alexander Woodward, kam aus Portland und war 1945 als Kriegsfotograf in Deutschland gewesen.

Sentimentale alte Frau, schimpfte Lily sich, als die Worte vor ihren Augen verschwammen, weil ihr die Tränen gekommen waren. Wie konnte es sein, dass sie die Hoffnung noch immer nicht aufgegeben hatte? Hoffnung, die doch nur zu Schmerz und Enttäuschung führte. Verfluchte Hoffnung, die selbst jetzt, nachdem Lilys Verstand begriffen hatte, dass der Alexander auf dieser Liste nicht ihr Alexander sein konnte, darauf beharrte, dass es dennoch so sein könnte. Dass es vielleicht eine winzige Chance gab, dass ihr Alexander noch lebte und er sie genauso sehr vermisste wie sie ihn.

»Ich muss mich ablenken«, sagte Lily zu sich selbst. Sie griff nach dem Telefon, um die Nummer ihrer Tochter zu wählen.

»Fürth.« Elke klang bereits bei diesem einen Wort energisch und entschlossen. So wie sie ihr ganzes Leben angegangen und erfolgreich bewältigt hatte. Manchmal fragte sich Lily, ob ihre Tochter nicht auch Hoffnungen und Träume hegte, die sich nicht erfüllt hatten. Oder hatte sich Elkes Leben ihrer Effizienz gebeugt, weshalb sie zufriedener und glücklicher lebte als Lily? »Hallo?«

»Hier ist deine Mutter.« Nun, da sie mit Elke sprach, begann Lily an ihrem Plan zu zweifeln. »Du wolltest doch immer nach Amerika.«

»Ja?«

»Ich bin eingeladen. Zu einer Konferenz am Reed College in Portland. Sie zahlen Flug und Hotel und sogar ein Honorar.« Weil Elke schwieg, redete Lily weiter, um ihre Tochter und auch sich selbst davon zu überzeugen, dass es eine gute Idee wäre, die Einladung anzunehmen. »Hast du Lust, mich zu begleiten?«

Kurzes Schweigen, bis Elke ein schnaubendes Lachen ausstieß.

»Portland? Warum nicht New York oder San Francisco oder meinetwegen Chicago, aber Portland …« Ihre Tochter gab einen kleinen Seufzer von sich. »Außerdem kann ich das nächste halbe Jahr nicht weg. Zu viel zu tun. Entschuldige. Und bist du nicht zu alt für einen derart langen Flug?«

»Danke sehr.«

»Ach, Mutti, du weißt, dass ich das nicht so gemeint habe. Schließlich bist du bisher noch nie so lange Strecken geflogen.«

»Anneliese aus der Amnesty-Gruppe ist mit sechsundachtzig Jahren nach Australien geflogen. Das ist wirklich lang. Der Flug nach Amerika dagegen ist ein Katzensprung.«

»Was willst du dort? Haben sie *dich* eingeladen oder dich als Witwe von Papa?«

»Das ist doch egal«, antwortete Lily, die beschlossen hatte, ihren Ärger über die mindere Bewertung von Frauen beiseitezuschieben. »Wenn ich jetzt nicht reise, wann dann?«

»Schlaf noch eine Nacht darüber. Und frag Alfred oder Hanne. Vielleicht haben die Zeit.«

»Mach ich. Tschüs.«

»Mach's gut, Mutti.«

Noch bevor sie den Hörer aufgelegt hatte, fasste Lily

den Entschluss, nach Portland zu reisen. Nicht, weil es wahrscheinlich die letzte Gelegenheit zu einer transatlantischen Reise war oder weil ihre Tochter sie alt genannt hatte. Nein, weil ihr törichtes Herz die Hoffnung einfach nicht aufgeben konnte, dass sie Alexander noch einmal in ihrem Leben sehen würde. Selbst wenn er sie nicht genug geliebt hatte, um nach ihr zu suchen, selbst wenn er mit einer anderen Frau glücklich verheiratet war, sie musste ihn finden, um ihm zu sagen, wie sehr sie es ihr Leben lang bedauert hatte, seinen Heiratsantrag abgelehnt zu haben. Selbst wenn Alexander nicht auf dieser Konferenz wäre, sicher würde sie dort jemanden finden, der ihr von ihm berichten könnte. Ja, diesen letzten Versuch wollte sie wagen.

Mit klopfendem Herzen nahm Lily den Telefonhörer wieder auf, um im Reisebüro anzurufen und sich zu erkundigen, wie teuer eine Reise nach Portland wäre. Eine Reise für sie allein. Sie würde weder Alfred noch Hanne bitten, sie zu begleiten. Ihre Kinder wussten ohnehin nichts von Lilys Liebe zu Alexander und wenn es nach Lily ginge, sollte das auch so bleiben.

Great Falls, Oregon, August 1993

Sehr geehrter Herr Woodward,
sechzig Jahre nach der nationalsozialistischen Machtübernahme möchten wir uns in einer Konferenz mit dem deutschen Widerstand 1933 beschäftigen. Sie waren einer der Ersten, der nach 1945 als Berichterstatter nach Deutsch-

land ging, so dass wir Sie gern als Zeitzeugen gewinnen würden.
Selbstverständlich übernehmen wir Ihre Reisekosten und Hotelübernachtung und können Ihnen auch ein kleines Honorar in Aussicht stellen, sobald wir alle Sponsoren gewonnen haben.
Wir würden uns freuen, wenn wir Sie als geschätzten Gast gewinnen können.

»Was ist das für ein Brief?«, fragte Lilian, die ihre gemeinsame Post – Werbung und Rechnungen sowie eine Urlaubskarte von Patricia und Leonard – bereits durchgesehen hatte. »Er sieht offiziell aus.«

»Ist er auch.« Alexander kniff die Augen zusammen, um die Schrift besser zu erkennen. Wo hatte er nur seine Brille hingelegt? »Eine Konferenz in Portland, zu der ich eingeladen bin.«

»Du? Wissen sie nicht, dass du schon lange in Rente bist?«

»Es ist etwas Historisches. Über den deutschen Widerstand.« Alexander gab vor, nicht besonders interessiert zu sein, obwohl er bei den Worten »deutscher Widerstand« sofort an Lily hatte denken müssen. Schon verrückt, dass sie ihm nach der unendlich langen Zeit immer noch im Kopf herumspukte. »Sie wollen mich als Zeitzeugen auf einer Konferenz in Portland.«

»Ach, das wäre schön. Wir könnten Patricia und Leonard in Salem besuchen. Vielleicht kommt sogar Erin.« Seine Frau lächelte. Ihr zartes Gesicht war noch immer schön, sie gehörte nicht zu denen, die ihr Alter leugneten, indem sie das Haar färbten oder sich Operationen unterzogen. Ihr Haar war inzwischen weißgrau und wirkte ausgeblichen wie ihre wasserblauen Augen, mit denen sie ihn voller Vorfreude auf die Reise ansah. »Wann findet die Konferenz statt?«

»In drei Monaten«, antwortete er schmallippig. Auch wenn er seine Frau liebte, auf eine ruhige, beinahe kameradschaftliche Art, nicht so intensiv und alles überragend wie seine Liebe zu Lily, wollte er sich nicht zu dieser Tagung überreden lassen, die nur alte Wunden aufreißen würde. »Ich überlege es mir noch. Du weißt, wie wenig ich davon halte, immer wieder als Deutscher angesprochen zu werden. Nach all den Jahren.«

»Ich weiß, Lieber.« Sanft strich sie ihm über die Wange. »Du bist amerikanischer als ich. Aber es wäre schön, Pat und Erin und Kyle wiederzusehen.«

»Und den Nichtsnutz von Jeffrey. Glaub mir, er wird Erin eines Tages das Herz brechen«, versuchte Alexander seine Frau abzulenken. Lilian glaubte an das Gute in jedem Menschen und würde Jeffrey sicher sofort zur Seite springen. Doch als er die Enttäuschung sah, die ihr Gesicht überschattete, überfiel ihn das schlechte Gewissen. »Ich sehe mal, ob ich Zeit habe.«

Den Brief in der Hand ging Alexander in sein Arbeitszimmer, um dort die Informationen in aller Ruhe zu lesen und um seinem klopfenden Herzen zu sagen, dass es sich grundlos aufregte. Obwohl er wenig Hoffnung hegte, eine Spur von Lily zu entdecken, bebten seine Finger, als er das Programm und die Liste der bisher angefragten Teilnehmer überflog. Niemand mit

Namen Ennenbach, wie er sich insgeheim gewünscht hatte. Doch, da – eine Lily. Alexanders Herz setzte einen Schlag aus, und er legte die linke Hand beruhigend auf seinen Brustkorb. Lily Schlösinger. Das klang nach Süddeutschland, nicht nach Frankfurt. Wie konnte er nur glauben, dass es einen Zufall gäbe, der groß genug wäre, sie beide zusammenzuführen? Nach all den Jahrzehnten. Nachdem all seine Suchanfragen keinen Erfolg gezeigt hatten, wie konnte er da immer noch glauben, dass Lily lebte?

Nein, er würde nicht zu dieser Konferenz reisen, weil dieser Schritt der unsäglichen und unsinnigen Hoffnung nur weiter Vorschub leistete. Nein, er hatte sich in seinem ruhigen Leben eingerichtet, das wenig Höhepunkte, aber auch wenige Anlässe zu Bitterkeit und Traurigkeit bot. Lilian, ihre gemeinsamen Kinder, die Katzen und seine Erinnerung – mehr brauchte er nicht, um zufrieden zu sein. Die Hoffnung auf Glück hatte er an dem Tag aufgegeben, an dem er von Georg Baum erfahren hatte, dass Lily in die Sowjetunion gereist war, ohne sich von ihm zu verabschieden. Obwohl Lilys Verrat ihn tief getroffen hatte, hatte er nie aufgehört sie zu lieben. Lilian hatte er geheiratet, weil er hoffte, Lily vergessen zu können, wenn er in den USA ein neues Leben begann.

Wie naiv er doch gewesen war. Als könnte man die einzige Liebe einfach streichen. Erst Jahre später war ihm aufgefallen, dass er eine Frau geheiratet hatte, deren Namen dem seiner großen Liebe ähnelte, beinahe als wollte er sich die Erinnerung bewahren, indem er weiterhin eine Frau »Lily, Liebes« nennen konnte.

Lilian – sie war ihm eine gute Frau, obwohl sie spürte, dass er sie nicht so liebte, wie sie es sich wünschte. Alexander hatte ihr bereits so viel Schmerz und Traurigkeit zugefügt, dass er es einfach nicht übers Herz brachte, sie ein weiteres Mal zu verletzen. Falls er auf die Konferenz nach Portland fahren würde, würde das erneut alles aufrühren, was er so mühsam in den letzten Jahren und Jahrzehnten verborgen hatte.

Fünfundzwanzig Jahre lang hatte er jedes Jahr eine Suchanfrage beim Roten Kreuz gestellt, jedes Jahr versucht, die Erwartungen gering zu halten, damit die Enttäuschung nicht zu groß wäre. Jedes Jahr war er gescheitert, hatte gehofft und gebangt, nur um erneut einen Fehlschlag hinnehmen zu müssen. 1970 hatte er sich endlich gesagt, dass er im Hier und Jetzt leben müsste, damit seine Familie nicht noch weiter auseinanderfiele.

Nur zu gut erinnerte er sich an die schwierige Zeit, die Pat und Leonard damals mit Erin durchlebten, die gerade in die Pubertät gekommen war. Nach einem langen Gespräch mit seiner Tochter hatte Alexander die Suchanfragen bleiben lassen und jeden Gedanken an Lily verbannt, um seiner Familie beizustehen, so gut es ihm möglich war. Erfolgreich, wie er fand. Schließlich hatte Erin sich gefangen, Jeffrey geheiratet, auch wenn Alexander den jungen Mann nicht mochte, und war nun selbst Mutter eines Sohnes. Das alles wollte Alexander nicht aufs Spiel setzen für die vage Möglichkeit, dass er eine Spur von Lily auf der Tagung finden könnte. Nein, das hatten seine Frau und seine Kinder nicht verdient. Schwungvoll warf er die Einladung in den Papierkorb.

Die Letzte ihrer Art will die Hoffnung nicht aufgeben und begibt sich auf die Suche. Unterstützt von einer bunten Gefährtenschar erreicht sie ihr Ziel, aber glücklich wird sie nicht.

Kapitel 38

Frankfurt am Main, November 1999

Heute Morgen begrüßt mich der Portier mit einem Lächeln, als er mir die Nachricht von Charlotte in die Hand drückt. »Sie müssen jemandem sehr viel bedeuten. Telegramme schickt man heute kaum noch.«

»Aber dafür weiß man die wenigen, die man noch erhält, zu schätzen.«

Er nickt mir zu und ist zu höflich, um mich zu fragen, wer mir die Telegramme schickt, obwohl ich ihm ansehen kann, dass er sich in letzter Zeit Gedanken über mich macht. Zu Anfang war ich ein unauffälliger Gast, der keinerlei Besonderheiten mit sich brachte. Inzwischen erhalte ich Telegramme und geheimnisvolle Päckchen. Samstag hat Magnus mir eine – wie er es in dem beiliegenden Brief nannte – Notration schwedischer Lakritze und Gummitiere geschickt, weil er gesehen hat, mit welch großen Augen ich die Riesenauswahl an bunten Süßigkeiten, die es in Stockholm überall zu kaufen gab, angestarrt hatte. Aber ich hatte nur einmal der Versuchung nachgegeben und mir eine Mischung zusammengestellt, deren Farben an exotische Schmetterlinge erinnerten. Den Inhalt der Päckchen konnte der Portier natürlich nicht erahnen, doch Magnus' Aufschriften wie »Wichtig«, »Zerbrechlich«, »Eilt«, »Für jemand Besonderen« haben wahrscheinlich seine Neugier geweckt.

Während ich frühstücke, liegt das Telegramm ungeöffnet auf dem Tisch. Ich will es nicht einfach zwischen Kaffee und Orangensaft lesen, sondern mir Zeit dafür nehmen. Ich bin mir sicher, dass es von Charlotte ist, eine Antwort auf meine gestrige Mail. Außerdem muss ich Zeit totschlagen, weil ich erst heute Nachmittag um zwei Uhr mit Lily Schlösinger verabredet bin. Natürlich bin ich aufgeregt und freue mich so sehr auf unser Treffen, dass ich bereits um sieben Uhr heute Morgen aufgewacht bin und nicht in den Schlaf zurückfinden konnte.

Endlich übermannt mich die Neugier. Ich wende den Umschlag hin und her, als könnte ich durch das Papier sehen. Schließlich öffne ich das Telegramm. Wie erwartet, ist es eine Nachricht von Charlotte.

Die Letzte ihrer Art will die Hoffnung nicht aufgeben und begibt sich auf die Suche. Unterstützt von einer bunten Gefährtenschar erreicht sie ihr Ziel, aber glücklich wird sie nicht.
Kuss
Charlotte

Ich lächele, während mich gleichzeitig Tränen der Rührung überkommen, die ich schniefend bekämpfe. *Das letzte Einhorn* – entdeckt habe ich den Roman von Peter S. Beagle erst, als ich ihn Kyle vorgelesen habe, der nach der Dinosaurier-Phase eine Einhorn-Phase durchlief. Das hat Jeffrey etwas irritiert, weil mein Ehemann der Ansicht war, Einhörner wären etwas für Mädchen. Kyle und ich haben das Buch geliebt, die wunderbare Mischung aus Poesie, Abenteuer und Liebe. Mir kommt eine Idee. Damit ich die Zeit bis zu meiner Verabredung sinnvoll verbringe, werde ich in dem kleinen Buchladen, in dem ich bisher jeden Roman gekauft habe, drei Exemplare von *Das letzte Einhorn* bestellen; eines für Kyle, eines für Magnus und eines für mich. Außerdem kann ich mich dort nach einem Mitbringsel für Lily umsehen, aber – und nun wird mein Herz schwer – was kann man jemandem mitbringen, der im Sterben liegt?

Bisher habe ich den Gedanken, dass Lily schwer krank ist, verdrängen können. Denn ich sehe sie nicht als achtzigjährige Frau, wenn ich an sie denke, sondern habe das lächelnde Jugendfoto vor Augen, das mir Robert Hartmann gezeigt hat. Ach, Robert Hartmann – ich habe ihm versprochen, ihn über das Ergebnis meiner Suche zu informieren. Das kann ich gleich erledigen.

Im Laufschritt eile ich zum Krankenhaus. Wie so oft an Tagen, an denen man viel Zeit hat, ist sie mir zwischen den Fingern davongelaufen. Erst hat das Gespräch mit Robert Hartmann länger gedauert, dann war der Buchladen in der Innenstadt brechend voll und dann habe ich die Straßenbahn verpasst. Es waren zwar jedes Mal nur wenige Minuten, die ich von meiner Zeitplanung verloren habe, aber schließlich haben sie sich so summiert, dass ich mich nun sputen muss.

Mit rotem Kopf und außer Atem, aber pünktlich, stehe ich um zwei Uhr vor der Tür von Lilys Krankenzimmer. Nachdem ich geklopft und ein paar Sekunden gewartet habe, trete ich ein. Obwohl ich sie bereits gestern gesehen habe, brauche ich etwas Zeit, die alte Frau mit dem lebenslustigen Mädchen meiner Vorstellungswelt in Einklang zu bringen. Sie wirkt kleiner, als ich erwartet habe, was daran liegen kann, dass sie im Bett liegt. Vor der weißen Krankenhausbettwäsche wirkt ihr kurzgeschnittenes Haar eher grau als weiß und ihre Haut überraschend gebräunt, nicht wie die eines Menschen, der im Sterben liegt. Hinter Falten und Altersflecken erkenne ich die Züge der Studentin, die sich mir eingeprägt haben. Als Erstes sind mir gestern ihre grauen Augen aufgefallen, die ihre älteste Tochter von ihr geerbt hat. Lily lächelt, als ich sie mustere, was mir mein unhöfliches Benehmen deutlich vor Augen führt.

»Guten Tag, Frau Schlösinger. Bevor ich es vergesse: Ich soll Sie von Robert Hartmann herzlich grüßen«, sage ich und schlage die Augenlider nieder, damit sie sich nicht weiter beobachtet fühlt. »Am liebsten wäre er sofort mitgekommen, um Sie wiederzusehen.«

»Robert.« Das Lächeln erhellt ihr Gesicht. Kaum vorstellbar, dass ich Sorge hatte, Lily wäre so unfreundlich wie ihre Tochter Hanne. »Wie schön, dass er noch lebt.

Ich würde mich über seinen Besuch freuen, aber er sollte sich beeilen.«

Das verschlägt mir die Sprache. Wie kann sie einen Scherz darüber machen, dass sie nicht mehr lange leben wird? Man muss mir mein Erstaunen ansehen, denn Lily richtet sich etwas auf.

»Ich weiß, dass ich sterben werde. Ich hatte ein gutes Leben.« Aus ihrem Mund klingt das gar nicht tragisch. »Außerdem würde ich mich freuen, wenn wir uns duzen. Schließlich bist du Alexanders Enkelin.«

»Danke. Ich … Ich habe so viele Fragen«, platze ich heraus, obwohl ich mir vorgenommen habe, sie nicht sofort zu überfallen, sondern ihr die Gelegenheit zu geben, die Geschichte in ihrem Tempo zu erzählen. »Wann habt ihr euch wiedergesehen? Wie hast du von seinem Tod erfahren? Hast du ihn immer geliebt? Warum?«

»Fangen wir mit dem Schwierigsten an«, antwortet sie, während ihr Lächeln sich vertieft. »Warum ich Alexander liebe. Wer kann schon sagen, warum man gerade diesen Menschen liebt?«

Sie zuckt mit den Schultern. Dann richtet sie sich ein wenig auf, um nach einem gelben Plastikbecher zu greifen, der Wasser enthält. Ich springe auf, um ihn ihr zu geben. Dankbar nickt sie mit dem Kopf. Ich warte, bis sie ausgetrunken hat, um ihr den Becher abzunehmen.

»Deine Großmutter Lilian hat mir geschrieben, dass Alexander unerwartet verstorben ist«, sagt sie ganz ruhig, während ich sie mit offenem Mund anstarre. Gran Lilian wusste von Lily? »Sie ist auch schuld daran, dass Alexander und ich uns erneut begegnet sind.«

Ich fühle mich wie als Kind in einer Zaubervorstellung, wo der Magier immer in dem Moment Neues aus dem Hut zaubert, wenn man denkt, es könne nicht noch mehr herauskommen. Zwar hat Lily meine Fragen beantwortet, aber so viele neue Fragen aufgeworfen, dass ich gar nicht weiß, wo ich anfangen soll.

»Du bist verwirrt.« Jetzt grinst sie. »Da fange ich am besten ganz am Anfang an. 1993 bekam ich eine Einladung nach Portland, zu einer Tagung über den deutschen Widerstand am Reed College.«

»Ich habe das Programm unter den Sachen meines Großvaters gefunden und mich gefragt, warum er es aufgehoben hat. Ihr habt euch dort verabredet?«

»Das College bot mir an, Flug und Unterkunft zu bezahlen, so dass ich dachte, es wäre meine letzte Chance, ein Abenteuer zu erleben.« Ihr Blick schweift ab, als wolle er ihren Gedanken in die Vergangenheit folgen. »Erst wollte ich eines meiner Kinder bitten, mich zu begleiten, aber dann entschied ich mich, allein zu reisen. Weil ich immer noch hoffte, Alexander wiederzusehen. In Begleitung von Hanne wäre das kein Erfolg geworden. Du hast sie kennengelernt.«

Wir blicken uns an und nicken in stummem Einvernehmen. Die Vorstellung, dass die achtzigjährige Lily meinem zweiundachtzigjährigen Großvater sehnsüchtig in die Arme sinkt, beobachtet von den Argusaugen ihrer Tochter Hanne, bringt mich zum Schmunzeln. Lily geht es ähnlich, nur dass ihr Kichern in ein Husten übergeht. Schnell gieße ich Wasser in den Plastikbecher, den ich ihr reiche.

»Danke.« Sie trinkt und räuspert sich, bevor sie weitererzählt. »Ich greife ein wenig vor, damit du verstehst, welche Rolle deine Großmutter Lilian gespielt hat. Alexander wollte nicht an der Tagung teilnehmen, weil er Deutschland vergessen wollte. Aber deine Großmutter bestand darauf, dass er sich dort anmeldete, damit sie gemeinsam zu deinen Eltern fahren können.«

Als sie mich auffordernd ansieht, sage ich: »Ja, ich erinnere mich. Meine Familie und ich sollten auch dabei sein, aber wir hatten eine Reise nach Acapulco gebucht, von der Jeffrey nicht zurücktreten wollte. Großvater und er verstanden sich nicht besonders.«

»So wie Alexander von dir sprach, wäre kein Mann je gut genug für dich gewesen«, sagt sie, was mich vollkommen überrascht. Erst einmal wundert es mich, dass Lily und mein Großvater über ihre Familien gesprochen haben. Noch viel mehr verblüfft mich, dass mein Großvater etwas von mir gehalten zu haben scheint. »Mein Benno war auch selten mit den Männern einverstanden, die Elke und Hanne mit nach Hause brachten. Aber du hättest ihn hören sollen, als Sabine, Elkes Tochter, ihren ersten Freund vorstellte.«

Lächelnd schüttelt Lily den Kopf, während ich gegen das Erstaunen darüber ankämpfe, wie sie so unbefangen über ihren Ehemann und meinen Großvater gleichzeitig reden kann. Ich bin davon ausgegangen, dass mein Großvater Lilys große Liebe war, für den sie ihre Familie verlassen wollte. Wie passt das mit ihren Worten zusammen? Doch erst einmal möchte ich wissen, wie sie einander fanden. Ich habe mir einige Male überlegt, wie das Wiedersehen wohl ausgesehen haben könnte, allerdings bin ich gescheitert, weil ich meinen Großvater als alten Mann und Lily als junge Frau gesehen habe, was ich in meinem Kopf nicht zusammenbekam.

»Wie habt ihr euch wiedergetroffen? Habt ihr euch verabredet?«, frage ich daher und stelle alle weiteren Fragen zurück.

»Wir wussten nichts voneinander.« Lily schüttelt den Kopf, als könne sie selbst nicht glauben, wie sich ihr Leben gefügt hat. »1933 und 1945 haben Alexander und ich uns verpasst, obwohl wir uns so sehr gesucht haben. Und sechzig Jahre später, als er in Amerika lebt und ich hier in Frankfurt, finden wir uns durch Zufall wieder. Da muss man doch ans Schicksal glauben.«

Unruhig hampele ich auf dem unbequemen Stuhl herum, weil ich es kaum erwarten kann, endlich die Geschichte zu hören. Lily, deren aufmerksamem Blick nichts entgeht, zwinkert mir zu.

»Leider war unser Wiedersehen gänzlich unromantisch.« Sie hebt die Hände. »Ich stand in der Schlange, um mich für die Tagung anzumelden. Dein Großvater stand ein paar Menschen vor mir. Obwohl wir uns sechzig Jahre nicht gesehen hatten, habe ich ihn sofort erkannt. Selbst mit weißen Haaren, Falten und Brille. Ihm ging es genauso. Aber wir beide haben ein paar Minuten gebraucht, um wirklich zu glauben, was wir gesehen haben.«

Selbst heute noch leuchten ihre Augen auf, als sie sich an ihr Wiedersehen erinnert, obwohl es sechs Jahre her ist. Kurz überlege ich, ob ich mich so gut an mein erstes

Treffen mit Jeffrey erinnern kann. Dann entscheide ich, dass ich das, was Lily und mein Großvater miteinander teilten, nicht mit dem vergleichen kann, was Jeffrey und ich lebten. So eine Liebe wie Lilys Liebe gibt es nur selten. Jedenfalls glaube ich das.

»Drei Tage hatten wir Zeit, uns alles zu erzählen, uns zu erklären, wie wir uns hatten verlieren können. Drei Tage, um sechzig Jahre Leben zu beschreiben und miteinander zu teilen.« Ein Husten schüttelt sie, so dass ich ihr erneut den Wasserbecher reiche. Sie trinkt, räuspert sich, aber ihre Stimme klingt leiser. Unauffällig sehe ich auf die Uhr. Mehr als eine Stunde bin ich nun schon bei Lily und habe dennoch das Gefühl, ich müsste noch Tage bleiben, um sechzig Jahre Lebensgeschichte erfahren zu können. »Nach den drei Tagen wussten wir, dass wir die wenige Zeit, die uns noch bleibt, nicht wieder getrennt voneinander verbringen wollten.«

Lily seufzt. Tränen glänzen in ihren Augen, was mich wiederum zu Tränen rührt.

»Aber warum seid ihr nicht zusammengeblieben? Wieso habt ihr nicht alle Brücken hinter euch abgebrochen?«

»Weil wir beide dachten, dass uns noch ausreichend gemeinsame Zeit bleibt.« Eine einzelne Träne rollt über ihre Wange. Lily wischt sie mit einer brüsken Handbewegung ab. »Es erschien uns falsch, unsere Familien mir nichts, dir nichts zu verlassen. Böses Karma, verstehst du. Also flog ich nach Frankfurt, um meinen Kindern alles zu erklären. Alexander wollte mit Lilian sprechen und die Operation hinter sich bringen, die schon so lange terminiert war. Wir konnten ja nicht ahnen …«

»Niemand konnte das«, antworte ich mit rauer Stimme. »Die Ärzte haben gesagt, dass es ein Routineeingriff ist …«

»Lilians Brief hat mich überrascht.« Lily schluckt. »Ich rechne ihr hoch an, dass sie mich benachrichtigt hat.«

»Sie hat uns nie etwas von dir erzählt.« Noch bin ich fassungslos, dass Gran dieses Geheimnis mit sich tragen konnte, ohne es zu teilen, wo sie sonst immer ihr Herz auf der Zunge trug. »Aber sie ist auch kurz nach Großvater gestorben. Was hattet ihr geplant? Wo wolltet ihr leben?«

Lily setzt zu einer Antwort an, wird jedoch durch ein lautes Klopfen an der Tür unterbrochen.

»Hallo Mutti.« Elke Fürth kommt herein. Hinter ihr steht eine Frau in meinem Alter, die Elke und damit auch mir ähnlich sieht, was sie im gleichen Augenblick wie ich feststellt, wie ich an ihrem verwirrten Gesichtsausdruck ablesen kann. »Sabine und ich wollen dich besuchen.«

»Dann mache ich mich auf den Weg.« Ich beuge mich vor, um Lily einen Kuss auf die Wange zu geben, was mir als der einzig passende Abschied erscheint. Elke Fürth und ihre Tochter mustern mich kritisch, als wollte ich die Ersparnisse von Lily rauben. Ich gebe vor, das nicht bemerkt zu haben, und nicke ihnen zu. »Auf Wiedersehen.«

»Wenn du morgen wiederkommst, bring bitte den Robert mit«, ruft Lily leise, aber mit fester Stimme. »Falls er mag. Komm ruhig früher.«

»Noch mehr Besuch?«, höre ich eine fremde Stimme, die wohl Lilys Enkelin gehört, bevor ich die Tür hinter mir schließe. »Wird das nicht zu viel für dich, Omi?«

Ein Waisenjunge findet Ende des 19. Jahrhunderts sein Glück, das allerdings nur von kurzer Dauer ist. Ein weißer Hengst rettet ihm das Leben und wird sein treuer Begleiter.

Kapitel 39

Frankfurt am Main, November 1999

Nachdem Elke und Sabine die Tür hinter sich geschlossen haben, schließt Lily die Augen. Sie lächelt, versunken in ihrer Erinnerung. Das, was sie Erin über ihre Begegnung mit Alexander erzählt hat, war nicht die Wahrheit, sondern eine beschönigte Kurzfassung. Aber wie soll man einem anderen Menschen erklären, was für Gefühle und Gedanken einen überwältigen, wenn man nach sechzig Jahren den Mann wiedersieht, den man geliebt hat und immer noch liebt? Wie hätte sie Erin die Vielzahl an Gefühlen und Ambivalenzen verdeutlichen können, die mit dem Wiedersehen einhergingen? Wie schön wäre es gewesen, wenn Alexander und sie einander in die Arme gefallen wären, wenn sie sich ewige Liebe geschworen hätten. Stattdessen …

Lilys Gedanken wandern zurück zu jenem Augusttag vor sechs Jahren, wie so oft in den vergangenen Tagen, als müsste sie die Zeit, die ihr bleibt, nutzen, um die Erinnerung festzuhalten.

Das Jetlag hielt sie in den Fängen, so dass sie die Reise, das Hotel und das wirbelnde Durcheinander der Konferenz wie in einem Traum wahrnahm. Da ihr Flug Verspätung gehabt hatte, blieb ihr keine Zeit, Schlaf nachzuholen. Mit ihren schütteren Englischkenntnissen fragte sie sich durch, bis sie endlich das Gebäude gefunden hatte, in dem die Tagungsteilnehmer sich registrieren sollten. Seitdem sie den Campus betreten hatte, war ihr Kopf von rechts nach links gewandert, einer Tennismatch-Zuschauerin gleich. Sie suchte nach jemandem, auch wenn der Verstand ihr sagte, wie verschwindend gering die Wahrscheinlichkeit war, ihn zu treffen. Aber ihr Herz beharrte stur darauf, dass es ihre letzte Chance wäre, wenn sie nur fest genug an ein Wiedersehen glaubte.

Obwohl sie nur eine Handtasche trug und ihre Kleidung den sommerlichen Temperaturen Oregons angepasst war, fühlte Lily sich verschwitzt, als sie das helle Haus betrat, in dem sich das Konferenzbüro befand. Ihr Blick fiel auf eine Menschenschlange, in die sie sich einreihte. Um sie herum unterhielten sich die Konferenzteilnehmer mit fröhlichen Stimmen in breitem, amerikanischem Englisch, von dem sie nicht einmal jedes dritte Wort verstand. Übermüdet und erschöpft, erschien ihr die Idee, mit achtzig Jahren erstmals in die USA zu reisen, nicht mehr so klug. Was wohl Benno gesagt hätte, für den die Amerikaner Imperialisten gewesen waren? Sie lächelte, als sie sich an ihren Mann erinnerte. Genau in diesem Moment fiel ihr Blick auf einen hochgewachsenen Mann ein paar Plätze vor ihr, der sich sehr gerade hielt. Etwas in seiner Haltung, etwas, das sie nicht genau bestimmen konnte, kam ihr vertraut vor. So vertraut, dass sie aus der Reihe ausscherte, um zu ihm zu gehen, angezogen von einer Geste und einer Gewissheit, die aus der Vergangenheit schimmerten. Als spürte auch er ihre Gegenwart, wandte er sich zu ihr um.

Die Jahre waren nicht spurlos an ihm vorbeigegangen, aber hinter den Falten, den verblassten Augen und weißen Haaren erkannte sie sofort den Mann, der ihr vor sechzig Jahren versprochen hatte, dass er auf sie warten würde. Auch in seinen Augen, leicht verborgen hinter einer Brille, meinte sie ein Wiedererkennen zu entdecken.

»Alexander?«

»Lily?«

Gleichzeitig nickten sie beide, wie um sich zu versichern, dass sie es wirklich waren, dass sie sich nach all den Jahren wiedergefunden hatten. Aber die Zeit stand zwischen ihnen. Die Jahre und die offenen Fragen, die sie einander hatten nie stellen können. Die Frage, warum er nicht auf sie gewartet hatte im *Café Laumer*, wie er es ihr versprochen hatte. Die Frage, warum er nicht nach ihr gesucht hatte, so wie sie nach ihm. Und die entscheidende Frage – ob er sie vergessen hatte, um ein eigenes Leben zu führen? Mit einer anderen Frau und einer eigenen Familie, so wie sie sich für eine eigene Familie entschieden hatte, damit Alexanders Tochter, von der er nichts wusste, einen Vater hatte. Einen Vater und Sicherheit; gerade in der schlimmen Zeit schien ihr das nötig gewesen zu sein. In einem fremden Land, unsicher, ob sie je in ihre Heimat zurückkehren könnten.

Georg und Benno hatten sich angeboten, Lily in Schweden beizustehen und gemeinsam mit ihr das Kind eines anderen Mannes großzuziehen. Lily hatte sich für Benno entschieden. Das hatte Georg tief getroffen, so dass er sie und ihre Familie verlassen hatte, um niemals wieder zu ihnen zurückzukehren. Vielleicht hätte sie versuchen sollen, ihm ihre Beweggründe begreiflich zu machen. Benno versprach einen Neuanfang, während Georg sie stets an Frankfurt und damit an Alexander erinnern würde, so dass ihr Herz nie zur Ruhe käme. All das ging Lily in den Augenblicken durch den Kopf, in denen Alexander und sie sich schweigend gegenüberstanden, beide zu bewegt, um Worte zu finden.

»Wie geht es dir?«, brach Alexander schließlich das Schweigen. »Lebst du hier in Amerika?«

»Ich lebe wieder in Frankfurt. Mit meiner Familie.« Lily wollte ihn nicht belügen. Ein Schatten glitt über sein Gesicht. Ein Schatten, der Distanz zwischen ihnen schuf und es ihr unmöglich machte, etwas zu sagen, was über oberflächlichen Small Talk hinausging. So war er früher nicht gewesen. Oder sie erinnerte sich nicht mehr so gut. Auf jeden Fall raubte ihr die Kühle, die sein Blick zeigte, den Mut, Persönliches anzusprechen. »Und du? Bist du … damals nach Amerika gegangen?«

»Nach New York. Aber jetzt leben meine Frau und ich in Great Falls.« Täuschte sie sich oder hatte er sie genau beobachtet, als er von seiner Frau sprach? »Lilian ist mit mir nach Portland gereist und besucht unsere Tochter in Salem. Hast du Kinder?«

»Ja.« Lily biss sich auf die Unterlippe, damit die Dinge, die sie ihm eigentlich sagen wollte, nicht aus ihr herausdrängten, sondern versteckt blieben. Dem distanzierten Fremden konnte sie nicht sagen, dass sie nie aufgehört hatte, ihn zu lieben oder auf ihn zu warten. Diesem Alexander gegenüber konnte sie nur höflich bleiben, ohne sich zu verraten. Es fiel ihr schwer, nicht zu weinen, weil sie so enttäuscht darüber war, wie ihr Wiedersehen, auf das sie sechzig Jahre lang hoffte, verlief. »Zwei Töchter und einen Sohn. Der Junge lebt in Berlin, die Mädchen in Frankfurt. Noch, aber ihr Beruf wird Hanne wohl nach München führen.«

Was rede ich da nur?, dachte sie. Haben wir uns wirklich nichts anderes zu sagen? Ich ertrage es nicht, ihn zu sehen und vorzugeben, dass er nur ein Freund von früher ist.

Sie sah zu Boden und studierte das Muster der Fliesen, nur um seinem kalten Blick ausweichen zu können. Ihre Kehle schnürte sich zu, ihr Herz fühlte sich an, als wollte es aufgeben, mit letzter Kraft zwang sie sich dazu, ihn anzusehen.

»Ich … Ich muss mich wieder einreihen«, sagte sie schließlich, die Stimme rau von ungeweinten Tränen. »Was für ein unglaublicher Zufall, dass wir uns getroffen haben.«

»Ja, was für ein Zufall«, antwortete er, seine Stimme ebenfalls rau und leise. »Alles Gute. Vielleicht sehen wir uns ja später noch.«

»Vielleicht. Auf Wiedersehen.« Sie drehte sich um. Jeder Schritt, der sie von ihm wegführte, führte durch einen Morast unausgesprochener Worte und fühlte sich schwer an, als würde sie ihre zweite Chance verschenken. Endlich hatte sie das Ende der Schlange erreicht, doch sie konnte sich nicht einreihen. Mit einem kleinen Schluchzer drehte sie sich um und kehrte zurück zu ihm. Sollte er sie davonjagen. Noch einmal würde sie sich nicht die Chance entgehen lassen, ihm zu sagen, dass sie ihn liebte, immer noch. Aus vollem Herzen, ohne jede Vorbehalte.

Er kam ihr entgegen, langsam, zögernd. Endlich erreichten sie einander, öffneten die Arme und hielten sich fest, in einer Umarmung, die alle anderen Menschen aus- und ihre Vergangenheit einschloss – und ihre Liebe.

»Ich habe nie aufgehört, auf dich zu warten«, flüsterte er in ihr Haar, küsste ihren Scheitel und hielt sie so fest, dass es beinahe schmerzte. »Ich habe nie aufgehört, dich zu lieben.«

»Ich weiß«, antwortete sie. »Ich habe dich gesucht. In Frankfurt. 1933 und 1945. Ich wusste, dass ich dich wiedersehe. Ich liebe dich.«

»Ich habe dich auch gesucht.« Er lächelte. Tränen glitzerten in seinen Augen. »Als Robert mir sagte, dass er dich in Schweden getroffen hat, lebte die Hoffnung wieder auf. Ich habe so vieles unternommen, um dich oder deine Familie zu finden, aber ihr wart verschwunden.«

Das ganze Wochenende verbrachten sie miteinander, in ihrem Hotelzimmer oder auf der Tagung, wo sie nebeneinandersaßen, sich an den Händen hielten und berührten, als wollten sie sich vergewissern, dass sie einander nicht wieder verlieren würden. Nur zu gut erinnerte Lily sich an die freundlichen, nur selten belustigten Blicke, mit denen die jungen Menschen Alexander und sie bedachten.

»Ob wir uns noch so lieben werden, wenn wir so alt sind?«, hörte Lily ein junges Mädchen ihrem Freund zuflüstern, dessen Hand sie verliebt streichelte. »Einfach süß, die beiden.«

Wenn du wüsstest, dachte sie. Wenn du eine Ahnung hättest, was unsere Liebe für uns bedeutet.

In den Nächten schliefen sie kaum, weil sie so viel zu bereden hatten, weil sie sechzig Jahre nachholen mussten. Als hätten sie da schon gewusst, dass ihnen nicht viel gemeinsame Zeit blieb. Schon in der ersten Nacht sagte Alexander, dass er seine Frau und seine Familie verlassen wollte, auch wenn er Lilian liebte. Es schmerzte ihn, seiner Frau wehtun zu müssen, aber manchmal müsste man eben egoistisch sein.

»Jetzt, wo ich dich – gegen alle Chancen – wiedergefunden habe, werde ich dich nicht noch einmal gehen lassen. Ich werde nicht warten. Ich will dich in meinem Leben. Für immer«, sagte er.

»Ich dich auch. Ich hätte niemals gehen sollen.« Obwohl sie sich nichts sehnlicher wünschte, als den Rest ihres Lebens mit ihm gemeinsam zu verbringen, fürchtete Lily, dass ihr Leben unter keinem guten Stern stünde, wenn es damit begänne, Leid über seine Familie zu bringen. »Ich folge dir. Wohin du auch gehen wirst.«

»Es ist egal, wo wir leben. Solange wir nur zusammen sind.«

Noch immer ist die Erinnerung daran so frisch, so farbig, so schön, dass Lily in ihrem Krankenzimmer leise seinen Namen ausspricht: »Alexander, ich liebe dich.«

Mit dem Lächeln auf den Lippen, das ihre Erinnerungen an Alexander stets begleitet, schläft Lily ein.

Noch immer aufgewühlt von meinem Gespräch mit Lily rufe ich Magnus an, der leider wenig Zeit hat, weil er auf dem Weg zu einem Symposium ist. Er freut sich mit mir, dass mein Treffen mit Lily so erfolgreich war und dass sie sich bereit erklärt hat, mich erneut zu treffen. Zu meinem Erstaunen können Magnus und ich am Telefon über alles reden, ohne dass sich unangenehmes Schweigen einschleicht oder wir stottern oder uns ins Wort fallen. Noch größer ist mein Erstaunen darüber, dass ich mich von Tag zu Tag mehr darauf freue, von Magnus zu hören, eine E-Mail von ihm zu erhalten oder ein Päckchen. Alles, ohne dass ich sofort beginne, Pläne zu schmieden, wie es mit uns weitergehen wird oder wie um Himmels willen wir eine Beziehung auf zwei Kontinenten leben wollen. Zum ersten Mal in meinem Leben plane ich nicht und stehe mir nicht selbst im Weg, sondern lasse mich überraschen.

Nach einem Blick auf die Uhr entscheide ich, dass ich Charlotte noch anrufen kann. Außerdem bin ich mir sicher, dass sie neben dem Telefon sitzt und auf meinen Anruf wartet, weil sie wissen will, was ich über meinen Großvater und seine große Liebe herausgefunden habe. Ich koche mir einen Tee, bevor ich zum Telefon greife.

»Charlotte hier.«

»Jetzt hast du es aber mit den Pferden«, sage ich ohne weitere Begrüßungsfloskel und hoffe, dass Charlotte mein Lächeln hören kann. »Erst *Das letzte Einhorn* und jetzt der weiße Hengst aus dem *Wintermärchen*. Dir ist aber schon klar, dass ich es nicht schaffe, einen Roman pro Tag zu lesen?«

»Ist es meine Schuld, dass die Ereignisse deines Lebens sich plötzlich überschlagen?«, entgegnet meine Freundin mit gespieltem Vorwurf. »Außerdem wollte ich dir etwas schicken, was romantisch ist. Fürs Herz halt.«

»Und Mark Helprin hast du ausgewählt, weil …«

»Na, na, na, so leicht mache ich es dir nicht. Die Verabredung lautet, ich sende dir Bücher, die zu deinem Leben passen, du findest heraus, warum.«

»Puuuh«, mache ich. Mir gefällt unser spaßiger Schlagabtausch. »Dann solltest du vielleicht dünnere Bücher wählen, mit weniger Inhalt, so dass ich schneller die Lösung finde.«

»Ach, komm. So schwer ist es nicht. Was macht der Wikinger? Hat er bereits ein Ticket von Stockholm nach Frankfurt gekauft?«

»Der Wikinger schreibt Mails, sendet Päckchen mit Süßigkeiten und muss an der Uni unterrichten.« Obwohl ich das weiß, wünsche ich mir insgeheim, dass Magnus überraschend vor meiner Tür steht. »Also gut, *Wintermärchen*. Ich verstehe es so, dass es Magie und Wunder in der Welt gibt, die man nur sehen muss. So ein Wunder wie Lilys und Alexanders Liebe, die mehr als sechzig Jahre bestanden hat.«

»Wusste ich doch, dass du dahinterkommst. Was hast du herausgefunden?«

Damit die Telefonrechnung mich nicht in den Ruin treibt, fasse ich meine Begegnung mit Lily knapp zusammen.

»Hach, ist das schön.« Charlotte seufzt. »Das geht so richtig ans Herz. Sorry, ich muss wirklich ins Bett. Bye, Liebes.«

»Ich drück dich.«

Charlotte – ihr Lebenswerk ist vom Bankrott bedroht, aber sie kann sich für eine romantische Geschichte so begeistern, dass sie alles andere vergisst. Vor einem Jahr hätte ich gesagt, dass sie nur verdrängt, jetzt denke ich, dass Charlottes Art, die Welt zu sehen, die bessere ist.

Ein Junge und ein geflohener Sklave erleben viele Abenteuer bis zum Happy End.

Kapitel 40

Frankfurt am Main, November 1999

»Sind Sie sicher, dass Lily mich sehen will?« So aufgeregt habe ich Robert Hartmann bisher nicht erlebt. Seine Haare strubbeln in alle Richtungen, als habe er gerade erst den dunklen Pullunder übergezogen. Bisher hat er mich immer pikobello empfangen. »Wie sehe ich aus?«

»Opa!« Hannah steht hinter ihm, so dass er ihr Kopfschütteln nicht erblicken kann. »Du sahst auch in den vorherigen sieben Outfits gut aus. Man könnte fast meinen, du bist in diese Lily verknallt. Obwohl wir alle wissen, wie unwahrscheinlich das ist.«

»Die Jugend von heute.« Robert Hartmann schüttelt ebenfalls den Kopf, aber sein Lächeln zeigt, wie sehr er Hannah liebt. »Kein Verständnis dafür, wie wichtig das Äußere ist.«

»Ich möchte nicht drängeln, aber Lily wartet«, mische ich mich ein, nachdem ich zum wiederholten Mal auf die Uhr gesehen habe. Wenn ich geahnt hätte, wie schwierig es werden würde, Robert Hartmann zum Aufbruch zu bewegen, hätte ich mich mit ihm im Krankenhaus verabredet. »Sie sehen perfekt aus. Ehrlich.«

»Entschuldigen Sie, aber Lily … Wir haben uns das letzte Mal vor sechsundsechzig Jahren gesehen …«

»Opa. Sie wird auch nicht jünger geworden sein. Und jetzt ab mit dir. Ich hole dich in einer Stunde ab. Sei pünktlich, du hast einen Arzttermin.«

»Wie sieht Lily aus?«, fragt Robert Hartmann mich, als wir vor der Haustür stehen und auf das Taxi warten, auf dem er bestanden hat. »Haben Sie sie gleich erkannt?«

»Ja. Dank Ihres Fotos.«

Im Auto gebe ich erneut die Kurzfassung meines gestrigen Gesprächs zum Besten, immer wieder von Robert Hartmann unterbrochen, der mir mehr Fragen stellt, als ich Lily bisher gestellt habe. Doch je näher wir dem Krankenhaus kommen, desto stiller wird er. Auch ich spreche nicht mehr viel.

»Vielleicht ist es besser, wenn ich nicht mitkomme«, bricht er endlich das Schweigen. »Lily und ich … damals … es war nicht einfach.«

»Übertreiben Sie nicht!« Ich klinge harscher, als ich beabsichtige, aber das scheint passend zu sein, weil er wieder lächelt. »Das alles ist ewig her. Lily hat betont, dass sie Sie gerne sehen würde.«

»Also gut. Es ist ja nur für eine Stunde.«

Robert Hartmann spaziert in unbehaglichem Schweigen neben mir die Krankenhausflure entlang, deren Weite mir heute endlos vorkommt.

»Ich mag den Geruch von Krankenhäusern nicht.« Robert Hartmann hüstelt. »Außerdem hat man in meinem Alter immer Angst, dass sie einen gleich hierbehalten wollen.«

Ich lache und bin froh, dass er seinen schwarzen Humor nicht verloren hat. Endlich erreichen wir Lilys Zimmer. Mit aller Kraft muss ich ihn hineinschieben, da ihn im entscheidenden Augenblick wieder der Mut verlässt. Erst als Lily sich ein wenig aus dem Bett erhebt, lächelt und voller Wärme sagt: »Robert, wie schön«, löst sich seine Anspannung merklich auf.

»Lily, ich würde gerne sagen, dass du keinen Tag älter aussiehst, aber wir beide wissen, dass das gelogen wäre.« Vorsichtig beugt er sich zu ihr hinab, um sie auf die Wange zu küssen. Ihr Gesicht hat deutlich mehr Farbe als gestern und wirkt lebendiger. »Ist es nicht unglaublich – wir beide leben in Frankfurt und sind uns nie über den Weg gelaufen?«

»Ich … Ich …« Lily zögert. »Nach Alexanders Tod wollte ich dich anrufen, aber fand nie den richtigen Zeitpunkt.«

»Ich verstehe.« Robert Hartmann nimmt Lilys Hand in seine. »Manche Erinnerungen kann man nicht teilen.«

»Sag, wie ist es dir ergangen?«, fragt Lily, als wäre es erst ein paar Tage her, dass sie einander zuletzt gesehen haben. »Erin hat erzählt, dass du eine Enkelin hast? Und eine Frau?«

Ich ziehe mir einen Stuhl heran, setze mich und höre den beiden zu, wie sie einander in kurzer Zeit auf den

Stand des jeweiligen Lebens bringen, bis sie sich vorsichtig an den Menschen herantasten, der sie miteinander und auch mich mit ihnen verbindet. Meinen Großvater.

Obwohl mir so viele Fragen auf der Seele brennen, möchte ich die beiden nicht unterbrechen und ihnen die Gelegenheit lassen, ihre Erinnerungen miteinander zu teilen. Auf diesem Weg erfahre ich etwas über den mir völlig unbekannten Mann, der dann mein Großvater wurde. Wie bei einem Puzzle setze ich aus unseren Eindrücken ein neues Bild meines Großvaters zusammen. Langsam erhalte ich die Erklärungen und Hintergründe, die ich mir immer erhofft habe. Die Vergangenheit kann ich nicht ändern, meine Erinnerungen werde ich behalten, aber es hilft mir, wenn ich verstehen kann, warum mein Großvater so wurde, wie er war. Doch ich werde wohl immer bedauern, dass ich nie den Mann kennenlernte, an den Lily und Robert sich so liebevoll erinnern.

Ich verliere mich in ihren Worten und meinen Gedanken und schrecke auf, als ein Klopfen ertönt.

»Guten Tag.« Hannah schaut herein. Sie winkt mir und Lily zu und geht dann zu Robert Hartmann, dem sie eine Hand auf den Arm legt. »Opa. Du musst zum Arzt.«

»Ich weiß.« Mühsam steht er auf. Ich meine, Tränen in seinen Augen glitzern zu sehen, als er sich nach vorne beugt, um Lily zum Abschied zu küssen. »Ich komme bestimmt noch einmal vorbei. Es war schön, dich wiederzusehen, meine Liebe.«

»Danke, gleichfalls.« Lily setzt sich ein wenig aufrechter. Sie hebt die Hand, um ihm die Wange zu tätscheln. »Pass auf dich auf.«

Nachdem Hannah und Robert Hartmann sich von mir verabschiedet haben, frage ich Lily, ob sie nicht zu erschöpft sei, um mir weitere Fragen zu beantworten.

»Auf keinen Fall. Über Alexander zu reden gibt mir Energie.« Sie nimmt eine Tablette, die sie mit Wasser herunterspült. »Frag mich alles, was du wissen willst.«

»Warum bist du in der DDR geblieben? Wusstest du nicht, dass du meinen Großvater so wohl nie wiedersehen würdest?«

»Ach, Erin, mein Benno hat gehofft, dass wir in der DDR eine bessere Welt aufbauen, eine, in der keine nationalsozialistischen Funktionäre in ihren Ämtern blieben, so wie im Westen.« Ihr Gesicht wird ernst. Nun kann ich mir gut vorstellen, wie energiegeladen sie als junge Frau ihrer politischen Arbeit nachgegangen ist. »Diesen Traum habe ich mit ihm geteilt. Außerdem war ich ihm dankbar, wegen Elke …«

»Ist sie …?« Ich brauche die Frage nicht zu stellen, weil man die Ähnlichkeit deutlich sieht, aber ich möchte es von ihr hören. »Weiß sie, dass …?«

»Nein.« Lily schüttelt den Kopf, so heftig, dass sie zu husten beginnt. Nach einigen Schlucken Wasser schöpft sie wieder Atem. »Ich wäre dir dankbar, wenn sie es nicht erfährt. Elke war immer Bennos Liebling. Ich möchte sie nicht enttäuschen.«

»Ich werde nichts sagen, aber glaubst du nicht, die Ähnlichkeit ist ihr aufgefallen?«

»Sie wird nicht danach fragen. Elke war immer gut darin, nur das zu sehen, was sie sehen wollte.«

»Was hast du an meinem Großvater geliebt?«, wechsele ich das Thema. »Alles, was ich bisher erfahren habe, hat mir gezeigt, dass ihr unterschiedlich gewesen seid, dass ihr aus zwei Welten kamt.«

»Das stimmt, was es uns nicht leicht machte. Alexander hat nie verstehen können, warum mir meine politische Arbeit so wichtig war. Und ich habe nie nachvollziehen können, wie man so leicht durchs Leben gehen konnte.« Lily lächelt, wohl in Erinnerungen versunken. »Aber trotz aller Unterschiede haben wir auch Gemeinsamkeiten gehabt und neue gefunden, die uns verbunden haben. Er hat mir das Städel nahegebracht und ich habe mich sofort in die moderne Kunst verliebt. Ich habe ihn mit Romanen versorgt, die er nicht kannte, bin mit ihm in die *Dreigroschenoper* gegangen, in die seine Eltern ihn niemals geführt haben.«

»›und der Haifisch, der hat Zähne‹«, singe ich. Falsch, aber begeistert. Die Dreigroschenoper kann ich auswendig. Mein Großvater hat sie mir das erste Mal vorgespielt, als ich acht Jahre alt war, und ich habe mich sofort in die ungewöhnliche Musik verliebt, auch wenn ich die Texte erst viel, viel später verstanden habe. »Mein Großvater hat die Oper an mich weitergegeben.«

»Aber was am wichtigsten war – das klingt vielleicht pathetisch, aber mir fällt kein besseres Wort ein – ist, dass wir grundlegende Wertvorstellungen teilten.« Lily fährt sich mit einer zerbrechlich wirkenden Hand, auf der die blauen Adern deutlich zu sehen sind, durch ihre feinen Haare. »So haben wir uns kennengelernt. Beim Retten einer Katze, denn man darf niemanden quälen. Vor allem vergreift man sich nicht an Schwächeren.«

»Einer Katze. Einer arroganten graugetigerten, schlichten Hauskatze?« Ich kann nicht glauben, was ich gerade von Lily erfahre.

»Ja. Warum?«

»Mein Großvater hat diese Katze mit nach Amerika genommen.« Ich weiß nicht, ob ich lachen oder weinen soll. »Ihre Ururenkelin lebt bei meinen Eltern und hat gerade Junge bekommen. Großvater hat immer eine Katze behalten, die dann Kitten bekam, von denen er wieder eine Katze behielt. Als Kind habe ich die Katzen gehasst, weil er sie so liebte.«

»Einen Mann, der etwas so Verrücktes, etwas so Romantisches tut, muss man einfach lieben.« Lily lächelt, während Tränen ihre Wangen herabrinnen. »Von der Katze hat er mir nichts erzählt, als wir uns wiedergetroffen haben.«

»Vielleicht wollte er dich überraschen.« Mein Großvater, einer der letzten Romantiker – an diesen Gedanken muss ich mich erst gewöhnen. »Wahrscheinlich hatte er anderes im Sinn.«

Erst als Lilys Lächeln sich in ein breites Schmunzeln verwandelt, bemerke ich, was ich da eben gesagt habe. Doch damit nicht genug. Ich spüre, wie meine Wangen warm werden, was Lily zum Kichern bringt.

»Wie war er als dein Großvater?«, fragt sie zu meiner Überraschung. »Weißt du, er wirkte sehr verändert, als ich ihn wiedersah. Kälter, trauriger, ein wenig, als hätte er die Hoffnung aufgegeben.«

Soll ich ihr die Wahrheit sagen? Kurz überlege ich, ob sie wirklich wissen möchte, was für ein distanzierter Mann ihr geliebter Alexander geworden ist. So einfach ist es nicht, es gibt nicht nur Schwarz und Weiß, sondern nur Schattierungen von Grau. Mein Großvater war nicht kühl, weil er es wollte, sondern weil er sich schützte, weil er seine Erinnerungen verbergen musste, um ein neues Leben führen zu können. Daher kann ich ihr auch erzählen, wie es war, *ihren* Alexander als *meinen* Großvater zu haben.

»Er war nicht der klassische Opa. Ich habe versucht, seine Liebe zu gewinnen, aber hatte immer das Gefühl, es reicht nicht.«

Mehr will ich nicht sagen, weil es zu lange dauern würde, alles zu erklären. Aber Lily scheint mich auch so zu verstehen. Sie schweigt.

»Es tut mir leid«, sagt sie. Ihre Augen sind traurig. »Wenn ich damals mit Alexander gegangen wäre, dann …«

»Dann wäre ich nicht auf der Welt«, antworte ich, weil ich nicht möchte, dass sie die Schuld dafür auf sich nimmt. »Niemand kann etwas dafür. Es war die Zeit, Schicksal, ich weiß es nicht.«

»Wie sagt man so schön, wer weiß, wofür es gut war?« Lily hebt hilflos die Hände. »Wie heißen die Katzen?«

Dankbar für den Themenwechsel antworte ich ihr: »Nach Märchenprinzessinnen. Snow White. Cinderella. Beauty. Warum, weiß ich nicht.«

»Die erste hieß Prinzessin Mäusehaut.« Lilys Lächeln ist zurückgekehrt. »Sie mochte mich nie, obwohl ich ihr das Leben gerettet habe. Aber Alexander liebte sie vom ersten Moment an.«

»Das haben alle Katzentöchter und -enkelinnen geerbt. Sie mögen keine Frauen.« Nur zu gut erinnere ich mich an meine erste Begegnung mit Snow, die für mich mit blutigen Kratzern und einer Strafpredigt meiner Mutter endete, dass ich der Katze Zeit lassen müsste, sich an mich zu gewöhnen. »Es tut mir gut, dass du mir von einer anderen Seite meines Großvaters erzählst. Glaubst du, ihr wärt glücklich geworden?«

Endlich habe ich es gewagt, die Frage zu stellen, die mich umtreibt, seitdem ich den Brief und das Flugticket gefunden habe. Die Frage, ob man einen Neuanfang leben kann, egal wie alt man ist, die Frage, ob es niemals zu spät für die wahre Liebe ist. Gespannt warte ich auf ihre Antwort. Da öffnet sich die Tür.

»Mutti. Wie geht es dir?« Hätte Elke Fürth nicht zehn Minuten später kommen können? Nun, da ihre Tochter zu Besuch gekommen ist, wird Lily nicht mehr offen reden können. »Hallo, Frau Mitchell.«

»Guten Tag.« Ich beuge mich zu Lily, um sie zum Abschied zu küssen. »Darf ich morgen wiederkommen?«

»Ich bestehe darauf«, antwortet sie, während ihre Tochter mir einen besorgten Blick zuwirft. »Auf Wiedersehen.«

Unser Gespräch hat mich so aufgewühlt, dass ich zu Fuß zum Hotel gehe. Auf dem Weg dorthin sehe ich ein Internetcafé, an dem ich nicht vorbeigehen kann. Drei Nachrichten von Magnus, eine E-Mail von Charlotte, die nur einen Satz enthält. Nicht nur, dass ich Charlottes – wie zu erwarten war – neueste verschlüsselte Nachricht an mich sofort knacken kann, dieses Mal weiß ich auch sofort, wie ich den Roman verstehen soll. Charlotte und ich haben einmal eine längere Diskussion darüber geführt, wie man *Huckleberry Finn* interpretieren kann. Während ich Mark Twains Geschichte als klassischen Coming-of-Age-Roman betrachtete, garniert mit etwas Abenteuer, plädierte meine beste Freundin dafür, dass er der amerikanische Roman schlechthin sei, weil er sich mit der Suche nach Glück beschäftigt.

Dem Glück, das Lily und meinem Großvater vergönnt war, auch wenn sie es nur kurz genießen konnten. Obwohl sie ihn verloren, gefunden und wieder verloren hat, wirkt sie glücklich und zufrieden, glücklicher als die meisten Menschen, die ich kenne. Außer vielleicht Kyle und Laura, die frisch verliebt sind, und Charlotte, die zu den wenigen gehört, die ihren Platz im Leben gefunden haben.

Selbst Jeffrey, der seine große Liebe gefunden hat, erschien mir bei den wenigen Gelegenheiten, zu denen wir uns sahen, angespannt. Und ich? War ich mit Jeffrey jemals bedingungslos, zweifellos, fraglos glücklich? Ich fürchte nicht. Vielmehr glaube ich, dass ich zu den Frauen gehöre, die stets versuchen, ihren Mann zum Besseren, so wie sie es verstehen, zu ändern. Eigentlich verrückt, nicht wahr, dass man immer wieder versucht, den Menschen umzumodeln, den man liebt, obwohl man sich in ihn verliebt hat, gerade, weil er ist, wie er ist.

Je länger ich darüber nachdenke, desto klarer wird mir, dass ich mit Magnus glücklicher bin als mit Jeffrey. Weil ich nichts von ihm erwarte, weil ich nichts für die Zukunft plane, weil mir überhaupt nicht in den Sinn kommt, ihn zu verändern. Da ich überrascht davon war, dass Magnus sich für mich interessierte, habe ich meine Zeit mit ihm genossen, ohne in die üblichen Zweifel zu verfallen. Vielleicht ist das das Geheimnis der Liebe?

Noch immer fällt es mir schwer zu begreifen, dass mein distanzierter, kühler Großvater so viel Liebe in anderen Menschen hervorbringen konnte: Lily, die ihn mehr als sechzig Jahre liebte. Robert Hartmann, der, obwohl er wissen musste, wie aussichtslos seine Schwärmerei war, im Jahr 1999 immer noch an meinen Großvater denkt. Meine Gran, die während ihrer Ehe wohl nie die Hoffnung aufgegeben hat, dass Großvater sie eines Tages genauso lieben würde wie sie ihn. Wenn ich ehrlich bin, trifft das auch auf mich zu, die ich so lange um Anerkennung durch meinen Großvater gekämpft habe – um Anerkennung, die nichts anderes ist als ein Ausdruck von Liebe. Und schließlich meine Mutter, die ich immer als Konkurrentin betrachtet habe – um die Liebe meines Vaters und meines Großvaters, ohne dass mir das bewusst gewesen ist. Heute, da ich Lily kennengelernt und durch die Gespräche mit ihr ein bisschen mehr über meinen Großvater erfahren habe, ja, eine ganz andere Seite von ihm kennengelernt habe, kann ich mir das eingestehen. Jetzt kann ich Dad nur dafür bewundern, wie es ihm gelungen ist, uns beiden das Gefühl zu vermitteln, dass wir ihm wichtig sind. Habe ich ihm je gesagt, wie viel er mir bedeutet?

Eine junge Frau lernt in der und durch die Therapie, das Leben zu akzeptieren, auch wenn es nicht immer rosarot ist.

Kapitel 41

Frankfurt am Main, November 1999

Als ich am Morgen ins Krankenhaus komme, erwartet mich eine böse Überraschung. Bepackt mit Rosen, hellgelb mit rotem Rand, so wie Lily sie liebt, betrete ich ihr Krankenzimmer und stehe vor einem leeren Bett. Vor Schreck lasse ich die Rosen fallen, die sich auf dem grauen Boden zu einem farbenfrohen Fächer ausbreiten. Mühsam unterdrücke ich einen Schrei. Ich bin zu spät.

»Sie haben sie weggebracht«, flüstert die hagere Frau, die das Bett abzieht. Ich habe sie vorher noch nie gesehen, sie ist wohl eine Helferin.

Obwohl ich kaum die Kraft zu sprechen finde, frage ich: »Wohin?«

»Zum Sterben. Fragen Sie die Schwestern.« In ihren Augen glitzert es, als freue sie sich, dass der Tod sich zuerst eine andere holt. »Oder die Familie.«

»Danke.« Nachdem ich die Zimmertür hinter mir geschlossen habe, lehne ich mich an die hellgrün gestrichene Wand. Ich muss erst zur Ruhe kommen, muss Atem holen, bevor ich die Ärztin oder Lilys Familie anspreche. Noch klammere ich mich mit aller Kraft an die Hoffnung, dass die Frau sich geirrt hat, dass Lily nur zu einer weiteren Untersuchung gefahren wurde. Doch das abgezogene Bett spricht eine andere Sprache.

Ich gehe zum Schwesternzimmer, wo ich niemanden antreffe. Ich wage es nicht, in die anderen Zimmer zu gehen, um dort nach dem Pflegepersonal zu suchen. Dafür fehlt mir der Mut. Also setze ich mich auf einen der unbequemen Stühle und warte. Warte und hoffe, dass jemand kommt, der mir sagen kann, wohin man Lily verlegt hat und wie es ihr geht. Ich weigere mich zu akzeptieren, dass sie bereits gestorben sein könnte. Immer wieder blicke ich den Gang entlang, der wie ausgestorben wirkt. Kein Patient und keine Krankenschwester sind zu sehen. Nur das Ticken der großen Uhr stört die Stille, die mich niederdrückt.

Um mich abzulenken, blättere ich in *Ich habe dir nie einen Rosengarten versprochen*, auf dessen Spur Charlottes Satz mich brachte.

Es tut mir gut, die Geschichte für mich wiederzuentdecken, die bei all dem Schrecken, den sie beschreibt, mit der Hoffnung auf Heilung endet. Eine Hoffnung, die Lily nicht mehr hat.

Endlich höre ich, wie eine Tür geöffnet wird, und springe auf.

»Oh, Hannah Green«, sagt die Ärztin, die jetzt neben mich tritt, und blinzelt mich über den oberen Brillenrand hinweg an. »Ein tolles Buch. Ich habe es schon dreimal gelesen.«

»Ja«, antworte ich, froh über das unverfängliche Thema und unfähig, die Frage zu stellen, die mir auf der Seele brennt. Wie kann ich nur so feige sein? Das hat Lily nicht verdient. »Lily Schlösinger … wo … wo ist sie?«

»Oh.« Sie hebt die Hand zum Mund, als wollte sie mir keine Antwort geben. »Sind Sie eine Verwandte?«

»Nein. Doch. Es ist kompliziert.«

Nachdem sie mich einen Augenblick prüfend gemustert hat, sagt die Ärztin: »Es bleiben nur noch wenige Stunden.«

Als tröstende Geste legt sie mir eine Hand auf den Arm. Ich kann nichts sagen, weil ich sonst weinen würde.

»Kommen Sie. Ich bringe Sie zu ihr.« Mit energischen Schritten geht sie voraus. »Nutzen Sie die Gelegenheit, sich zu verabschieden.«

»Danke«, flüstere ich, nachdem sie mich zu Lilys Sterbezimmer geführt hat. Sie nimmt meine Hand und drückt sie fest, bevor sie sich umdreht, um nach ihren Patienten zu sehen. Allein bleibe ich zurück. Das Zimmer liegt etwas abgelegen. Obwohl die Familie mir bis jetzt freundlich begegnet ist, bin ich unsicher, ob es mir zusteht, Lily in ihrem Sterbezimmer aufzusuchen. Schließlich weiß niemand von ihren Angehörigen, dass ich quasi zur Familie gehöre. Warum ist das Leben so unfair?, denke ich. Ich fühle mich betrogen, weil Lily und mir so wenig Zeit vergönnt ist.

Als ihre Enkelin Sabine bleich und übernächtigt aus Lilys Zimmer kommt, rufe ich mich zur Ordnung. Ich darf traurig sein, aber den wahren Verlust trägt Lilys Familie. Erneut öffnet sich die Tür. Lilys Tochter Elke tritt auf den Flur. Mit dem Handrücken wischt sie sich Tränen vom Gesicht. Sabine schließt ihre Mutter in die Arme. Aneinander gelehnt geben die beiden Frauen sich Stärke. Darf ich es wagen, sie in diesem Moment zu stören? Ich, eine Fremde, die Lily in den letzten Augenblicken ihres Lebens mit längst vergessenen Erinnerungen behelligt hat. Kurz überlege ich, einfach zu gehen, um der Familie ihren Frieden zu lassen. Doch da sieht mich die Enkelin. Sie nickt mir zu, stupst ihre Mutter an und beide Frauen kommen auf mich zu, die Augen rotgeweint.

»Entschuldigung. Ich möchte nicht aufdringlich erscheinen«, beginne ich, aber ich kann den Satz nicht beenden, weil er sich wie eine Lüge anfühlt. »Ich … Die Ärztin …«

»Ja«, sagt Sabine, als wäre es mir gelungen, einen Satz zu formulieren. »Großmutter wird sterben. Heute noch.«

Sie wendet sich ab und schluchzt. Elke Fürth streicht ihr sanft über die Schulter.

»Wir sind seit gestern Nacht hier«, sagt sie zu mir, als könnte das alles erklären.

»Sind Sie damit einverstanden, wenn auch ich mich von Lily verabschiede?« Ich bringe die Worte kaum heraus, weil sich nicht geweinte Tränen als Kloß in meinem Hals festsetzen. »Ich weiß, Sie kennen mich kaum …«

»Ihre Besuche haben meine Mutter glücklich gemacht«, antwortet Elke Fürth. Sie lächelt mich unter Tränen an. »Nehmen Sie sich die Zeit, die Sie beide brauchen. Wir gehen eine Weile in die Cafeteria. Hanne kommt heute auch noch.«

»Danke.« Mehr bringe ich nicht heraus. Nachdem die Familie gegangen ist, suche ich die Toilette auf und schließe mich dort ein, um zu weinen. Vor Lily will ich stark sein. Es käme mir falsch vor, wenn ich in Tränen ausbräche, obwohl ich doch weiterleben werde. Endlich habe ich meine Fassung wieder gewonnen und mein Gesicht mit kaltem Wasser in Form gebracht. Zaghaft klopfe ich an die Tür des Krankenzimmers. Ich fühle mich so hilflos und traurig und schäme mich gleichzeitig dafür, nicht in der Lage zu sein, Lily Mut zu machen. Warum können wir mit Tod und Sterben so schlecht umgehen?

Ich warte noch einen Augenblick, um mich zu sammeln, bevor ich eintrete. Bin auf alles gefasst, so hoffe ich. Doch der Anblick, der mich erwartet, überrascht mich.

Lily schläft. Friedlich. So sieht sie sehr klein und viel älter aus. Sobald sie spricht, vergisst man, dass sie beinahe neunzig Jahre alt ist. Ganz so wie Robert es beschrieben hat – Lily wirkt durch ihre Persönlichkeit. Ich kann verstehen, dass mein Großvater sie liebte, obwohl es mich schmerzt, dass er meine Großmutter nicht lieben konnte.

Alles wegen Georgs Lügen, denke ich, als ich mich vorsichtig auf den Stuhl neben Lilys Bett setze, leise, damit ich sie nicht aufwecke. Aber Georg hat Lily aus Liebe belogen und weil er sie beschützen wollte. Gute Absichten führen nicht immer zu guten Ergebnissen. Ein wenig bedauere ich Georg auch, denn was hat er alles aufgegeben, um Lilys Liebe zu gewinnen und ist am Schluss allein geblieben. Obwohl er schwere Schuld auf sich geladen hat, kann ich ihn nicht hassen. Wenn nicht einmal Lily ihn hasst, dann muss auch ich ihm verzeihen. Aber es fällt mir unendlich schwer. Georgs Lüge hat den beiden Liebenden die Möglichkeit genommen, gemeinsam zu leben, einander in der dunklen Zeit beizustehen und einen Neuanfang zu wagen. Durch ihn musste Lily an meinem Großvater zweifeln und er an ihr. Und trotzdem. Trotz der Flucht, der Angst und der Lügen haben sie einander niemals aufgegeben. Er hat sie gesucht und bis zu seinem letzten Atemzug auf sie gewartet, war sich stets sicher, dass sie ihn genauso liebte wie er sie.

Und Lily?

Auch sie hat auf die Liebe meines Großvaters vertraut. Selbst als er nicht am verabredeten Treffpunkt erschien, hat sie nicht an ihm gezweifelt. Selbst als er vor sechs Jahren nicht nach Deutschland kam, wie er es versprochen hatte, hat sie darauf vertraut, dass er einen guten Grund dafür haben musste. Ohne zu zweifeln hat sie auf ihn gewartet. So viel habe ich nie für Jeffrey empfunden. Bei dem Gedanken kommen mir die Tränen. Ich beiße mir in den Handrücken, damit mein Schluchzen Lily nicht weckt, doch zu spät.

»Warum weinst du?« Ihre Stimme klingt so ruhig und klar, dass ich mich schäme. »Weißt du etwas, das ich nicht weiß?«

»Es tut mir so leid«, sage ich schließlich, nachdem ich mir die Nase geschnaubt und die Fassung wiedergewonnen habe. »Es ist so unfair, dass Alexander und du nicht glücklich werden konntet. So unvorstellbar, dass ihr euch nach all den Jahren gefunden habt …«

Wieder kommen mir die Tränen. Und ein Gefühl von Neid beschleicht mich, für das ich mich noch mehr schäme. Aber sosehr ich auch dagegen ankämpfe, ich beneide Lily darum, wie sehr mein Großvater sie geliebt hat, auch wenn ihre Liebe sich nie erfüllen konnte. Vielleicht müssen alle großen Lieben unglücklich sein, um nicht an den Klippen des Alltags zu zerschellen, versuche ich mich zu trösten. Vielleicht kann man nur eine kurze Zeit intensiv und vorbehaltlos lieben und vielleicht bleibt eine Liebe in Erinnerung die schönste, weil sie sich nicht der grauen Wirklichkeit von Zahnpastatuben, Haushalt und Midlife-Crisis stellen muss. Obwohl ich mir das einzureden versuche, bleibt Traurigkeit. Etwas sagt mir, dass es bei Lily und Alexander anders gewesen wäre, dass sie füreinander bestimmt waren und dass sie ihre Liebe nicht dem Alltag geopfert hätten. Das, was mein Großvater und Lily hatten, ist so einmalig und so schön, dass ich es umso schlimmer finde, dass das Schicksal sie zweimal auseinandergerissen hat.

Wie konnte ich nur glauben, dass Jeffreys Trennung von mir schrecklich war? Sicher, sie traf mich unvermutet und brachte meine Lebenspläne aus dem Gleichgewicht, aber immerhin habe ich mit ihm mehr als zwanzig Jahre zusammenleben können, überwiegend glücklich. Nein, eher zufrieden, da unsere Gefühle füreinander moderat und stabil, aber nicht so leuchtend wie die von Lily und Alexander gewesen waren. Umso schlimmer finde ich, dass die beiden ihre Liebe nur kurz leben konnten.

Lily muss mir meine Gedanken angesehen habe, denn sie lächelt. »Ich war glücklich. Nein. Ich *bin* glücklich. Denn ich habe in meinem Leben aufrichtig geliebt.«

Erstaunt sehe ich sie an. Sie erhebt ihren Oberkörper ein wenig, was ihr sichtlich schwerfällt, damit sie nach meiner Hand greifen kann. Ihre Haut fühlt sich rau und dünn an, ihr Griff ist überraschend stark. »Erin, wenn ich eines in meinem Leben mit Sicherheit weiß, dann: Ich habe geliebt und ich wurde geliebt. Von einem wunderbaren Mann.«

Ich drücke ihre Hand und bin überwältigt von der Stärke dieser unglaublichen Frau.

»Nicht nur von Alexander. Auch Benno hat mich geliebt. Zusammen haben wir eine wunderbare Familie.«

»Hast du …«, beginne ich, aber die Frage erscheint mir dann zu persönlich, so dass ich schweige.

»Habe ich meinen Mann geliebt?« Lily blickt mir in die Augen. »Ja, natürlich.«

Überrascht sehe ich sie an.

»Habe ich ihn so sehr geliebt wie Alexander?« Als sie den Namen meines Großvaters sagt, gleitet ein Lächeln über ihre Lippen. »Nein, natürlich nicht. So kann man nur einmal im Leben lieben.«

Ich fühle einen Kloß in meinem Hals.

»Aber ich habe ihn ausreichend geliebt, um mit ihm und meinen Kindern glücklich zu werden.«

»Ich … Ich …« Wie kann ich das in freundliche Worte fassen, was mich so plagt? »Wie geht das, wenn mein Großvater deine große Liebe gewesen ist?«

»Es gibt nicht nur eine Liebe. Nur eine große, überwältigende«, antwortet sie schlicht. »Aber ich habe gelernt, dass auch kleine Lieben ihre Berechtigung haben. Dass man sich nicht immer entscheiden muss, sondern dass es wichtig ist, überhaupt zu leben und lieben zu können.«

Noch vor wenigen Augenblicken dachte ich, Lily müsste die unglücklichste Frau der Welt sein, und nun dämmert ein Begreifen auf. Obwohl ihr und Alexander nur wenig gemeinsame Zeit vergönnt war, hat sie beide eine Gewissheit durch ihr Leben begleitet – dass sie *den* einen Menschen getroffen haben, der ihnen bestimmt gewesen ist. Nachdem ich das verstanden habe, lösen sich alle bitteren Gefühle, der Neid auf Lilys Liebe, der Zorn auf Jeffrey, die Traurigkeit über Lilys und Alexander verlorenes Leben – all das löst sich auf in stille Freude. Ich beuge mich vor, um ihr einen Kuss auf die Wange zu geben. Ihr Lächeln zeigt mir, dass sie auch ohne Worte verstanden hat, was ich ihr sagen will.

In einträchtigem Schweigen sitzen wir nebeneinander und halten uns an den Händen.

»Früher habe ich die Idee des Jenseits abgelehnt«, sagt Lily schließlich, ihre Stimme wirkt schwächer, als brächte sie nur noch die Kraft für einige wenige Abschiedsworte auf. Mir schnürt sich die Kehle zu bei dem Gedanken, dass ich sie bald verlieren werde. »Aber jetzt wünsche ich mir die Gewissheit, hoffe, dass es einen Ort gibt, wo ich all die Menschen, die ich geliebt habe, in die Arme schließen kann. Glaubst du an den Himmel?«

Ich überlege einen Moment. Glaube ich an ein Leben nach dem Tod? Ist es von Bedeutung, was *ich* glaube? Ist es nicht wichtiger, Lily den Tod zu erleichtern, soweit mir das überhaupt möglich ist?

»Ja«, antworte ich. »Ich bin mir sicher, dass wir die Menschen, die wir lieben, wiedersehen werden.«

Erneut schweigen wir. Lilys Atem ist so leise, dass ich mich anstrengen muss, ihn zu hören. Bald muss ich sie verlassen, um ihre Tochter und ihre Enkelin zu holen, damit diese Lily in ihren letzten Minuten begleiten können. Wieder spüre ich Tränen aufsteigen, die ich nun nicht unterdrücke. Tränen gehören zum Leben wie die Liebe, es sind zwei Seiten des Glücks.

»Versprich mir etwas«, flüstert Lily. So leise, dass ich mich zu ihr beugen muss, um sie zu verstehen. »Bitte, versprich mir etwas. Erstell eine Liste mit drei Aufgaben, die du lösen wirst. Drei Punkte – für mich, bitte.«

Ein junges Mädchen schreibt Briefe an Gott, da es niemanden in ihrem Leben gibt, der ihr beisteht. Dank der Hilfe einer Sängerin gelingt es ihr, sich aus einer gewalttätigen Ehe zu befreien.

Kapitel 42

Frankfurt am Main, November 1999

Obwohl mich einige Teilnehmer der Trauerfeier erstaunt mustern, kann ich die Tränen nicht zurückhalten. Ich weine nicht nur um die große Liebe meines Großvaters, die mir in den wenigen Tagen, die wir uns kannten, so vertraut wurde. Ich weine auch um den fröhlichen, verliebten Alexander Kirchner, den ich nie kennengelernt habe. Ich weine auch um meine Gran, die diesen distanzierten Mann so sehr geliebt hat und so wenig dafür zurückerhalten hat. Ich weine um die Ungerechtigkeit, darum, dass diese beiden Liebenden das Pech hatten, in einer Zeit zu leben, die so wenig Rücksicht auf das Schicksal Einzelner genommen hat. Und schließlich weine ich um meine Ehe, die ich trotz aller Mühe und Anstrengungen nicht retten konnte.

Bevor ich noch weitere irritierte Blicke auf mich ziehe, trete ich etwas zur Seite, dahin, wo ich hingehöre. Schließlich bin ich mit Lily nicht direkt verwandt.

In diesem Moment nehme ich die Begegnung mit Lily als ein Geschenk an. Dank ihrer Erzählungen habe ich nun eine viel freundlichere Erinnerung an meinen Großvater, und durch sie habe ich den Mut gefunden, endlich etwas mit meinem Leben anzufangen.

Schweigend lauschen wir den Worten des Trauerredners. Einen Pastor an ihrem Grab hat Lily in ihrem letzten Willen abgelehnt, auch wenn sie am Ende die Hoffnung auf ein Leben im Jenseits nicht aufgeben wollte. Der Redner hat eine angenehme Stimme, die mich von meinem Kummer ablenkt. Allerdings verstehe ich nur wenige Worte. Ich lasse die Trauerrede wie einen plätschernden Bach an mir vorbeiziehen, bis der Name Alexander Kirchner fällt. Erstaunt sehe ich auf. Elke Fürth nickt mir zu. Meine Nase kribbelt, weil ich erneut weinen möchte, so gerührt bin ich von der Geste. Lilys Familie hat meinen Großvater nicht verschwiegen, sondern ihm einen Platz in Lilys Leben eingeräumt.

Gemeinsam singen wir das Lied, das Lily sich ausgesucht hat. Zu meiner Überraschung ist es kein Arbeiterlied, sondern der Schlager *Irgendwo auf der Welt gibt's ein kleines bisschen Glück*, den Lilian Harvey 1932 gesungen hat. Ich kenne es gut, weil auch mein Großvater dieses Lied gern und häufig gehört hat, obwohl er »Deutschtümelei«, wie er es nannte, ansonsten ablehnte. Ob es ihr gemeinsames Lied ist? Das werde ich nie erfahren. So wie vieles andere auch nicht. Aber das ist nicht mehr von Bedeutung. Das, was wirklich zählt, hat Lily mir berichten können – von ihrer Liebe zu meinem Großvater, die alle Zeit und Bitterkeit überstanden hat. Von ihrem Wiedersehen, von den drei Tagen des Glücks, die sie beide als alte Menschen erleben durften.

Vier Männer in schwarzen Mänteln treten neben den Sarg. Die Bestatterin, die in ihrer zierlichen Eleganz eher an ein Model erinnert als an eine Frau, die beruflich mit Toten arbeitet, räumt Kränze, Kerzen und Blumenschmuck zur Seite, damit die Sargträger nicht stolpern. Die Männer heben den Sarg auf und gehen gemessenen Schrittes aus der Kapelle. Gleich hinter ihnen reihen sich Familie und Freunde ein; ich schließe mich als Letzte an. Der kurze Weg bis zur Grabstätte kommt mir unendlich vor. Vor mir höre ich Elke Fürth schluchzen. Sie lehnt sich an ihre Tochter, die sie in den Arm nimmt. Hanne Beyer, die mich selbst an diesem Tag voller Skepsis ansieht, geht neben ihrem Bruder, der mir zur Begrüßung kurz die Hand schüttelte, aber mich nicht wirklich wahrgenommen hat. Zu sehr scheint er in seiner Trauer versunken zu sein.

Endlich haben wir das ausgehobene Grab erreicht, daneben ein kleiner Erdhaufen, in dem eine Schaufel steckt.

Vorsichtig lassen die Träger den Sarg in die Tiefe hinab. Ob der Unwiderrufbarkeit dieses Augenblicks muss ich erneut schlucken. Erst jetzt begreife ich voll und ganz, dass ich Lily nie wiedersehen werde. Das Ritual des Begräbnisses hat etwas Tröstendes. Ein paar letzte Worte des Redners, dann tritt Lilys Familie an das Grab. Jeder von ihnen hält eine weiße Rose in der Hand, die er auf den Sarg wirft, gefolgt von drei Schaufeln Erde. Einer nach dem anderen treten die übrigen Trauergäste an das

Grab, um Erde auf den Sarg fallen zu lassen. Schließlich ist die Reihe an mir.

»Mögest du Alexander finden und mit ihm glücklich werden«, murmele ich zum Abschied, so leise, dass es niemand hören kann. »So, wie es euch zusteht.«

Nachdem ich mich umgedreht habe, sehe ich, dass Lilys Tochter und ihre Familie sich etwas vom Grab entfernt aufgestellt haben, um die Trauergäste zu verabschieden.

»Mein Beileid«, wünsche ich der Familie, bedauernd, dass Worte manchmal so wenig aussagen. »Lily war ein besonderer Mensch.«

»Ja, das war sie.« Elke Fürth nickt mir zu. »Wenn Sie mögen, wir halten im Café um die Ecke noch eine kleine Trauerfeier.«

»Danke, aber mein Flieger …«

Nach einem letzten Abschiedsgruß verlasse ich den Friedhof. Es erscheint mir unpassend, der Einladung zu folgen, denn bereits auf der Beerdigung fühlte ich mich fremd. So gern ich mehr über Lily erfahren würde, die Totenfeier ist nicht der richtige Ort und Zeitpunkt dafür. Und weiß ich nicht bereits genug über sie, das ich als Erinnerung im Herzen tragen und mit mir nach Hause nehmen kann? Daheim werde ich zum Grab meiner Großeltern gehen, um meinem Großvater zu sagen, dass Lily auf ihn gewartet und stets an seine Liebe geglaubt hat.

Ich habe mich entschieden, Lilys Wunsch zu folgen und ihrer Familie nichts davon zu sagen, dass wir miteinander verwandt sind. Lange habe ich überlegt, ob ich dieses Wissen für mich behalten oder das Geheimnis offenbaren sollte. Aber es würde nichts ändern, oder? Mein Großvater lebt nicht mehr, so dass Lilys Tochter ihren Vater nicht kennenlernen kann. Dass meine Mutter erfreut wäre, wenn ich ihr als Ergebnis meiner Europareise eine Halbschwester präsentiere, kann ich mir kaum vorstellen. Das Wissen, das Lily mit mir teilte, würde nur Wunden reißen und keine heilen.

Im Hotel hole ich nur meinen Koffer ab. In vier Stunden geht mein Flug zurück nach Hause. Ich freue mich auf meine Wohnung und meine Arbeit, darauf, Charlotte wiederzusehen und ihr meine Abenteuer und meine neu gewonnenen Erkenntnisse zu erzählen. Die Details, von denen sie noch nicht weiß, weil ich sie nicht über E-Mails oder Briefe in die Welt hinaustragen wollte.

Damit ich nicht wieder hilflos herumirre, habe ich mich gestern im Internet über den Frankfurter Flughafen informiert und finde die Fluglinie und das Terminal, ohne lange zu suchen. Schnell bin ich mit den Formalitäten durch. Mir bleiben noch drei Stunden, bis ich mich an Bord der Maschine begeben darf, sofern diese pünktlich ist. Zeit, die ich nutzen will, um zur Ruhe zu kommen und meine Gedanken zu ordnen.

Ich nehme das Buch, das Charlotte mir empfohlen hat, aber bin zu kribbelig, als dass ich mich auf die Geschichte konzentrieren kann. *Die Farbe Lila* – eine klassische Emanzipations- oder Befreiungsgeschichte. Charlotte geht anscheinend davon aus, dass ich durch die Reise nach Deutschland und in die Vergangenheit meines Großvaters endlich einen Schlussstrich unter die anhaltende Trauer um meine Ehe ziehen konnte. Sie liegt richtig, wie ich nach einigem Nachdenken zugeben muss.

Zwar schmerzt es noch immer, dass Jeffrey und ich unsere Liebe nicht halten konnten, aber inzwischen wünsche ich ihm, dass er die eine Liebe gefunden hat, die so stark ist wie die von Lily und meinem Großvater.

Bei dem Gedanken an die beiden spüre ich wieder Tränen aufsteigen. Um mich abzulenken, schlendere ich durch die Halle des Flughafens, bis ich ein Internetcafé entdecke. Nachdem ich deutlich mehr bezahlt habe als in der Frankfurter Innenstadt, sichte ich meine Mails. Nichts ist besser geeignet, sich zu beschäftigen, als Spam auszusortieren und Newsletter zu lesen. Einundfünfzig Mails habe ich seit gestern Morgen erhalten, mehr als zwei Drittel davon kann ich ungelesen löschen.

Durch die Reise, die Gespräche mit Lily und auch meine Affäre oder was immer ich mit Magnus habe, bin ich eine andere geworden. Ich habe ein Ziel gefunden, mit dem ich mich in den nächsten Wochen und Monaten beschäftigen werde. Etwas, das mich gern in die Zukunft sehen lässt, anstatt weiterhin zu bedauern, wie wunderbar die Vergangenheit war, und sie mir zurückzuwünschen.

Denn meine Ehe ist beendet. Und irgendwie ist es gut so. Jeffrey hat eine neue Liebe, die ihn sicher Mut kostete. Ich bin nach Europa gereist, um eine Frau zu finden, von der ich nur den Vornamen kannte und wusste, dass sie 1933 in Frankfurt gelebt hat. Und ich habe Erfolg gehabt. Ich habe Lily gefunden und mit ihr ein Stück der Geschichte meiner Familie, und schließlich mich selbst.

Ich nehme die Liste heraus, die ich in Lilys Auftrag erstellt habe, und kann den ersten Punkt schneller abhaken, als ich es erwartet habe:

- *Glück in den kleinen Dingen finden und sie schätzen, wie sie es verdienen*

Dann bleibt nur noch eins, was ich zu tun habe. Das letzte Versprechen einzulösen, das ich Lily gegeben habe.

Eine Gruppe niedlicher Nagetiere begibt sich auf die Suche nach einer Heimat. Selbstverständlich müssen sie dramatische Abenteuer überstehen.

Kapitel 43

Salem und Berkeley, Dezember 1999

Auf dem Weg zum Hotel, in dem ich die erste Nacht verbringen will, bewundere ich die bunten Weihnachtslichter, die in allen Vorgärten strahlen. Sicher, auch in Frankfurt waren die Straßen und Häuser weihnachtlich geschmückt, aber viel dezenter als hier in Salem. Schnee bedeckt die Fußwege und trägt dazu bei, dass ich langsam in weihnachtliche Stimmung gerate. Als das Taxi an einem überlebensgroßen Snoopy vorbeifährt, muss ich lächeln. Ja, ich bin zu Hause – und so müde, dass ich nur noch ins Bett will.

Nachdem ich einen Tag wegen des Jetlags im Hotel verschlafen habe, fahre ich zu meinen Eltern zum Abendessen, damit ich ihnen erzählen kann, was ich in Deutschland herausgefunden habe. Die Seniorenresidenz ist ein freundlicherer Ort, als ich erwartet habe. Mom und Dad wohnen in einem Drei-Zimmer-Apartment, wo nur dezente Notknöpfe an den Wänden darauf hinweisen, dass es mehr als eine Wohnung ist. Meine Eltern durften einige Möbel mitbringen, so dass ich mich bald heimisch fühle. Snow, die mich vom Schrank aus anfaucht, tut ihr Übriges, damit die Illusion, alles wäre wie immer, wirken kann.

»Wie war deine Reise?«, fragt Dad, kaum dass wir am Tisch sitzen. »Deine Mutter und ich überlegen, ob wir nicht auch einmal nach Europa fahren sollten. Barcelona. Paris. Madrid.«

»Ich habe nur Frankfurt, Barcelona und Stockholm gesehen«, beginne ich meinen Bericht. Viel erzähle ich von meiner Zeit mit Kyle, von den Erlebnissen in Stockholm und der Suche in Frankfurt. Das, was ich gefunden habe, stelle ich in einer Kurzfassung und einer barmherzigen Lüge vor, die nur am Rand auf die Liebe von Lily und meinem Großvater eingeht und stattdessen den Widerstand und die Verfolgung in Nazideutschland in den Mittelpunkt stellt. Mein Vater kann kaum fassen, dass sein Schwiegervater so viel erlebt hat, und äußert sich wortreich. Meine Mutter hingegen schweigt. Als ich sie ansehe, wendet sie den Blick ab. Auch Dad spürt, dass etwas nicht stimmt, und verstummt. Schweigend beenden wir unser Mahl.

»Ich schaue mir ein Spiel im Fernsehen an«, sagt mein Vater schließlich. »Dann habt ihr Ruhe, euch unter Frauen auszutauschen.«

Am liebsten würde ich mit ihm im Wohnzimmer bleiben, aber ich traue mich nicht. Stattdessen folge ich meiner Mutter in die winzige Küche. Sie lässt Wasser in die Spüle laufen.

»Habt ihr keine Spülmaschine?« Das kann ich mir kaum vorstellen.

»Doch.« Sie versucht ein Lächeln. »Aber abspülen beruhigt mich. Würdest du abtrocknen?«

»Ja.« Sie hat mir keine Frage gestellt, sondern einen versteckten Befehl erteilt, was ich nur zu gut kenne.

»Fast ein Wunder, dass du *diese* Frau noch gefunden hast«, sagt meine Mutter, nachdem sie ihre Spülhandschuhe angezogen hat. Energisch schrubbt sie die Teller.

»Jaha.« Ich bemühe mich, den Ärger herunterzuschlucken, der in mir hochkocht, weil Mom so unfreundlich von Lily spricht. »So konnte ich Großvater von einer anderen Seite kennenlernen.«

»Hmmhmm.«

Mehr sagt sie nicht, sondern stapelt Teller vor mir auf, die ich schweigend abtrockne. Warum fällt mir keine Ausrede ein, um aus der Küche zu flüchten? Ich konzentriere mich auf jeden Teller, den ich so intensiv abtrockne, als hinge davon mein Glück ab. Meine Mutter klappert mit Geschirr und Besteck, aber seltsamerweise wirkt das Schweigen zwischen uns dadurch nur noch drückender. Mechanisch greife ich nach dem nächsten Teller und greife ins Leere.

Als ich hochblicke, erschrecke ich. Wie erstarrt steht meine Mutter vor der Spüle, die Hände im Seifenschaum verborgen. Tränen laufen über ihr Gesicht und tropfen Spuren in den Schaum. Schnell senke ich den Blick.

Noch nie habe ich meine Mutter so heftig weinen sehen. Selbst beim Tod meines Großvaters und dem meiner Großmutter bewahrte sie Fassung.

Mit dem Handtuch noch immer in den Händen trete ich einen Schritt auf sie zu. Sie bemerkt es nicht. Ich fühle mich hilflos und möchte meinen Vater holen, damit dieser sich um die Tränen meiner Mutter kümmern kann. Doch das wäre feige. Also springe ich über meinen Schatten und nehme sie in die Arme. Ganz vorsichtig, weil ich fürchte, dass sie sich meiner Berührung entziehen wird. Zu meiner Überraschung lehnt sie sich an mich und legt ihre Arme um mich. Ihre Schultern beben. Sanft streichele ich ihren Rücken, schweigend, weil mir nichts einfällt, was passend erscheint. Nach einer Weile schluchzt sie auf und entzieht sich meiner Umarmung, um ein Taschentuch zu suchen.

»Möchtest du einen Tee?«, fragt sie, nachdem sie sich die Nase geputzt hat. »Irgendwo sind bestimmt Oreo-Kekse. Die isst du doch gern?«

»Ja«, antworte ich, obwohl meine Vorliebe für Tee und Oreos anderen Präferenzen gewichen sind, aber ich will die Stimmung, die zwischen uns wächst, nicht zerstören. »Danke.«

Nachdem sie Teewasser aufgesetzt und den Tee hat ziehen lassen, wirkt meine Mutter ruhiger. Sie holt uns zwei Becher aus dem Schrank, die sie auf dem Küchentisch abstellt. Die Oreo-Kekse dekoriert sie auf einen Teller. Kekse einfach aus der Packung zu essen, käme ihr nie in den Sinn. Selbst in einer Krise nicht.

Nachdem wir uns an den Tisch gesetzt haben, rührt sie lange in ihrem Tee.

»Diese Frau, diese Lily«, sagt sie schließlich. »Du hast uns nicht alles erzählt.«

Ich nicke. Ich brauche Zeit zum Überlegen, Zeit, um mir darüber klar zu werden, wie viel von der Wahrheit ich ihr zumuten kann. Seltsamerweise fühle ich in mir einen Widerstand, denn ich möchte meine Erinnerungen an Lily nicht teilen, vor allem nicht mit Mom. Sie wird sicher nicht verstehen, was ihren Vater und Lily verbunden hat. Aber ich will sie auch nicht anlügen.

»Lily war Großvaters erste Liebe«, antworte ich ausweichend. Nicht ganz die Wahrheit, aber auch keine Lüge. »Die Zeit und eine Intrige haben sie getrennt.«

»Du kannst mir ruhig die Wahrheit sagen. Diese Frau war seine einzige Liebe. Das erklärt so vieles.«

Ich nicke, denn es käme mir vor, als verriete ich Lily, würde ich das abstreiten.

»Was hat sie über deinen Großvater erzählt?«, will meine Mutter wissen. »Wie war er als junger Mann?«

Nun erzähle ich ihr alles, fast alles, was ich erfahren habe. Ein bisschen wenigstens soll Lily mir gehören – und dem Andenken an meinen Großvater. Als ich meiner Mutter schildere, wie Lily und Großvater sich kennenlernten, spazieren Snow und ihre Tochter Cin in die Küche, als hätten sie gehört, dass wir von Katzen sprechen. Beauty ist gestorben, kurz bevor meine Eltern umgezogen sind.

»Also deshalb war ihm die Katze so wichtig.« Lächelnd schüttelt meine Mutter den Kopf, als Snow ihr auf den Schoß springt und an den Keksen schnuppert. Gedankenverloren streicht sie der Katze über den Rücken, die sich umdreht und auf ihrem Schoß einschläft. »Deshalb das Testament. Was war Lily für ein Mensch?«

Ich zögere. Wenn ich von Lily spreche, wie sie es verdient, fühle ich mich, als betrüge ich meine Großmutter, die bereits bei meinem Großvater gegen Lilys Schatten ankämpfen musste und verlor. Wenn ich Lily nicht gerecht werde, fühlt sich das ebenfalls falsch an. Ich rette mich in Ausflüchte und Halbwahrheiten.

»Ich habe nur wenig Zeit mit ihr verbringen können. Kurz vor ihrem Tod«, sage ich. Snow erhebt sich, gähnt und klettert auf meinen Schoß, was mich überrascht. »Als junge Frau muss Lily etwas Besonderes gehabt haben, voller Energie und Kraft.«

»Ich habe mich immer gefragt, ob Mutter meinen Vater so sehr geliebt hat, dass es für sie beide ausreichte.« Meine Mutter beugt sich nach vorn, um Cin heranzulocken, die am Herd schnuppert und dann unter dem Küchenschrank verschwindet. Gern würde ich das Gesicht meiner Mutter sehen, aber sie weicht mir aus, indem sie dem Kätzchen hinterherjagt. »Ich habe immer gehofft, dass sie ihn geliebt und so etwas wie Zufriedenheit mit ihm gefunden hat.«

»Lily hat kurz vor ihrem Tod gesagt, dass es bereits Glück ist, wenn man jemanden findet, den man liebt. Dass zu lieben ausreicht, um schwere Zeiten durchstehen zu können.«

»Sie muss eine kluge Frau gewesen sein. Eine besondere Frau.« Meine Mutter hat Cin unter dem Schrank hervorgeholt. In meiner Wohnung fänden sich jetzt

Staubflocken und Spinnweben im graugetigerten Fell des Kätzchens; in der Küche meiner Mutter hat Cin nicht eine Fluse einsammeln können. »Erin, ich habe eine große Bitte an dich.«

Zwei Tage später fahre ich per Bahn nach San Francisco. Einiges habe ich von meinen Eltern aus klären können, für ein paar Entscheidungen muss ich vor Ort sein. Hoffentlich lassen sich meine Pläne in die Tat umsetzen. Schließlich habe ich viel Zeit damit verbracht, sie gedanklich von rechts nach links und wieder zurück zu wälzen. Nun muss ich nur aufpassen, dass ich Charlotte nicht unvermutet über den Weg laufe. Meiner Freundin habe ich geschrieben, dass ich erst in drei Tagen ankomme, damit ich sie überraschen kann.

Schneller und leichter als erwartet lassen sich offene Fragen klären und Hindernisse aus dem Weg räumen, so dass ich Charlotte bereits einen Tag später im Buchladen besuche. Mit Sarah habe ich per Mail verabredet, dass sie einspringt, damit ich mit meiner Freundin essen gehen und ihr meine Pläne mitteilen kann. Pläne, die ihr hoffentlich gefallen werden. Wie jedes Jahr hat Charlotte es sich nicht nehmen lassen, den Buchladen in ein Weihnachtswunderland zu verwandeln. In der Kinderabteilung wartet ein lebensgroßes Rentier aus Plastik darauf, dass Kinder es erklimmen. Lichterketten funkeln an den Regalen, überall verteilt befinden sich Teller mit selbstgebackenen Keksen und eine gewaltige Tanne, geschmückt mit orangefarbenen und blauen Kugeln, steht neben dem Eingang. Wie schön, dass meine Freundin die Freude an Weihnachten nicht verloren hat.

»Ist das eine Verschwörung?«, fragt Charlotte, nachdem Sarah gekommen ist, um sie abzulösen. »Fangt ihr an, euch hinter meinem Rücken zu verbünden?«

»Ja«, antworten Sarah und ich im Chor.

»Na prima«, sagt Charlotte mit einem gespielten Seufzer. »Aber ihr solltet es besser wissen. Heute kann ich nicht weg. Die Vertreter kommen.«

»Du hast aufgeschrieben, was du willst.« Sarah holt die Vorschauen unter der Kasse hervor. »Das bekomme ich hin.«

»Also los. Ich lade dich ein.« Ohne zu zögern zerre ich Charlotte zur Garderobe, damit sie Jacke und Schal anzieht. »Ich möchte mit dir reden.«

»Das klingt so ernst.«

Arm in Arm mit Charlotte schlendere ich über die Telegraph Avenue, genieße die bunten Farben der gebatikten T-Shirts und freue mich über die Sonne, die den Wintertag gleich freundlicher aussehen lässt. Zielstrebig steuere ich ein Café an, in dem es Salat und Sandwiches gibt.

Nachdem wir bestellt haben, schaue ich meine Freundin an und schüttele den Kopf.

»*Watership Down*? Richard Adams?«, sage ich und tippe auf den Ausdruck der Mail mit der Romanbeschreibung, die sie mir gestern geschickt hat. »Du hältst mich für ein Kaninchen? Immerhin für ein abenteuerlustiges.«

»Nein.« Charlotte lächelt breit. »Für eine, die ein großes Abenteuer erfolgreich beendet hat. Was willst du mehr, Hazel?«

»Bin ich jetzt durch mit deinen Lese-Tipps?«

»Nein.« Meine Freundin gibt sich geheimnisvoll. »Ein Buch habe ich noch für dich, aber das musst du dir erst verdienen. Aber nun sprich: Warum wolltest du mich sehen?«

»Weil ich eine lange Reise gemacht habe.« Aber meine Freundin kennt mich zu gut. Sie hebt die Augenbrauen in einer perfekten Bogart-Imitation, so dass ich beinahe mit meinen Plänen herausplatze. »Wollen wir nicht erst essen?«

Wie auf Stichwort taucht die Kellnerin auf, um zwei Teller mit Sandwiches vor uns abzustellen.

»Also?« Charlotte blickt mich auffordernd an.

»Die Stadt oder die Eigentümer schaffen es einfach nicht, das *Intermezzo* wieder aufzubauen«, sage ich, betont nebenbei. »Bald wird sich kaum noch jemand für das Café interessieren.«

»Was schade ist.« Charlotte beißt herzhaft in ihr Sandwich. »Das hier ist gut, aber die Sandwiches vom *Intermezzo* bleiben unschlagbar. Willst du mit mir über Essen philosophieren?«

»Was hältst du davon, mit *Books Charlotte loves* umzuziehen?«

»Wie bitte?« Vor Überraschung spuckt meine Freundin ihr Essen zurück auf den Teller. »Warum sollte ich?«

»Hast du nicht immer gesagt, dass du mehr Platz benötigst? Dass du so viele deiner Lieblinge nicht präsentieren kannst, obwohl sie es verdienen?«

»Ja schon.« Sie legt das Sandwich zur Seite, wischt sich den Mund mit der Serviette ab und trinkt einen Schluck

Cranberrysaft, als wollte sie die Antwort hinauszögern. »Aber du weißt selbst, wie teuer Mieten in Berkeley sind. Und unsere Adresse ist eingeführt.«

»Ich würde auch nicht von der Telegraph Avenue wegziehen wollen«, sage ich. Dann meine ich, dass ich meine Freundin genug auf die Folter gespannt habe. »Ich werde nicht mehr bei dir arbeiten.«

»Na prima.« Mit der Gabel ersticht Charlotte eine Tomate. »Erst redest du mir ein, umzuziehen, jetzt willst du kündigen. Was geht hier vor?«

»Ich möchte mit dir arbeiten«, sage ich und gebe vor, ihren Vorwurf nicht bemerkt zu haben. »Als deine Geschäftspartnerin. In einem Laden, der *Intermezzo*-Salate und Bücher verbindet. Hier um die Ecke.«

Charlotte sieht mich schweigend an, was mich zum Lachen bringt. Das erste Mal in der Zeit unserer Freundschaft ist es mir gelungen, meine Freundin sprachlos zu machen. Das ist ein guter Anfang für unsere Zusammenarbeit.

»Und wie sollen wir das finanzieren?« Auf ihrem Gesicht, auf dem man jede Emotion deutlich lesen kann, wechseln sich Skepsis und Freude ab. »Ich bekomme keinen Kredit, wie du weißt. Du noch weniger. Und wo soll es sein?«

»Ich habe mit meinen Eltern gesprochen. Sie zahlen mir vorzeitig mein Erbe aus, den Anteil für den Hausverkauf.« Während ich Charlottes skeptischem Blick standhalte, kommen mir erste Zweifel. Vielleicht ist die Idee doch nicht so glorreich. Braucht Berkeley wirklich noch ein Café? »Das indische Restaurant macht zu. Wir können überlegen, ob wir das Café dort einrichten oder den Buchladen. Es wäre kein großer Umzug.«

»Du hast das alles schon geplant?«

Eigentlich mehr eine Feststellung als eine Frage, aber ich antworte dennoch. »Ich hatte viel Zeit in Frankfurt.«

»Das ist überraschend.«

Ich muss lachen. »Und das von dir, die stets das Hohelied der Spontanität singt.«

»Du musst zugeben, dass es ein bisschen viel auf einmal ist.« Ihr schiefes Lächeln sagt mir, dass Charlotte nicht böse ist, dass ich sie mit meinen Plänen so überfallen habe. »Die große Liebe deines Großvaters, deine schwedische Affäre und nun ein Neuanfang für uns beide.«

Ich nicke. Wenn man bedenkt, wie lange mein Leben im gleichen Trott gelaufen ist, ist das nicht nur viel, sondern geradezu revolutionär.

Ihr Lächeln wird breiter, ich kann ihr die Erleichterung förmlich ansehen. Charlotte winkt den Kellner heran. »Champagner, bitte. Wir haben etwas zu feiern.«

Wenn unser Buch-Café erst einmal fertig und eingerichtet ist, kann ich Punkt zwei von meiner Liste streichen:

Ein neues Ziel finden, das mich glücklich macht.

Dann bleibt nur noch eins, was ich zu tun habe. Das letzte Versprechen einzulösen, das ich Lily gegeben habe.

Die Geschichte eines wunderschönen Bauernmädchens, das einen Prinzen heiraten soll, aber lieber mit dem Stallknecht durchbrennen möchte. Bis zum Happy End müssen sie beide gar furchtbare Abenteuer überstehen – und es ist nicht gewiss, ob sie glücklich bis an ihr Lebensende leben werden

Kapitel 44

Berkeley, Januar 2000

Ein neues Jahrtausend. Ein neuer Anfang.

Nachdem ich Charlotte von meinem Vorhaben erzählt habe, nickt sie und holt aus ihrer unergründlich tiefen Handtasche einen Umschlag hervor.

»Jetzt hast du es dir verdient.« Sie grinst. »Sozusagen dein Abschlussdiplom in Buchform.«

Die Beschreibung setzt sich in meinem Kopf fest. Es fühlt sich an, als ob mir ein Wort oder ein Name nicht einfallen will. Ich weiß, dass ich das Buch gelesen habe, aber immer wenn ich sicher bin, dass es mir gleich einfallen wird, verschwindet der Titel in den Tiefen meines Gehirns. Frustriert setze ich mich an den Computer.

»Nicht schummeln«, ruft Charlotte aus der Küche. Meine Freundin kennt mich zu gut. »Überleg ein bisschen.«

»Später«, antworte ich. Nervös fahre ich mir mit den Händen durchs Haar. Ich benehme mich, als hätte ich mein erstes Date. Albern, aber ich kann mir nicht helfen. Um mich zu beruhigen, blicke ich mich in unserem Café um. Es ist nicht das *Intermezzo*, aber das wollten Charlotte und ich auch nicht kopieren. Stattdessen haben wir etwas Eigenes erschaffen. Über die Inneneinrichtung, die Aufteilung der Räume und das Angebot konnten wir uns schnell einigen. Über den Namen unseres Projektes hingegen haben wir uns beinahe zerstritten. Ich wünschte mir etwas Schlichtes und habe vorgeschlagen, *Books Charlotte loves* zu behalten, weil es bereits bekannt ist. Oder *Charlotte & Erin.*

Charlotte dagegen wünschte sich etwas Besonderes, das einerseits den Neuanfang beschrieb, andererseits die Kontinuität verdeutlichte. Nach dreistündiger, heftiger Debatte brüllte ich: »Dann nennen wir das Ding eben *Karma & Samsara.* Da hast du sogar Kontinuität zum Inder und alles, was du willst.«

Charlotte starrte mich an, als wäre ich verrückt geworden. Doch nach einer Weile sagte sie: »Warum nicht? Also *Karma & Samsara.* Jedenfalls so lange, bis mir etwas Passenderes einfällt.«

Zum zehnten Mal schaue ich zur Tür, als die Ladenglocke bimmelt und ein Kunde hereinkommt. Endlich ist er es. Ein letztes Mal streiche ich mir die Haare aus dem Gesicht und gehe ihm entgegen.

»Erin. Ein schönes neues Jahr.« Jeffrey lächelt, als er mich sieht. »Du siehst … anders aus.«

»Danke, dir auch ein großartiges 2000. Danke auch,

dass du gekommen bist, obwohl ich wirklich anstrengend war.«

Jeffrey hebt die Hand, um mich aufzuhalten, was mir nur recht ist. Ich bin ihm dankbar, dass er keine wortreiche Entschuldigung von mir fordert. Als ich ihn angerufen habe, fürchtete ich zunächst, dass er mir keine Chance geben würde, ihm meine Geschichte zu erzählen, die Geschichte, die eigentlich die meines Großvaters und seiner großen Liebe ist. Ich befürchtete, dass er nichts mehr von mir hören will, dass ich alles, was uns einmal verbunden hat, durch mein Festhalten an unserer Vergangenheit für immer zerstört habe. Dass ich mir selbst durch mein Klammern an der Vergangenheit eine Zukunft genommen habe, in der Jeffrey und ich Freunde sein können. Freunde und Eltern von Kyle.

Aber Jeffrey war mir nicht böse. Im Gegenteil. Er wirkte erleichtert, nachdem ich vorgeschlagen habe, dass wir uns in unserem Café treffen. Und neugierig, was sich hinter der Geschichte verbergen würde, die ich ihm versprochen habe.

»Das also haben Charlotte und du aufgebaut?«, fragt er, nachdem wir uns gesetzt und bestellt haben. »Sieht toll aus. Sehr eigen und gemütlich.«

Ich genieße seine Bewunderung. »Lobe uns erst, wenn du etwas gegessen hast.«

Sarah nimmt die Bestellungen entgegen und zwinkert mir zu. In vertrautem Schweigen sitzen Jeffrey und ich einen Moment zusammen, bis er fragt: »Kyle hat mir von eurem Abenteuer erzählt. Bist du fündig geworden?«

Nachdem Sarah uns die Cappuccinos gebracht hat,

berichte ich Jeffrey, was ich in den letzten Wochen über meine Familie herausgefunden habe. In einer Kurzfassung, die sich auf die Geschichte von Lily und Alexander konzentriert. Seine Miene wechselt von Überraschung zu Verwunderung zu Mitgefühl.

»Das ist eine unglaubliche Story«, sagt er schließlich, nachdem ich geendet habe. »Weißt du, dass ich immer ein bisschen Angst vor deinem Großvater hatte?«

»Das kann ich gut verstehen. Er wirkte so distanziert.« Noch immer fällt es mir schwer, meinen Großvater mit dem Alexander in Einklang zu bringen, der Lily geliebt hat, den Lily geliebt hat. Dem Mann, der jeden Tag auf sie gewartet hat. Sein ganzes Leben lang. »Wahrscheinlich bringt man im Leben nur die Kraft für eine große Liebe auf.«

»Erin.« Den Gesichtsausdruck, den Jeffrey nun trägt, kenne ich zur Genüge. Eine Mischung aus Schuldgefühlen und Ungeduld mit mir, weil ich immer noch nicht bereit bin, seine Entscheidung zu akzeptieren. »Wie oft muss ich noch sagen, dass es mir leid tut.«

»Nein. Bitte nicht.« Ich schüttele den Kopf, vermisse immer noch das Gefühl der langen Haare, die mich bei jeder Bewegung begleitet haben. Aber ein Neuanfang ist nur echt, wenn er mit einer neuen Frisur einhergeht, hat Charlotte gesagt. »Ich wollte mich nicht mit dir treffen, um dir Vorwürfe zu machen. Ich wollte …«

Auf einmal kann ich die Worte nicht mehr sagen, die ich mir zurechtgelegt habe. Das, was sich zu Hause noch wahrhaftig und ehrlich angehört hat, erscheint mir jetzt kitschig und überzogen. Vielleicht sollte ich mich einfach verabschieden und Jeffrey versprechen, dass ich ihn nicht mehr anrufen werde.

Nein, ich will nicht wieder feige vor meinen Gefühlen zurückschrecken. Das hat Lily nicht verdient, das hat mein Großvater nicht verdient. Und vor allem Jeffrey hat das nicht verdient. Also trinke ich einen Schluck von dem inzwischen lauwarmen Cappuccino, hole tief Luft und spreche aus, was ich mir und Lily versprochen habe.

»Durch Lilys Geschichte habe ich erkannt, wie wichtig es ist, seine große Liebe zu finden.« Ich schlucke, um die Tränen zurückzudrängen. Noch immer trauere ich um Lily. Und um den Mann, der mein Großvater war. »Es tut mir leid, dass ich dir das Leben so schwer gemacht habe. Nur weil ich Angst davor hatte, allein zu leben.«

Jeffrey legt seine Hand auf meine und drückt sie sanft. »Ich habe dich immer aufrichtig geliebt, das musst du mir glauben.«

»Und ich dich.« Ich mustere ihn aus tränenumflorten Augen. Den Mann, mit dem ich mehr als zwanzig Jahre meines Lebens verbracht habe, mit dem ich einen Sohn habe und den ich mit aller Kraft wiederhaben wollte. Dabei erkenne ich nun, dass ich ihn nicht aus Liebe, sondern aus Egoismus in meinem Leben brauchte. Sicher habe ich Jeffrey einmal geliebt, aber die Jahre haben die Farbe unserer Liebe ausgewaschen, bis sie nur noch eine blasse Version ihrer ursprünglichen Kraft war. Ich habe kein Recht gehabt, Jeffrey sein Glück zu missgönnen, nur weil mir der Mut gefehlt hat, einen eigenen Aufbruch zu wagen. »Aber wir haben uns nie so sehr geliebt wie Lily und Alexander. Liebst du Ryan so?«

»Ich … Ich weiß es nicht.« Zum ersten Mal seit unserer Trennung schaut er mich liebevoll an, so wie eine gute Freundin, die ich ihm in den Jahren unserer Ehe geworden bin. Sein schiefes Lächeln, das einmal der Grund gewesen ist, dass ich mich in ihn verliebt habe, scheint auf. »Für mich ist es noch so neu, einen Mann zu lieben, dass ich mir über überhaupt nichts sicher bin.«

Mein Mann, den ich abgeklärt und ruhig kenne, wirkt so nervös wie ein Junge, der seine Highschool-Liebe fragt, ob sie ihn auf den Abschlussball begleitet, und sich sicher ist, dass sie ihm einen Korb geben wird.

Ich verspüre auf einmal Scham. Ich war so in meinem Leid verstrickt, dass es mir überhaupt nicht in den Sinn gekommen ist, mich zu fragen, wie Jeffrey mit der Veränderung klarkommt, die sein neues Leben mit sich bringt. Selbst in einer Studentenstadt wie Berkeley ist es sicher nicht einfach, sich zu outen. Ich drücke seine Hand als Zeichen, dass ich noch einiges gutzumachen habe.

»Ich wünsche euch Glück und eine Liebe so groß wie Lilys und Alexanders«, sage ich und meine es aus vollem Herzen. Selbst, wenn Jeffrey mir anbieten würde, zu mir zurückzukehren, will ich mein altes Leben nicht mehr. Die Geschichte meines Großvaters hat mir gezeigt, wie wichtig es ist, nicht halbherzig durchs Leben zu gehen, sondern der einen Liebe alle Chancen zu geben, die sie braucht. Wenn mein Großvater jeden Tag auf Lily warten konnte, so werde ich mich gedulden, bis mir meine Liebe begegnet. Und die Zeit des Wartens werde ich dafür nutzen, ein eigenes Leben zu führen, in dem ich

Träume, die ich schon lange gestorben glaubte, wieder ins Leben zurückrufe. »Aus vollem Herzen.«

»Danke«, sagt Jeffrey. »Was wirst du jetzt machen?«

»Lilys Geschichte aufschreiben. *Karma & Samsara* weiter aufbauen. Vielleicht Architektur studieren.« Ich lächele. »Alles etwas gelassener sehen. William Goldman. *Die Brautprinzessin*!«

»Wie bitte?«

»Entschuldige. Das ist das Buch, das ich gesucht habe.«

Jeffrey schaut mich fragend an, ist aber zu höflich, um mehr erfahren zu wollen. Stattdessen sagt er: »Wenn ich etwas für dich tun kann …«

»Danke, aber ich muss jetzt mal auf meinen eigenen Füßen stehen. Hinfallen, aufstehen und weiter.« Ich streiche ihm über die Hand, damit er begreift, dass ich sein Angebot zu schätzen weiß. »Alt genug dafür bin ich ja.«

»Willst du weiter im Haus wohnen?«

»Nein. Ich habe mir ein Apartment gesucht.« Zu viele Erinnerungen hängen an unserem Haus, die mich nur festhalten würden. »Drei Zimmer. In der Nähe des Buchladen-Cafés.«

»Das Haus wird mir fehlen.«

»Mir auch, aber …«

»Ich verstehe.«

»Und das Beste.« Ich lächele. »Du wirst es nicht glauben.«

»Ja?« Ohne zu überlegen, legt er seine Hand auf meine, was mir deutlich zeigt, dass wir auf dem besten Weg sind, Freunde zu werden. »Was kann noch unglaublicher sein als die Geschichte deines Großvaters?«

»Ich lebe nicht mehr allein.«

»Du hast jemanden gefunden.« Ehrliche Freude zeichnet sich auf seinem Gesicht ab. »Das freut mich für dich.«

»Du kennst sie sogar.«

Das Erstaunen, das sich so deutlich auf seinem Gesicht abzeichnet, bringt mich zum Lachen. »Kein Mensch. Zwei Katzen.«

»Du?« Nun ist sein Blick eher zweifelnd. »Du hast doch von dir immer gesagt, dass du ein Hundemensch bist.«

»Es sind nicht irgendwelche Katzen.« Ich beobachte seine vertrauten Züge, während ich mein Geheimnis noch ein bisschen behalte. Ich hoffe, dass Jeffrey mich verstehen wird. Meine Eltern haben sich gefreut, die Bürde loszuwerden, aber gleichzeitig ist ihnen die Verwunderung über meine Entscheidung deutlich anzusehen gewesen. »Es sind Snow White und Cinderella, die Katzen meines Großvaters. Na ja, eigentlich deren Urenkeltöchter.«

Die Nachbarin meiner Eltern hat eine Tierhaar-Allergie, so dass die Katzen nicht bleiben konnten. Meine Mutter hat Snow und Cin zu mir gebracht, nachdem ich umgezogen war. Vier Tage haben Mom und ich miteinander verbracht, ohne uns zu streiten. Etwas seltsam fühlte es sich an, nur wir beide, ohne Dad, aber es ist ein Anfang.

»Das Symbol von Alexanders und Lilys Liebe.«

In dem Moment spüre ich sie wieder, die Liebe, die mich einmal mit Jeffrey verbunden hat. Das tiefe Gefühl von Gemeinsamkeit und Verständnis, das ich beinahe vergessen habe, weil die alltäglichen Dinge unsere Energie gefressen haben und für uns einfach zu wenig übrig geblieben ist. Selbst wenn Jeffrey Ryan nicht getroffen hätte, hätten wir uns wahrscheinlich getrennt, weil es uns nicht gelungen ist, unsere Liebe durch den Alltag zu bringen.

Beim nächsten Mal werde ich es besser machen. Im Gedenken an Lily und Alexander. Im Gedenken an Jeffrey und mich und an das, was uns einmal verbunden hat. Im Vertrauen darauf, dass es eine große Liebe gibt, die ich nur finden muss, oder die mich finden muss. Oder dass kleine Lieben auch ausreichen, um glücklich zu sein. Denn das habe ich Lily versprochen – dass ich mich anstrenge, glücklich zu werden, meinen Frieden mit allem zu schließen und hoffnungsvoll in das neue Millennium zu schauen.

Ich öffne meine Mails, ein Neujahrswunsch von Kyle und Laura, die mich in den Semesterferien besuchen wollen. Obwohl ich mich sehr freue, schreibe ich nur einen schnellen Gruß zurück, denn ich habe eine Mailadresse gesehen, bei der mein Herz sofort schneller schlug. Ich hole tief Luft, bevor ich die Nachricht öffne.

Gesendet: Samstag, 1. Januar 2000, um 09:09 Uhr
Von: Magnus.Lundgren@aol.com
An: „Erin“ <Erin.Mitchell@aol.com>
Betreff: Denke an dich!
Ein wunderbares neues Jahr! Hast Du gefeiert?
Vermisse dich.

Du solltest den Sonnenuntergang über den Schären mit mir sehen.
Kuss
Magnus
PS: Einladung zur Konferenz in Stanford im Februar – magst du mich bei dir zu Hause sehen?
Ist Kalifornien schön im Winter?

Sein Besuch, lapidar im PS versteckt, lässt mein Herz schneller schlagen. In den letzten Tagen habe ich viel über uns nachgedacht, darüber, ob ich tatsächlich so weit bin, einen neuen Mann in mein Leben zu lassen, ob unsere Beziehung eine Zukunft hat und wie wir mit der Distanz, die uns trennt, umgehen sollen. Doch wenn ich eins gelernt habe, dann, auf mein Herz zu hören und mir nicht immer zu viele Gedanken zu machen. Lily hat gesagt, dass auch kleine Lieben ihren Platz im Leben haben. Und bis Februar ist ja noch ein bisschen Zeit, um meine Gefühle zu ordnen.

Gesendet: Samstag, 1. Januar 2000, um 21:24 Uhr
Von: „Erin“ <Erin.Mitchell@aol.com>
An: Magnus.Lundgren@aol.com
Betreff: AW: Denke an dich!

Lieber Magnus,
ein schönes neues Jahrtausend!
Den Sonnenuntergang würde ich gern mit dir sehen.
Über dem Berkeley Pier ist er spektakulär.

Ich freue mich auf dich in Stanford.
Viele Küsse
Erin

Bevor ich es mir anders überlegen kann, drücke ich auf »senden«. Dann schließe ich das Mailprogramm, damit ich nicht auf Magnus' Antwort warte. Mein Herz fühlt sich leichter an, nun, da ich einen weiteren Schritt auf dem Weg ins Glück gegangen bin.

Bücher, die Charlotte liebt

Kapitel 1
Herman Melville: *Moby Dick*
Kapitel 2
F. Scott Fitzgerald: *Der große Gatsby*
Kapitel 3
Sylvia Plath: *Die Glasglocke*
Kapitel 4
Amy Tan: *Die Frau des Feuergottes*
Kapitel 9
Louis Bromfield: *Das Leben der Lily Shane*
Kapitel 10
Baum, L.: *Der Zauberer von Oz*
Kapitel 11
Erica Jong: *Angst vorm Fliegen*
Kapitel 12
Jack Kerouac: *Unterwegs*
Kapitel 13
Truman Capote: *Frühstück bei Tiffany*
Kapitel 14
Rita Mae Brown: *Jacke wie Hose*
Kapitel 17
Ernest Hemingway: *Der alte Mann und das Meer*
Kapitel 18
Mary McCarthy: *Die Clique*

Kapitel 19
Raymond Chandler: *Der große Schlaf*
Kapitel 24
E. Annie Proulx: *Schiffsmeldungen*
Kapitel 25
Margaret Mitchell: *Vom Winde verweht*
Kapitel 27
Olivia Goldsmith: *Der Bestseller*
Kapitel 28
Marilyn French: *Frauen*
Kapitel 29
Harper Lee: *Wer die Nachtigall stört*
Kapitel 30
Gwen Bristow: *Kalifornische Sinfonie*
Kapitel 31
Carol Hill: *Amanda. The Eleven Million Mile High Dancer*
Kapitel 32
Louise Erdrich: *Liebeszauber*
Kapitel 34
Alison Lurie: *Affären. Eine transatlantische Liebesgeschichte*
Kapitel 35
Richard D. Bach: *Die Möwe Jonathan*
Kapitel 36
Carson McCullers: *Uhr ohne Zeiger*
Kapitel 38
Peter S. Beagle: *Das letzte Einhorn*
Kapitel 39
Mark Helprin: *Ein Wintermärchen*
Kapitel 40
Mark Twain: *Huckleberry Finn*

Kapitel 41
Hannah Green: *Ich habe dir nie einen Rosengarten versprochen*
Kapitel 42
Alice Walker: *Die Farbe Lila*
Kapitel 43
Richard Adams: *Watership Down*
Kapitel 44
William Goldman: Die *Brautprinzessin*

Nachwort: Historischer Hintergrund

Das Café *Intermezzo* in Berkeley mit seinen wunderbaren Salaten und leckeren Sandwichs gab es wirklich und es brannte leider tatsächlich ab; allerdings nicht im Jahr 1999, in dem der Roman spielt, sondern 2011.

Emil aus Lönneberga, mit dem Erin ihren Magnus immer wieder vergleicht, ist in Deutschland bekannt als *Michel aus Lönneberga*. Im schwedischen Original heißt die Figur von Astrid Lindgren Emil; in Deutschland hat man den abenteuerlustigen Jungen Michel genannt, da es bereits *Emil und die Detektive* von Erich Kästner gab.

Die Figuren der Geschichte sind fiktiv, aber sie tragen die Nachnamen von Widerstandskämpferinnen aus Frankfurt:
Liesel Baum = Sozialistin
Anna Beyer = Mitglied des ISK (Internationaler Sozialistischer Kampfbund) und Mitbegründerin der Frankfurter SPD nach dem Zweiten Weltkrieg
Sophie Ennenbach = Sozialdemokratin und Gewerkschafterin
Henriette Fürth = Sozialdemokratin

Johanna Kirchner = Sozialdemokratin (Tochter von Karoline Stunz)
Rose Schlösinger = Widerstandskämpferin
Karoline Stunz = Sozialdemokratin
(Quelle: Bromberger, Barbara / Mausbach, Katja: *Frauen und Frankfurt. Spuren vergessener Geschichte*. Frankfurt a. M.: Verlag für Akademische Schriften, 1997)

Aus dramaturgischen Gründen habe ich die Widerstandskämpfer des ISK (Internationaler Sozialistischer Kampfbund) Anna Beyer und Ludwig Gehm ihre vegetarische Gaststätte im Steinweg bereits 1933 eröffnen lassen. Meine Figuren sollten einen Ort haben, an dem sie sich treffen können; zudem wollte ich der mutigen Anna Beyer auf diesem Weg ein kleines Denkmal setzen.

Auch die Eröffnung des *Café Metz* habe ich zeitlich vorverlagert, damit Alexander dort Georg Baum treffen konnte.

Hier einige Daten und Informationen zur Lebenslage in Frankfurt in den frühen 1930er Jahren:

Im Dezember 1932 lebten rund 550.000 Menschen in Frankfurt, von denen 70.917 als Arbeitslose registriert waren. Fast die Hälfte der Arbeitslosen hatte keinen Anspruch mehr auf Unterstützungsleistungen der Arbeitslosenversicherung. Die sogenannten »Wohlfahrtserwerbslosen« fielen unter die städtische Fürsorge.
Wohlfahrtserwerblose erhielten 1932 einen Richtsatz von maximal 54 Reichsmark. Durch die hohen Mieten

und Nebenkosten mussten etwa 50 % der Fürsorgeleistungen für Wohnen ausgegeben werden, so dass Ehepaaren um die 91 Pfennig pro Tag für Lebensmittel zur Verfügung standen.

Der durchschnittliche Monatslohn lag 1934 bei 134 Reichsmark.

Der durchschnittliche Stundenlohn betrug 1933 für Männer 74 Pfennige, für Frauen nur 52 Pfennige.

Die Preise für Lebensmittel im Oktober 1932 betrugen:
Kilo Schwarzbrot: 38 Pfennig
Kilo Kartoffeln: 10–12 Pfennig
Kilo Karotten: 12–16 Pfennig
Kilo Weißkraut: 10–12 Pfennig
Ei: 10 Pfennig
Liter Milch: 23 Pfennig
Kilo Haferflocken: 51 Pfennig
Kilo Zucker: 82 Pfennig
Kilo Margarine: 1,34 Reichsmark
Kilo Schweinefleisch: 1,80–2,03 Reichsmark

(Quelle: Dieter Rebentisch: »Frankfurt am Main in der Weimarer Republik und im Dritten Reich 1918–1945«. In: *Frankfurt am Main. Die Geschichte der Stadt in neun Beiträgen.* Herausgegeben von der Frankfurter Historischen Kommission. Sigmaringen: Jan Thorbecke Verlag, 1991, S. 423–520)

Zum Weiterlesen

Falls die Liebesgeschichte von Lily und Alexander Sie dazu angeregt hat, sich mit Frankfurt in den 1930er Jahren zu beschäftigen, empfehle ich diese Bücher und wünsche Ihnen viel Vergnügen bei der Lektüre:

Becker-Schaum, Christoph, u. a. »*Wer klassenbewußt war, war im Konsum*«*: Arbeiterkinder und -jugendliche im Gallus-Viertel 1918–1933, Studien zur Arbeiterkindheit und -jugend in ausgewählten Stadtteilen von Frankfurt am Main zur Zeit der Weimarer Republik 2*. Frankfurt a. M.: Dipa-Verlag, 1986.

Bromberger, Barbara / Mausbach, Katja: *Frauen und Frankfurt. Spuren vergessener Geschichte*. Frankfurt a. M.: Verlag für Akademische Schriften, 1997.

Bromberger, Barbara und Verein für Frankfurter Arbeitergeschichte (Hgg.): *Nieder mit Hitler! Frankfurter Arbeiterbewegung im Widerstand gegen den Faschismus 1933–1945*. Frankfurt a. M.: Verlag für Akademische Schriften, 2004.

Frankfurter Historische Kommission (Hg.): *Frankfurt am Main. Die Geschichte der Stadt in neun Beiträgen*. Sigmaringen: Jan Thorbecke Verlag, 1994.

Hennig, Eike (Hg.): *Hessen unterm Hakenkreuz. Studien zur Durchsetzung der NSDAP in Hessen*. Frankfurt a. M.: Insel-Verlag, 1983.

Herrschaft, Felicia / Lichtblau, Klaus (Hgg.): *Soziologie in Frankfurt. Eine Zwischenbilanz*. Wiesbaden: VS, Verlag für Sozialwissenschaften, 2010.

Hübner, Irene: *Unser Widerstand. Deutsche Frauen und Männer berichten über ihren Kampf gegen die Nazis*. Köln: Röderberg-Verlag, 1982.

Keval, Susanna: *Widerstand und Selbstbehauptung in Frankfurt am Main 1933–1945. Spuren und Materialien*. Frankfurt a. M. (u. a.): Campus-Verlag, 1988.

Knigge-Tesche, Renate (Hg.): *Verfolgung und Widerstand in Hessen 1933–1945*. Frankfurt a. M.: Eichborn Verlag, 1986.

König, Fritz / Stübling Rainer (Hgg.): *Gewerkschafter, Sozialdemokraten, Friedensfreunde in Frankfurt am Main 1900–1933*. Frankfurt a. M.: Dipa Verlag, 1985.

Stadt Frankfurt am Main, Dezernat Schule und Bildung, Amt für Volksbildung/Volkshochschule (Hg.): *Nationalsozialismus 1933–1945. Spuren demokratischen Widerstandes in Frankfurt am Main*. Frankfurt a. M. 1984.

Wippermann, Wolfgang: *Das Leben in Frankfurt zur NS-Zeit. Bd. III: Der Alltag*. Frankfurt a. M.: Kramer, 1986.

Wippermann, Wolfgang: *Das Leben in Frankfurt zur NS-Zeit. Bd. IV: Der Widerstand*. Frankfurt a. M.: Kramer, 1986.

Danksagung

Jedes Buch, das ich schreibe, ist mir wichtig, aber die Geschichte von Lily und Alexander hat einen besonderen Platz in meinem Herzen. Daher gilt mein erstes Dankeschön den Leserinnen und Lesern, die den Roman ausgewählt und ihre Zeit mit Lily und Alexander verbracht haben. Danke, denn eine Geschichte lebt erst dann, wenn sie gelesen wird.

Den Bloggerinnen, die meine Bücher unterstützen und rezensieren, danke ich von ganzem Herzen. Ohne euch würden meine Romane nicht ihre Leserinnen und Leser finden.

Ein großer Dank geht an meine Testleserinnen und Testleser, deren Anmerkungen und Fragen dazu führten, dass die Geschichte an Tiefe gewann. Im Einzelnen: Sabine Lindecke, Matthias Hofinger, Andrea von Oldenburg, Evelyn Leip und Claudia Siegmann.

Lea Korte hat mir geholfen, die Feinheiten der katalanischen Sprache zu begreifen. Danke sehr.

Martina Lüke und Frank Schmitz danke ich für Quartier und Verpflegung und Begleitung in Stockholm und für die Anregung zu einer Schären-Rundfahrt.

Mein Dank gilt Annette Kuhlmann für Quartier und Verpflegung und Gespräche über das Gallusviertel während meiner Frankfurt-Recherche-Reise.

Sehr viel Unterstützung und Antworten habe ich in der Bibliothek des Archivs des Widerstands, Frankfurt, sowie der Bibliothek des Städel-Museums gefunden. Vielen Dank.

Meiner Lektorin Maike Kleihauer bin ich sehr dankbar für ihren Blick für Figuren, für ihre humorvollen Anmerkungen und die Fähigkeit, inhaltliche Fehler aufzudecken. Es ist großartig, wie viel sie noch aus dem Text herausgeholt hat.

Regina Merkel und Heike Freistühler sage ich herzlichen Dank für das Korrektorat und ihre freundlichen Hinweise auf inhaltliche Fehler.

Ein riesiger Dank gebührt Andrea Muntaner Alomar-Schäfer für das wunderschöne Cover, das der Geschichte von Lily und Alexander den passenden Rahmen gibt.

Grit Bomhauer hat den Buchsatz erstellt und mich mit ihren Entwürfen und dem Ergebnis begeistert. Danke sehr!

Und schließlich danke ich den Katern und der Katze, die auch dieses Buch begleitet haben und die Anregung für Prinzessin Mäusehaut und ihre Nachkommen gaben.

Ganz zum Schluss danke ich meinem Ehemann Matthias, der die Hoffnung nicht aufgibt, dass ich in der Schlussphase eines Buches gelassen bleibe. Vielleicht beim nächsten.

Stipendium

Die Neuveröffentlichung von »Ich warte auf dich, jeden Tag« wurde ermöglicht durch ein Stipendium im Rahmen des von der Beauftragten der Bundesregierung für Kultur und Medien (BKM) initiierten Programms NEUSTART KULTUR, ausgeschrieben durch die VG WORT 2021.

Herzlichen Dank!

Die Beauftragte der Bundesregierung für Kultur und Medien

NEU START KULTUR

VG WORT